btb

Aus Freude am Lesen

Zu Beginn des zwanzigsten Jahrhunderts verschwindet der Forscher Edward Mackley bei einer Expedition zum Nordpol spurlos. Er lässt eine junge Witwe zurück, Emily, die ihr Leben lang geduldig auf seine Rückkehr wartet – so die Familienlegende. Hundert Jahre später, an einem heißen Augusttag, sichtet Edwards Urgroßnichte Julia seine Hinterlassenschaft, streift durch das alte dunkle Haus der Familie, in dem sie seit kurzem mit ihrem Mann Simon wohnt. Sie versucht die ersten Risse, die sich in ihrer Ehe zeigen, zu ignorieren und versetzt sich in die einsame, wartende Emily, in den begeisterten, glücklosen Forscher, träumt von der weiten Schneelandschaft, den kalten und doch sanften Farben, verdrängt ihre eigene Sehnsucht und Einsamkeit. Im Laufe des Tages stößt sie jedoch auf eine Entdeckung, die Emilys und Edwards Beziehung in einem völlig neuen Licht erscheinen lässt. Und auch die Liebe zwischen ihr und Simon macht an diesem heißen Tag eine entscheidende Entwicklung durch …

AMY SACKVILLE wurde 1981 geboren und lebt in London. Sie studierte Literatur und Theaterwissenschaft in Leeds und Oxford, arbeitete als Lektorin und beschloss dann, Creative & Life Writing an der Goldsmiths University in London zu belegen. Für ihren ersten Roman »Ruhepol« wurde sie 2010 mit dem John Llewellyn Rhys Prize ausgezeichnet, dem ältesten englischen Literaturpreis für den besten Roman des Jahres von jungen Autoren unter 35, den vor ihr u.a. V. S. Naipaul und Angela Carter erhielten; außerdem stand der Roman auf der Longlist des Orange Prize for Fiction und des Dylan Thomas Prize.

Amy Sackville

# Ruhepol

Roman

*Aus dem Englischen*
*von Eva Bonné*

btb

Die Originalausgabe erschien 2010 unter dem Titel
»The Stillpoint« bei Portobello Books, London.

FSC
www.fsc.org
MIX
Papier aus verantwortungsvollen Quellen
FSC® C083411

Verlagsgruppe Random House FSC® N001967
Das für dieses Buch verwendete FSC®-zertifizierte
Papier *Lux Cream* liefert Stora Enso, Finnland.

1. Auflage
Genehmigte Taschenbuchausgabe Oktober 2013
btb Verlag in der Verlagsgruppe Random House GmbH, München

Umschlaggestaltung: semper smile München nach einem Entwurf von R·M·E, Roland Eschlbeck/Rosemarie Kreuzer
Umschlagmotiv: © Katja Stock
Druck und Einband: CPI – Clausen & Bosse, Leck
CP · Herstellung: sc
Printed in Germany
ISBN: 978-3-442-74602-6

www.btb-verlag.de
www.facebook.com/btbverlag
Besuchen Sie auch unseren LiteraturBlog www.transatlantik.de

Für Alistair

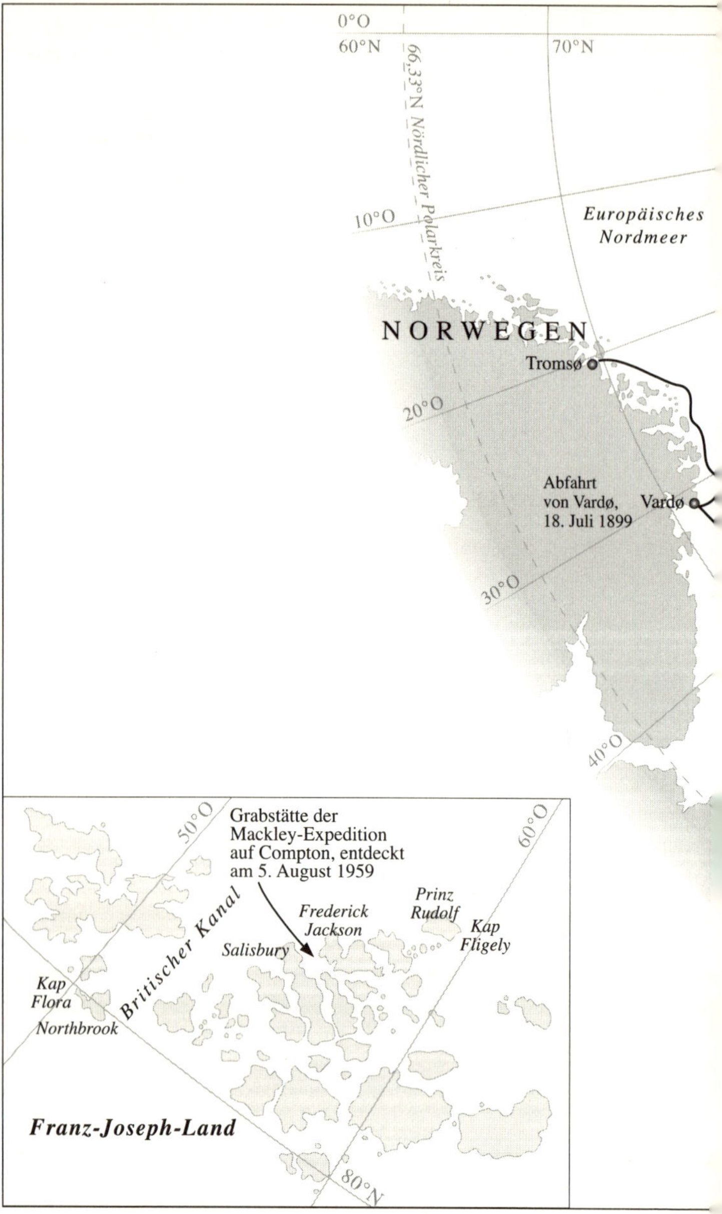
0°O
60°N
70°N
66,33°N Nördlicher Polarkreis
10°O
Europäisches Nordmeer
NORWEGEN
Tromsø
20°O
Abfahrt von Vardø, 18. Juli 1899
Vardø
30°O
40°O
50°O
Grabstätte der Mackley-Expedition auf Compton, entdeckt am 5. August 1959
60°O
Prinz Rudolf
Frederick Jackson
Kap Fligely
Britischer Kanal
Salisbury
Kap Flora
Northbrook
Franz-Joseph-Land
80°N

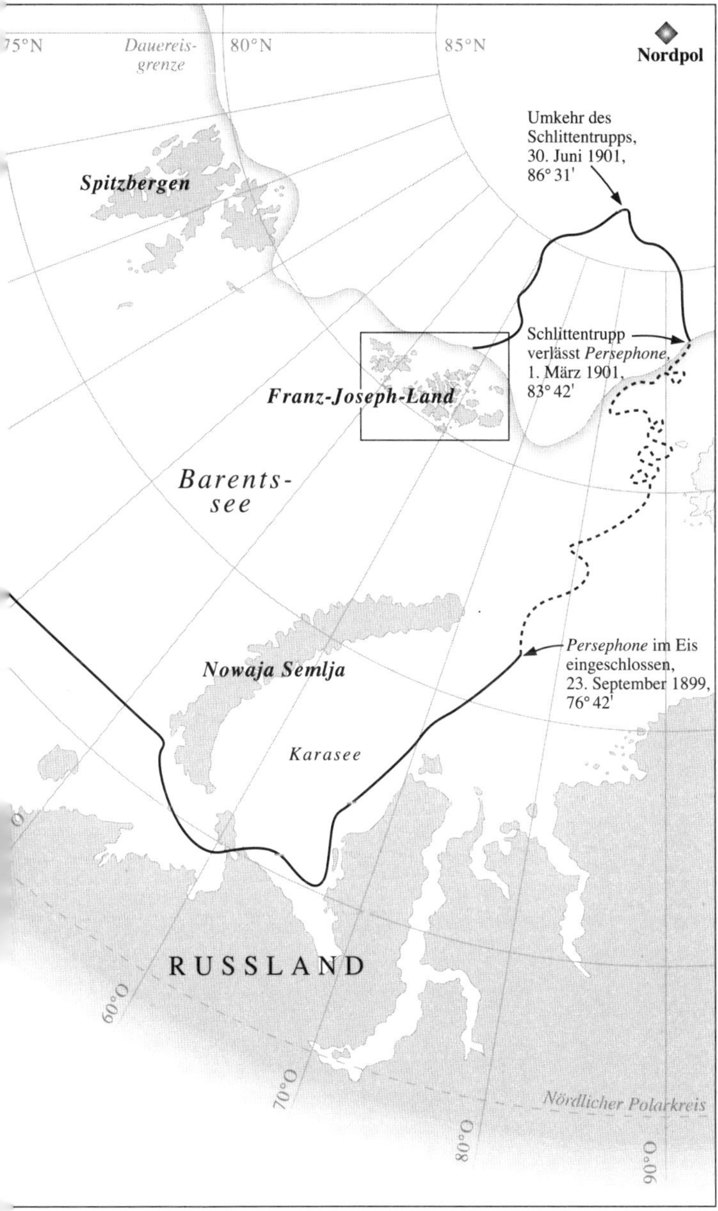
75°N
Dauereis-
grenze
80°N
85°N
Nordpol
Umkehr des
Schlittentrupps,
30. Juni 1901,
86° 31'
Spitzbergen
Schlittentrupp
verlässt Persephone,
1. März 1901,
83° 42'
Franz-Joseph-Land
Barents-
see
Persephone im Eis
eingeschlossen,
23. September 1899,
76° 42'
Nowaja Semlja
Karasee
RUSSLAND
60°O
70°O
80°O
90°O
Nördlicher Polarkreis

*Am Ruhepol der kreisenden Welt. Weder Fleisch noch fleischlos;*
*Weder aus noch gen; am Ruhepol, dort wird getanzt,*
*Doch weder Einhalt noch Bewegung. So sprich nicht*
*von Beständigkeit,*
*Wo Vergangenheit auf Zukunft trifft.*

T. S. Eliot, »Burnt Norton«

# Erster Teil

Warten Sie:

…

Da. Eine kleine Ellipse, eine winzige Pause tut sich auf, damit er hineingleiten kann. Dann Rückzug und Punkt.

Danach lösen sie sich voneinander und verwandeln sich, gelöst, in zwei getrennte Körper in einem überhitzten Raum zurück. Das Bett quietscht, als er sich auf seiner Seite schwerfällig aufsetzt und sich erhebt, um das Fenster in dem alten, gequollenen Rahmen aufzustemmen; nächtliche Geräusche dringen herein, ohne dass die Hitze nachließe. Ein Auto fährt ungesehen vorbei, und sie stellt sich das Gesicht des Fahrers vor, blass im Schein des Armaturenbretts, er fährt allein und zu später Stunde durch die stille Stadt. Sie dreht sich auf den Rücken (quietsch) und legt sich eine Hand auf den Knochen zwischen ihren Brüsten; ihre Haut ist feucht, immer noch klebrig haftet sie am Laken an. Als sie sich noch einmal umdreht, um ihren Kopf auf seine Brust zu legen, und die neue, aber nicht frische Luft an den Beinen spürt, kreisen ihre Gedanken beim Eindösen diese Erinnerung ein:

*Als ich ein kleines Mädchen war, schnitten wir Löcher in die Welt. Meine Schwester nahm eine Schere, schnitt zwei parallele, waagerechte Linien in die Luft und dann eine senkrechte dazwischen, einen unsichtbaren Vorhang, den sie vorsichtig zwischen Daumen und Zeigefinger nahm und öffnete. Sie forderte mich auf, meine Hand durch das Loch zu schieben. Die Luft dahinter war, wir hätten es schwören können, anders. Reiner, fand ich.*

*Kühler, unverbraucht. Ich wackelte mit den Fingern, ließ meine Hand im Gelenk kreisen und zog sie wieder heraus. Im Laufe der Zeit vergaß meine Schwester das Spiel, aber ich probierte ein ums andere Mal, allein, den kleinen Zaubertrick aus, selbst nachdem man mich erwischt und ausgeschimpft hatte, weil ich mit Scheren spielte. Aber nie schnitt ich ein Loch, das groß genug zum Durchsteigen gewesen wäre, aus Angst, in jener anderen Luft zu stranden.*

*Heute denke ich, vielleicht bin ich damals durch eines der Löcher gerutscht, ohne es bemerkt zu haben.*

## *Morgendämmerung*

Ereignislose Stunden vergehen. Sie verschieben sich kaum merklich. Der Tag keimt auf und wird gleich beginnen, haben Sie Geduld. Wir beobachten sie zu einer Zeit, die uns meistens entgeht: wenn die Nacht schon weit vorangeschritten, der Morgen aber noch fern ist – jener Zeitraum, in dem wir, falls wir aufwachen, nicht genau wissen, ob vor uns weitere Stunden des Schlafs liegen oder ob wir in wenigen Sekunden aufgerüttelt werden von dem, was uns normalerweise den Tag ankündigt: Musik, das schrille Piepen eines Weckers, ein hartnäckiger Vogel am Fenster, ein geliebter Mensch, unsere Angst.

Treten Sie ein bisschen näher, aber seien Sie leise. Kommen Sie ganz nah an sein Gesicht heran, nah genug, um das sanfte Rasseln und den Gestank seines Atems wahrzunehmen; nähern Sie sich ihrer Wange, bis Sie die klamme Wärme ihrer Haut fühlen können. Die zwei schlafen wie so viele Paare, zunächst ineinander verschlungen und dann mit Abstand; wenn wir uns ihnen wieder zuwenden, haben sie jenen letzten bewussten Akt längst vollzogen, jene vorsichtige Trennung auf der Schwelle zum Traum.

Er hat eine ungünstige Körperhaltung eingenommen, eine Faust am Ohr und den Arm im spitzen Winkel, so dass er ihn ihr möglicherweise ins Gesicht stoßen wird, was in der Vergangenheit schon vorgekommen ist. Sein rechtes, nach außen gedrehtes Knie berührt fast, nur fast ihren Oberschenkel. In diese winzige, warme, schweißfeuchte Lücke zwischen seinem Knie und ihrem Schenkel würde kein Finger passen. Beide haben sich die Decke vom Körper gezogen, er komplett, sie teilweise. Nun, da die Nacht vorangeschritten ist, weht eine sanfte Brise zum Fenster herein, die ihren Schlaf köstlich macht, auch wenn sie das erst merken werden, wenn sie dem Aufwachen entgegentreiben.

Schauen Sie: Nun kommt er an die Oberfläche. Sein Arm streckt sich ein wenig, sein Ellenbogen kommt ihrem Wangenknochen gefährlich nah, aber dann zieht er ihn zurück und dreht sich weg von ihr, nimmt den Arm herunter, bis er an seinem Bauch zu liegen kommt. Seine Atmung beruhigt sich, und sie rollt sich mit einem langen, verträumten Seufzer noch fester zusammen. So gebettet, rühren sie sich nicht mehr.

In ein paar Stunden werden sie aufstehen und durch diese Tür ins angrenzende Badezimmer gehen, um die Rückstände der Nacht abzuwaschen. Hier ist es noch wärmer, noch stickiger; das fensterlose Bad ist dunkel, weil das Licht der Straßenlaternen, das durch die Schlafzimmerjalousie kriecht, bis hierher nicht reicht. Sie gehören nicht zu jenen Paaren, die ihre Waschungen im Beisein des anderen durchführen, wo der eine unter der Dusche steht, während der andere sich die Zähne putzt und so weiter. Beide brauchen ihre Intimsphäre, und obwohl sie sich durchgerungen haben, ihr Herz einander so weit wie möglich zu öffnen, haben sie die Geheimnisse des Körpers für sich behalten. Sie könnte es nicht ertragen, würde er ihr beispielsweise dabei zusehen, wie sie sich die Achseln rasiert oder wie sie, während sie auf der Toilette sitzt, ihre Zehennägel kürzer schneidet, wo es vonnöten ist. Er wiederum wäre peinlich berührt, könnte sie sehen, wie er in derselben Stellung die Zwischenräume seiner Zehen von Dreck befreit. Aber höchstwahrscheinlich werden sie niemals von der Ähnlichkeit ihrer Angewohnheiten erfahren. Er wird sie niemals beobachten und die Nase rümpfen – seine Nägel sind immer tadellos gepflegt, an den Zehen wie an den Fingern –, und sie wird niemals spöttisch lächeln, weil sie sieht, wie er mit der Nagelbürste hantiert, siebenmal an jeder Hand. Wir könnten sie bei ihren Ritualen beobachten, würden wir hier am Waschbecken stehen bleiben und noch eine Weile warten; aber die Luft ist heiß und drückend, und sie riecht leicht verschimmelt, zudem hat es etwas Beunruhigendes, im Dunkeln vor einem Spiegel zu stehen, nicht wahr? Und vielleicht sollten wir sie auch nicht völlig ihrer geheimnisvollen Aura berauben, noch nicht. Wir wollen stattdessen ans Bett zurückkehren.

Während unserer Abwesenheit hat auch sie sich gedreht und die Decke ganz abgestreift, so dass die beiden nun den ungefähren Umriss einer Urne bilden; oben am Rand, wo die Köpfe in großem Abstand nebeneinanderliegen, ist sie am breitesten, nach unten hin verjüngt sie sich, bis der Abstand auf Höhe der Hintern nur mehr einen Fuß beträgt; die angewinkelten Knie formen den Bauch des Gefäßes, das bei den Füßen unten wieder spitz zuläuft. Der Zickzack seines Körpers ist spitzwinkliger als bei ihr, so dass ihre Fußsohlen, obwohl er um einiges größer ist als sie, sich berühren würden, schöben sie ihre Füße gleichzeitig nach hinten. Die Versuchung ist groß, sie zu kitzeln, so hübsch liegen die Füße übereinandergestapelt; sie würde die ihren mit einem Ruck von unseren dreisten Fingern befreien, wohingegen er sich kaum regen würde, ist er doch nur am Oberkörper kitzlig.

Eine nähere Betrachtung der Augenlider wird ergeben, dass sie träumt. Im violetten Dämmerlicht wird man das erhobene Rund der Pupillen gerade noch ausmachen können, das hin- und herjagt und zittert, wenn die Augen sich in den Höhlen drehen. Sie würden gern erfahren, welche Farbe die Iris unter dem Lid hat? Nun denn: Ihre sind braun, seine ebenfalls, nur dunkler. Und wenn man sie fragen könnte, wovon sie gerade träumt:

*Norden, Norden, blau und weiß; still, stumm. Jenseits der Welt in einer reinen Luft. Ich bin unbenutzt, nackte Haut im Schnee. Auf ein Bärenfell gelegt, wartend. Ich warte. Es ist Nacht, wie so lange schon, eine blau-weiße Nacht. Hier ist immer Nacht oder immer Tag, und dazwischen liegt die lange Dämmerung; die Zeit und die Glieder strecken sich in bleichem Schmerz. Am Himmel fehlt der Schmutzfleck einer Stadt, er hat keine Tiefe und mag sich bis ins Unendliche ausweiten. Im Himmel oben. Das ist kein Himmel, das ist nur Luft, tiefe, indigoblaue Luft, verstreutes Silber. Manchmal zieht sich ein Streifen aus Jadegrün, Rosa oder Gold hindurch. Dehne das Wort: auf-blitzen. Der Schlag meines Herzens zittert und schlittert übers Eis. Ich warte. Meine Haut, gänzlich in Luft getaucht. Hier schaut keiner zu, und ich bin unbekümmert.*

Sie wälzt sich im Schlaf nur wenig herum. Ihr Mann ist inzwischen aufgewacht und denkt: Ich kenne keine andere Frau, die so mühelos einschläft, die so tief schläft. Vielleicht ist es an der Zeit, seinen Namen zu verraten: Simon.

Auch Simon ist im Schlaf weit nach Norden gereist, er ist immer noch dabei, aus dem gefrorenen Meer zu steigen, von dem er geträumt hat, ein Meer voll knirschender Schollen. Auch sein Norden ist still und dunkel, aber er ist zerklüftet, eiskalt und hart. Im Traum segelte Simon durch eine sich stetig verengende Wasserrinne, bis sein Schiff schließlich von beiden Seiten gepackt wurde. Es stöhnte auf, und Simon erwachte durchfroren, dabei ist die Luft so warm, dass sich jede Bewegung wie Schwimmen anfühlt. Und nun liegt er im bräunlichen Licht, den Rücken ans Laken geklebt, neben seiner murmelnden Frau. Er lauscht ihrem Gemurmel und denkt: Julia spricht mal wieder im Schlaf. Unbekannte Wörter. Julia, das weiß er, träumt viel, erinnert sich an ihre Träume und misst ihnen große Bedeutung bei. Simon gehört zu jenen Menschen, die behaupten, niemals zu träumen, aber im Wirrwarr dieser unruhigen Nacht wird er es einräumen müssen beziehungsweise nicht die Kraft aufbringen, es abzustreiten. Wie viele Stunden sind vergangen, seit er sich neben seine Frau gelegt und mit ihr geschlafen und ihr beim Eindösen zugehört hat? Er ist dann selbst für eine Weile eingeschlafen; für wie viele Stunden? Ungefähr dreieinhalb. Und in etwas mehr als drei Stunden muss er aufstehen. Die roten Ziffern des Weckers zeigen 03:42 an. Auch die Zeiger seiner Armbanduhr, die wie immer ordentlich neben dem Radiowecker liegt, geben die Zeit mit zweiundvierzig Minuten nach der vollen Stunde an. Es ist still und dunkel, und die knappen Stunden bis zum Morgengrauen gähnen ihm entgegen.

Das Meer war voller Leichen, die zwischen den Eisschollen trieben. Walkadaver, die nach dem Flensen, der Entfernung von Tran und Haut, *Krengs* genannt werden. Ein sehr lautes Wort für ein so stilles, so riesiges, so unbestreitbar totes Ding. Und ein so widerliches, wie er irgendwo gehört oder gelesen hat. Die härtesten Seebären schreckten vor dem Gestank zurück, und mit lautem Zischen traf ihr heißes Erbrochenes auf die Wasseroberfläche. In seinem Traum hat es nach Formaldehyd gerochen, weil ihm der Geruch von verwesendem Fleisch unbekannt ist.

Im Halbschlaf legt er seine Hand auf nackte Haut und denkt, Julia neben mir fühlt sich sehr weich an. Sie ist immer noch in ihrer eigenen Arktis und träumt das Folgende:

*Eistiefes Blau, glatt wie Haut, weich wie Haut, gewölbt und eingesunken. Im Mondlicht sehe ich bis zum Ufer und weiter, aber niemand kommt. Ich strecke meine Arme zum Ufer, aber niemand kommt. Seit Monaten kein Sonnenlicht, aber nun scheint der Mond hell genug auf den bleichen Schnee. Die Welt hat keine Kanten, und ich genauso wenig. Keine Distanz, die ich er-*

*messen möchte. Alle Distanzen sind überwindbar. Alles ist eins, alles ist gleich weit voneinander entfernt, von mir, auch er. Ich bin gestrandet, hier in dieser Luft, in diesem Eis, dem Indigoblau. Aber ich weine nicht. Ich habe meinen Frieden gefunden. Meine Tränen würden nur gefrieren. Gold und Rosa am Himmel. Er kommt nicht.*

Während Julia ausgestreckt auf dem Ruhepol der sich drehenden Welt liegt, denkt der schlaflose Simon – vielleicht handelt es sich um einen seltenen Zufall – über ebenjenen Pol nach, um den wir alle kreisen. Menschen von großem Tatendrang haben unsäglich gelitten, um ihn zu erreichen. Wie Julias Urgroßonkel Edward, der sich auf dem Weg dorthin durch den Schnee gekämpft hat. Er gleicht einem Heiligtum, einer Konstante, an die man glauben kann. Simon stellt sich vor, er selbst stünde darauf und fühlte sich so erhaben, wie Edward sich möglicherweise gefühlt hatte. Stolz, zufrieden und im Bewusstsein, den Gipfel und das Zentrum erreicht zu haben, rammt er die Flagge hinein. Kann man eine Flagge ins Eis rammen? Rechnet man ernsthaft damit, dass sie stecken bleibt?

Wie Simon weiß, ist die Wahrheit eine Farce und eine Geduldsprobe. Nähert man sich dem Pol, richtet sich der wild gewordene Kompass nach einem anderen Norden aus (einem Punkt, der mittlerweile um Hunderte von verwirrenden Kilometern nach Süden gewandert ist) und zwingt den erschöpften, aber unerschrockenen Entdecker dazu, das Areal wieder und wieder abzuschreiten, um bei der Rückkehr sagen zu können: »Ich muss irgendwann darauf gestanden haben.« Nichts, was beweisbar wäre, außer die eigene Abgeschlagenheit – und nichts weiter zu essen als die Schlittenhunde, oder zumindest war es so, als Julias geliebter Vorfahr damals jene hoffnungslosen Pfade einschlug. Unmöglich zu wissen, welcher Schritt der entscheidende ist, in welchem Moment sich die ganze Erde unter einem dreht. Man kann nicht darauf ausruhen. Über den Pol schreitet man, ohne es zu merken.

Den Dichtern lässt sich die Schuld nicht zuschieben. Die ganze Welt richtet sich danach aus. Das Gradnetz orientiert sich an diesem sogenannten Fixpunkt; eine notwendige, eine nützliche Fiktion, dabei – und genau das raubt Simon, der nicht willens ist, in sich zu gehen, den Schlaf – ist der Punkt gar nicht fixiert, er ist alles andere als ruhend. Das erzürnt Simon: Der Ruhepol wackelt. Ja, er wackelt, ein absurder und unwürdiger Begriff für die Wahrheit. Die Erde bleibt nicht konstant auf ihrer Achse. Es gibt keine lange Stange im All, die durch ihre Mitte führt und sie stabil hält. Sie schwankt, nur ein bisschen, während die Jahre verstreichen.

Die Gedanken krümmen sich und rutschen aus dem Zusammenhang und wieder hinein, bis der von seiner Wut auf die Unzuverlässigkeit der Erde ganz ausgelaugte Simon endlich wieder einschläft. Dem Radiowecker zufolge ist es 04:29, und Sie können versichert sein, dass die Zeitangabe auf diesem bestimmten Nachttisch, auf Simons Seite des Betts, korrekt ist. Die Zeiger seiner Armbanduhr stimmen überein.

Kurze Zeit später, in der sich anschleichenden Helligkeit und der Hitze des kommenden Tages, die schon in der Luft hängt, wacht Julia auf. Abrupt wirft sie die Decke beiseite (die sie in den vergangenen Stunden wieder über sich gezogen hatte) und schwingt sich aus dem Bett. Ihre Zehen versinken tief in dem dicken Bettvorleger aus weißem Fell, ein unwillkommener Luxus für ihre warmen Füße. Mit automatischer Vorsicht steigt sie über den massigen Kopf des Bettvorlegers, und ihre Fußsohlen klatschen auf den Holzboden, als sie aus dem Zimmer tappt.

Das ist das Wort, das sie beim Gehen denkt, tappen. Sie tappt in den zweiten Stock hinauf, dicht an der Wand, um ein Knarren der Stufen zu vermeiden, sie durchquert den Korridor und steigt eine zweite, krumme Treppe hinauf, ohne auch nur ein einziges Mal danebenzutreten; den Weg durch die dunkle Mitte des Hauses findet sie mit geschlossenen Augen. Vorsichtig drückt sie die schmale Tür am oberen Ende der Stufen auf.

Der langgezogene Dachboden, der sich quer zur Hausfront erstreckt, ist im wörtlichen Sinn bis an die Dachbalken mit Büchern, Dokumenten, Briefen, Kisten, Winterstiefeln und Robbenfellen vollgestopft, mit Skiern und Skistöcken und Navigationsinstrumenten – die zusammengetragenen Überreste von Edwards Vermächtnis. In den Ecken sammelt sich der Staub der Jahrzehnte. Neben der Tür stapelt sich ein hoher, deplatziert wirkender Turm aus schwarzen Segeltuchkoffern, die eben erst Staub ansetzen. Vereinzelte Möbelstücke, die letzten Überbleibsel ehemals prächtiger Ensembles, verblassen und verfallen hier oben; eine Chaiselongue steht trotz der abgewetzten Kanten verführerisch ausgestreckt. Irgendjemand hat Monate damit zugebracht, auf ihr zu faulenzen: auf dem Boden daneben liegt ein Zeitschriftengestöber – wärmende Eintopfrezepte für die Wintersaison, Frühjahrsmode, die besten Strandromane für den Sommer –, dazu die gesammelten Zeitungsbeilagen aus drei Quartalen. An der Wand steht ein kleiner Sekretär, auf dessen grüner, lederner Schreibtischunterlage sich scheinbar wenig benutzte, in schwarzes Leder gebundene Tagebücher stapeln. Darum verteilt steht ein Durcheinander aus gerahmten Fotografien, Bechern mit Stiften, Briefbeschwerern und anderen Nippes.

Über der ganzen Szene schwebt, sicher haben Sie es schon bemerkt, ein Eisbär, dessen Kopf die Dachbalken berührt. Ein Weibchen, welches sich mit beschützerischem Gebrüll über das neben ihr kauernde Jungtier erhebt. Tatsächlich gibt es hier oben eine ganze Menagerie aus einhundert Jahre alten Trophäen, die natürlich allesamt vor langer Zeit ausgestopft wurden. Simon würde die Stirn runzeln – sein bevorzugter Ausdruck ist

»präpariert«. Genau genommen gehören die Tiere Julia, aber Simon ist derjenige, der sich um sie kümmert. Er ist sehr versiert geworden in der Pflege von Pelz, Federn und Häuten, obwohl seine eigenen Präparate mit ihrem feinen, staubigen Fell viel kleiner sind und anderswo in Schubkästen sorgfältig aufgespannt liegen.

Warum ist sie in dieser dunkelvioletten Stunde heraufgekommen, Julia allein zwischen den Tieren, zwischen geerbten Relikten und toten Dingen aus dem letzten Jahrhundert? Sicher steht sie nicht jeden Morgen so früh auf, dann wiederum hat sie keine festen Gewohnheiten. Sie ist aufgewacht und wie unter einem halbbewussten Zwang heraufgeschlichen; vielleicht ist sie auf der Suche nach der Stille des Schlafes, nach Arktisblau in der sommerlichen Morgendämmerung. Die Gazelle am Fenster schaut sie hoffnungsvoll aus Rehaugen an, aber Julia geht nicht so weit, sich zu fragen, worauf das Tier hofft. Sie streichelt sein Fell und wischt sich schuldbewusst die feinen Haare von der Handfläche. Insgeheim nennt sie das Tier Maria, was sie Simon aber nie erzählt hat aus Angst, ausgelacht zu werden (ihre Angst mag begründet sein, doch sie hat auch nie gesehen, wie liebevoll ihr Mann die lateinischen Namen auf die Etiketten schreibt).

Wie das Schlafzimmer geht der Dachboden auf die fast schon aufgehende Sonne hinaus. Die Luft ist von einer seltsamen Helligkeit durchsetzt, die Julias nackte Haut vergoldet und ebenso die Glasaugen, in denen sie sich spiegelt. Sie öffnet ein Giebelfenster und lehnt sich in die anbrechende Dämmerung hinaus. Eine feuchte Kälte erfrischt die vom Vortag immer noch schwüle Luft, eine dunstig grüne Ahnung von Glanz, den die Morgensonne wegbrennen wird. Sie schließt die Augen und genießt den Tau wie ein Elixier auf ihren Lidern: Julia, verzaubert. Könnten wir hinter dem Fenster des gegenüberliegenden Hauses stehen und sie und den Dachboden in ihrem Rücken beobachten – aber

Moment. Man ist uns zuvorgekommen, denn dort versteckt sich bereits eine Zuschauerin. Eine Frau in einem Frotteebademantel hat ihren Tag bereits begonnen und dreht sich die Haare auf, eine geduldige Locke nach der anderen, während sie Julia beobachtet. Von hier können wir den Eisbären und das erschreckte Junge nicht sehen, genauso wenig den Albatros, der sich an Drähten in die Luft schwingt, und den stümperhaft ausgestopften Schneeleoparden mit der zu langen Schnauze. Die Frau am Fenster hat ohnehin keine Augen für den Raum hinter Julia, denn sie ist zu sehr damit beschäftigt, verbittert deren glänzendes Haar zu bewundern, das sich über die zierlichen Schultern gelegt hat, und die hochgeschobenen Brüste über den nicht aus Prüderie, sondern aufgrund der Kälte um den Körper geschlungenen Arme. Verbittert? Zu spät – schon ist die Zuschauerin verschwunden und hinterlässt nichts als eine Haarspraywolke und einen Hauch Parfum.

Julia harrt aus, ahnungslos, verzaubert offenbar, bis ein helles Orange auf ihre geschlossenen Lider fällt. Sie schlägt die Augen auf und sieht die Sonne, die hinter dem Dach des gegenüberliegenden Hauses auftaucht; sie atmet die grapefruitfrische Luft tief ein, dreht sich um und tappt hinaus. Nur der verschreckte, kleine Bär schaut ihr nach; ein flüchtiger Blick, falls man es so nennen darf, ein gläsernes Starren, das auf ewig an der Tür hängen bleibt.

Sie lässt sich so sanft wie möglich auf die Laken sinken, um Simon nicht zu stören, der sich aber dennoch gestört fühlt. Sie schläft sofort wieder ein und wird zwanzig Minuten später vom Radio geweckt, das sehr laut ist und das Simon keine Anstalten macht auszuschalten. Simon, dessen Nacht viel zu schnell vorbeigestampft ist, rächt sich dafür, dass ihm die letzten zwanzig Minuten genommen wurden. Er bleibt für eine Weile liegen und studiert die schrecklich vertrauten Risse im Deckenputz in dem Wissen, nun aufstehen zu müssen; die Haut um seine Augen ist vor Müdigkeit geschwollen. Dabei hat er, wir wissen es, an seine persönlichen Sorgen tatsächlich weniger als eine Stunde verloren. Aber er ist ein sehr gründlicher Schläfer und hat, um es noch einmal zu wiederholen, nichts für Träume übrig; er freut sich nicht auf den Tag und würde ihm gern weniger erschöpft entgegentreten. Den vergangenen Abend verbrachten sie anders als gewohnt und gingen später als sonst zu Bett, hinzu kommt noch der Liebesakt. Als er den Kopf dreht, wundert er sich über den Gesichtsausdruck seiner Frau, die, in seine Richtung zusammengerollt, lächelt und sich nicht über seine Gedankenlosigkeit zu ärgern scheint (seine vermeintliche Gedankenlosigkeit; nie ist er unbedacht gedankenlos). Ein Lächeln, vielleicht nicht so strahlend wie der Morgen, aber möglicherweise ein Zeichen der Freude, ihn zu sehen.

»Ich mag dieses Stück«, sagte sie, wie um ihn zu ärgern, wie um zu bestätigen, dass sein Schuss nach hinten losgegangen ist und nichts ihren perfekten Tag ruinieren kann, ihren perfekten Sommertag, an dem sie anscheinend nichts tut, während er in – verdammt – einer Stunde und fünfundzwanzig Minuten bei der Arbeit sein muss. Fünf Minuten hat er bereits mit Herumliegen vergeudet, wird ihm noch genug Zeit bleiben, um zu duschen *und* zu frühstücken? Er will gerade sagen: »Kennst du es überhaupt?«, als sie fragt:

»Hast du gut geschlafen? Soll ich dir Frühstück machen, während du duschen gehst?«, und plötzlich ist er recht beschämt und beschließt, stattdessen zu sagen:

»Es ist von Rachmaninow.«

»Oh, wirklich?« (Sie gähnt verträumt, zufrieden, nicht gelangweilt, noch nicht vom Tag gelangweilt.) »Mir gefällt's.«

»Die CD liegt unten. Hm. Ehrlich gesagt ist das für mich nicht die Sorte von Musik, mit der man den Tag begrüßt«, lässt er sie wissen. Und als er sieht, dass ihr Gesicht ein kleines bisschen zusammenfällt, hasst er sich ein kleines bisschen dafür, und fügt hinzu: »Aber mir gefällt es auch. Regt den Kreislauf an. Eier wären schön – falls du aufstehst.«

Julia lächelt wieder; Simon wartet gnädigerweise ab, bis der letzte, tragische Akkord fast gänzlich verhallt ist, und dann schaltet er den Radiowecker aus, bevor der Moderator das Wort ergreift. Julia verlässt das Bett auf die ihr eigene Weise; es sieht bis zur letzten Sekunde so aus, als würde sie über die Kante rollen und zu Boden fallen. Sie schlüpft in einen jadegrünen Morgenmantel, ein Geschenk von Simon und weitaus glamouröser als der ihrer Nachbarin, jenes Frottee gewordene Elend, das zu erblicken Julia vorhin verpasst hat. Sie summt leise vor sich hin: »How do you like your eggs in the morning?«, obwohl sie die Antwort schon kennt, und auch wenn es anders ist, als der Songtext vorschreibt, auch wenn Simon nicht einstimmt: »I like mine with a kiss«, bekommt er einen – die zweite Überraschung an diesem Morgen – auf die Stirn, als Julia auf dem Weg hinaus ist. Er mag seine Frühstückseier pochiert, gerade so lange, dass das Eiweiß fest ist.

So beginnt der Tag. Kein Grund, warum ausgerechnet dieser Donnerstag anders verlaufen sollte als jeder andere; aber schon jetzt, wo sie ihn kaum begonnen haben, erweist er sich als ungewöhnlich. Was ist passiert, dass Simons und Julias Morgen so anders ist? Diese Zuneigung ihrerseits, dieses Geplauder über klassische Musik? Die Bitte um ein aufwändiges Frühstück, wo er sich doch wenige Augenblicke zuvor noch mürrisch überlegt hatte, in der Küche eilig, im Stehen eine Schüssel Müsli zu löffeln und für jeden kratzigen, holzigen Bissen Julia die Schuld zu geben? Die Anomalie setzt sich aus unzähligen Vorfällen zusammen: ein Abendessen, ein kleiner Tod, Untreue. Diese trägen Hochsommertage sind lang, und bis der Abend anbricht, kann in aller Stille alles Mögliche geschehen.

## *Eier und Fasan*

Julia und Simon wohnen in einem viktorianischen Haus, das wie fast alle anderen in diesem hübschen Städtchen unter Denkmalschutz steht. Es gibt den Dachboden, das große Schlafzimmer mit dem sich anschließenden Bad und verschiedene andere Schlafzimmer, ein zweites Badezimmer, eine Küche im Tiefparterre, einen kleinen, aber heißgeliebten Weinkeller, einen schicken Salon, ein großzügiges Esszimmer, ein gemütliches, kuscheliges, dafür sehr unaufgeräumtes Wohnzimmer und weitere Räume, für die wir wahrscheinlich keine Verwendung finden. Das Haus ist voller Bücher, an den Wänden hängen Kunstdrucke, Gemälde und Fotografien, und überall steht Keramik und Glas auf den dunklen, wuchtigen Holzmöbeln herum; es gibt Teppiche und schwere Vorhänge und ein Klavier, auf dem Simon nicht spielt, obwohl er es könnte, und es gibt ausgestopfte Tiere. Vielmehr sollten wir sagen: »präparierte« Tiere.

Nachts stöhnt das mit Erinnerungen überfrachtete Haus. In jedem Schrank stapeln sie sich, in jeder Ecke lauern sie, selbst noch in den Augen des Albatros auf dem Dachboden ... Hören Sie genau hin, dann bemerken Sie das Echo. Achten Sie auf das flüchtige Funkeln in ihren Augenwinkeln: In diesem Haus haben große Männer gesprochen, geschlafen, getrunken und gegessen, damals, in einem anderen, strahlenderen Licht. Hier nahm die Geschichte ihren Lauf, und vielleicht kursiert sie immer noch in den Fluren, um endlich geschnappt zu werden. Julia und Simon wohnen seit nicht einmal einem Jahr in diesem Haus, aber sie kennt die Zimmer, seit sie denken kann; ein Teil von ihr ging hier immer schon auf Wanderschaft.

Julia ist die Nachfahrin eines bedeutenden Mannes. Eines Helden. Julias Vater war der Sohn von Edward Mackley, dessen Vater John einen anderen Edward zum Bruder hatte, Edward Mackley, den berühmten Polarforscher. Aber auch John Mackley war ein Mann von Rang und Namen, ein geachtetes Mitglied der Royal Geographical Society, ein renommierter Arzt und Gelehrter. Das Haus gehörte John; die Menagerie auf dem Dachboden gehörte John. Aber während der ältere Bruder zu Hause blieb, um vorsichtig Tiere zu leeren und auszustopfen und für die Nachwelt zu erhalten, brachten Edward und seinesgleichen die Trophäen nach Hause. John erbte Haus und Praxis des Vaters, aber Edward, der Zweitgeborene, musste seinen eigenen Weg finden, Edward – jung, schneidig, tot – war derjenige, der Geschichte schrieb. Derselbe Edward, der Julia während des Tags beschäftigt, dem sie ihr Archivarinnenohr leiht, dessen Geschichte sie rekonstruiert, dessen Mythos sie freilegt, der, längst erstarrt und erfroren, ihre Träume mit Raureif belegt. Edward, der vom Nordpol angezogen wurde wie Eisenkrümel von einem Magneten und der im Schnee verscholl.

Julia hat ihren Job in der Stadt gekündigt und es sich zur Aufgabe gemacht, die Überbleibsel und Fragmente ihres Erbes zu sichten und zu ordnen, sie auszuwerten und irgendwie zu Edward Mackleys Vermächtnis zu machen. Seine Leiche ist im Eis konserviert, aber sein Leben liegt in ihren trägen Händen.

Im Moment steht Julia in der Küche. Edward wird sie hier nicht finden, aber sie ist ohnehin damit beschäftigt, Eier für das Frühstück ihres Mannes zu kochen – ihr berühmter Vorfahr, der seit über einem Jahrhundert im harten, arktischen Boden liegt, kann noch ein bisschen länger warten.

Sie schlängelt sich schlurfend an Tisch, Geschirr, Stühlen, Pfannen, Ofen vorbei. Sie genießt die Schläfrigkeit ihrer Glieder und das Krähennest auf ihrem Kopf (sie weiß genau, wie ihre

Haare aussehen), die kurze tatenlose Zeit des Alleinseins hier unten, während das Wasser kocht und oben die Dusche läuft. Sie wird warten, bis das Rauschen verstummt, dann wird sie auf die Taste am Toaster drücken, eine weitere Minute warten, die Eier vorsichtig in den Topf gleiten lassen; der Toast wird herausspringen, sie wird beide Scheiben mit Butter bestreichen – nicht zu viel, aber bis an den Rand –, derweil das Eiweiß fest wird, sie wird die Toastdreiecke auf den Rand des Tellers legen und die Eier in die Mitte, damit sie das Brot nicht aufweichen. Und genau in dem Moment, wenn Simon hereinkommt, wird sie den Teller neben die Teetasse auf den Tisch stellen. Diese Genauigkeit ist eigentlich nicht Julias Art, aber heute Morgen will sie es ihm recht machen, und mit nichts kann man es Simon besser recht machen als mit Genauigkeit. Aber momentan schlurft sie noch ziellos und verschlafen umher, starrt in den Topf.

*Schnee; ich träumte vom Himmel, Schnee, etwas Blaues, etwas … Der blassblaue Sonnenaufgang heute Morgen, so perfekt. Wie in Schottland damals, wo war es gleich gewesen? Schottland. Ja, aber wo in Schottland? Auf einem Hügel? Vor einem Haus? Die Sonne, das Meer. Das Wasser kocht, lass es kochen, stell es runter, wenn der Toast reinkommt. Sonne, das Meer, Sand … nein, es war an einem Kiesstrand, einem grauen Kiesstrand, und ich las einen Stein auf und behielt ihn, denn er war magisch, weil er so glatt und rund war, weiß mit einer magischen, dunkelgrauen Linie um die Mitte, einer dunkelblauen Linie, Indigoblau, schönstes Wort des Regenbogens.*

Als die Dusche nicht mehr zu hören ist, denkt sie, es wird gut sein, ihm eine Freude zu machen. Über die Eier wird er sich freuen. Denn in der vergangenen Nacht hat sie ihn beinahe gehasst, und das geht überhaupt nicht. Satan, Fasan … ihre Gereiztheit schlingt sich um einen Halbreim.

Simon kommt in die Küche, sauber und bartstoppelfrei, und Julias Ei-und-Toast-Plan ist aufgegangen; kaum, dass er sich an den Tisch aus massivem Eichenholz gesetzt hat, wird der heiße Teller vor ihm abgestellt. Er schlitzt die Eier an, streut sich Salz in die Handfläche, nimmt etwas davon zwischen Daumen und Zeigefinger und verteilt es in einer Drehbewegung über den Eiern, jeweils drei Schwünge im Uhrzeigersinn, die in einem gezierten Fingerreiben münden. Julia, die ihm gegenübersitzt, bemerkt, dass das eine Eidotter viel gelber ist als das andere, von einem ähnlich tiefen, satten Gelb wie der Klang des Wortes »Dotter«. Das andere wirkt blass, der perfekte Farbton für eine Zitrone, aber es ist keine Zitrone, so sollte kein Eidotter aussehen. Sie fragt sich, welches er zuerst essen wird und tippt korrekterweise auf das blasse. Das Eiweiß wird sorgsam vom Dotter abgetragen und auf ein mundgerecht zugeschnittenes Stückchen Toast gelegt, welches ins Ei getaucht wird. War das dunklere frischer? Oder war es, im Gegensatz zum blasseren, befruchtet? War womöglich auch das blasse befruchtet worden, nur vor kürzerer Zeit? Ist die Nähe zum Huhn-Sein von Bedeutung? Nun macht er sich ans zweite Ei. Zu gerne würde sie sehen, wie sich das hübsche Gelb unter dem Druck der knusprigen Toastecke wölbt und schließlich platzt, um sich auf den Teller zu ergießen, aber irgendwie bleibt das Eigelb bei Simon immer an seinem Platz, verwandelt sich in seinen persönlichen kleinen Tunktopf.

Am vergangenen Abend fuhr er sie nach einem Essen bei den Watsons nach Hause. Er spricht immer von den Watsons, was sie manchmal einfach nur anachronistisch findet, manchmal regelrecht ärgerlich, weil sie sich dann wie eine Hausfrau aus den 1950ern oder 1970ern oder wann auch immer vorkommt. Einer Zeit, in der man, gehörte man der Mittelschicht an, seine Freunde »die Watsons« nannte statt bei ihren Vornamen, James und

Michelle. Anders hatten sie sie nie angesprochen. Tatsächlich kann Julia sich gar nicht erinnern, wann sie den Nachnamen des Paares erfahren hatte; vielleicht anlässlich ihrer Verlobung oder Hochzeit? Unwichtig. Wichtig ist hingegen, dass es heutzutage keinen Grund mehr gibt, »Vergiss nicht das Essen bei den Watsons heute Abend!« zu sagen, so als würde man dort mit einem Sherry und scheußlichen, knallgrünen, aus einem Einmachglas gefischten Oliven und wächsernen Käsespießchen mit Pickles empfangen – eben so, wie es in der zeitlich nur vage einzugrenzenden, aber von Julia lebhaft imaginierten Zeit war, in der man so über seine Bekannten sprach.

Auch Simon, der seinen Teller gerade mit dem letzten, allein zu diesem Zweck aufgesparten Toaststückchen abwischt, denkt über die Heimfahrt nach dem Abendessen nach. Er hatte am Steuer gesessen, weil er am nächsten Morgen früh zur Arbeit musste und deswegen nichts trinken wollte. Julia hegte da weniger Bedenken, und wie Simon weiß, hat James einen ausgesprochen guten Weingeschmack. Und selbst wenn er es nicht gewusst hätte, so hätte Julias Begeisterung nach jedem Schluck es ihn bald wissen lassen. James zählt zu jenen Männern, denen es gestattet, nein, denen es eine Pflicht ist, gesellige Zusammenkünfte zu dominieren. Simon muss zugeben, James ist witzig, intelligent, vielleicht sogar attraktiv, obwohl er im Laufe der Jahre immer lauter wird und man seinem Bauch langsam den Genuss des vielen guten Weins ansieht.

Michelle arbeitet immer noch als Konservatorin, so wie Julia vor dem Antritt des Erbes. Sie ist recht erfolgreich, ein bisschen pummelig, sie trägt Highheels, die die zarten Fußgelenke unter den gerundeten Waden zur Geltung bringen, und hat einen verlockend festen Hintern. Wieder bleibt Simon an ihrem plumpen Zauber hängen, so wie während der Autofahrt schon, als Julia auf dem Beifahrersitz im Rotweinschlummer lag. Er wirkt so spröde, wie er da am Küchentisch sitzt, so als fehlte ihm jede Leidenschaft; wie es scheint, haben wir über Simon noch einiges zu erfahren.

Die letzten Gelbspuren sind aufgewischt, er legt Messer und Gabel in einem perfekten rechten Winkel auf den Teller und steht auf. Julia hat ihre Ellenbogen rechts und links von ihrem Teebecher auf die Tischplatte gestützt und das Gesicht in die Hände gelegt, so dass ihre Wangen und Lippen in die Breite gezogen werden. Sie hebt den Kopf und wirkt ein wenig orientierungslos, als er ihr einen Kuss auf den Scheitel drückt und sich für das Frühstück bedankt, bevor er einen Blick auf die Uhr wirft und in sein Sakko schlüpft. Julia fragt sich, ob er zu warm angezogen ist, sagt aber nichts. Vielleicht ist sie leicht irritiert, weil er sich eine Anzugjacke anzieht, um an einem Sommertag zum Bahnhof zu fahren, vielleicht ist es ihre Art, sich zu rächen; aber so berechnend und boshaft ist sie selten, schon gar nicht vor dem Frühstück. Es ist eher wie ein Driften an der Oberfläche:

*Heiß, zu heiß für einen Anzug, wird es dir nicht zu … zu warm für Eier. Ich will das Ekelzeug nicht. Hinten am Gaumen. Gelbes Dotter Gelbdottergelb. Ich nehme nur Toast.*

Als sie die Tür knallen hört – man muss sie zuknallen, andernfalls schließt sie nicht richtig –, steht sie auf und wandert zum Küchentresen. Der Weg beträgt nur wenige Schritte, aber Julia kann auf jeder beliebig kurzen Strecke wandern, wenn ihr danach ist. Sie setzt noch mehr Teewasser auf, lässt eine Scheibe Brot in den Toaster gleiten. Während sie auf den Toast wartet, starrt sie wieder in den Topf, der inzwischen abgekühlt und von gräulichen Albumenresten verklebt ist. Sie erfreut sich kurz an dem Wort »Albumen« und beschließt, später abzuspülen. Sie bestreicht ihren Toast dick mit richtiger Butter und dann mit echter Pflaumenmarmelade, die sie, sie kann es kaum glauben, selbst gekocht hat. Die Trägheit wird noch eine perfekte Hausfrau aus ihr machen, davon ist sie überzeugt.

Am Vorabend: Der ungeduldige Simon fährt ein bisschen zu schnell. Die Straßen zwischen ihrem Haus und dem der Watsons – es ist ansteckend – haben keine Mittellinie und bieten jeweils nur einem Auto ausreichend Platz. Im Rückspiegel wirken seine Augen überschattet, als er einen schnellen Blick in die Finsternis hinter dem Auto, auf die leere Rückbank wirft, auf die Reflektoren, die aufblitzen und dann in der Dunkelheit versinken, wieder und wieder, im einschläfernden Rhythmus, den ganzen Weg entlang. Am Morgen sitzt Julia vor dem Toast und dem zweiten Becher Tee, eingelullt vom Rumpeln der Waschmaschine, und erinnert sich:

*Ein helles Zucken vor dem Knall, das Licht ist schneller als der Schall; es reist zu schnell. Es kommt aus der Schwärze und schmeißt sich an die Fensterscheibe. Geräusch ohne Namen, kein Knallen oder Knirschen, Simon, selbst schon im Halbschlaf, ruft »Scheiße!« (sie lächelt), normalerweise würde er niemals fluchen, nicht in meiner Gegenwart, vielleicht flucht er, wenn ich nicht da bin, ich weiß es nicht, denn ich bin ja nicht da. Ein Schlag, zwei Schläge auf die Motorhaube. Bitte nicht der Fasanenspruch, sag es nicht, bitte nicht, ich werde dich dafür hassen …*

»Fasan. Tut mir leid, Liebling.«

*Sag es nicht*

»Der Nächste kann ihn mitnehmen und als Abendessen verwerten.«

»Falls jemand ihn findet, darf er ihn mitnehmen. Weißt du, es ist nämlich verboten, einen Fasan mitzunehmen, den man selbst überfahren hat. Es gibt ein entsprechendes Gesetz, das verhindern soll, dass die Leute sie absichtlich überfahren.«

Sie spielt mit dem Gedanken, »Autojagd« zu sagen, verkneift es sich aber, weil es nicht besonders lustig ist und sie es beim letzten Mal schon gesagt hat, oder »Lecker, Wildschaden«, aber das hat sie, sie ist sich sicher, schon mindestens zweimal gesagt.

Simon informiert sie über die Gesetzeslage, wann immer er einen armen Tierkadaver am Straßenrand entdeckt – nicht nur Fasane, sondern auch Füchse, Tauben, selbst Maulwürfe, falls er die entdeckt, egal, wie verschmiert, verstümmelt und zerquetscht sie sind, egal, wie klein und traurig. Aber nun ist es ihnen zum ersten Mal selbst passiert, sie haben im Dunkeln und mit ihrem eigenen Auto einen Fasan oder irgendein anderes gleißend helles Objekt getroffen; und als es passierte, hat sie sich so sehr gewünscht, er würde es nicht kommentieren. Ihr fällt keine Antwort ein, sie kann sich nicht überwinden, und Minuten später merkt sie, dass es zu spät ist, noch irgendetwas zu sagen, und sagt trotzdem: »Vielleicht ist er gar nicht …«, bringt dann aber das Wort »tot« nicht über die Lippen; plötzlich wird ihr schlecht, sie zittert. Wieder hört sie das Knacken des Schnabels, der auf die Scheibe schlägt, bildet sich ein, in den Millisekunden vor dem Aufschlag den Schreck in dem kleinen, schwarzen Auge erkannt zu haben. Eine schreckliche, gähnende Leere tut sich auf, wo sie eben noch gesättigt und zufrieden war. Fast, nur fast sagt er: »Falls nicht, dauert es nicht mehr lange.« Sie öffnet das Seitenfenster und wendet sich mit trockenen, weit aufgerissenen Augen von ihm ab; er schaut zu ihr hinüber und bemerkt, dass ihr Gesicht ziemlich blass aussieht, ziemlich blutleer. Er tastet nach ihr und merkt im selben Moment, dass seine Hand ebenfalls zittert. Er legt sie ans Lenkrad zurück. Für den Rest des Heimwegs bebt Julia unterdrückt und in der Hoffnung, er bemerke es nicht. Schweigend schließt er die Haustür auf, schweigend nimmt er ihr den Mantel ab. Und als sie ihm den Mantel gibt, bricht sie in Tränen aus, was selten genug vorkommt, und er umarmt sie, und sie erinnert sich daran, wie groß er ist, erinnert sich an den Platz für ihren Kopf, neben seinem Brustbein, seit zehn Jahren ist er dort, immer schon hat er dort auf sie gewartet, und Simon schweigt immer noch, drückt seine Lippen aber sanft auf ihr Haar. Er weiß um ihre ständige Nähe zur Trauer, und er wünscht, er könnte sie in ihrer Gesamtheit auffangen. Aber sie ist ihm dankbar dafür, für sein Schweigen; sie wäre nicht ansatzweise in der Lage, ihren Kummer in Worte zu fassen.

Als er zehn Minuten später ins Bett steigt, bemerkt er, wie kalt ihre immer noch zittrigen Glieder sind … und da ist sie wieder, die winzige Ellipse, wir haben uns selbst eingeholt. An einem Mittwochabend, ausgerechnet, kurz vor Mitternacht, das ist sein letzter Gedanke, bevor er einschläft. Aber er freut sich darüber, dass ihr jetzt warm ist und dass sie ihn gebraucht hat.

## *Der Garten*

Es ist zehn Uhr oder kurz davor – Julia ist im Garten und hat ihre Armbanduhr im Haus liegen lassen. Zweieinhalb Stunden sind verstrichen, seit Simon um Punkt halb acht gegangen ist. Nachdem sie den Toast gegessen hatte, erkannte Julia, dass der dumpfe Schmerz in ihrem Nacken und der Ekel vor dem Eiertopf allein vom Rotwein herrührten, dessen Rückstände sich in ihren Gehirnwindungen niedergeschlagen haben. Sie nahm eine Kopfschmerztablette und legte sich wieder ins Bett, bis sie etwa eine Stunde später von einem Fasan geweckt wurde, der aus der Nacht angestürzt kam und sie mitten ins Auge traf. Das Schlafzimmer wirkte hell und harmlos, aber es war zu heiß; sie hatte die Jalousien nicht heruntergelassen.

Die Dusche half ihr, die Träume und die Müdigkeit gleichermaßen wegzuspülen, kaltes Wasser auf leere Gedanken. Am besten versuchte sie gar nicht erst, den Tag zu verplanen oder sich einzureden, der Tag müsse verplant werden. Sie schloss die Augen, legte den Kopf in den Nacken und stellte sich Regen vor, schweren, warmen Sommerregen, der auf ihre Lider trifft, so wie damals … wann?

*An einem heißen Tag in Shorts durch die Straßen einer fremden Stadt laufen und sich um nichts scheren, Rom, es war Rom. Brauner Staub, dunkelrosa Abendhimmel und knallrote Tomaten zum Essen, eine Artischocke, deren Schuppen man abzupft und ablutscht, meine Schwester, die über das Wort* polipo *lacht, es bedeutet Oktopus, den auch ich nie zuvor probiert hatte, aber als ich darauf herumkaute, brachte ich das Wort nicht mehr*

fen über ihre Schultern hängen sehen, nun ist es hochgesteckt und noch feucht vom Duschen, und bei jeder Bewegung gibt es den Kokosduft des Shampoos in die Luft ab. Ihr Gesicht wirkt ruhig und klar – wahrscheinlich wird sie sich später schminken, was sie ein wenig älter machen wird. Dann wird ihrem Besucher auffallen, dass ihr Gesicht nahezu schön zu nennen ist, aber vielleicht wird sie sogar ein bisschen weniger hübsch aussehen als jetzt, wo sie Tess streichelt und ihr Haar sich aus dem Knoten löst. Sie trägt ihr altes Lieblingssommerkleid mit verwaschenem Blümchenmuster; sie liegt auf dem Bauch und kreuzt die Füße in der Luft wie ein junges Mädchen. Möglicherweise sieht sie hier und jetzt, in diesem Garten, umgeben von Grün, hübscher denn je aus. Das satte Sonnenlicht hüllt sie ein und lässt den Goldregen leuchten, unter dem sie liegt. Im Garten stehen auch Obstbäume, dunkle Kirschen reifen in der Hitze, Süße, Überfülle, heißglänzende Blätter; winzige Blumen stehen dicht wie Sterne, blassblau, und es gibt auch hohe Stängel, Violett, Rosa, Cremeweiß, Tränendes Herz und Phlox, sanfte Lupinen, hohe Malven. Julia weiß nicht genau, wie Phlox aussieht. Ein englischer Garten; als Kind dachte sie immer, das Herz sei traurig. Ein Herz ist doch traurig, wenn es tränt? Sie streckt die Hand nach einer leuchtenden Fuchsie aus, um die Blüte zwischen Daumen und Zeigefinger aufzudrücken. Die duftschwangere Luft singt von Rosen und Fingerhut. Vergissmeinnicht.

Von einer Frau in ihrem Alter könnte man erwarten, dass sie Kinder hat, aber sie hat keine. Sie hat Tess, die sie durch hellbraune Schlitze beobachtet, ihre Augen sind kaum gelber als Julias. Sie streichelt die Katze; erkennen wir da Traurigkeit? Vielleicht ist es eine Spätfolge des Rotweins. Im Nachbargarten lacht und kreischt ein kleines Mädchen; die Ketten der Schaukel quietschen und rütteln alarmierend am Gerüst, bis Julia »Vorsicht! Sei vorsichtig …« rufen will, denn hätte sie eine Tochter, würde sie nicht wollen, dass diese so hoch schaukelt. Vor und zurück, mit einem Kichern und einem »Huuu!« lugen zwei kleine Füße in süßen, blauen Sandalen über den Gartenzaun.

*Huuu! Als ich klein war, hing am Ende dieses Gartens eine Schaukel. Zwei in den Apfelbaum geknotete Seile mit einem Holzbrett am Ende. Miranda bestand darauf, dass Jumbles als Nächster dran war. Jumbles? Mumbles? Gumbles hieß er, der Phantasiedachs. Sie stieß die Schaukel an, so fest sie konnte, wieder und wieder, und ich hopste daneben auf und ab und schrie, weil ich es unfair fand. Dann schaukelte sie selbst, und wenn sie absteigen wollte, ließ sie einfach los, am höchsten Punkt, sie ließ einfach los und landete zweieinhalb Meter weiter auf dem Boden wie eine Zirkuskünstlerin. Eines Abends ging ich allein hinaus, ich sah meine weißen Schuhe zwischen den Gänseblümchen leuchten, zwei strahlende Flecken im tiefblauen Gras, dem tiefblauen Abend, verhext. Ein milder Abend und alles denkbar. Ganz allein schaukelte ich höher als je zuvor, als jeder andere, huuu … und als ich am höchsten schaukelte, sprang ich ab, ich segelte durch die Luft wie meine fliegende, außerordentliche Schwester. Ich flog und flog, lautlos wie ein Nachtvogel, und landete mit einem Schlag. Auf dem Gesicht und mit ausgestreckten Armen, benommen, bis das Herzrasen sich legte und ich den Schmerz fühlen konnte. Ich weinte leise, aber als ich die Schramme in meinem Gesicht bemerkte, plärrte ich los.*

An einem Tag wie diesem fliegen solche kleinen, nostalgischen Erinnerungen durch die Luft wie Samen und Pollen und Spinnen. Julia kennt und liebt diesen Garten, seit sie ein kleines Mädchen war. Wann immer ein Garten als Hintergrund einer Geschichte oder eines Traums gefragt ist, taucht dieser Garten vor ihrem geistigen Auge auf. Er ist schmal und länglich, und er ist alles andere als gepflegt. Damals regneten die weißen Blütenblätter des Apfelbaums auf einen Märchenriesen. Hohe Mauern haben sich selbst gebaut, und nur Julia kennt die kleine Geheimtür. Auf dem Rasen wurde so manche Teeparty veranstaltet – tatsächlich war Julias Tante Helen mit vielen exzentrischen Persönlichkeiten bekannt, und genau an dieser Stelle haben sich berühmte Künstler mit ihren barbusigen Freundinnen im Gras ausgestreckt. Ein schlanker, dunkelhaariger Abenteurer ist mit der Frau, die er heiraten würde, im Mondlicht durch diesen Garten geschlendert. Er bittet um ihre Hand und legt sein Herz hinein; sie verspricht, es bis zu seiner Rückkehr festzuhalten. Edward und seine Emily. In Gedanken hat Julia die Szene unzählige Male nachgespielt.

Tess schnurrt unter ihren streichelnden Fingern. Das Buch liegt aufgeschlagen da: Die Geschichte neigt sich ihrem Ende zu, auch wenn viele leere Seiten übrig bleiben. Sogar an einem heißen Tag wie diesem kann man den Frost spüren, wenn man das Papier berührt; der Schauder der Resignation, der Verzweiflung, der Trauer um die nicht erzählte Geschichte. Ein Mann fällt durchs Eis und stirbt. Julia starrt auf die handschriftlich abgefassten Seiten, ohne ein Wort zu lesen.

Edward Mackleys Tagebuch wurde im Frühling des Jahres 1959 in einer von geschwärzten Fingern umklammerten Aluminiumdose in einem eisigen Grab in Franz-Joseph-Land gefunden, zusammen mit einem Foto von Emily und einer Taschenuhr. Seine letzten Tage hatte er in endloser Finsternis auf einer kleinen Insel verbracht und auf einen Sonnenaufgang gewartet, den er nicht mehr erleben sollte; mit zusammengekniffenen Augen, um seine Schrift im dämmrigen Schein der Öllampe zu erkennen, denn die Nachwelt sollte erfahren, welches Schicksal sie erlitten hatten, sollte die Wahrheit jemals ans gleißende Tageslicht der Arktis kommen. Nach Jahren des Rätselratens stellte sich die Fahrt der *Persephone* aus dem Jahr 1899 letztendlich als beherzter Fehlschlag heraus; er war dem Ziel schmerzlich, gespenstisch nahe gekommen und war doch hoffnungslos weit vom Triumph entfernt, war zu spät umgekehrt, um seine Männer zu retten. »Ich fürchte, ich kann nicht mehr weiter«, schrieb er. »Ich kann nicht mehr.« Seine Frau Emily, inzwischen eine alte Frau, die sechzig Jahre lang auf Nachricht von ihrem verschollenen Mann gewartet hatte, weinte vor Stolz, und weil es so schade war, und starb noch im selben Sommer.

## *Glas*

Weit im Norden, über dem Pol, erreicht die Sonne den höchsten Punkt an diesem Tag, der bis zum nächsten andauern wird, so dass der blendend helle, schattenlose Mittag kaum heller ist als die Mitternacht. Aber auch hier in England strahlt die Mittagssonne hell, und der Nachmittag, in den sie gleitet, wird sich bis tief in den Abend ziehen. Schaut man schräg hinauf, ist der Himmel blau, aber nimmt man den Scheitelpunkt ins Visier, fällt man in eine schwarzblaue Tiefe, endloser als der Ozean.

Julia ist nicht mehr im Garten. Die Schreie der kleinen Jenny von nebenan sind verstummt; sie sitzt im Haus und verschlingt Schinkensandwiches. Tess liegt immer noch in der Sonne und genießt die Stille. Die Schreie und das Kichern, die sie eben noch gestört haben, hat sie längst vergessen, recht zufrieden lässt sie sich die Sonne auf den getigerten Rücken scheinen. Die Blumen blühen und öffnen sich jede Minute ein bisschen weiter. Schnuppert man in die Luft, riecht man die leuchtend weißen Laken, die auf der Wäscheleine hängen und sich in der Brise kaum bewegen, die reifenden Pfirsiche, die knackigen Apfelschalen, den tiefgelben Duft der fliegenden Pollen. Die Bienen summen um den Rittersporn herum, ernten jeden Stängel Kelch für Kelch ab und wälzen sich im Blütenstaub wie Süchtige. Distelfalter und Pfauenaugen sitzen in den Sommerflieder geklammert, saugen gierig den Nektar und drängen sich als Flecken in Umbra, Gold, Amethyst und Weiß auf dem lila Hintergrund. Im Schatten des Getümmels wachsen Brennnesseln, ein beißender Stachel im Duftgemisch aus Busch und Erde. Auf einem bestimmten Brennnesselblatt hält jemand inne. Er ist zackenrandig und schimmert in Orange und Rostrot; er stellt die Flügel anmutig auf und zeigt das außergewöhnliche blau-grau-violette Muster der Unterseite, breitet sie dann wieder aus, um in voller Pracht auszuruhen. Bleib kurz stehen und sieh mich an, sagt der C-Falter. Er wird nicht verweilen, er wird längst weg sein, wenn Simon, der so lange auf diese kleine Pause gewartet hat, nach Hause kommt. Schade für Simon, aber er wird es nie erfahren, und ein Glück für den Falter, der einen weiteren Tag zu leben hat, und vielleicht sogar noch einen, der arme, kurzlebige Schöne.

Die Schmetterlinge zittern und klettern, die Bienen summen und wuseln; Tess ist aufgestanden, schleicht herum, leckt sich lüstern die letzten Überreste einer saftigen Schmeißfliege von den Zähnen. Von überall das Knirschen und Seufzen des Wachstums, des Lebens, aber dort, wo Julia war, ist nur noch eine zerknitterte Decke und ein aufgeschlagenes Buch zu sehen. Die Luft regt sich und zerrt an den Seiten, die widerwillig nachgeben; die Wörter werden blasser, bis nur noch Bedauern bleibt. »Ich kann nicht mehr«, flüstert es durch den Garten, und dann blättert eine gnädige Brise bis zum Ende weiter, wo nichts mehr ist als unberührtes Weiß.

Sie ist nicht im Wintergarten, was kaum überrascht, schließlich ist es dort unerträglich heiß; die Palmen gedeihen in der Schwüle prächtig, wir hingegen würden verwelken. Wir gehen durch die Tür ins angrenzende Esszimmer, bevor wir aufgeben, uns in einen Korbsessel fallen lassen und uns mit einem nutzlosen Taschenbuch, das wir in der Hitze ohnehin nicht lesen, Luft zufächeln. Hier drinnen ist es kühler, und als unsere Augen sich von dem gleißenden Licht erholen, wird deutlich, dass auch dieses Zimmer menschenleer ist. Niemand sitzt an dem langen Esstisch, der seit hundert oder mehr Jahren hier steht. Schöben wir ihn beiseite, kämen dort, wo die vier Tischbeine den im

Laufe der Jahre verblichenen und verschmutzten Teppich plattgedrückt haben, leuchtend rote Rechtecke zum Vorschein. Daneben steht eine Anrichte (ziehen Sie sie von der Wand weg, um das ursprüngliche Muster der Damasttapete zu erkennen); darauf sehen wir Suppenschüsseln aus Porzellan, eine kristallene Obstschale, Silberschälchen und eine Vase – schlicht, schlank, nicht im Einklang mit der Epoche, seltsam deplatziert auf dem runden Häkeldeckchen. Überall im Haus hat Julia ihre Habseligkeiten zwischen die Erbstücke gestellt. Sie kann sich nicht überwinden, irgendetwas davon wegzuräumen, geschweige denn zu verkaufen. Andenken – ihre eigenen und die ihrer Familie – drängen sich auf allen Abstellflächen, haben sich jahrelang hier angesammelt, so dass alles von einer dicken Schicht aus Erinnerungen bedeckt scheint. In einem Haus wie diesem fällt manchmal jede Bewegung schwer.

Die Vase mit der azurblauen Glasur wurde schon auf der Heimreise am Boden angeschlagen. Legen Sie Ihr Ohr an die enge Öffnung, dann können Sie möglicherweise das dumpfe Echo des Pariser Flohmarkts vernehmen; spähen Sie hinein und entdecken Sie einen jüngeren Simon, der zur Brieftasche greift, erhitzt und eifrig und glücklich, weil er ihr mit dem Geschenk eine Freude machen kann. Nehmen Sie sie hoch und fühlen Sie die kühle Wölbung unter Ihren Handflächen; so hielt Julia sie einst, vor acht Jahren, als sie in einem Straßencafé Rast machten, um einen Kir zu trinken. Sie hob sie an ihre Lippen und küsste sie, stellte sie vorsichtig ab, legte ihre Hände mit derselben Geste an Simons gerötetes Gesicht und küsste auch das.

Wenn wir die Vase vorsichtig abstellen und durch die geöffnete Flügeltür in den Salon gehen, entdecken wir auch hier den gleichen Staub, dieselbe drückende, geschichtsschwere Stille. Wozu braucht ihr die Lichter von Paris?, tönt der Kronleuchter. Ein Dekanter aus Kristallglas steht auf einem Silbertablett. Julia wagt es nicht, ihn zu benutzen, aber sie kann sich erinnern, dass ihre Tante Whisky daraus ausschenkte. Ihr Vater, ein ruhiger Mann, der niemals Schnaps trank, außer Tante Helen nötigte ihm welchen auf, leerte Glas um Glas, weil er, solange er noch stehen und ohne zu lallen sprechen konnte, lieber sturzbetrunken als unhöflich war. Später vertrug er den Schnaps natürlich nicht mehr, so wenig wie alles Übrige. Julia erinnert sich daran, wie sich ihre Mutter und ihre Tante nach dem Tod des Vaters aus demselben Dekanter einschenkten, Branntwein diesmal. Sie erinnert sich an die siebzehnjährige Julia von damals, die nur ihre Ruhe haben wollte und stattdessen Trost fand. Als sie eintrat, hoben die Frauen den Kopf, beide Gesichter tränennass und lachend, und sie schenkten Julia ein Glas ein. Und nach dem dritten Glas war es endlich so weit, nach drei Tagen des Schweigens, nach einer tränenlosen Beerdigung lachte und weinte Julia ebenfalls. Wenn sie nicht aufpasst, rührt sie der Geschmack von Branntwein bis heute zu Tränen.

Aber bevor er an Tante Helen ging, gehörte der Dekanter, so wie alles andere in diesem Haus, John Mackley. Aus ebendiesem Dekanter schenkte John gegen Ende des neunzehnten Jahrhunderts seinem Bruder Edward an unzähligen Abenden Portwein aus. Edward, den man möglicherweise zum Ritter geschlagen hätte, wäre ihm die Heimkehr gelungen, hielt die schlanke Karaffe selbst in seiner starken Hand. Fühlen Sie nur, wie schwer das Ding ist! Der breite, flache Boden, das Klirren des Stöpsels, wenn das geschliffene Glas herausgleitet, die befriedigende Schwere der bauchigen Form. Der Rautenschliff des Kristallkörpers reflektiert das gelbe Licht, alles beginnt zu schillern … aber nein, es liegt nur an der Sonne. Selbstverständlich brennt der Kronleuchter nicht. Es ist kurz nach Mittag – der große Zeiger der antiken Wanduhr ist soeben auf Viertel nach zwölf eingerastet. Die Uhr ist alt, und der Schönheit des eingelegten Ziffernblatts ist trotz aller Bemühungen Simons nicht zu trauen. Aber auch wenn Simons Armbanduhr uns verraten würde, dass es eine Minute früher ist oder achtundvierzig Sekunden später, sagt uns die Wanduhr, dass wir uns am Höhepunkt eines Hochsommertages in der ersten Dekade des einundzwanzigsten Jahrhunderts befinden und dass mehr als hundert Jahre vergangen sind, seit Edward Mackley in diesem Zimmer Portwein trank, mehr als hundert Jahre, seit er starb.

Die Haustür fällt ins Schloss. Und dort, im Flur, ist sie endlich. Der Raum ist düster und kühl, und für einen Moment wird Julia vom goldbraunen Licht aus dem Glasoval in der Tür gerahmt. Da ist sie endlich, sie steht vor dem Spiegel und spürt ein leichtes Frösteln auf der Haut, weil sie aus der Mittagshitze der Straße kommt. Vergoldeter Rahmen, ein paar blinde Flecken unten links. Julia ist immer noch vom Sonnenlicht geblendet und nimmt den Raum hinter sich nur als dunklen Fleck wahr; die Standuhr am Fuß der Treppe ragt in die Höhe wie ein dunkelbrauner Schatten mit bleichem Gesicht, der dumpf im Zwielicht pocht. Es gelingt Julia nicht, sich in die Augen zu sehen, unmöglich, sich auf die Mitte ihres Gesichtsfeldes zu konzentrieren; langsam weiten ihre Pupillen sich, fokussieren, heften sich an das Spiegelbild. In diesem Augenblick hängt sie irgendwo zwischen ihrem Körper und ihrem Abbild fest, sie ist im Glas gefangen.

Auf diese Weise hat der vergoldete Rahmen schon viele hundert Schicksale eingefangen. Lässt sich davon noch etwas erkennen? Was geschieht mit ihnen, mit all den Reflexionen, die durch diesen Spiegel gehuscht sind – lungern sie noch irgendwo herum, jene Menschen, die sich hier betrachtet, die hier innegehalten haben? Vielleicht verbirgt sich hinter Julias Augen eine zweite junge Frau, ein zweiter bronzegesprenkelter Blick, der immer noch in den Tiefen der silbrigen Oberfläche glüht. An diesem Tag lässt sich die Vergangenheit nicht so einfach abschütteln. Überall in diesem Haus macht sie auf sich aufmerksam, aus allen Ecken schleicht sie sich an. Vielleicht brennen die Lichter am Kronleuchter doch?

An einem besonders schönen Abend im Oktober 1897 hatte der Spiegel das große Glück, das Bild der neunzehnjährigen Emily Gardiner zu reflektieren, die sich kurz zuvor von der Gesellschaft entschuldigt, ihr Aussehen überprüft und es für mangelhaft befunden hatte. Die braunen, viel zu hellen Augen leuchteten fiebrig, und die Wangen glühten rot, so als wäre sie selbst eben erst aus dem Schnee hereingekommen. So ging es nicht! Sie musste sich sammeln und würde von nun an jedes weitere Glas Punsch ablehnen. Denn Jane Whitstable, die noch nebenan saß, hatte sich den ganzen Abend lang am selben Glas festgehalten, sie hatte genippt und gefällig geantwortet, wann immer sie gefragt worden war, und ein zartrosa Hauch hatte ihre Wangen überzogen, als Edward Mackley sich verbeugt und ihr die Hand geküsst hatte. Wenn ein Mann aus der Wildnis heimkehrt, wünscht er, von einer solchen Dame empfangen zu werden. Nicht von einer rotbackigen Wilden mit irrem Blick.

Aber wie hätten die Schilderungen des Norwegers sie kaltlassen können? Als Dr. Nansen von seiner Reise erzählte, von den Lichtern, dem Eis, hatte sie zu Edward hinübergeschielt und war überzeugt gewesen, dass auch er fasziniert war; seine starre Haltung, sein Arm auf dem Kaminsims, sein kantiger Kiefer. Die Hunde und die Schlitten und die Männer; die Walrosse, die Wale, die Wellen und überall das Eis, sein Seufzen und Stöhnen. Den Himmel in solchen Worten beschrieben zu hören. Den bleichen Schein der Lichter in der arktischen Nacht zu sehen, den Mond und später die Sonne, die wochenlang über den Horizont wandern. Das Wogen der gefrierenden See zu hören; die Sterne, weiß wie Frost, die Nacht in Schwarzblau und Weiß. Draußen auf der Eisscholle den harten, faden Zwieback zu essen, zum Schiff zurückzukehren, um Dart zu spielen, Bier zu trinken, zu singen. Endlich, nach Monaten der Sehnsucht, zu der Frau zurückzusegeln, die winkend am Kai steht. Die ersehnte Frau zu sein. Neben einem Helden zu liegen … Nein, Schluss damit! Solche Sinnlichkeit im Flur; kein Wunder, dass ihre Wangen brannten. Sie strich sich Leibchen und Röcke glatt und drückte den krummen Rücken durch, bis sie vielleicht nicht ganz so schwanenhaft wie Jane Whitstable aussah, aber dennoch einigermaßen anständig. Sie holte tief Luft, betrachtete sich im Spiegel, sah ihre gehobene Brust und die schmalen Nasenflügel. Jane Whitstable mochte hübsch wie ein Pfirsich sein, aber ihre kleine Stupsnase war nichts im Vergleich zu Emilys, die fein geschnitten war, gerade und perfekt proportioniert. Na also. Das war der letzte Schliff, der ihr noch gefehlt hatte, und nun war sie bereit, allzu bereit, sich mit hoch erhobenem Kinn (auch das war gar nicht übel) wieder in Gesellschaft zu begeben.

So kehrte sie in den Salon zurück, und noch am selben Abend nahm die große Romanze der Mackleys ihren Lauf; seit einem ganzen Jahrhundert erzählt man sich die Geschichte in der Familie, sie wurde in Dutzenden Nacherzählungen durch die Zeit gereicht, um schließlich bei Julia anzukommen, im Heute – ihre Lieblingsgeschichte, seit sie ein Kind war. Der schneidige, wenn auch etwas magere junge Offizier, der gen Norden aufgebrochen war, als Emily vierzehn Jahre alt war und für den sie geschwärmt hatte – auch wenn sie ihn vielleicht lieber ein bisschen kräftiger und nicht ganz so dunkel gehabt hätte –, war heimgekehrt. Der Zehnjahresabstand zwischen ihnen hatte sich verringert; während die Zeit verstrichen war, hatte seine Brust sich verbreitert, und Emily hatte die Lyrik entdeckt und damit die Möglichkeit, dass der Mann mit grüblerischer Miene und dem Funkeln in den beinahe schwarzen Augen am Ende vielleicht ihrem Ideal entsprach. Der Mann mit dem entschlossenen Kinn und dem kräftigen Unterarm auf dem Kaminsims.

Das Schiff, mit dem Edward 1892 davongesegelt war, um Emily dem Heranwachsen zu überlassen, hatte den Auftrag, bereits bekannte Gefilde zu erforschen. Es war bis zu einem ansehnlichen Breitengrad gekommen. Den Sommer verbrachte man mit der Jagd und der Ergänzung von Karten, die andere Männer gezeichnet hatten. Man war weit genug gen Norden gesegelt, um zweimal überwintern zu müssen; als das Eis das Schiff im zweiten Frühling endlich freigab, weder der Druck noch die langen, öden Monate der Dunkelheit Schaden angerichtet hatten und der Kapitän Kurs auf die kanadische Küste nehmen ließ, stand Edward vor Wut schäumend am Heck, weil er unbedingt umkehren wollte. Er sagte der aufklarenden Welt, die er hinter sich lassen musste, Lebewohl, aber noch während die Dämmerung lila und jadegrün glühte, schwor er sich, als sein eigener Herr zurückzukommen. Noch bot die weite, weiße, als vermeintliches Land begriffene Ebene Edward genug Platz, seinen Namen in großen Lettern daraufzudrücken, auf dass er im Schnee für immer sichtbar sei, im hellen Schein des arktischen Mondes wie im gleißenden Tageslicht.

Als er Dr. Nansen im Salon der Familie sprechen hörte, auf Einladung seines Bruders hin, dachte er: Auch ich könnte diesen Weg einschlagen und Richtung Nordost bis Spitzbergen segeln! Und dann dachte er: Ich könnte noch weiter segeln. Weiter nördlich, als dieser Mann je gesegelt war; bis zum nördlichsten Punkt der Erde, ich könnte ihn finden, festlegen, die Welt würde sich unter meinen Füßen drehen. Das war es, was Emily in ihm hatte brennen sehen, es war die Flamme seines Ehrgeizes, die sogar das Kaminfeuer überstrahlte.

Edward hatte auf See viele Monate ohne weibliche Gesellschaft zugebracht, und sicher kann man ihm verzeihen, dass er nach seiner Ankunft in London den wilden Trieben seines Herzens erlag; aber obwohl die Reize der Damen am Leicester Square nicht zu vernachlässigen waren, hatte er seinen Pflichten nachzukommen und – widerwillig – in den Schoß der Familie zurückzukehren. Die Pflicht kam ihn schwer an, denn die Frauen, mit denen er Umgang pflegen würde, langweilten ihn. Ihre Bewunderung für sein großes, einziges Abenteuer langweilte ihn. Er wusste, Frauen wie Jane Whitstable würden der Ehe mit einem Forscher, einem Helden, so lange nicht müde, wie er nur besonnen genug war, nicht wieder auf Forschungsreise zu gehen. Bis in alle Ewigkeit wäre er für seine einzige, vergebliche Expedition bekannt, was ihm in der Kleinstadt, deren Gefangener er wäre, durchaus zu Ruhm gereichen mochte. Er würde allseits geachtet sein und Kinder zeugen, und seine Frau säße nähend in einer Ecke; die Mädchen würden allerliebst Klavier spielen und die Jungs entweder John oder Edward heißen. Zum Frühstück würden Räucherfisch und Eier mit Speck serviert, zum Mittagessen Auflauf oder Kotelett, danach der Tee mit Gebäck und Toast und anschließend das Abendessen – als Vorspeise Spargelsuppe, dann Seezunge, dann Wachteln, dann Kalbfleisch, zum Nachtisch Kirschauflauf, dann Zigarren, dann Portwein, dann Schlaf in getrennten Betten, dann Gicht oder Rheuma und dann, endlich, der Tod.

Da reichte ihm Emily Gardiner die Hand und errötete verwirrt, weil er diese küssen wollte, und sie wurde nicht nur rosa, sondern tiefrot, und was das Kokettsein anbetraf, so stellte sie sich dabei entweder schrecklich ungeschickt an oder gab sich gar keine Mühe. Aber als sie sich über den Schnee unterhielten, funkelten ihre Augen wie Eiskristalle, in denen sich das Licht bricht. Sie liebte ihn für die Gefahren, die er überstanden hatte … und er liebte sie, weil sie ihn deshalb wertschätzte. Sie würde ihn nicht vom Abgrund zurückhalten, sondern ihn anfeuern, den Abgrund zu überwinden und zu wahrer Größe zu finden.

So begann die Lieblingsgeschichte der Familie Mackley.

## *Porzellan*

Auf dem Tisch im Flur stehen Blumen in einer Vase. So wenig kunstfertig – und zweifellos von Julias Hand – arrangiert, als wollten sie sagen, sie seien sich selbst Kunst genug. Leuchtende, bunt gemischte Blüten, gelb, blau, weiß und lebendig; stellen Sie sich vor, wie sie aus dem Garten hereinkommt, den Sommer auf den Armen und eine Duftwolke aus Hyazinthe und Lilie im Schlepp. Aber die Blumen, Sie haben es längst bemerkt, verwelken schon. Sie wurden abgeschnitten und ohne Rücksicht auf ihre Empfindlichkeit in die Porzellanvase gestopft. Noch während wir zuschauen, geht ein Schaudern durch eine der Blüten; sie scheint aufzuseufzen und fällt dann auf den Haufen jener Blätter, die sich im Laufe der letzten Stunde still und heimlich von ihrer Blüte gelöst haben. An den Rändern werden sie braun. Keiner hat die Blätter von den Stängeln entfernt, nun stehen sie im Wasser und verfaulen. Wenn wir dicht genug herankommen, um uns von den orangen Staubgefäßen benetzen zu lassen, können wir den fauligen Duft aus der Tiefe der Vase riechen. Die Pollen hinterlassen rostfarbene Flecken auf der Tischdecke, die Johns Frau, Julias Urgroßmutter Arabella, handbestickt hat. (In der Stadt spielt Simon mit dem Gedanken, seiner Frau Blumen mitzubringen; natürlich kann er jetzt nicht sehen, wie das Blütenblatt fällt, und nur dem Zufall ist geschuldet, dass ihm die Idee genau in dem Moment kommt, als die Lilie stirbt. Er hat seine eigenen Gründe, wie sich später vielleicht noch herausstellen wird.)

Das zuletzt gefallene Blütenblatt hat sich im Luftzug von Julias Bewegungen freigerüttelt; wir haben sie kurz im Flur gesehen, in einem goldgerahmten Moment des Innehaltens, aber inzwischen ist sie schon wieder weg, hat den Blickkontakt zur Vergangenheit hinter dem Spiegel abgebrochen. In der Küche steht die Ausbeute ihres jüngsten Ausflugs in braunen Papiertüten herum. Sie hat ihre Sandalen abgestreift und steht nun in einem Rechteck aus Sonnenlicht auf den warmen Bodenkacheln. Sekundenlang drückt sie die Zehen auf den Steinboden. *Terracotta*, denkt sie, gebackenen Lehm unter den Füßen.

*Terracotta, terra firma, alte Karten mit ausgefransten Rändern, ganz anders als die warmen Erdsteine unter meinen Fußsohlen*

Und dann schmiegt sich etwas Drahtig-Weiches an ihre Unterschenkel. Julia beugt sich hinunter, nimmt Tess auf den Arm und drückt sich das flache Katzengesicht an die Wange, sie sagt ihr, sie stinke, und setzt sie sanft auf den Boden zurück, womit die Katze ganz zufrieden ist – das Gefühl der Hand an ihrem Bauch hat ihr missfallen, denn sie hat sich mit Thunfisch vollgeschlagen, als Julia einkaufen war. Julia steht barfuß am Küchentisch und tunkt ein abgebrochenes Stückchen Brot in Olivenöl. Die reifen Tomaten aus dem Korb am Straßenrand sind dick geschnitten und schmecken noch nach Sonne. Wieder breitet sich Italien in ihrem Mund und ihren Gedanken aus, sie hat drei Tomaten gekauft, die einen satten, dunkelgrünen Rebenduft absondern, einen erdigen, fast beißenden Geruch, der über die Süße der Frucht hinwegtäuscht. Erdbeeren hat sie ebenfalls gekauft, sie hat sich das Körbchen unter die Nase gehalten, während dem danebenstehenden Verkäufer das Herz in voller Röte aufging. Dann weiter zum Bäcker, gleich nebenan. In der Tat eine entzückende Kleinstadt, an allen Straßenecken finden sich Läden wie dieser, wo noch selbst gebacken wird, Produkte aus eigener Erzeugung angeboten werden; die Eier, unter deren brauner, welliger Schale Dotter in allen Gelbtönen warten, kommen frisch vom Bauernhof.

Julia auf dem Rückweg, vor wenigen Minuten; sie hat sich das Brot unter den einen Arm geklemmt, am anderen schwingt die Gemüsetüte. Sie summt leise. Die heiße Straße riecht nach Sommer, im Vorbeigehen nickt sie den Nachbarn zu. Der Gemüsehändler, der gerade einen Korb mit Salatköpfen füllt, so weich und kraus und grasgrün, dass Peter Rabbit sich sofort hineinstürzen würde, schaut ihr nach. Ein Mann, der gerade den Rasen vor seinem Haus mäht, hält inne, um sie zu bewundern, ihren hellbraunen Rücken, die schmalen Träger ihres Kleides, den zur Seite geneigten Kopf, die sorglos sich wiegenden Hüften im Sonnenschein, so als tanze sie nach Hause. Er denkt an seine Frau, die letztes Jahr gestorben ist und auch einmal jung war; er schirmt das Sonnenlicht mit einer Hand ab. Falls dieser Einkauf nicht viel mehr als ein kleiner Versuch ist, der Langeweile ein Schnippchen zu schlagen, falls Julia ein kleines Hochgefühl verspürt, bloß weil sie die Blicke der anderen auf sich zieht – dieser Mann käme nie darauf.

Die Frau, die zwei Häuser weiter schräg gegenüber von Julia und Simon wohnt, schließt gerade die Haustür hinter sich ab. Sie hat ihren freien Nachmittag und macht sich auf den Weg nach London, um shoppen zu gehen. Am frühen Abend hat sie eine Verabredung, aber sie ist zu aufgeregt und ruhelos, um bis dahin zu warten; seit ihrer Scheidung hat sie sich kaum einmal verabredet, sie wünscht sich nichts sehnlicher als das Gefühl, nicht vollkommen chancenlos zu sein. Als sie sich zur Straße umdreht, ist Julia längst vorbei, hat die Straße überquert, das Haus erreicht und ist ungesehen verschwunden. Die (inzwischen vollständig bekleidete) Nachbarin im Morgenmantel ist der unangenehmen Pflicht des höflichen Plauderns mit der Rivalin entkommen.

Von diesem Ausflug kehrt Julia zurück, als sie die Tür hinter sich zuknallt, um uns vorzuwarnen. Nun hält sie sich in der Küche auf, sie kniet auf dem Fußboden. Ihr Kleid hat einen Ölfleck, und vor ihr liegt ein zerbrochener Teller. Tess sitzt in der Ecke und leckt sich vorwurfsvoll die Pfote.

*Steh auf. Gleich. Gleich werde ich aufstehen und ein bisschen arbeiten. Ich werde den Teller wegräumen, ich werde den Teller wegräumen müssen, schon zum zweiten Mal innerhalb einer Woche geht etwas kaputt, sie waren nicht teuer wir haben sie seit Jahren nie darf ich das gute Porzellan benutzen ich zerbreche alles. Tante Helen sagte: Dumme alte Frau, als ich mich auf den Läufer kniete, um die Scherben einzusammeln, und er reichte mir sein Taschentuch.*

Julia hat ihre Wange in die linke Hand gestützt. In der rechten hält sie eine Tellerscherbe, fünf weitere liegen auf dem Boden. Ihr Blick hat einen Punkt irgendwo dazwischen fixiert.

*Steh auf*

Sie streicht sich mit den Fingerspitzen über das Gesicht und tippt sich langsam auf die Oberlippe.

*Steh auf und geh auf den Dachboden. Zurück zu den Tieren, zurück in den Schnee, der Sonnenaufgang heute Morgen so schön, blassblau*

Mit einer plötzlichen, unvermittelten Entschlossenheit steht sie auf, holt die Kehrschaufel unter der Spüle hervor, fegt die Tellerscherben auf, wirft sie in den Treteimer und beugt sich im Hinausgehen zu Tess hinunter (die ihr den Schreck sofort verzeiht). Das Tagebuch aus dem Garten nimmt sie mit. Leichtfüßig springt sie die Treppe hoch, nur auf dem Absatz bleibt sie stehen, um die Schmetterlinge zu bewundern.

In der Küche hat sie eine Lammkeule in eine Marinade aus Wein, Kräutern und Anchovis eingelegt, deren appetitlicher Duft an Tess' Barthaaren zupft. Tess ist so beweglich, wie jede selbstbewusste Katze es sein sollte, aber sie hat ihre Lektion beim letzten Mal gelernt, als sie versuchte, auf den hohen Kühlschrank mit den glatten Seiten zu springen, es jedoch nur schaffte, an der oben abgestellten Backform zu kratzen und eine komplette Fischpastete über sich auszuleeren. Zugegebenermaßen konnte sie die Gelegenheit nutzen, ein wenig davon vom Boden aufzulecken, bevor Julia, vom Krach herbeigerufen, sie entdeckte; trotzdem war es alles in allem eine sehr entwürdigende Angelegenheit gewesen. So verbleibt das Lamm außerhalb der Pfotenreichweite, um heute Abend serviert zu werden.

Heute will Julia es Simon recht machen; obwohl keiner von beiden es ausgesprochen hat und obwohl sie miteinander geschlafen haben (an einem Mittwoch), weiß sie, dass sie ihn am Vorabend verärgert hat; dass der Ärger über den Abend, den er lieber zu Hause verbracht hätte und den ertragen zu müssen er nicht eingeplant hatte, den ganzen Tag lang über ihm – und ihr – hängen wird. »Vergiss nicht das Essen bei den Watsons heute Abend« – beim Frühstück war sie allein bei der Erinnerung an diesen Satz gereizt gewesen, wo es doch in der Tat sie war, die eigentlich ihn hätte erinnern sollen, egal mit welcher Wortwahl. Er ist zu Recht böse auf sie; sie ist selbst böse auf sich, weil sie so verwirrt und durcheinander ist und er immer recht behält. Wann hatte diese Trägheit angefangen? Seit wann bezauberte sie ihn nicht mehr?

Mit einem schmerzlichen, beschämten Stich erinnert sie sich an ihre Tränen; das schwarze Vogelauge; wann hatte sie zum letzten Mal in seiner Gegenwart geweint? Nicht, als Tante Helen starb, nicht als … es hatte eine Zeit gegeben, in der sie hätte zu ihm gehen und sich umarmen lassen sollen, doch sie konnte einfach nicht. Aber es nützt nichts, darauf herumzureiten. Heute muss sie sich anstrengen bei der Arbeit; sie wird sich anstrengen, damit er sieht, wie glücklich sie in der Rolle der Familienarchivarin ist; es war sein Geschenk an sie, er wollte sie glücklich machen. Sie muss sich Mühe geben. Es wird wie an jenem Tag vor zehn Jahren sein, als sie ihm die Geschichte zum ersten Mal erzählte, sie ihm zuliebe ausschmückte, als tiefster Winter war und sie sich aneinandergekuschelt hatten; sein Kopf hatte in ihrem Schoß gelegen, dort auf dem Bärenfell hatte sie ihm das Haar aus der Stirn gestrichen und mit den Fingerspitzen seine sich andeutenden Geheimratsecken nachgezeichnet, die nur für sie sichtbar waren. Sie wird etwas Neues finden, um ihn zu faszinieren. Sie wird sich mit frischem Elan an die Aufgabe machen.

So kam es, dass sie, als sie sich die Erdbeeren unter die Nase hielt, den Duft von neuem Optimismus einatmete, von Hoffnung auf den nahenden Abend – jene Hoffnung, die sie mit schwingenden Hüften an dem Mann im Vorgarten und an der Nachbarin von Gegenüber vorbeitänzeln ließ (die in diesem Moment ziellos durch die Stadt fährt, um die Stunden bis zum Abend zu verkürzen).

Als sie am Tisch stand und die Tomate aß, als sie Tess' weiches Fell streichelte und als sie auf dem warmen Steinfußboden mit den Zehen wackelte, war sie erfüllt von den neuen Möglich keiten, die der lange Tag, weit und klar wie der Himmel, ihr bot. Sie hackte Rosmarin und Knoblauch und rieb das Fleisch mit Olivenöl ein, betrachtete stolz die eigenen, starken Hände und stellte sich vor, welche Version ihrer selbst mit Simon am Tisch sitzen und mit ihm lachen würde; sie würde sich etwas einfallen lassen, über das er lachen müsste, und dann würde er ihr verzeihen; dann gäbe es nichts mehr zu verzeihen. Als ihr der Teller aus der Hand rutschte, drohte der Tag sich zu verfinstern, aber sie ließ es nicht zu; es war nichts als ein billiger Teller, heute Abend würde sie den Tisch im Wintergarten mit dem alten Tafelsilber eindecken, und die Gläser würden im Kerzenlicht funkeln, während draußen im dunkelblauen Garten Motten und Glühwürmchen die Nacht erhellten.

Die Schmetterlinge, die Julia bewundert, wurden nicht von Simon gefangen, obgleich sie nur ihm zuliebe an gut sichtbarer Stelle hängen; immerhin waren sie es, die ihn zu ihr brachten. Eine Sammlung arktischer Weißlinge, die in Alaska gefangen und nach Edwards erster Expedition von einem Freund präpariert und als Hochzeitsgeschenk überreicht worden waren. Nach der langen Zeit in einem selten genutzten Gästezimmer hängen sie nun als blasse Gespenster im Treppenaufgang. Fünfzig an der Zahl, zu Reihen angeordnet, fünf mal zehn; es handelt sich um eine der schönsten, vollständigsten Schmetterlingssammlungen ihrer Art, die sogar einen mittlerweile als ausgestorben geltenden Falter aufweisen kann, ein weibliches, bläulich schimmerndes Exemplar – jenes winzige Flügelpaar, das Simon vor Jahren in dieses Haus brachte. Die Flügelspanne beträgt weniger als fünf Zentimeter, und wie alle nordischen Kreaturen ist auch diese nicht auf Effekthascherei angewiesen. Diese Schmetterlinge kennen keine Dunkelheit; zwei Jahre oder länger harren sie als Puppe aus, bewegen sich kaum merklich, wachsen schrittweise und warten auf ihren einzigen, langen Tag unter der ewigen Sonne; nach dem Schlüpfen sterben sie, bevor es Winter wird. Sie sehen nicht besonders spektakulär aus. Um die Weißtöne zu unterscheiden, braucht es ein waches, geduldiges, forschendes Auge: wie Eierschale, wie ein Blütenblatt, wie Schnee. Ein Auge, wie Simon es hat. Schon als sein Vater Jagd auf prächtige Distelfalter machte, begnügte Simon sich mit stillen Motten und blassen Zitronenfaltern. Nicht, weil er ein Langweiler wäre. Und auch nicht, weil er keine Phantasie besäße, sondern weil er das Filigrane liebt.

Jetzt, da Julia auf dem Weg zum Dachboden an den Schmetterlingen vorbeikommt, erinnert sie sich an den Simon, den sie vor zehn Jahren kennenlernte, und fühlt eine unerwartete Welle der Zuneigung, die wie ein Kontrastmittel die selbstgefällige Gereiztheit entlarvt, mit der sie ihn mittlerweile betrachtet. Was für ein seltsames Wesen er ist, dachte sie damals, so altmodisch und so jugendlich zugleich, ein Mann mit einem Hobby, das ihn seine offenkundige Schüchternheit bezwingen und ihn um Einlass in fremde Häuser bitten lässt, um sich ein paar Schmetterlinge anzusehen. Ja, in genau diesem Haus hat er Julia entdeckt. Bei jenem ersten Besuch trug er eine Krawatte, weil er direkt von einem beruflichen Termin kam; er hielt sie zwischen den Fingern (die, Julia überzeugte sich mit einem Seitenblick, wie gemacht waren für filigrane Tätigkeiten) und rieb mit dem Daumen die Rückseite des Stoffs, eine winzige Bewegung, eine fast statische Unruhe, die sie aus den Augenwinkeln bemerkte. Sie erinnert sich an sein Zittern, als er neben ihr stand, und an die Reaktion ihrer Haut, die überraschenderweise mit Wärme antwortete. Wie er seine Brille herausgezogen und aufgesetzt, wie er das Gesicht an die Glasscheibe gehalten und »hmmm« gemurmelt hatte, so dass auch sie das Kinn vorreckte – sie musste den Kopf in den Nacken legen, um seinem langen Finger zu folgen, auf dessen Spitze sich das seltene Insekt scheinbar niedergelassen hatte.

Sie denkt an die ordentlich gestapelten Schubfächer, die er ihr wenige Monate später verschämt präsentierte und die inzwischen im neuen Gartenhäuschen ein Zuhause gefunden haben, an das unschuldige Vergnügen, die Schubkästen nacheinander und widerstandslos auf ihren Schienen herausgleiten zu sehen und die Kostbarkeiten zu bewundern, zwanzig Flügelpaare pro Lade, in einer Meeresgrün, Perlmutt in einer anderen, so blassbraun wie deine Augen, hatte er in einem unbedachten Moment gesagt (wann hatte sie Simon zum letzten Mal unbedacht erlebt?).

*Pudrig schimmerne Bronze, die am Rand in feinsten Äderchen zu Indigoblau verläuft, genau wie deine Augen, sagte er, Mazarine, ein weiblicher Rotklee-Bläuling, sagte er, du bist das letzte Exemplar in ganz England, und dann errötete er. Das Wort ein Geschenk, er gab es mir und ich habe es nicht vergessen, Mazarine, irgendwo zwischen einem uralten Meer und einem azurblauen Himmel.*

Jede einzelne Lade akribisch bestückt, die subtilen Abweichungen in Größe, Form und Farbe genauestens auf Lateinisch dokumentiert. Nun, da sie auf dem Treppenabsatz vor den Schmetterlingen steht, spürt sie die Inspiration, die von den winzig kleinen, ein ganzes Jahrhundert später immer noch mustergültigen Etiketten ausgeht. Und sie glaubt, dass ihm, wenn sie ihm nacheifert, wenn er nach Hause kommt und alles in tadelloser Ordnung vorfindet, auch das gefallen wird.

Wir folgen ihr, als sie die Treppe hochsteigt, dicht an der Wand, damit die Stufen unter ihren Füßen nur leise knarren. Sie nimmt sich vor, den Dachboden mit Glasvitrinen auszustatten, in die sie ihre Fundsachen legen kann, eine jede mit einem Etikett versehen.

## *Die Archivarin*

Eine tröstliche Gleichförmigkeit bestimmt Julias Leben dieser Tage; es hat sich zu einem geruhsamen Trödeln durch die Zimmer ihrer Kindheit verlangsamt. Trifft sie alte Freunde – was selten genug vorkommt –, lachen diese herzlich über ihr bequemes Leben und fragen sich, ob sie sich freuen oder Sorgen machen sollen. Sie wirkt so glücklich wie seit Jahren nicht, seit ihre geliebte Tante Helen zum Pflegefall wurde; sie lacht befreiter, sieht nie so aus, als hätte sie heimlich geweint, und scheint das Leben ohne Schuldgefühle zu genießen. Aber manchmal wirkt sie auch fern, irgendwie abwesend.

Seit sie ein Kind war, hat sie hier viele Stunden damit zugebracht, zufällig ausgewählte Gegenstände in die Hand zu nehmen und wieder abzustellen, und jeder Griff trug zur Patina bei, zum Schein der geschliffenen Gläser, zum Schimmer der inzwischen abgewetzten Stoffe. Aber inzwischen ist ihre Wanderung durchs Haus von einem Zweck erfüllt; endlich wird sie einen Bericht erstellen und Edward Mackley als hübsches Gesamtpaket präsentieren, als Katalog, als Biographie, als Abrechnung – sie ist noch unschlüssig, was die Form betrifft. Sie zieht es vor, nicht allzu viel darüber nachzugrübeln; alles wird sich zeigen, wenn die Zeit gekommen ist. Sie zieht es vor, nicht über den genauen Zeitpunkt nachzugrübeln. Gelegentlich macht sie sich Notizen in einem Büchlein; sie packt ein, aus und wieder ein, sie studiert Briefe und Tagebücher und Skizzen; sie lässt sich von ihrer Aufgabe ablenken und schlägt Kissen auf oder kocht Marmelade.

Können wir ihr, falls das Vorhaben sie einschüchtert und sie es vor sich herschiebt, wirklich übelnehmen, dass sie lieber in der Sonne herumliegt? Kann man sich aus den Schilderungen und Tagebüchern anderer Menschen, aus Zeitungsberichten und Relikten einer gescheiterten Expedition ein besseres Leben zusammenflicken als aus – beispielsweise – Klavierkonzerten, einem toten Fasan, einer Katze im Garten, einer Lippenstiftspur, dem Geschmack von Strauchtomaten, dem Duft von Anis und Lilien? Kommen wir je darüber hinaus, dem Steinbruch einzelne Stücke zu entreißen? Nicht alles lässt sich fangen und bestimmen. Selbst ein auf diese Weise dingfest gemachter Schmetterling präsentiert nur eine seiner Seiten. Was ist mit dem C-Falter, der Simons Todesurteil entkommen ist? Sicher, man hätte seine Farben gebannt, aber im selben Moment bliebe die Unterseite verborgen, der für manche hübschere Teil.

Vielleicht tun wir Simon unrecht. Vielleicht wird er an einem schönen Sommertag wie heute, noch in diesem Jahr oder irgendwann im Lauf der nächsten zehn, einen C-Falter fangen und einsehen, dass die Blau- und Braun- und Blutergusslilatöne der Flügelunterseiten in der Tat viel faszinierender sind als die der Oberseiten, vielleicht wird er auf die Konventionen pfeifen (denn er ist nicht in allen Dingen konventionell) und ihn falsch herum aufspießen. Vielleicht bekommt der Falter einen eigenen Rahmen und wird Julia zum Geschenk gemacht, die ihn über ihren Schreibtisch, an dem sie sich endlich zum Arbeiten eingerichtet hat, hängen und mitten im Satz, wenn sie eine Pause braucht, zu ihm hinaufschauen wird.

Aber wer weiß, ob der C-Falter jemals wieder auf den Brennnesseln sitzen wird? Und wie hoch ist die Wahrscheinlichkeit, dass Simon sich zur selben Zeit in der Nähe aufhält? Bekanntermaßen hat Tess schon Schmetterlinge verspeist, einmal sah man einen Flügel aus ihrer grinsenden Schnauze herausragen … Wir wollen den Rahmen des Tages nicht sprengen. Es ist auch ohne die Einmischung der Zukunft anstrengend genug, der Vergangenheit, die die Gegenwart durchdringt, habhaft zu werden.

Auf dem Dachboden sitzt Julia inmitten von Kisten mit Edwards und Emilys unsortierten Habseligkeiten, die im Laufe der Jahre ihren Weg hierhergefunden haben. Als kleine Mädchen waren Julia und ihre Schwester Miranda oft heraufgeschlichen, um wahllos Kisten zu öffnen und sich Hüte und Muffs und geheimnisvolle Robbenfelle anzusehen. Sie erinnert sich an die schweren, winddichten Anoraks, die sie anzogen, um gemeinsam die Eiswüste unter dem Hausdach zu durchqueren, und wie sie sich durch den Schnee kämpften, bis sie einander endlich wiedergefunden hatten und kichernd im eisigen Wind zusammenbrachen. Manchmal schlüpfte Julia in einen Pelz und ließ sich von ihrer Zylinder tragenden Schwester zu einem Ball oder in die Oper ausführen.

Als Tante Helen auszog, ließ Julias Großvater Edward – Johns Sohn – die Tiere heraufbringen. Sie wirkten, murmelte er, makaber, außerdem wolle er das Haus irgendwann verkaufen (obwohl er die entsprechenden Schritte niemals einleitete). Nach einem ersten, schlurfenden Besuch – er war nicht einmal mehr in der Lage, die Treppen zu steigen – verlor er jegliches Interesse an dem Haus, in dem er geboren wurde und das sein Vater ihm vermacht hatte. Obwohl es ihm gehörte, hatte er sich hier nie als Hausherr gefühlt, war er doch im Alter von siebzehn Jahren nach London gezogen und dort geblieben und selten wiedergekommen; anscheinend fiel ihm selbst ein kurzer Besuch schwer. Er war ein alter Mann und hatte nicht mehr die Kraft, sich um den Verkauf zu kümmern, außerdem besaß er genug Geld, um seine letzten, einsamen Jahre anderswo zu verbringen. Er starb friedlich und im Alter von neunundneunzig Jahren in seinem eigenen Bett in Belgravia, während das Haus leer stand und in Erinnerungen und im Staub versank, der nur einmal, beim Auszug der Tiere auf den Dachboden, so rücksichtslos gestört worden war. Simon, dessen geschickte Finger wie gemacht sind für derlei Aufgaben, lernte, die Präparate zu restaurieren (auch wenn sie ihm nicht so gut gefielen wie seine eigenen, geflügelten Trophäen) und wieder lebensnaher herzurichten, indem er kämmte und glättete, ausbesserte, wo es nötig war, und fehlende Augen ersetzte.

Nun blicken die Glasaugen – manche neu, manche alt – zum zweiten Mal an diesem Tag auf Julia hinunter, die auf dem gefegten Boden sitzt. In der düsteren Wärme schmeckt sie kaltes Meersalz auf ihren Lippen.

*Kalte Wellen schlagen gegen meine nackten Füße, mein Urgroßonkel Edward ist irgendwo draußen auf dem Wasser. Ich habe ihn am Bug stehen sehen, stolz war sein forschender Blick aus schwarzen Augen. Die Haut schon rot vor Kälte, aber ich wollte partout nicht aus dem Wasser steigen, auch ich würde eines Tages Abenteuer erleben, die Wellen würden mich heben und wiegen, und wenn die See rauer würde, schlüge ich alle Luken zu, holte das Toppsegel ein und würde frisch und munter sein. Ich würde mich an den üblen Geschmack des braunen Rums gewöhnen. Ich würde so flink und clever wie Edward sein, so stark und weise, aber ich würde nicht im Schnee sterben.*

Julia sitzt auf den Holzplanken des Dachbodens und tippt mit der Spitze eines feinen Kugelschreibers (gestohlen aus Simons Vorrat) auf einen Notizblock. Eine wirre Anhäufung dunkler Punkte sammelt sich am Rand der Seite, auf die sie geschrieben hat

*Kiste 004*

– in der Annahme, die vorgestellten Nullen könnten ihrem Vorhaben eine zusätzliche Autorität verleihen, einen Anschein von Systematik –

*Objekt 8: Gewehr*

– gefolgt von einem ausdrucksstarken Punkt:

.

Sie legt das Gewehr an und zielt auf den Eisbär in der Ecke. Dann überfällt sie plötzlich ein Schuldgefühl und schließlich kommt sie sich wenigstens nur lächerlich vor. Dabei hatte Edward einst dieselbe Büchse gehalten, vielleicht sogar in derselben Pose, wie Julia sie jetzt hält, ganz ruhig, um dem Eisbären mitten ins Auge zu schießen – wenigstens will es die Legende so, die unglaubliche Legende, die erklären soll, warum das Tierfell unbeschädigt blieb. Vielleicht ist es dem Geschick des Präparators zu verdanken, oder vielleicht war der Bär bereits tot, als man ihn fand, auch wenn er mit seinen geschätzten elf Lebensjahren zu jung war, um an Altersschwäche zu sterben. Edward hatte die Berichte seiner ersten Expedition nicht aufbewahrt. Das offizielle Logbuch meldet: »Erregt kam der junge Mackley von der morgendlichen Jagd zurück und orderte zwei Matrosen ab, die seine Beute zum Schiff trugen; ein Prachtexemplar ohne jeden Makel, ein Geschenk, wie er sagt, für seinen Bruder. Dennoch erlaubte ich mir die Bemerkung, er würde einen zweiten Volltreffer landen, gäbe er die Trophäe zur Versteigerung frei.« Was zur Lösung des Rätsels nichts beitrüge, selbst wenn sich besagtes Logbuch in Julias Besitz befände und nicht irgendwo vergraben in einem Archiv in Kensington läge. Abgesehen davon gibt sie sich mit der Erklärung, die Kugel habe das Auge getroffen, zufrieden.

*Armer Eisbär. Mit Gebrüll zu sterben oder posieren zu müssen. Uropa John stemmt das Maul weit auf, steckt seine Hand zwischen die Zähne. Hält ihn bei der Pfote wie eine Tänzerin.*

Der weißbärtige John ergreift mit einer Verbeugung die riesige Klaue, und plötzlich sieht seine kräftige Doktorenhand zierlich und zerbrechlich aus. Er muss den Arm in die Höhe recken, um das Tier zum Tanz zu bitten; das spitzbübische Lächeln in seinen Augen wird in Silberbromid festgehalten. Helen fotografierte selbst. Das Bild hängt im Flur im ersten Stock.

Julia erhebt sich mit vom Sitzen steifen Knien. Auf dem Weg zum Eisbären legt sich ihr Humpeln, so dass sie, als sie den Partner erreicht, bereit für ein Tänzchen ist. In einem plötzlichen Anflug von Schüchternheit ergreift sie die Tatze. Wer soll führen? Immerhin handelt es sich bei dem Tier um ein Weibchen, das möglicherweise großen Wert auf die Gepflogenheiten der damaligen Zeit legt. Vielleicht ist es manchmal einsam hier oben, wo niemand es bewundert. Tante Helen pflegte es zu begrüßen, wann immer sie zur Haustür hereinkam; Julia und Miranda taten es ihr entzückt gleich. »Hallo, Eisbär. Hallo, Bärenkind.« Die Gewohnheit hat sich so tief eingegraben, dass Julia den Gruß jedes Mal, wenn sie ins Haus kommt, laut aussprechen will; aber dann fällt ihr Blick in die leere Ecke, und traurig erinnert sie sich daran, dass die Bären verschwunden sind.

»Hallo, Eisbär«, flüstert sie jetzt.

Genau genommen war Julias Tante Helen ihre Großtante, die Schwester ihres Großvaters und die Tochter von John; sie war um einiges jünger als ihre Brüder und kam an einem friedlichen Frühlingsmorgen des Jahres 1916 als letztes Kind von Arabella Mackley zur Welt, während anderswo in Europa Bomben und Granaten fielen. Als Julia geboren wurde, war Tante Helen Mitte fünfzig; ihr dunkles Haar zeigte erste Silbersträhnen, ihr lebhaftes Gesicht die ersten Falten. Wollen wir Julia kennenlernen, müssen wir etwas über ihre Tante wissen, Helen Mackley, die Geschichten von Edward erzählte, als seien es Märchen (Märchen der besten Sorte, spannend und gruselig), die sie wiederum von Emily gehört hatte, Edwards ahnungslos wartender Witwe. In Julias Erinnerung gehört das Haus nicht John, sondern Tante Helen, die es, seit sie Ende dreißig war, mit Emily allein bewohnt hatte. Niemand hatte ihr Wohnrecht je in Frage gestellt, hatte sie doch ihr ganzes Leben dort verbracht; ihre Brüder erhoben keinen Anspruch auf das Haus. Sie und Emily hatten den Krieg hier überstanden und Kinder aus der Stadt aufgenommen, die mit ihnen am Esstisch saßen und im selben Schulzimmer lernten, in dem einst Helen und ihre Brüder unterrichtet worden waren. Die Frauen erzählten spannende Geschichten von Polarforschern und Eisbären (Geschichten, die Helen ein ums andere Mal von Emily gehört und später Julia und Miranda erzählt hatte) und deckten die zutiefst beeindruckten Flüchtlinge mit Federbetten zu, die riesig waren und die Kinder zu verschlucken drohten und am nächsten Morgen nicht selten auf dem Boden lagen. Je länger der Krieg dauerte, desto weniger Personal blieb. In den fünfziger Jahren bewirtschaftete Tante Helen das Haus mehr oder weniger ohne fremde Hilfe, dafür mit Elan und Aplomb (Wörter, die Julia ausschließlich in ihrer Erinnerung an Tante Helen benutzt), und als das Land die Düsternis der Nachkriegszeit abgeschüttelt hatte, lud sie gelehrte, helle Köpfe ein, um die einst so finsteren Räume ihrer Edwardianischen Kindheit zu beleben, sie veranstaltete Partys und Picknicks, schenkte Wein und Champagner aus, posierte für Fotos und stellte eine Staffelei im Garten auf. Mindestens zweimal im Jahr überquerte sie den Ärmelkanal und bereiste den Kontinent per Eisenbahn, um mit Andenken und neuen Geschichten heimzukehren. Als Julia ein Kind war, stand das Haus immer noch Gästen offen und war zudem bis unters Dach mit familiärer Nostalgie angefüllt, so dass es den Anschein hatte, die kürzlich oder längst Verstorbenen mischten sich unter die Lebenden. Tante Helen führte die Besucher durch Haus und Garten, öffnete Schränke und Bücher und gab Geheimnisse preis, eins bezaubernder als das andere. Ihre Gäste (und ihre Großnichten) ließen sich von ihrem Glanz gern blenden.

Ihre Stärke und ihre Ausstrahlung straften ihr Alter Lügen, fast bis zum Schluss, als Verwirrtheit die letzten Jahre trübte. Selbst als sie bereits weit über achtzig war und die meisten ihrer Freunde das Zeitliche gesegnet hatten, sah man sie noch oft im Garten werkeln oder malen oder in der Küche stehen und backen; manchmal lud sie junge Männer zum Tee ein. Sie hatte nie geheiratet; Liebhaber hatte sie durchaus gehabt, aber ihr Herz war, wie sie sagte, von der unsteten Sorte. Sie liebte Kinder, hatte aber keine eigenen. So kam es, dass sie, wenn ihr Neffe William sie mit seinen Töchtern Julia und Miranda besuchte, die Kinder mit Aufmerksamkeit verwöhnte, mit Schokolade und Türkischem Honig, mit Gebäck zum Frühstück und später, als sie älter waren, mit einem halben Glas Wein zum Abendessen. Sie stellte Staffeleien für sie auf und erlaubte ihnen, alle Farben zu benutzen, sie scherte sich kein bisschen um die Schweinerei, die sie veranstalteten, rahmte die Meisterwerke ein und verkündete stolz, ihre Großnichten seien zweifellos die talentiertesten unter den vielen talentierten Künstlern, die in ihrem Haus zu empfangen sie die Ehre gehabt habe. Julia vergötterte ihre Tante. Als Teenager lieh sie sich Schals und Ketten und Redewendungen von ihr aus, sie sprach in ironischem Tonfall, benutzte Wörter wie »famos« und versuchte, nur eine Augenbraue hochzuziehen. Die Schwestern verbrachten die Sommerferien hier, und die Weihnachtsferien ebenfalls, selbst nach dem Tod ihres Vaters. Tante Helen machte sich Sorgen um die Witwe ihres Neffen, außerdem hätte sie den Kontakt zu den Mädchen niemals abreißen lassen. Vier kurze Jahre später starb auch die Mutter, Maggie, nachdem sie ihre heftigen Bauchschmerzen ein Jahr lang ignoriert und auf ihre Trauer geschoben hatte. Miranda studierte und nahm einen Job am Royal Infirmary an, dem Lehrkrankenhaus von Edinburgh, und später heiratete sie und gründete eine eigene Familie, um die sie sich kümmern musste, so dass Julia und Tante Helen in den Ferien fortan allein waren, zwei gegen den Rest der Welt.

Die Abende draußen im Garten hatten für Julia immer etwas Magisches, ebenso die langen Gespräche am Kamin, wenn sie die Erinnerungen an alles Verlorene konservierten; sie saßen in den warmen, unaufgeräumten Ecken des Hauses zusammen, dort, wo nicht nur Eichenholz und Würde regierte, zwischen Kissen und Blumen, immer im Duft von Lavendel und Rosen, und dann breitete der Zauber des Eises sich aus, kroch über die Wände und schloss sie ein wie in einem funkelnden Kristall. Die Geschichte wurde von Emily an Helen und von dieser an ihre Ersatztöchter weitergegeben; dies ist das Vermächtnis, dem Julia sich verpflichtet fühlt, die Legende vom Mann im Schnee und von der Frau, die zurückblieb und beim Warten die Legende erschuf. Wenn sie ganz allein auf dem stillen Dachboden sitzt, spürt Julia immer noch das Vibrieren einer lebendigen, unsichtbaren Kraft, die das Haus zusammenhält.

Julias Auge sucht den Raum ab. Sie dreht am Fernrohr, das sich unter mürrischem Knirschen immer noch einstellen lässt, bis am anderen Ende des dunklen Tunnels das Auge des deformierten Leoparden auftaucht. Dann steckt sie das Fernrohr in eine mit Quasten verzierte Tasche zurück, in der das Gerät wohl irgendwann verstaut, wahrscheinlich aber nie transportiert wurde, und legt es ans Ende der stetig wachsenden Reihe der Objekte aus *Kiste 004*. Auf dem Etikett erkennen wir Julias geschwungene, nach rechts geneigte Handschrift. Julia geht an den Schreibtisch zurück und schreibt:

*Objekt 5: Fernrohr. Blech. Gefunden im Lager neben Grabstätte, F-J-Land 1959; vermutlich Besitz von Edward Mackley.*

Tatsächlich könnte es jedem der fünf Männer gehört haben, deren Leichen dort gefunden wurden; aber immerhin war Edward der Navigator gewesen. Außerdem gefällt Julia die Vorstellung, er könnte durch ebendieses Fernrohr seine immer kleiner werdende Frau an der Küste beobachtet haben. Die Linse ist intakt, wenn auch ein wenig zerkratzt. Schauen wir lange genug hinein, können wir in dem Glas vielleicht Emily Mackley erkennen, die ihrem schrumpfenden Mann hinterherwinkt, während er damit beschäftigt ist, den Fokus nachzujustieren, ihre verschwimmenden Umrisse wieder und wieder scharfzustellen, bis zum Anschlag.

Als sein Schiff Segel setzte, sah Edward sie kleiner und kleiner werden, längst nachdem sie ihn schon zwischen all den anderen winzigen Gestalten an Deck verloren hatte. So schwanden sie aus dem Leben des anderen und konnten nur hoffen, einander wieder nahe zu kommen. Die Besatzung machte sich ans Werk und war froh darüber, endlich wieder auf See zu sein. Edward ließ das Fernrohr sinken und schaute zu, wie das Land hinter der Erdkrümmung verschwand, bis nur noch das Meer, der Himmel und der lange, lange Tag zwischen ihnen lagen, ein bleicher Schein vom anderen Ende der Welt, der sich in ein dauerhaftes Gleißen verwandeln würde. Es war Juli, die Abende noch lang. Er segelte dem Ruhm entgegen. Der Weg war weit, und es würde immer kälter werden.

Ihre Hochzeitsreise hatte sie nach Norwegen geführt, wo Edward Reisevorbereitungen traf und eine Mannschaft anheuerte. Emily hatte sich endlich vom Anker losgerissen, sie lernte Skifahren, und sie lernte die Freiheit kennen. Während der kurzen Monate der Ehe hatte sie erfahren, was es bedeutet, einen

Geliebten zu haben; nun wusste sie, dass eine Ehefrau keine zarte Blume ist, die unter Glas verwahrt werden will, sondern ein Wesen aus Fleisch und Blut, mit weicher Haut und großen Kräften. Am Ende der Piste rutschte sie aus und schlitterte lachend mit der Hüfte gegen seine Knie, und er half ihr auf und lachte ebenfalls. Ihre Augen strahlten, ihr Gesicht war von der Kälte und der glücklichen Abfahrt gerötet, und er küsste sie. Hand in Hand spazierten sie durch die kleine Stadt; sie scherzten und neckten sich und bewarfen sich mit Schneebällen aus weichem, nur locker zusammengedrücktem Schnee; am Abend funkelten die vereisten Bäume im Schein der Fackeln, während sie in der warmen Hütte saßen und einfache Mahlzeiten aus Fisch und Schwarzbrot und Käse aßen, der süß und bräunlich war wie Karamell. Sie tranken helles Bier, fühlten sich pudelwohl und ließen sich fast, nur fast erschöpft ins Bett fallen.

Innerhalb viel zu weniger Wochen war das Schiff bereit, gen Norden zu segeln. Aufgrund seiner norwegischen Bauweise war es geeignet, monatelang in der Dunkelheit zu liegen und dem Eis standzuhalten, um später, mit ein bisschen Glück, dem Frühling auf der anderen Seite zu begegnen. Es sollte *Persephone* heißen. Kapitän Edward Mackley stand am Bug, zerschlug die Flasche und taufte es, während seine Frau an seiner Seite stand.

Emily hatte ihn so weit begleitet, wie es möglich war, und sie wäre, das wusste er, noch weiter mitgekommen; sie wünschte sich, ihm bis ans Ende der Welt zu folgen, aber er gestattete es ihr nur bis Vardø – was weit genug war. Sie segelten an der Küste entlang bis in den hohen Norden, zwischen Inseln hindurch und vorbei an atemberaubend schönen Fjorden; sie standen zusammen an Deck und beobachteten den Morgennebel, die Berge und den Himmel, den Emily nie wieder vergessen und ihr Leben lang immer wieder beschreiben würde, stets auf der Suche nach den passenden, ausreichend klaren Worten. Mit seinem breiten, flachen Kiel war das Schiff für die Fahrt durchs Eis bestens ausgestattet, doch in den hohen Wellen geriet es ins Schlingern; Hugh Compton-Hill stand eine Woche lang an der Reling, um sich zu übergeben, bis Edward sich schließlich fragte, ob der Junge die Fahrt überstehen würde. Ihn abzusetzen, war unmöglich – sein Vater hatte seine Teilnahme an der Expedition mit einem hohen Geldbetrag erkauft, auf den Edward nicht verzichten konnte. Emily wurde nicht ein einziges Mal schlecht, sie war, wie Edward sich ausdrückte, sein bester Schiffskamerad, den zu verlieren ihn schmerze. Sie schlug sich tapfer und bat, wann immer ihr etwas flau wurde, um ein Glas Champagner (eine schöne Ausrede, sagte Edward). Schwer zu beurteilen, ob es daran lag oder an der zerbrochenen Flasche am Bugspriet, jedenfalls entwickelte Emily später eine Abneigung gegen das Getränk.

Eines späten Abends liefen sie in den hoch im Norden gelegenen Hafen ein, wo man zu ihren Ehren ein Festbankett veranstaltete; bis nach Mitternacht trank man ihnen zu, und so blieben nur noch wenige Stunden bis zu Edwards Abreise um vier Uhr am nächsten Morgen. Riesige Vogelschwärme bevölkerten die Insel gegenüber der kleinen Hafenstadt; als die bleiche Sonne aufging, wurden sie viel zu früh von ihren fremdartigen Schreien geweckt. In der folgenden Woche würde Emily allein nach England zurückkehren, und man hatte Edward versichert, man werde sich gut um sie kümmern. Wie lang war es her, dass sie zusammen am Tisch seines Bruders gesessen hatten, und wie viele Monate würde sie ohne ihn dort sitzen?

Der Abschied macht die ganze Romanze der Mackleys aus. Der Abschied, das Warten, der romantische Verlust. Edward und Emily verbrachten ihre Flitterwochen im Norden; ihre erste und einzige gemeinsame Reise führte sie direkt an den Ort der Trennung. Julias Arktis ist eine erträumte, strahlende Ferne –

*Alles ist gleich weit entfernt; alles ist so weit von mir entfernt wie er, ich bin unbekümmert, mein Innerstes streckt sich nach ihm aus, auf dem Gipfel der Welt ...*

Zu warten, heiter und mit verhaltenem Schmerz. Großes Verlangen über große Distanzen hinweg – das macht die Geschichte aus, darin besteht Emilys Vermächtnis. Emily wartet und wartet, das Meer wird weit und verhärtet sich zu Eis, während sie sich nach ihm sehnt, ihn dahinschwinden sieht.

Wer war dieser Riese überhaupt? Ein Mann, der dem Ruhm entgegensegelte und scheiterte. Ein Mann, der seine Frau liebte und sie dennoch verließ, um etwas Größeres zu finden. Vielleicht hätte niemand Notiz von ihm genommen, wäre er weniger gutaussehend gewesen und hätte sie nicht treu auf ihn gewartet, so als gäbe es keine anderen Männer auf der Welt, ihn zu ersetzen – ihn, der nicht für das Land gemacht war, sondern für einen Ort jenseits aller Grenzen. Hätte sie ihn nicht zum Helden gemacht.

Außerhalb des Familienkreises ist er zugegebenermaßen unbekannt geblieben. Die Erinnerungen und Schätze in diesem Haus sind für den neugierigen Besucher höchstens kurios, für den Experten wertlos. Dreimal wird sein Name in den Aufzeichnungen der Royal Geographic Society erwähnt: bei seiner Abreise mit guten Wünschen und Lobeshymnen; während seiner Abwesenheit in der Hoffnung, er möge bald gefunden werden; und später, als es dazu gekommen ist und alle Hoffnung stirbt, mit Bedauern. Seine Tagebücher werden nie veröffentlicht. Er wäre der erste Held des neuen Jahrhunderts gewesen, hätte er die Nabe der Welt erreicht. Aber so ist er nicht viel mehr als ein Relikt der viktorianischen Epoche. Simon hatte nie von ihm gehört, bis er erfuhr, dass Freelys Schmetterlinge bis heute im Haus seines Bruders hängen.

Und dennoch blicken die dunklen Augen auf dem Porträt, das unten im Salon hängt, kommender Größe entgegen. Da ist etwas in seinem Blick, das nicht aufgeben will, das nicht verblassen kann.

# Zweiter Teil

Schauen Sie: Edward sitzt in seiner Kabine, als das Schiff Tromsø verlässt, erste Stadt der Arktis und letzter Zwischenhafen vor Vardø, wo sie sich trennen werden. Schon hat sich der Raum in das gemütliche, unordentliche Nest eines Junggesellen verwandelt. Die Regale am oberen Bildrand sind mit Socken, Robbenfellen und Regenkleidung beladen; auf dem Bett in dem kleinen Alkoven liegen drei Decken. Edward sitzt in einer Pose lässiger Autorität an einem kleinen Schreibtisch, vor sich ein aufgeschlagenes Tagebuch und im Mundwinkel eine Pfeife (noch mehr davon hängen an der Wand). Unter Deck ist offenes Feuer verboten – außer in der Kombüse und in der Kajüte des Kapitäns.

Auf dem Regal über dem Bett erkennen wir einen schmalen Band mit Gedichten von John Donne, der zwischen die Nachschlagewerke gesteckt wurde (die Bibliothek befindet sich im Gesellschaftsraum). Wir sehen mehrere Bände des *Dictionary of National Biography*, unter anderem auch Nummer 35 (MacCarwell – Maltby). Niemand wird je erfahren, ob Edward den Eintrag entdeckte, den seine humorvolle Frau zwischen Brigadier William Mackintosh und den Schauspieler Charles Macklin geheftet hatte und der das Leben des bedeutenden Polarforschers und vorbildlichen Ehemannes Edward Mackley beschrieb – das Märchen, das sie für ihn ersonnen hatte und demzufolge er den Nordpol erreicht und England zu neuem Glanz und Gloria verholfen hatte; seine gescheiten, hochgewachsenen Söhne, seine schönen, vornehm blassen, nicht weniger gescheiten Töchter – Familie Mackley, die das neue Jahrhundert prägte. Wenn Emily ihn auch nur ein bisschen kannte, konnte sie sicher sein, dass er gelegentlich jene Seite aufschlug, auf der eines Tages sein Name stehen würde – und wo er heute tatsächlich auch steht, nicht hineingeheftet, sondern gedruckt und für alle Ewigkeit. Als die Herausgeber Emily angeschrieben und gebeten hatten, den Eintrag im Ergänzungsband für das Jahr 1912 auf seine Richtigkeit zu überprüfen, musste sie wieder an jenen Eintrag denken, den sie mehr als zehn Jahre zuvor so stolz und leichtherzig verfasst hatte, und konnte es kaum ertragen. Der Ergänzungsband beinhaltete die Namen von Persönlichkeiten, die zwischen 1901 und 1911 gestorben waren. Zu jener Zeit ging man sicher davon aus. Emily kam über das Wort »verschollen« nicht hinaus und bat John, die Aufgabe für sie zu übernehmen.

Auf dem Foto liegt all das noch in der Zukunft; der Porträtierte hatte noch nicht jene Gabelung erreicht, an der der von Emily ersonnene Mythos sich von der Realität abspaltete, mit der sie später zurechtkommen musste. Er war noch nicht in den Nebel hineingesegelt, der ihn nach der Trennung einhüllen sollte. Aber als der Nebel dann aufzog, verbrachte Edward genau hier seine Abende, lesend, schreibend und rauchend; in dieser Kabine stellte Emily ihn sich vor, und dieses Foto steht auf Julias Schreibtisch, dem Ort, von dem auch sie bald aufbrechen wird. Er raucht Pfeife, während der Nebel aufzieht: Da sitzt Edward.

## *Nebel und Nullpunkt*

Unablässig drehte sich die Erde unter dem Schiff, bis die Küste vom Horizont verschluckt wurde. Unter Deck erwartete ihn Emilys letzte, liebevolle Geste; als er seinen Kleiderkoffer auspackte, entdeckte er zwischen langen Unterhosen und Wollsocken eine Fotografie von ihr, wie sie lächelnd im Schnee steht; die Rückseite war mit einer knappen Liebeserklärung versehen (deren Tinte fast verblasst war, als man sie bei seiner Leiche fand). Die Fotografie, die Lars Nordahl seinem Kapitän auf die Brust legte, bevor er ihn beerdigte, steht heute neben dem Foto von Edward auf Julias Schreibtisch. Das Bild ist nicht gestellt, und falls doch, konnte sich das Motiv trotz aller Ermahnungen nicht beherrschen; gerahmt von vereisten Kiefern steht eine lachende, junge Frau (viel jünger, denkt Julia, als ich es heute bin) mit geröteten Wangen und pelzbesetzter Jacke und Mütze im Schnee. Bestimmt war das, denkt Julia, Edwards Emily – so als zeige das Foto ein Bild aus seiner Vorstellung. So wollte Emily also in Erinnerung behalten werden. Falls Edward beim Anblick des Fotos eine Träne vergoss, haben wir kein Recht, ihn zu verurteilen, denn auch Helden lieben ihre Frau und fürchten den Tod.

Kurz darauf sollte er eine Ansprache vor seiner Mannschaft halten. Er lobte die Männer für ihre Tapferkeit. Er legte einen Tagesplan fest, der körperliche Ertüchtigungen, Mahlzeiten, Wachablösungen und weitere Maßnahmen umfasste, die es braucht, um Körper und Geist seetüchtig zu halten. Er wusste, dass mit dem Abenteuer eine gewisse seelische Erschöpfung einhergeht und selbst die größte Ehrfurcht irgendwann der

Langeweile Platz macht; er hatte den arktischen Tag schon einmal miterlebt und kannte die Sehnsucht nach der Dunkelheit, er kannte den Schmerz hinter den Augen, die sich, obwohl geblendet, nicht vom Eis losreißen können. Und er wusste, dass die Nacht, wenn sie anbricht, kein Ende mehr nimmt. Dennoch war die Ansprache des Kapitäns nicht von Schmerzen oder Kummer oder Sehnsucht gefärbt; es war eine mitreißende Rede voll Ehrgeiz. Sie steht im Logbuch.

Das Logbuch wurde von den letzten Überlebenden der norwegischen Mannschaft nach London gebracht. Das zweite Tagebuch wurde, wie wir wissen, zusammen mit dem Fernrohr in dem letzten Lager gefunden, das Edward und seine Männer im Eis errichtet hatten; dieselben schneefleckigen Seiten, die Julia früher am Tag im Garten zurückließ, Seiten voller eisiger Reue, Protokoll einer Sehnsucht, die er sich an Bord versagt hatte. Erst als Edward keine Mannschaft mehr hatte, von der – geschweige denn zu der – er hätte sprechen können, erlaubte er sich ein wenig Ehrlichkeit.

Als das Schiff auf die Barentssee hinausfuhr, wurde es von allen Seiten vom Sommernebel eingeschlossen; kaum tauchte die Varanger-Halbinsel hinter dem Horizont ab, verschwand auch alles andere. Das war nicht das klare, helle Blau, von dem Edward vielleicht geträumt hatte. Fünf Tage lang segelten sie blindlings geradeaus. Die Moral der Männer an Deck war bald so klamm wie ihre Kleidung; an Bärten und Augenbrauen bildeten sich Tropfen, die mit nassen Handschuhen weggewischt wurden. Das Wasser lief den Männern in den Nacken und ließ ihre Haut aufquellen; an ihren Handgelenken klebten durchnässte Ärmel. Sie waren nichts als bleierne Flecken in der konturenlosen Luft; nur wenn sie einander ganz nah kamen, konnten sie ein Gesicht erkennen und dem Schatten, dem sie gegenüberstanden, einen Namen geben.

Manchmal klarte es so weit auf, dass die drei Masten sich zeigten, deren aufgerollte Segel in der Flaute baumelten. In gewisser Hinsicht waren diese kleinen Fenster der Sichtbarkeit noch schlimmer als die nahtlose, dichte Nebeldecke. Die durchnässten Männer schlurften durch die Stille. Edward fühlte sich wie auf einem Geisterschiff, wo Seile und zerfetzte Segel lustlos von der Rah hängen; die Kälte drang ihnen bis in die Knochen, und alles Licht hatte sich aus der Welt und aus ihrem Blick verzogen. Ihn beschlich das Gefühl, die *Persephone* habe sie hereingelegt und entführe sie in ein bleiches, graues Jenseits; sie hatten das Ende der Welt hinter sich gelassen und waren auf ewig dazu verdammt, diese sonnenlose Ödnis zu durchkreuzen.

So ging es tagelang. Die Männer blieben in den Kabinen und kamen nur für den stündlichen Wechsel der Nachtwache heraus, die ein jeder als quälend lang empfand, weil es nichts zu bewachen gab. Wale, Walrosse, Kraken aus der Tiefe mochten die Schiffsflanke nur um Zentimeter verfehlen und verrieten sich dennoch nur durch eine plötzliche Welle auf der ansonsten glatten See. Die unter Deck verschalkten Hunde lagen in ihren Ställen, das drahtige Fell voller Tautropfen, die Schnauze auf die Vorderpfoten gelegt, und schauten traurig und mit mutlos hängenden Ohren zu ihrem russischen Pfleger hinauf. Die norwegische Mannschaft blieb stoisch und gelassen, aber Edwards englische Begleiter waren mit diesem Meer nicht vertraut und hatten nach der Schönheit der herben, zerklüfteten Küste, die sie hinter sich gelassen hatten, etwas Prachtvolleres erwartet. Nur Samuel Freely, der zusammen mit Edward sieben Jahre zuvor die Nordwestpassage angetreten (und unterwegs ein Heer von arktischen Weißlingen eingefangen und aufgespießt) hatte, wusste, was man sich unter einem nordischen Sommer vorzustellen hatte. Trotzdem war sein Geist so taub wie seine Finger, und er konnte seinem Freund nur wenig Trost spenden. Die Mahlzeiten waren triste Veranstaltungen, bei denen aufgesetzte Fröhlichkeit die Enttäuschung nicht überspielen konnte. Die Männer blieben unter Deck, bliesen Trübsal und legten sich früh schlafen.

Am sechsten Tag tauchte auf der Steuerbordseite ein dunkelblauer Strich auf, so als habe man eine Tintenlinie mitten über ein nasses Blatt Papier gezogen; ihre Enden verliefen, aber sie war zweifellos zu erkennen, wurde dunkler und nahm Kontur an, während die Männer zusahen. Und als es aufklarte, waren sie überzeugt, Land vor sich zu haben und keine Täuschung aus Wasser und Licht. Innerhalb weniger Stunden erhob sich die schwarzgraue Küste von Nowaja Semlja aus dem Meer, von Vögeln bevölkert, die hier den Sommer über nisteten und die Inseln mit ihrem Gekreisch und herumfliegenden Federn besetzten. Sie passierten die Meerenge an der Spitze der Südinsel und kamen in der Karasee wieder heraus, die sich in einem wässrigen Horizont verlor. Über ihnen krümmte sich ein strahlend blauer Himmel, der sich mit dem Meer zu verbinden schien und flüssig aussah, wo er das Wasser berührte. Die Männer setzten Sonnenbrillen auf und streckten sich an Deck aus, fläzten sich nebeneinander hin, als wäre das Schiff ein Strandbad. Mit Wind in den Segeln glitten sie dahin. Wie gemütlich, lachten sie, so ein Abenteuer doch sein kann. Auf zum Pol, riefen sie, und schont die Hunde nicht!

Als Edward einen Monat, nachdem er seine Frau am Kai zurückgelassen hatte, im Halbdunkel seiner Kabine aufwachte, wusste er, dass der Morgen nahte; und noch etwas, etwas anderes. Sie näherten sich dem Eis. Er konnte es fühlen. Er wusste im Moment des Erwachens, wo er sich befand; zum ersten Mal, seit sie abgelegt hatten, erwartete er nicht, dass Emily neben ihm lag. Der Rhythmus seines Blutes hatte sich der malmenden See unter dem Kiel angepasst. Deswegen ahnte er auch, dass die See zu frieren begann, obschon es nicht einmal August

das Geländer, um Ruhe zu finden. Sie rafft ihre Röcke, betritt die Landungsbrücke und sagt sich, dass sie beim nächsten Mal vielleicht Fuß auf ein Schiff setzen wird, um ihren Mann zu begrüßen, der von seiner Reise zurückgekehrt ist. Sie atmet die brackige Luft ein, in der sich der letzte, frische Dunst der See mit dem stechenden, sandigen Geruch der Krabben mischt, die auf die Docks geschafft werden; sie fragt sich, ob sie jemals wieder in See stechen wird. Wird sie nicht.

Edwards Hände umklammern die Reling, seine schwarzen Augen glühen. Der Pol kommt näher. Er kehrt ins Eismeer zurück.

## *Einbruch der Nacht*

Sie segelten weiter; die See verdickte und verwandelte sich in eine glitschige, wellige, gerade noch transparente Fläche, bevor sie grau und kiesig wurde; wie Nordahl angekündigt hatte, trafen sie bald auf die ersten festen Eisbrocken. Die Sonne schien immer noch hell, und es war warm, weswegen die Urlaubsstimmung anhielt; aber je früher der Abend anbrach, desto kälter wurden die Nächte. Unter Deck war es gemütlich und warm, der Schiffskörper war durch mehrere Schichten isoliert und wurde von der Kombüse in der Mitte beheizt, aber draußen in der Abendluft spürten sie den Frost selbst durch die Handschuhe hindurch. Edward holte tief Luft und erfreute sich an jedem einzelnen Atemzug.

Die Schollen wurden dicker, zahlreicher, und sie kamen immer dichter ans Schiff; mühelos zerschmetterte der breite Kiel der *Persephone* die ersten kleineren Brocken. Aus diesem Stoff waren Simons Albträume gemacht – und die der Walfänger, die es vor vielen Jahren gewagt hatten, diese Gewässer zu durchfahren. Die Rinnen verengen sich, das Eis kommt immer näher. Die *Persephone* hatte endlich ihr Zuhause erreicht, für das sie gebaut worden war, und schaukelte nicht länger auf dem Wasser; das bislang offene Meer war nun überfroren und voller Eis. Sie brachen sich einen Weg hindurch oder hielten nach Fahrrinnen Ausschau, bis sie es irgendwann aufgaben, den geschicktesten Weg zu finden. In dem Vertrauen, das Holz möge standhalten, überließen sie das Schiff den Bewegungen des Eises. Morgengrauen und Abenddämmerung bildeten den Tagesablauf, und das Eismeer ringsum nahm die seltsamsten Formen an; die Männer an Deck sahen Gebirge, Monster und wilde Tiere, die sich erhoben und wieder zusammenstürzten, abstrakte, komplizierte geometrische Figuren, gigantische Kristalle, die von den Gebilden abrutschten und im langsamen Fall ihre funkelnden Facetten zeigten. Und eine Stunde lang war alles vom Sonnenlicht durchdrungen, dessen Farben sich im Eis sammelten und sich als goldene, strahlend helle Flamme vom kobaltblauen Himmel abhoben, bevor sie zu Perlmutt verblassten und die tiefen, leuchtend blauen Schatten hervortraten. Wenn sich am Abend die Dunkelheit senkte und die letzten Farben den stumpfen Mischtönen des Mondlichts wichen, ächzte und stöhnte die *Persephone* in der schmalen Rinne voran und schob, schob gegen das Eis an, das sich an ihren Flanken türmte und sich mit dem Gebrüll eines Riesen an sie drängte, sie umstoßen, zermalmen und in die Tiefen der eisigen Unterwelt drücken wollte, um schließlich aufzugeben und die Männer einer weiteren unruhigen Nacht zu überlassen. Wenn das Packeis arbeitete, wurden die Männer still und nachdenklich; wenn der Lärm sich legte und das Schiff sich wieder einmal als unbezwingbar herausgestellt hatte, erfüllte ihr Jubel die abendliche Stille. Nein, die *Persephone* würde nicht sinken.

Die Nächte wurden länger, bis man kaum noch von einem Tagesanbruch sprechen konnte; für ein paar wenige Stunden wagte die Sonne sich hervor und dümpelte am Horizont entlang, bevor sie den Schnee im Untergehen abermals mit ihrem Rot überflutete und dem stillen Zwielicht wich. Ende Oktober, an einem der letzten dieser blutroten Abende, gab Edward den Befehl, sich aufs Überwintern einzustellen. Inzwischen saßen sie seit Tagen fest und kamen weder vor noch zurück; für diesen Winter hatte das Eis sie fest im Griff. Zehn Tage später stießen die Männer auf die Rückkehr des Lichtes im Jahr 1900 an. Die Sonne war untergegangen.

Eine Sammlung von Tuschezeichnungen in einem marmorierten Ordner illustriert jenen Teil der Sage. Julia berührt die Seiten und blättert sie vorsichtig und mit der Ehrfurcht um, die altem Papier gebührt. Das Werk hat den unbekannten Künstler überlebt, Impressionen der Wildnis, die ihn verschlang, Ansichten eines trotzigen, gestrandeten Schiffs. Und im Schnee eine Silhouette: Edward steht am Bug, ein Kapitän an seinem Platz, während die *Persephone* mehrere Fuß über dem Meeresspiegel liegt, so als hätte man sie aus den Wellen gehoben und auf einen Eisberg gesetzt.

In der merkwürdigen Reglosigkeit der arktischen Nacht gab es keinen Wind und nichts, was sich im Wind hätte wiegen können. Der zerlegte Schiffsmotor schwieg, und die Segel waren heruntergeholt, so dass die vom Eis überzogenen Masten und der Rest der Betakelung nackt emporragten und sich wie helle Striche vom düsteren Himmel abhoben. Das Schiff hätte seit über hundert Jahren hier liegen können, nach und nach überfror es zu einem weißglitzernden Phantom seiner selbst. An den Nachmittagen türmte sich das Eis weiter an den Schiffsflanken auf, als wäre die *Persephone* eine altertümliche Kreatur mit einem Eisstachel in der Seite. Sie stiegen empor, denn das Schiff zwang das Eis unter seinen Kiel und wurde stetig angehoben; zur Steuerbordseite hin ergab sich ein leichtes Gefälle, was beim Würfelspiel hinderlich war, ansonsten aber keine Probleme bereitete. Jetzt, in der Stunde vor Mitternacht, hatte das Biest sich zurückgezogen, und fast empfand Edward sein fernes Stampfen und Stöhnen als Trost, als Bestandteil des tiefen, inneren Friedens, den er wiedergefunden hatte. Er fühlte, mehr als dass er es hörte, das weit entfernte Dröhnen in seiner Brust, wenn er über die bizarre Landschaft hinausblickte, die sich ringsum gebildet und verfestigt hatte und sich stumm bis zum Horizont erstreckte. Unter Deck ruhten die Männer, spielten Karten oder verfolgten mit Gelächter und spöttischen Zwischenrufen Lars' Geschichten von skandinavischen Eroberern. Edward lächelte. In England saß sein Bruder jetzt am Kamin und hielt eine Zigarre in der Hand; wie seltsam war doch die Vorstellung, dass sie das gleiche Ritual vollzogen, obwohl so viele Meilen zwischen ihnen lagen und sie einander in jeder Hinsicht fern waren.

Edward sog den pfeffrigen Qualm ein und genoss das reiche Zedernaroma des Tabaks auf seiner Zunge. Er starrte in das rote Glimmen und hatte das Gefühl, sein ganzes Selbst verdichte sich in dieser Glut; er war nur noch ein winziger Funken, ein kurzes, hell aufzuckendes Lebenszeichen auf einer unermesslich weiten Ebene. Während jener Nächte des Zwielichts fühlte er sich genauso substanzlos wie das Licht, das er beobachtete. Seine Atmung verlangsamte sich und wurde Teil einer Stille, die er längst vergessen und seit seinem letzten Winter in diesen Gewässern schmerzlich vermisst hatte, ohne es zu wissen. In weiter Ferne der tiefe, dröhnende Herzschlag.

Der Vollmond schien hell und übergoss das Eis mit milchigblauem Licht; er war von einem Hof umgeben, und über ihm stand ein zweiter Lichtring, der sich nur durch sein leichtes Zittern verriet: Paraselene. Edward sprach das Wort laut aus: Nebenmond. Er passte gut in diese Welt, in dieses Phantomland des Nachleuchtens, das genauso gut auf einem anderen Planeten hätte liegen können. In einer anderen Sphäre, dem Himmel näher. Kein Auflauf von Engeln, keine pummeligen Putten, die sich drängeln, kein eiliges Streben hin zur Glorie, sondern nur diese Stille, diese dunkle, saphirblaue Unendlichkeit mit ihren doppelten Monden und silbrigen Lichtern. Sie zogen über seinem Kopf dahin, spannten ein hauchdünnes Netz übers Firmament, flochten goldene Stränge in den rosa Himmel, in den lilablauen, jadeblauen, eisblauen Himmel … Immer, wenn Edward glaubte, ein passendes Wort gefunden zu haben, verwandelte sich das Licht und entglitt der Beschreibung. Wäre er ein Gott, dachte er, würde er seine Abende mit diesem Spiel verbringen, weitab der unzulänglichen, trivialen Geschäftigkeit der Welt, die sich unter ihm drehte. Er würde seine Nächte hier verbringen und silberne Spinnweben über den Himmel spannen.

Als in seiner Atemluft kein Qualm mehr war, schnippte er den Zigarrenstummel über die Reling. Er folgte dem weiten, glühenden Bogen mit seinem Blick und nahm aus dem Augenwinkel eine Bewegung wahr, draußen auf dem Eis; der plötzliche Funke hatte etwas aufgeschreckt. Langsam drehte Edward den Kopf und griff zu dem Gewehr, das neben ihm an der Reling lehnte. Sein Blick traf den der Beute. Zwei strahlende, schwarze Augenpaare starrten einander über das Eis hinweg an. Ein Schneefuchs, so weit oben im Norden, schlank, aber nicht abgemagert, eine Pfote in der Luft erstarrt; ob das Tier keck oder vorsichtig war, konnte er nicht einschätzen. Es schnüffelte in die Luft und nahm die Witterung auf: Tabak, Pökelfleisch, norwegisches Bier. Vielleicht auch noch Achselschweiß, denn trotz der Kälte schoss Edward das Blut durch die Adern. Er spürte seinen Puls als Pochen im Kopf (zusätzlich zum fernen Dröhnen des Packeises); nun war er ganz und gar Auge und Ohr, die Sinne geschärft; ein Jäger. Er hob das Gewehr an die Schulter, während der Fuchs immer noch dastand wie erstarrt. Ganz allein da draußen auf dem Eis, die einzige Kreatur im Umkreis von Meilen, sah man von den in der Tiefe verborgenen Fischen ab und von den Hunden und den Männern auf dem Schiff. Es lag kein frischer Schnee; die Schritte des Tieres waren sicher und hatten keine Spuren auf dem Eis hinterlassen. Der Fuchs hielt die Pfote immer noch erhoben und war zur Flucht bereit. Edward schoss.

Die friedliche Stille des Abends wurde von panischen Schreien und Hundegebell zerrissen, und die Männer kamen, angetrieben von der Ekstase der Hunde, an Deck gestürzt. Der Schuss hatte die Tiere aus ihrem unruhigen Schlaf gerissen, und nun schnappten und jaulten sie, tobten und sprangen in einem wilden Durcheinander aus Fell und Zähnen durch die Ställe. Anton Andreev beruhigte sie auf Russisch, das sie zu verstehen schienen. Sein Lieblingstier, Anna, eine alte Hündin, winselte ihn an, und er nahm ihren länglichen Kopf zwischen seine Hände und ließ sich das Gesicht ablecken; gestern noch hatte sie einen der Welpen totgebissen, aber Anton konnte nicht anders, als ihr zu verzeihen.

Sie suchten nach Edward, riefen unter und über Deck seinen Namen über die Kakophonie des Hundegebells hinweg, bis Freely, der seinen Freund besser kannte, auf eine dunkle Gestalt auf dem Eis wies. Edward war von Bord geklettert und zu seiner Beute gelaufen. Er kniete nieder, um sie zu inspizieren. Ein sauberer Schuss ins Herz. Er nahm den Fuchs auf die Arme wie ein Baby und trug ihn zum Schiff, ohne ihn wie eine Trophäe zu präsentieren.

»Tut mir leid, die Hunde geweckt zu haben, Anton. Aber mein Bruder hätte es mir nie verziehen, hätte ich dieses Prachtexemplar entwischen lassen.«

Zu der Sammlung auf Johns Dachboden gehört natürlich kein Schneefuchs. Vermutlich ist er mit dem Schiff untergegangen.

Edward erlegte noch mindestens einen weiteren. Er hielt es in dem Tagebuch fest, das er bis zu seinem Tod bei sich trug: »Heute ein Fuchs auf dem Eis. Mit einer einzigen unserer kostbaren Patronen erlegt. Er war schwach vor Hunger, so wie wir. Eine Schande, ihm beim Sterben zuzusehen. Nennen wir es einen Akt der Gnade. Unser Vegetarier ist nun ein glücklicher Fleischfresser, er zupft an den Knochen und nuckelt daran wie ein Baby am Daumen. Wir haben das Fleisch zerschnitten und so gerecht wie möglich aufgeteilt, um es roh zu essen. Es wäre töricht, Brennstoff für frisches Fleisch zu verschwenden. Wir sind so verwildert wie die Hunde, die sich aus Langeweile zerfleischt haben.«

Dabei waren die Tage der Langeweile längst vorbei; die Hunde hatten ihre toten Artgenossen, die verendet oder von Edward erschossen worden waren, weil er kein anderes Futter mehr hatte, mit Haut und Haar verschlungen, einen nach dem anderen, bis am Ende nur zwei Kadaver übrig blieben. Edward ist unwillig, die Details wiederzugeben, und er weigert sich oder bringt es nicht übers Herz zu schreiben, ob die Männer auch vom Rudel aßen, das sie über so viele Meilen keuchend dem Ziel entgegengezogen hatte. Er schreibt jedoch, dass Andreev, der Pfleger, am Verhungern ist und sich dennoch weigert, »von dem vorhandenen Fleisch zu essen«. Julia, sonst nicht zimperlich, verabscheut den Gedanken, die Männer könnten in grimmig schweigender Runde den Fuchs verzehrt haben, aber sie kommt nicht umhin, sich die Szene vorzustellen:

*vom Hunger zittrige Hände, glitschig von Eingeweiden, verteilen mühsam die Portionen, trockene Münder vom Blutgeruch schlagartig erfüllt. Frisches Rot, grell vor dem Schnee, Fleisch, das in Münder gestopft wird, Mägen, die sich zusammenkrampfen …*

Dann, eines Tages, es geht dem Ende zu, sein einziger Eintrag:

»Während der letzten Tage haben wir noch ununterbrochen von den Gerichten gesprochen, die wir essen werden, wenn wir wieder daheim sind. Lars nennt Laugenfisch und Sild und betet eine endlose Litanei gesalzener, eingelegter Fische herunter, während das Meer ringsum scheinbar leer ist. Der stoische Anton sehnt sich nach Rote-Bete-Suppe. Hugh ist eine regelrechte Naschkatze und verlangt nach Himbeersahne mit Baisers.

Rindfleischeintopf und Matjes für den armen Freely. Ich komme zu der Überzeugung, dass diese Schwärmereien uns krank machen. Wir haben vergessen, wie Hunger sich anfühlt. Inzwischen sprechen wir, wenn wir überhaupt sprechen, was selten passiert, nur noch vom Sterben. Keiner von uns vertraut auf Gott, soviel ist klar. Ich wünschte, auch nur einer von uns könnte diesen Trost bieten und die anderen retten.«

Dies sind die Seiten, die Julia zu lesen heute Morgen nicht übers Herz brachte und die nun auf dem Schreibtisch liegen und warten. Sie hat ihn von Anfang an begleitet und darf ihn nicht im Stich lassen; der Moment wird kommen, in dem sie sich dem Ende zuwenden und dem Tod ins Auge sehen muss. Doch bevor die Barbarei übernahm, vergingen noch einige lange, zivilisierte Monate.

## *Geschenke und ein Fingerhut*

Julia sitzt vornübergebeugt am Tisch und starrt in ein dunkelgrünes Einmachglas. Auf dem Etikett steht – in der elegant geschwungenen Handschrift eines Mannes, der Zeit hatte, auf Schönschrift zu achten – *Porifera, Crustacea, 18. August 1893, Beaufortsee, 72° 21'N, 125° 64'O.* Im Schlamm dümpelt ein trauriger Schwamm vor sich hin; schauen wir genauer hin, so wie Julia, entdecken wir zudem ein paar winzige, bleiche, achtbeinige Kreaturen im Schlick; hinter dem uringelb verfärbten Alkohol wird Julias ockerbraunes Auge von der Biegung des Glases weit aufgerissen, bevor es sich zurückzieht. Sie seufzt; sie bemüht sich, den Glasinhalt interessant zu finden, kommt aber zu dem Schluss, dass er sie anödet.

In diesem Fall würde ihr selbst Edward, der Verfasser des Etiketts, recht geben; dennoch hat er seine illustre, wenn auch kurze Karriere nur den unscheinbaren Kreaturen in diesem Einmachglas zu verdanken. Es war ihm, dem jungen und unerfahrenen Offizier, vor der Küste Kanadas zur Aufgabe gemacht worden, Schlickproben vom Meeresboden heraufzuholen und zu untersuchen. Da er wenig anderes zu tun hatte, erfüllte er seine Pflicht und beschriftete in seiner Kajüte mit viel Sorgfalt ein Etikett nach dem anderen (bei der Vorstellung leiht Julia ihm Simons gebeugte Haltung). Einmal überkam ihn aus reiner Langeweile der Impuls, an der Konservierflüssigkeit zu nippen; seine Neugierde wurde mit einem heftigen Brechanfall belohnt. Edward war weder geborener noch ausgebildeter Naturwissenschaftler gewesen.

Auf seiner zweiten Expedition nahm er persönlich keine Experimente mehr vor. Die Beobachtung der Flora und Fauna, spärlich, wie sie auch war, fiel Dr. Wilkinson zu, der wenig zu tun hatte, solange die kleine Mannschaft an Bord und bei guter Gesundheit war. Er war ein Bekannter von John, ebenfalls leidenschaftlicher Sammler und erpicht darauf, die Trophäen in ihrer natürlichen Umgebung zu beobachten, und er hatte seine Begleitung angeboten, unterstützt von der Geographical Society. Er war kein Seemann und konnte sich nicht daran gewöhnen, den jungen Mackley, der sich als Halbstarker noch über die Posen amüsiert hatte, die Wilkinson seinen präparierten Tieren aufzwang, seinen »Käptn« zu nennen. Er rief Edward beim Vornamen, weil er es so gewohnt war. Er tat das nicht aus Respektlosigkeit, und niemand störte sich daran. Edward betrachtete ihn als den Freund seines Bruders und als älteren Herrn, dem das Recht auf Vertraulichkeiten zukam.

»Heute Morgen habe ich mich wegen leichter Kopfschmerzen an den Doktor gewandt, der übereifrig seinen Medikamentenkoffer öffnete und mir zwei Pillen gab, die erstaunlich schnell Wirkung zeigten. Ich bedankte mich von Herzen, dennoch schien er, als er beim Mittagessen von meiner raschen Genesung erfuhr, milde enttäuscht, seinen einzigen Patienten so schnell wieder verloren zu haben. Vermutlich sitzt er gerade wieder über seinen Proben. Wenn wir uns heute Abend am Kartentisch begegnen, werde ich ihm mein tiefstes Interesse an seinem jüngsten Fang zum Ausdruck bringen«,

schreibt Edward ins Logbuch – jenes Logbuch, das auf dem Schiff zurückblieb und übervoll ist mit Beschreibungen der Mitreisenden und ihres Treibens an Bord während der langen Winter- und Sommermonate.

Edward ist gerecht und umsichtig. Als Hugh Compton-Hill, der Diplomatensohn, den Makel des Fleischessens nicht auf sich ziehen will und nach einer größeren Portion des kostbaren Gemüses verlangt und sich ansonsten von Haferschleim, Brot und Schokolade ernährt, scheint Edward zu nachgiebig. »Tatsächlich ist der Blick des Jungen klar, er strotzt vor Kraft und ist bei bester Gesundheit«, schreibt er. Er darf sich Zweifel und Abneigung nicht anmerken lassen. Es ist seine Pflicht, sich um sie alle zu kümmern, sie sicher nicht nur nach Hause, sondern bis in die Geschichtsbücher zu bringen. Die Monate des Wartens sollen später einmal eine gute Lektüre abgeben, denn sie gehen seinem Triumph voraus, dem Triumph der *Persephone* über die Welt, für den sein Tagebuch Zeugnis ablegen wird – Seiten voller Kameradschaft, guter Laune und Zuversicht.

Vorsichtig blättert Julia um, gelegentlich macht sie sich Notizen, legt Querverweise an und hält fragliche Stellen fest, die sie später klären wird. Die Monate im Eis verstreichen, bis sie zwischen den Zeilen ein Geräusch aufschnappt; so deutlich, als wäre sie dabei, hört sie Gläserklirren und einen Trinkspruch auf die Queen. Es handelt sich um eine ihrer Lieblingsszenen, so oft heraufbeschworen, dass die Vorfreude auf ein großes Fest sie ergreift wie damals, als sie Tante Helen lauschte; es ist, als erlebe sie einen Dezember ihrer Kindheit, geprägt von Kieferndruft und verzaubertem Licht und unerträglicher Spannung.

Weihnachten 1899: ein Fest. Sie hatten sich weit vom Festland entfernt und lagen seit langem im Eis eingeschlossen. Die Mannschaft wurde von ihren wenigen Pflichten entbunden. Nach dem Essen verbrachte man den Heiligen Abend mit dem Basteln von Girlanden, und der Gesellschaftsraum wurde mit selbstgemachtem Konfetti, Stanniol und buntem Stoff geschmückt. Edward musste lächeln, als er Nordahls vor Konzentration gerunzelte Stirn sah und die Papierflocken, die Freely durch die sonst so geschickten Finger rutschten.

Am nächsten Morgen spürte Edward beim Aufwachen absurderweise einen Schauder, der ihn zum letzten Mal ergriffen hatte, als er als kleiner Junge von sechs oder sieben Jahren in aller Frühe erwacht war. Eine erwartungsvolle Stille füllte das dunkle Haus, und seine Blase schien vor Aufregung schier platzen zu wollen. Er wusste, dass im unten gelegenen Wohnzimmer die Lichter funkelten und die Geschenke warteten, und schon bildete er sich ein, Gewürzduft zu riechen (und in der Tat waren, obwohl es dem jungen Edward nicht bewusst war, der Koch und das Dienstmädchen schon seit Stunden auf den Beinen).

Endlich eine Unterbrechung der Monotonie, die sich auch deswegen so dahinzog, weil der längste Teil davon noch vor ihnen lag. Es gab sogar ein Geschenk, zwar lag es nicht unter einem funkelnden Baum, sondern nur unter seiner Koje, aber es war liebevoll verpackt. Eine Gabe von Emily, die seine Erinnerung an sie auffrischen sollte und die vorzeitig zu öffnen er sich all die Monate verboten hatte.

Für die Mannschaft hatte sie eine Dartscheibe besorgt, die im Gesellschaftsraum aufgehängt wurde und in deren Rand eine Inschrift eingearbeitet war: FÜR DIE ›PERSEPHONE‹ – EIN ÜBUNGSZIEL! Wie wunderbar schlicht sich das rote, niemals blinzelnde Auge aus der Mitte der perfekten Kreise hob. Edward, der Meisterschütze, sollte es im folgenden Jahr wieder und wieder treffen, bis ihn die Leichtigkeit der Übung zu verhöhnen schien, kamen sie ihrem wahren Ziel, das noch so viele Meilen weiter nördlich lag, doch jeden Monat nur wenige Schritte näher. Tock – wieder traf der Pfeil ins Bull's Eye – und wir, dachte Edward, haben nicht einmal den äußersten Ring erreicht – tock – wir sind noch nicht einmal auf der Korkplatte – tock – wir stecken hier fest wie in der Holzwand, wie einer von Compton-Hills armseligen Versuchen. Er seufzte, zog die Pfeile aus der Scheibe und stellte sich wieder an die Linie; noch einmal drei Volltreffer, auch wenn sie ihm nichts nützten.

Aber am Morgen des Weihnachtstages war das Spiel ein grandioser Erfolg, und man trank wiederholt auf die Frau des Kapitäns, besonders, da sie eine großzügige Menge an Zigaretten beigelegt hatte, um den Anreiz zu erhöhen. Die Gewinner überließen den atemlos Hoffenden das Feld und zogen sich (zum großen Ärger des bratenden und schnipselnden Janssen) zum Rauchen in die Kombüse zurück. So vertrieben sie sich die Stunden bis zum Abendessen, nachdem sie das Frühstück aus frischem Brot, Marmelade, Gruyère und dem ersten Geschenk des Tages genossen hatten, einer vom Koch spendierten, üppigen Marzipantorte mit einem Überzug, der der Landschaft ringsum nachempfunden war (»Sastrugi!«, rief Andreev, »wie der vom Wind getriebene Schnee!«) und den Janssen mit einer Messerklinge geformt und mit einem Union Jack verziert hatte.

»Seit wann hältst du die vor uns versteckt, Einar?«, fragte Freely, denn der Kuchen war schwer und feucht, die Früchte seit Wochen eingeweicht; Janssen, der seine Tage fröhlich summend verbrachte und selten sprach, hob die weite Schürze an, warf einen Blick unter seine Achsel und zuckte mit den Schultern.

Mit solch guter Laune verflog der Tag. Das Abendessen war eine große Angelegenheit: geräucherte Austern, eingelegte Makrelen, Rentierbraten mit Erbsen, gebutterten Kartoffeln und Johannisbeersauce (weit und breit kein rohes Fuchsfleisch in Sicht). An Edwards Gaumen fühlte das Fleisch sich zarter an als alles, was er je am Tisch seines Bruders gekostet hatte; er genoss den köstlichen Fruchtgeschmack auf seiner Zunge, dachte an den Club, den er und John in London aufzusuchen pflegten und belächelte die fade, graue Sauce, die dort serviert wurde. Und dann – klirr – tranken sie auf die Queen, auf die *Persephone*, auf Emily Mackleys Zigaretten, auf Frauen und Kinder.

Janssen flüsterte dem Kapitän etwas zu, woraufhin Edward verkündete, man habe lange genug im eigenen Saft geschmort, der Abend sei klar und rein, der Vollmond rufe sie alle hinaus. Was wäre erfrischender als ein weihnachtlicher Spaziergang im Schnee? Er besänftigte jeden Widerspruch: »Nur Geduld, ihr werdet euren Nachtisch schon noch bekommen.«

Maulend stiegen die Männer an Deck und polterten in den Neuschnee hinaus, wo die Schönheit der Nacht ihr Gemurre allmählich verstummen ließ. Jede einzelne Flocke am Boden schien zu leuchten, und der Himmel schien ebenso dicht mit Puderschnee aus Sternen übersät. Weiß auf Schwarz wie der Glanz in Edwards Augen, der sich bemühte, weiter und weiter und alles zu sehen, der sich danach sehnte, diese Pracht mit Emily zu teilen; könnte er es nur mit einer Glaskugel umschließen und ihr mitbringen.

Und dann erschien Janssen mit seiner *pièce de résistance,* die er nie und nimmer im Gesellschaftsraum hätte entzünden können, sondern nur hier draußen auf dem Eis. Die lila-grüne Flamme auf dem Plumpudding war ein fröhlicher Leuchtturm, ein unbesiegbares Licht in der Finsternis. Er trug sie ihnen entgegen, und sein rotwangiges Gesicht strahlte, bis die Flamme schließlich erlosch. Über ihren Köpfen zuckte plötzlich das gleiche grünviolette Feuer am weiten Himmel auf wie ein glühender Geist. Da sahen sie einander stumm an, gaben einander im milchigweißen Mondlicht die Hände und ließen Nordahls Flachmann herumgehen.

Später trugen sie sportliche Wettkämpfe aus, sie sprinteten über das Eis, hielten sich den vollen Bauch und lachten wie Kinder nach Schulschluss, die außer sich vor Freude sind über den vielen Schnee. Janssen drehte und drehte sich mit in den Nacken gelegtem Kopf, den Blick starr in den Himmel gerichtet, bis er prustend vor Nordahls Füße fiel. Er hatte sich so viel Mühe gegeben, ihnen allen fern der Heimat eine Freude zu machen, dass ihm keiner übel nehmen konnte, am Kochbrandy genippt zu haben.

Um ein Uhr, nach einem faulen Abend und noch mehr kandierten Früchten, Nüssen und Maronen, nach der letzten Zigarette, legten sie sich schlafen. Und endlich zog Edward jenes andere, kleinere Päckchen unter seinem Bett hervor, das für ihn allein bestimmt war und das er sich den ganzen Tag lang aufgespart hatte, auf das er sich seit Monaten freute.

Eine Taschenuhr mit einer filigranen Gravur: *Für Edward – für die Stunden, die er von mir getrennt ist, auf dass er seinen Weg finde und zurückkehre zu seiner – Emily.* Er zog sie auf, stellte sie und presste sie an die Wange, eine kühle Scheibe an seiner Haut, deren Ticken bis an seinen Kieferknochen drang. Emilys ferner Herzschlag. Er musste lächeln bei der Erinnerung daran, wie sie eine Augenbraue hochgezogen hatte, als er ihr seine Diagramme erklärt hatte und wie man den Längengrad anhand der Uhrzeit und dem Stand der Sonne bestimmt. Die aufmerksame, intelligente Emily, deren wacher Blick sich für immer in seine Erinnerung gebrannt hatte.

Gerade so, wie er an sie dachte und wie Julia heute an sie denkt, mag sie immer noch unten im Esszimmer sitzen, falls wir uns die Mühe machen, dort nach ihr zu suchen. Schauen Sie: In jedem Kamin des Hauses, Leuchtturm des Willkommens, brennt ein Feuer. Alle Vorhänge sind geschlossen und sperren den Nachtfrost aus.

Emilys Gesicht brennt; sie fürchtet, ersticken zu müssen. Ein tiefes Erröten färbt ihre Wangen, so wie an dem Abend, als sie Edward kennenlernte; die Hitze und der Wein haben sie schläfrig gemacht, und sie sehnt sich danach, in den Garten zu laufen, ihr Gesicht in den Raureif des Grases zu drücken und sich vorzustellen, es wäre Schnee. Wenn sie sich endlich zurückziehen darf, wird sie das Fenster öffnen, die Laken zurückschlagen und mit einem Seufzer in die kühle Baumwolle schlüpfen. Sie wird das kleine Notizbuch hervorholen, das er ihr vor der Abreise geschenkt hat und das sie heute Morgen im Dunkeln ausgepackt hat, und im Kerzenlicht noch einmal das Gedicht lesen, das in seiner schönen Handschrift auf der ersten Seite steht. Die Zeilen, die sie seit ihren Mädchentagen auswendig kennt …

*Du, Fixpunkt, rundest meinen Kreis*
*Und führst zum Anfang mich zurück …*

Sie gehören nicht zu jenen gewöhnlichen, weltlich Liebenden, die bisher nur eitel Sonnenschein kannten. Für sie hat er diese Worte mit Bedeutung angefüllt; dies ist sein Geschenk.

Aber hier, am Tisch, ist sie noch weit entfernt von dem einsamen Bett und dem kleinen Trost, nach dem sie sich sehnt. Ihr Haar ist hochgesteckt, aber wie immer weigern sich die Kringel und Löckchen, an ihrem Platz zu bleiben. Ihre vom Kleid gerahmten Schultern sind schlank, aber stark. Beim Lächeln und Lachen zeigt sie ihre Zähne, denn sie schafft es einfach nicht, affektiert zu sein; ihre schmalen, aber nicht spitz zulaufenden Hände wollen im Zaum gehalten werden, da sie eine Tendenz zum Gestikulieren haben. Sie hält sie zusammengefaltet auf dem Schoß und spürt unter den Röcken immer noch ihre vom Skifahren gehärteten Muskeln. Ihre bronzebraunen Augen blitzen kühn.

Sie passt nicht ganz in ihre Zeit. Eigentlich sieht sie ein bisschen aus wie Julia.

Ein knappes Jahrhundert später, beim letzten Weihnachtsfest, saß Julia im selben Sessel – oder wenigstens wäre die Vorstellung schön, die Sitzordnung ist leider nicht überliefert. In der Erkerecke des Salons stand eine prächtige Fichte, vielleicht ähnelte sie jener, von der der kleine Edward träumte, als er gespannt im Dunkeln lag. Das Haus war von ihrem harzigen Duft erfüllt, es roch nach Gewürzen und Portwein, nach Orange und

Nelken, nach Salbei und Braten, nach der warmen Nostalgie, die über die Jahre ins Holz eingezogen war. Alles strahlte in einem festlichen Glanz, den Julia wiederbelebt hatte. Sie hatte sich in der Küche schwitzend und schimpfend mit dem Gänsebraten abgemüht, der nun endlich serviert wurde, zusammen mit in Schmalz gebratenen Kartoffeln und natürlich auch Rosenkohl, Johannisbeersauce, schwerer, brauner Bratentunke und einer Maronenfüllung, auf die Julia besonders stolz war (Simon hatte die Leber pflichteifrig identifiziert und aus dem Plastikbeutel mit den Innereien entfernt). Julia saß zwischen ihrer Schwester und Simon; Tante Helen war abwesend, aber alles geschah zu ihrem Gedenken, denn Julia wollte dem Tag gerecht werden. Sie trug ein dunkelrotes Kleid – ja, es entblößte ihre schmalen, knochigen Schultern – und hatte sich das Haar zu einem lockeren Knoten hochgesteckt, ihr Gesicht war vor Hitze und Glück gerötet, und Simon betrachtete sie mit neuem Entzücken, als ihre Hände Wörter formend durch die Luft flogen und ihr Gelächter, vom Wein entfesselt, frei herausschallte. Endlich entspannte sie sich.

Das war die einzige Gelegenheit, zu der Simon und Julia das Esszimmer nutzten, auch wenn Julia die Vorstellung amüsiert, sie würden einander an dem langen Tisch gegenübersitzen und sich, für eine Unterhaltung zu weit voneinander entfernt, höflich anlächeln. Sie essen in der Küche oder im Wohnzimmer, wo sie den Teller auf den Schoß nehmen, oder, an einem Abend wie diesem – falls alles nach Plan läuft – im Wintergarten, dessen weit geöffnete Türen auf den Garten hinausgehen. Aber in jenen Tagen, als man sich in der Familie noch an Förmlichkeiten hielt, als der Damast noch dunkel und die Muster noch frisch waren, nahm Emily dreimal täglich hier Platz, zusammen mit ihrem Schwager und dessen Frau. Da saß sie, immer auf demselben Stuhl, gegenüber von Arabella, und fühlte sich wie ein ungewolltes Waisenkind oder eine altjüngferliche Tante. John bemühte sich um politische Themen, zu denen sich selbst eine Frau eine Meinung bilden konnte, aber er blieb oberflächlich, denn er wollte sie nicht überfordern oder verwirren. Emily, die sich bezüglich ihrer Grenzen im Unklaren war, antwortete höflich und ausweichend. Arabella gähnte auf eine Weise, die sie diskret fand, bis alle am Tisch die Debatte für beendet hielten. Eine vertane Gelegenheit, denn immerhin war Emilys Geist hellwach und John überraschend offen. Arabella hatte es für ihren Teil längst aufgegeben, sich mit interessanten Gesprächsthemen einzubringen, hatte es doch den Anschein, dass das endlose, faszinierende Treiben ihrer zahlreichen Bekannten, Intrigen und die Hutmode ihre sonderliche Schwägerin herzlich wenig interessierten. Außerdem gehörten diese Themen nicht an den Esstisch; Arabella wollte ihren Mann nicht verärgern und beschäftigte sich ohnehin am liebsten mit dem, was gerade vor ihr lag, besonders, wenn es mit Sahnesauce daherkam. So vergingen Emilys Monate am Tisch des Schwagers ohne Ein- und Zwischenfälle.

Als Weihnachten näherrückte, lud John Emilys Vater, Mr. Gardiner, über die Feiertage ein, denn er wusste, dass der alte Mann andernfalls allein bliebe. Da sitzen sie nun, es ist Weihnachten und eine Auswahl der hellsten Köpfe des Städtchens ist Johns Einladung gefolgt, die Weihnachtsgans zu teilen. Arabella, die auf ihr Fingerspitzengefühl besonders stolz ist, hat Mr. Gardiner neben Mrs. Dempsey gesetzt, eine ihr bekannte Witwe, die sich trotz des schweren Verlustes ihren Sinn für Humor bewahrt hat – und eine hübsche weibliche Figur noch dazu. Daniel Gardiner hingegen, ein besonnener, freundlicher Mann, wird nie ganz über den Tod seiner Frau hinwegkommen und antwortet auf die Neckereien der Witwe einsilbig und ungeschickt; er bemüht sich, Johns großzügiger Einladung zur Konversation nachzukommen, ist aber ein bisschen schwerhörig und hat Mühe, den Worten zu folgen, die über die Tafel fliegen und im aufbrausenden, glockenhellen Lachen seiner Tischnachbarin untergehen. Nun ja, denkt er auf dem Höhepunkt eines besonders lauten Crescendos bei sich, vielleicht sollte ich dem Herrn heute Abend dankbar sein, dass er mich mit Taubheit geschlagen hat. Und während er noch milde lächelt, fällt sein Blick auf die Tochter am anderen Tischende. Emily ist zu weit entfernt, als dass ein Gespräch möglich wäre, sie sitzt, wie er annimmt, zwischen einem Geistlichen und einem Anwalt; hilflos lächelt sie zurück, und da weiß er, dass all ihre Lebhaftigkeit, so liebreizend sie auch ist, nur aufgesetzt sein kann. Dennoch sieht sie heute Abend wunderschön aus. Sie hat die hellgoldene Haut ihrer Mutter, die ihm immer schon viel besser gefallen hat als die modische, blau geäderte Blässe.

Sie bemüht sich, fröhlich zu sein. Sie trägt eine pinkfarbene Stola, die Arabella ihr ohne jede Rücksicht auf Emilys Geschmack und Teint geschenkt hat. Sie nickt, pflichtet bei und vermeidet es, den Geistlichen in möglicherweise anstößige Fragen zu verwickeln (zum Beispiel, warum man an Gott glauben soll). Sie singt die Weihnachtslieder mit, obwohl die Tonlage zu hoch für sie ist und ihre Stimme gepresst klingt; sie denkt an Edward, der jetzt vielleicht nordische Lieder mit seiner Mannschaft anstimmt, an sein lautes, befreites Lachen.

Die Teller werden abgeräumt, und Emily hat kaum Zeit, sich zurückzulehnen und ihren Magen mit einem Schlückchen Wein zu beruhigen, als schon der Pudding hereingetragen wird. Als ob, denkt sie, in diesem Raum ein weiteres Feuer gebraucht würde. Inzwischen hat sie das Gefühl, ihr Kopf stünde in Flammen (*das* gäbe ihnen Anlass zu tratschen!). Die Portionen werden ausgeteilt und ihr Protest übergangen; Arabella ist wie stets davon überzeugt, Emily müsse zunehmen, und so schluckt diese ihre Abneigung herunter, Löffel für Löffel. Ein großes, schweres, dampfendes, mit Weinbrandbutter übergossenes Stück wird vor ihr abgestellt, und pflichtbewusst sticht sie den Löffel hinein. Und stößt auf Metall. Und weiß, was immer es ist, es wird ihr unangenehm sein; verzweifelt versucht sie, drum herum zu stochern in der Hoffnung, es im geeigneten Moment unauffällig verschwinden zu lassen. Lass es die Münze sein, denkt sie, vielleicht kann sie die Münze unter ihrer Zunge verstecken, sicher würde ihr sogar ein verkniffenes Lächeln gelingen, falls das bedeutete, nicht mehr sprechen zu müssen. Aber da wird die Münze entdeckt – von ihrem Vater, was für Emily fast noch schlimmer ist. »Ah, das Glück wird Ihnen hold sein, Daniel«, sagt John, lächelt Emily an und dann wieder ihren Vater, wie um zu sagen, dieser sei mit seiner Tochter schon reich beschenkt. Er hofft, die Anwesenden werden sich damit zufriedengeben. Aber schon gratuliert ihm jedermann zu den Reichtümern, die ihn erwarten – dem Mann, der nur noch eine Haushälterin hat, sich um ihn zu kümmern, der es sich nicht einmal mehr leisten kann, seine eigene Tochter zu ernähren, der auf die Gutmütigkeit eines Jüngeren angewiesen ist, ihn über Weihnachten aufzunehmen, und der in seinem eigenen Haus niemals Gäste empfängt; und weil Emily es nicht ertragen kann, ihn so erröten und lächeln und nicken zu sehen, hält sie in die Höhe, was in ihrem Pudding steckte, und sie ruft: »Vater, heute Abend haben die Gardiners doppeltes Glück!«; sie hält es in die Höhe, und es rutscht mühelos auf ihre Fingerspitze. Ein Fingerhut.

War da ein Blitzen in Arabellas Augen, oder lag es nur am Kerzenschein und am vielen Weinbrand?

»Oh, aber der war doch mir zugedacht!«, ruft Mrs. Dempsey. »Ein Fingerhut als Zeichen für ein glückliches Leben allein – ich führe es, Tag für Tag, wie Sie alle sehen können! Hätten Sie nicht so ein großes Stück Pudding genommen, meine Liebe, wäre er bei mir gelandet«, sagt sie und knufft ersatzeshalber Mr. Gardiner, weil Emily zu weit weg sitzt. Und obwohl der blaue Fleck an seinem Arm immer größer wird, empfindet er in diesem Moment zum ersten Mal so etwas wie Sympathie für die Witwe, weil sie so geistesgegenwärtig ist.

»Ich hatte immer gedacht, der Fingerhut sei für die alte Jungfer bestimmt«, wirft der Anwalt zu ihrer Linken ein, ohne die peinliche Berührtheit der anderen zu bemerken, die der eigentliche Grund für die allgemeine Fröhlichkeit ist.

»Nun, dem mag so sein, Mr. Worthy, aber ist es nicht gleich?«, fragt John und möchte sich im selben Moment ohrfeigen, denn was für ein Trost kann das schon sein?

»In jedem Fall«, sagt Emily, »wird mein Mann sich wundern, wenn er heimkehrt und mich recht zufrieden vorfindet, so ganz allein.« Und von irgendwoher holte sie ein unbeschwertes Lachen hervor und wackelt mit dem behüteten Finger; sie zieht eine hübsche Schnute, zuckt keck mit den Schultern und schiebt sich einen weiteren Löffel Pudding in den Mund. Wie sehr ihr Vater sie dafür bewundert; nur er und Arabella, die immer noch zuschaut, sehen das Glühen in ihren Augen und das Zucken ihrer Mundwinkel, als sie zum Glas greift, um den schweren Brocken hinunterzuspülen.

Am Puddingsonntag vor ein paar Wochen waren alle im Haus an die Reihe gekommen; irgendeine kleine Dienstmagd mochte den Fingerhut in die Schüssel geworfen haben, ohne zu ahnen, welchen Schmerz er Emily zufügen würde, sollte ihr Löffel ihn finden. Dennoch hat es den Anschein, als genieße Arabella, die sich auf den Dessertgang immer am meisten freut, den Weihnachtspudding in diesem Jahr besonders.

Später am Abend, als man sich gute Nacht wünscht, nimmt John Emilys Hand und sagt leise: »Schwester, ich glaube, das hier war für dich bestimmt.« Als sie in ihrem Zimmer ist, öffnet Emily die Finger und sieht, dass ein winziger, silberner Anker seinen Abdruck in ihrer Handfläche hinterlassen hat. Der sichere Hafen.

## *Nie abgeschickte Briefe*

Emily trägt einen silbernen Talisman an einer Kette um den Hals; unbewusst berührt Julia ihn mit der Hand, er liegt in der Kuhle zwischen ihren Schlüsselbeinen. Die *Persephone*, immer noch im Eis eingeschlossen, brauchte keinen Anker. Unter dem Ruhepol drehte sich die Erde unaufhaltsam.

Edward und seinen Männern blieb nichts anderes übrig, als abzuwarten. Die Sonne ging wieder auf; sie feierten wie die Heiden mit Fleisch, Wein und Gesang und einem Theaterstück, das im Gesellschaftsraum gegeben wurde. Freelys freie Bearbeitung von *Ein Wintermärchen*, die das Ende der Jahreszeit einläutete, legte besonderen Wert auf die Abgänge, wenn die Schauspieler von einem großen Eisbären von der Bühne gejagt wurden (Janssen hatte Probleme mit seinem Text und begnügte sich damit, laut zu brüllen). Sie setzten die Takelung instand, richteten provisorische Schweiß- und Holzwerkstätten an Deck ein und führten die Übungen aus, die Edward ihnen auferlegt hatte, damit sie fit und beschäftigt blieben; als der Sommer kam, machten sie sich daran, sich auf den nächsten Frühling vorzubereiten. So gingen die Tage dahin, und die Abende, die den Tagen immer mehr glichen, ebenfalls; sie legten sich bei hellem Sonnenlicht schlafen in dem Wissen, dass die Dunkelheit unter Deck eine künstliche war; sie lagen wach wie Kinder auf einem Schulausflug und spürten das Tageslicht, das sie nicht sehen konnten. Die perlmuttschimmernde Kuppel des Polartags schien sich über ihnen zu schließen wie die Schale einer Auster. Sie gewöhnten sich an, lange aufzubleiben, und verbrachten viel Zeit im Gesellschaftsraum. Das Leben zog sich wie ein endlos langer Nachmittag. Es gab immer neue Anekdoten, und wenn die Erinnerung versagte, gab es ein Kartenspiel zu spielen, die altbekannten Lieder zu singen und die immer gleichen Witze auf Compton-Hills Kosten zu reißen (die der Junge, man muss es ihm anrechnen, mit herablassender Gleichgültigkeit ertrug).

Falls ihm das Leben auf engstem Raum mit anderen eine Qual war, ließ Edward sich nichts davon anmerken, wenngleich sein Tagebuch von Einsamkeit spricht – immerhin konnte er sich in seine Privatkajüte zurückziehen, wohingegen die Mannschaft zu viert in einer Kabine schlief. Oft war er ganz allein draußen auf dem Eis unterwegs. Meilenweit vom Schiff entfernt eilte er in Schneeschuhen über das Eis und stellte sich vor, frei zu sein; manchmal ließ er sich von den Hunden ziehen, die ihm endlich, nach monatelangem Training, gehorchten. Am Ende jedes Tages, nach der Umkehr, zu der er sich jedes Mal neu überwinden musste (so einfach wäre es, weiter und weiter auf dem flachen Eis, weniger als fünfhundert Meilen), lag er im Bett und spürte noch das Ziehen in den Schenkeln, bevor er seinen Körper im Traum durch die Nacht jagen ließ. Das Schiff rutschte gen Norden, kam zurück, trieb nach Westen ab. Das Licht war allgegenwärtig, es strahlte von allen Oberflächen ab und erhellte, was eigentlich im Schatten lag. Als der Sommer voranschritt und das Eis brach, entdeckten sie allmählich die dunklen Flecken unter dem flachen Himmel, wo die Sonne nicht vom Eis reflektiert wurde, und durch diese Polynien, breite, offene Seen, die tintenschwarz aus der kreideweißen Umgebung herausstachen, konnten sie ein Stück weit segeln. Zu Fuß über das Eis zu wandern, wurde unmöglich; selbst die geringste Entfernung zum Schiff konnte sich als tödlich erweisen, sollte die Strömung die Schollen zerteilen und den unglückseligen Wanderer auf seiner winzigen Insel davontreiben lassen.

Ende August wurden sie abermals von Eis und Dämmerlicht eingeschlossen. Die *Persephone* ächzte, brach aber nicht. Unter Knirschen und Mühen schoben sie sich Stück für Stück voran. Jeden zweiten Tag wurde mithilfe von Kompass, Quadrant und Taschenuhr die Position bestimmt. Edward zeichnete ihr Fortkommen in die Karte ein, winzige, gekritzelte Schritte, die sich wieder und wieder kreuzten. Er war enttäuscht, aber unbesorgt; er hatte dasselbe Knäuel von Fortschritt, Abtrieb und Rückfall in den Aufzeichnungen anderer Männer gesehen und war überzeugt, den Pol erreichen zu können. Er hatte das Gefühl, schon als kleiner Junge im Kinderzimmer die ersten, unsicheren Schritte darauf zu gemacht zu haben, immer in der Erwartung, eines Tages größer und stärker zu sein. Er konnte sich an keine Zeit erinnern, in der das Verlangen nicht in ihm gebrannt hätte. War er der Marine nur aus diesem Grund beigetreten? Nun schien es ihm so. Die anderen waren in See gestochen, um ihren Ehrgeiz zu befriedigen und im Rang aufzusteigen; für ihn war die Karriere nur ein Mittel zu einem einzigen Zweck. Er würde den Pol erreichen; es durfte nicht anders sein.

Aber was war mit Emily? Hatte er in seinem Herzen Platz für sie? Sie war immer in seinen Gedanken, an seiner Seite. Ihre Leidenschaft entsprach der seinen, entfachte sie weiter; sie befeuerte seinen Ehrgeiz und hielt die Flamme auch in den langen Nächten am Leben. Wenn er sich am Abend hinlegte, um zu träumen und seine Seele über das Eis fliegen zu lassen, strebte er ihr entgegen, denn sie erwartete ihn am Pol. Im Logbuch taucht ihr Name kein einziges Mal auf. Er brachte keine langen Klagelieder über ihre Abwesenheit zu Papier, aber das Gefühl durchdringt seine Zeilen, so als hätte sie hinter ihm gestanden, wenn er am Schreibtisch saß, und ihm eine Hand auf die Schulter gelegt, so als befänden sie sich daheim im Wohnzimmer und nicht in einem Kämmerlein am Rand der Zivilisation, am Ende der bekannten, kartographierten Welt.

Auf all jenen Seiten von 1900, das ganze lange Jahr hindurch verspricht er ihr immer wieder das eine: »Ich werde das Ziel fraglos erreichen; es ist schon nah.«

Kann man seinen Glauben anzweifeln, wenn ein Mann seine Überzeugung täglich wiederholt? Wie konnte es sein, dass sie sich nicht bewahrheitete?

Auch für Emily ging ein Jahr vorüber, allerdings ohne Abenteuer. Sie tat ihr Bestes, um den täglichen Besuchen, den Spaziergängen im Garten und den kleinen Zerstreuungen etwas Freude abzugewinnen. Sie gab sich fröhlich, aufgeweckt und hilfsbereit, unterstützte Arabella in Angelegenheiten des Haushalts, so gut sie konnte, und lud auch selbst hin und wieder zum Tee ein. Ihr Lachen war anziehend, und sie gewann an Selbstvertrauen, Reife und Gelassenheit. Sie war immer und überaus gelassen. Ihr sorgfältig verschnürtes Herz verkümmerte dabei.

Mit Sorge stellte sie fest, dass man von den Frauen immer schmalere Wespentaillen erwartete. Zwischen den Jahrhunderten wurde es eng; mit vorgestreckter Brust und durchgedrücktem Rücken wankten Englands Frauen dahin, ein absurder und ungelenker Schwarm, in dessen gefiederte Hierarchie Emily sich wohl oder übel einfügen musste. Bequeme Mieder waren verpönt, und bald steckte sie im festen Griff des Fischbeins (unter großem Aufwand den Meeren entrissen, die ihr Mann nun befuhr). Einzige Ausflucht war ihr Tenniskleid, das sie anlegte, wann immer sie Arabella zu einer Damenpartie überreden konnte; ihre Gegnerin pustete und fächelte sich Luft zu und war schnell gelangweilt, so wie Emily von den matten Returns. Sie sehnte sich nach der Kälte, nach der Schnelligkeit und Freiheit des Schnees. Sie wünschte sich nichts sehnlicher, als wieder als lachendes Bündel vor den Füßen ihres Mannes zu landen. Stattdessen schlug sie den Ball müde hin und her. Ihr Körper passte so gar nicht in ihre Zeit. Ihre Schultern waren zu breit, ihre Beine zu muskulös, ihr Rücken zu gerade. Er wollte sich nicht biegen, und wenn sie sich am Ende des Tages endlich aufschnürte und hinlegte, spürte sie die Krümmung ihres Hohlkreuzes, die er einst geküsst hatte und die sich nun sehnsuchtsvoll an das Bett drückte. An das viel zu weiche, leere Bett.

Auf dem kleinen Schreibtisch in dem Zimmer, das früher Emily gehörte, haben die Hunderte von Briefen, die dort mit Tinte geschrieben und abgelöscht wurden, keine Spuren hinterlassen. Die schimmernde Walnussoberfläche verrät nichts von der Traurigkeit, die hier in säuberliche Tintenstriche einfloss. In den Schubladen liegt immer noch das Papier, das Emily einst hineinlegte, der letzte Hauch von Rosenduft ist dem Geruch von Bienenwachs, Politur und dem beißenden Geruch von Kampfer gewichen. Aber der Schreibtisch steht immer noch, so massiv wie in jenen Tagen, ganz am Anfang, als Emily täglich an ihm Platz nahm, als sie sich auf die Unterlippe biss und sich an seiner Kante festhielt und einen Brief nach dem anderen schrieb, ohne jemals etwas abschicken zu können.

Fünfzig Jahre oder länger lagen sie mit schwarzem Band zusammengeschnürt in der Schublade, bevor sie endlich gefunden wurden. Julia hat sie aus dem Zimmer geholt, in dem sie geschrieben wurden, und auf den Dachboden hinaufgetragen, um die Emily kennenzulernen, die ohne Edward lebte, um auf ihre Stimme zu lauschen, die leiser war als seine; sie spricht nur zu ihrem Ehemann, wogegen er zur Welt spricht. Julia erinnert sich daran, wie sie mit ihrer Mutter und ihrer Schwester auf Emilys Bett saß (in dem Julia schlief, wenn sie ihre Tante besuchte) und das Band aus verstaubtem Satin, dessen verknotete Stelle glänzte, zum ersten Mal abstreifte; sie löst den Knoten, den sie seither unzählige Male berührt hat. Die halb auswendig gelernten Worte ziehen sich als indigoblauer Schnörkel durch ihre Gedanken und schreiben sich selbst neu, während Julia liest. Der

Rhythmus der Tinte ist gleichmäßig und stark, nie von Tränen verschmiert, wehrt sich gegen die Verzweiflung. »Es wird dich freuen zu erfahren, dass Arabella mich das Häkeln lehrt. Ich fürchte, ich mache nur langsame Fortschritte; wieder und wieder ribbele ich alles auf. Bis du zurückkommst, werde ich womöglich nicht mehr als eine kleine Decke geschafft haben, die ausreicht, eins deiner Knie zu wärmen.« »Dein Bruder hat, wie ich finde, einen hervorragenden Geschmack, und meinen riesigen Affenhänden, wie du sie einst so liebevoll beschriebst, wurde aufgetragen, sich allabendlich am Piano in Oktaven zu üben.« »Es ist Frühling, und die Kirschbäume scheuen sich nicht aufzuschneiden, üppig und rosig stehen sie überall in der Stadt; der kleine Apfelbaum am Ende des Gartens blüht still und weiß, und wenn ich daruntersitze, fallen die Blütenblätter auf mich wie Schnee, Geliebter, wie Schnee …« »Heute fuhren wir aufs Land hinaus, und ich dachte mir, wie grün, wie wunderschön, und ich fragte mich, ob du den Duft der Erde vermisst, der Blätter und der Wiesen, Liebster? So wie ich ganz schmerzlich den scharfen Duft von Gischt und Salzwasser vermisse …« »Ich war unartig und habe dir eine Woche lang nicht geschrieben, denn meine Gedanken sind, so wie meine Tage, recht leer. Der letzte Monat war düster und öd, der Sommer ist vorbei; und wieder wirst du ein Gefangener der Finsternis sein. Unter demselben Mond, den ich nicht sehen kann – nur ein Irrlicht spukt durch die Wolken.«

»Nun bin ich schon so lange ohne dich. Welche Farbe haben deine Augen? Sie sind natürlich fast schwarz, ich erinnere mich. Ich bete, dass sie diese Welt noch erblicken mögen, ihren Gipfel gar; und dann werde ich gewahr, du und ich sind Heiden ohne Gottheit, die sich anbeten ließe; ich muss mich mit der Hoffnung begnügen.«

»Nun sind alle Blätter gefallen, ohne eine Nachricht von dir; und so weiß ich, ich muss noch einen Winter ausharren – du hast mich gewarnt, so darf ich dich nicht grausam nennen.«

»Welche Hoffnung mit diesem Frühling in mir aufblüht! Ich soll dich wiedersehen, ganz bestimmt, es ist nur eine Frage von Wochen, denn nun kannst du nicht mehr fern sein.« »Wir haben den Tee draußen im Garten eingenommen, so wie du und ich in jenen letzten warmen Tagen – es scheint eine Ewigkeit her zu sein, in einem anderen Zeitalter. Überall steht das Leben in vollster Blüte, und doch fehlst du immer noch an meiner Seite, und die grüne Welt ist mir grau, bis zu zurückkommst.«

»Wo wird dieser Brief dich finden? Wirst du sicher zu mir zurückkehren? Darf ich dich an dein Versprechen erinnern, Edward? Denn ich war dem meinen treu. Ich warte.«

Julia liest jeden einzelnen und fragt sich, ob sie einem schärferen Blick standhalten könnten, einem grelleren Licht; ob sie die Verwandlung in gedruckte Buchstaben überstehen würden, ob man die Zuversicht und den Mut einer einzelnen Frau »Geschichte« nennen darf. Sie greift nach dem Stapel, stellt ihn vorsichtig aufrecht, um die Ränder auszurichten, und plötzlich scheint das Bündel, das sie wieder verschnürt, von schwindendem Gewicht zu sein. Sie erinnert sich daran, wie sie zu dritt auf der Bettkante saßen und wussten, was Emily nicht wissen konnte – dass ihre Hoffnung schon ins Leere lief, als sie jene letzten Briefe schrieb.

*Zusammengedrängt auf der weichen Matratze, Mum in der Mitte verursachte eine tiefe Kuhle, in die wir beide hineinrutschten. Draußen vor dem geöffneten Fenster wie immer Sonnenschein, eine rauschende Weide, eine blassgrüne Brise, das uralte Lied – Willow, weep for me … der Duft nach sauberer Wäsche, nach Lavendel, meine Mutter weint, meine Mutter singt: Willow, weep for me …*

Ihre Mutter Maggie dümpelt am Rand ihrer Erinnerung dahin, auch sie wurde von der Vergangenheit verschluckt und spukt durch die Zimmer. Früher wuchs Lavendel im Garten, eine Zeitlang blühte er überall im Haus; Maggie brachte ihn büschelweise herein, stopfte ihn in Flaschen und Vasen. Julia riss einen Zweig ab und legte ihn auf den Sarg und bildete sich ein, ihn brennen zu riechen, als sie bei der Abfahrt den Rauch aus dem Krematorium aufsteigen sah. Als sie das Haus im vergangenen Jahr bezogen, riss sie noch im Winter alle Büsche aus, damit sie keine Gelegenheit zu blühen bekämen (Simon kam nach Hause und fand sie keuchend und ohne es erklären zu können im Dreck wühlend vor, er lachte sie aus, liebevoll und nervös). Und ebenso willensstark verbannt sie den Geruch aus der Erinnerung.

Der Inhalt von *Kiste 004* liegt auf dem Boden. Julia geht ihre Inventurliste durch und überfliegt die am Vormittag gemachten Notizen. Sie hat versucht, alles zu Protokoll zu bringen. Sie hat versucht, den Tag zu retten, ihm eine Bedeutung zu verleihen, ihrem Vorhaben treu zu bleiben. Die Mühen der letzten Stunde liegen als lange Reihe vor ihr ausgebreitet und werden protokolliert. Sie hat Daten, Materialien, Herkunft und Kosten geschätzt, wann immer sie meinte, genug zu wissen; sie hatte gehofft, sich sauber und aufgeräumt zu fühlen, so wie Simons Etiketten, aber die Arbeit lässt sie so ermattet und schmutzig zurück wie den umgekippten Pappkarton, der, seiner Geheimnisse beraubt, auf der Seite liegt und gewöhnlich geworden ist. Die Schatzkisten, in denen sie als Kind wühlte, sind jetzt nichts mehr als eine Ansammlung von Artefakten, deren Wert sich ihr nicht erschließt. Wozu soll es auch gut sein; was soll es nützen, Staub aufzuwirbeln? Die Relikte und Tatsachen und Schätzungen kommen dem Mann, den sie sucht, nicht ansatzweise nah. Sie entsprechen nicht dem Mann, der ihre Träume durchschreitet, und sie haben nichts mit dem Edward gemein, an den Emily sich erinnerte; er ist mehr als die Zeichnung einer Silhouette, und auch in Julias Kopf wird er sich nicht in jene Umrandung bannen lassen.

Gibt es keinen anderen Weg, ihm nah zu kommen? Sie darf nicht schon wieder ihrem Ennui nachgeben – ein Begriff, den sie den weniger glamourösen, besorgniserregenden Synonymen vorzieht (warum gelingt es ihr kaum, einen Nachmittag lang die Augen offen zu halten? Bestimmt nicht, weil ihr nichts einfällt, für das wach zu bleiben sich lohnen würde; bestimmt nicht). Sie steht auf und greift zum zweiten Tagebuch. Sie kennt die Geschichte so genau, dass sie nicht mehr weiß, wie es war, als sie sie zum ersten Mal gelesen hat.

## *Eine Zigarette*

Ein Rechteck aus gemächlichem Sonnenlicht streckt sich und kriecht über den Boden, als suche es etwas. Da liegt eine filigrane Taschenuhr aus Silber, die aus Edwards Grab geholt wurde und nun darauf wartet, zusammen mit den anderen Fundstücken auf dem Dachboden protokolliert zu werden; aber da sie irreparabel beschädigt ist und sich nicht mehr aufziehen lässt, verrät sie uns nicht, wie viele Stunden vergangen sind. Könnten wir uns hingegen entschließen, die kleine Schiffsuhr aus Messing herauszuholen, die im Moment noch in Samt gehüllt in einer Schatulle in *Kiste 002* liegt, würden wir erfahren, dass es inzwischen Viertel nach drei ist. Genau genommen ist es schon fast halb vier; die Uhr läuft gerade ab, nachdem sie vor wenigen Tagen zum letzten Mal ans Licht geholt und aufgezogen wurde, und so ist jede von ihr gezählte Sekunde ein wenig länger als die vorhergehende; außerdem, wozu sollte sie sich nach all den Jahren noch beeilen?

Julias ausgestreckte Glieder sind der Form der Chaiselongue, auf der sie ruht, angepasst. Wie bei einer Opiumsüchtigen streift eine Hand mit nach oben gekehrter Handfläche den Boden. Julia genießt die *chaise*, deren Exotik in ihrer Vorstellung durch Kursivschrift zum Ausdruck kommt. Seit sie ein Teenager war, ruhte sie hier aus, genau in dieser Haltung, um Gedichtbände ihrer Tante zu lesen und sich tragisch und romantisch zu fühlen. Die brütende Hitze des Dachbodens während des endlos langen, südenglischen Sommers, während ihrer Pubertät. Sie erfreut sich an der Erinnerung an ihren Körper, wie er damals war, an das Ziehen in den neuen Brüsten und die feinen Härchen an ihren Beinen; die Stunden und Wochen breiteten sich vor ihr aus, und ihr Leben fand irgendwo in einer vernebelten Zukunft statt, die sie eines Tages erkunden würde. Sie genießt die Stille und das Geräusch ihres eigenen Atems. Und am allermeisten – ihr zurückgelegter Kopf ruht auf einem rosaroten Kissen, durch die halb geöffneten Lider betrachtet sie ihre Hand mit den langen Fingern und dem dünnen Rauchkringel, der sich im einfallenden Sonnenlicht hell durch die staubige Luft zieht – am allermeisten genießt Julia ihre Zigarette, ihre köstlichste, heimlichste Freude. Sie hat die Anzahl pflichtbewusst reduziert, von zwanzig auf zehn auf fünf auf diese eine, überflüssig und perfekt. Manchmal am Morgen, mit Kaffee. Manchmal am Abend, bei einem Glas Wein. Manchmal raucht sie, weil sie wütend oder nervös ist, was den Genuss schmälert; dann ist sie von sich genauso enttäuscht wie von der Zigarette, dann ärgert sie sich darüber, sie vergeudet zu haben. Die besten Zigaretten sind jene, wie sie in diesem Moment eine raucht, völlig grundlos.

*Wir saßen am Fluss, meine Schwester und ich, und rauchten. Ich mochte es, wie sie beim Inhalieren die Augen zusammenkniff. Ich mochte es, wie sie die Hand sinken ließ und trotzig von sich hielt, und auch die Pause vor dem Ausatmen mochte ich. Wir beobachteten das Glitzern auf dem Wasser, die klare, leere Luft, den gelben Staub auf dem trockenen Gehweg und die tadelnden Blicke der Passanten. Wir taten so, als wäre uns egal, was unsere Eltern dazu sagen würden, während wir panisch Kaugummi kauten und uns in der Drogerie mit Parfum besprühten. Ich wählte das in dem weißen Porzellanflakon, weil meine Tante es immer benutzte. Altmodisch-blumig. Wir müssen gestunken haben wie aufgeputzte alte Damen, jene Sorte Damen, die hochhackig und frisiert und im Kostüm zur Matinée gehen: Konfekt und Freesien und ein Hauch von Kippen.*

Auf dem Dachboden muss Julia über sich selbst lächeln, viele Jahre später, als sie den Hals verdreht und die Zigarette ausdrückt. Es wäre ihr jetzt unmöglich, den Körper aus den Kissen zu heben, denn er ist eins mit dem Möbelstück; *chair* in Kursivschrift, auf Französisch bedeutet es »Fleisch«, *ma chair, ma chérie*; wieder lächelt sie müde.

Die Seiten drücken sich in ihren Bauch; eine feste Linie teilt sie in der Mitte durch. Zu beiden Seiten, darüber und darunter, verschwindet sie langsam und nachhaltig wie ein Blatt Bibelpapier, das nur von einem Falz beschwert wird. In der Helligkeit, durch halb geschlossene Lider, sind die Wörter kaum zu erkennen, so wie Edward

*Objekt 11: Schneebrille, Leder, Gummi und getöntes Glas*

schneeblind war. Das Licht sickert durch den Staub. Julia lässt das Tagebuch auf ihre Brust sinken, bis ihr ganzer Körper unter dem rechteckigen Gewicht zu verschwinden scheint, einem papiernen Gewicht, das sie niederdrückt; sie wird sich überdeutlich ihrer Fingerspitzen an dem warmen Buch bewusst, das unter dem Fenster im Sonnenlicht gelegen hat. Nun haben die Strahlen endlich auch sie gefunden.

*Helligkeit, blau, blau und weiß, immer noch still; Haut im Schnee. Der Himmel dicht über mir, darunter tiefes Eis und noch tieferer Ozean. Die Sonne ist aufgegangen, rosa und gold. Ich bin euphorisch, ich warte …*

Der heiße, holzige Staubgeruch des Dachbodens wird stärker, je weiter der Nachmittag voranschreitet, die Wärme steigt aus dem Haus herauf und sammelt sich hier, während die Sonne erbarmungslos aufs Dach knallt. Sie versucht, den leeren Himmel und ihre Gedanken zu füllen, die Zeit verdickt sich so wie die Luft ringsum, bis sie ihn sehen kann, wie er wirklich war, als er aufbrach, sich an die Hoffnung klammerte und ins Unbekannte segelte; er klammerte sich an der Hoffnung auf den Pol fest, an eine Vorstellung, die bezwungen werden wollte, an den Mast, an dem die Welt sich ausrichtet.

*Als ich ein kleines Mädchen war, schnitten wir Löcher in die Welt. Wir öffneten den Zugang zu unverbrauchter Luft, kalt und rein und beißend wie Schnee. Hielten wir das Gesicht dicht an das Loch, konnten wir sie riechen, ihr blassblaues Aroma schmecken. Immer auf der Hut, nicht hindurchzufallen.*

*Ich werde mich trotzdem in die andere Luft wagen und dort stranden.*

Aus der verträumten, blauen Ferne scheint sich eine Gestalt zu nähern, zu weit entfernt, um zu sehen, ob es sich um einen Mann, einen Bären oder gar eine Erscheinung handelt. Das stählerne Schneeweiß, der tiefe, strahlende, unmögliche Himmel, und mittendrin eine Gestalt; ja, es ist ein Mann. Sie kann Robbenfell und pelzbesetzte Säume erkennen. Sein Gang ist zielstrebig, trotz der Kälte ist er noch stark. Hochgewachsen, mutig, entschlossen; mehr als einfach bloß Geschichte. Ein Hyperboreer, ein himmlisches Geschöpf, nicht von dieser Welt; er hat die Stürme durchschritten und hat den strahlenden, sonnendurchfluteten, unendlichen Mythos erreicht. Sie macht sich auf, ihm entgegenzugehen.

Nun steht er vor ihr, so schnell haben sie den Abstand überwunden. »Meine Güte, Frau«, sagt er, »du trägst nicht einen Fetzen Stoff am Leib, was willst du hier?« Aber während er das sagt, lacht er, und sie schaut an sich herab und muss, als sie sieht, dass sie tatsächlich nackt ist, ebenfalls lachen. »Ich warte, ich habe auf dich gewartet«, antwortet sie. Da öffnet er den Mantel und hüllt sie ein, damit sie sich an ihm wärme. Dabei ist ihr längst warm, nur in seinem Mantel ist es kalt, seine Haut an ihrer ist kalt; er nimmt ihre Hände zwischen seine, um sie aufzuwärmen, aber seine Finger sind durch und durch schwarz, und als sie zu ihm aufblickt, sieht sie, dass auch seine Nase schwarz ist; die Schwärze zieht sich über sein Gesicht, seine schwarzen Lippen entblößen seine Zähne, und seine Augen werden milchig weiß, während die Lider verschrumpeln und sein ganzer Körper zuckt und zittert, sein eisiger Körper. So wachte Emily vor mehr als hundert Jahren zum letzten Mal neben ihrem Mann auf; dies ist ihr ewig wiederkehrender Traum.

»Bitte, geh nicht«, sagt sie. Sie hört seinen Atem, er ist so beständig wie seine Seele. Er liegt auf dem Rücken. Wieder zuckt er im Schlaf zusammen, deswegen ist sie aufgewacht (schon verflüchtigt sich das Entsetzen zu vagem Unbehagen). Er gleicht das Schaukeln des Schiffes aus, das weiß sie. Auch ihre Beine haben sich erinnert, auch sie hat das Meer unter sich wogen fühlen, so als treibe das Bett auf hoher See und stünde nicht in diesem sicheren, gemütlichen Zimmer. Zum ersten Mal seit zwei Wochen übernachten sie an Land. Es wird ihre letzte Nacht sein; morgen werden sie unterschiedliche Schiffe besteigen und unterschiedliche Meere bereisen.

Das Feuer ist bis auf die Glut heruntergebrannt, und ein schwacher, orangefarbener Schimmer fällt auf sein liebliches Gesicht. Sie würde das niemals aussprechen aus Angst, ausgelacht zu werden. Aber hier, im stillen Glühen, fährt sie mit einer Fingerspitze seine Augenbraue nach und sieht nichts als Liebreiz. Zu fein geschnitten und zu stark, um als stattlich bezeichnet zu werden. Möbel und Erbtanten nennt man stattlich.

Das Feuer ist niedergebrannt, aber im Zimmer ist es noch warm, und die schweren Vorhänge sperren Licht und Kälte gleichermaßen aus. So dass es Nacht sein könnte, echte, englische Nacht. Ihre Heimat, viele Meilen entfernt, schläft in der Dunkelheit, die sich erst in einigen Stunden lichten wird. Es ist Juni, der Frühling steht in voller Blüte. Die Dämmerung bricht jeden Morgen ein bisschen früher an, wie ein Dieb mit geschickten Fingern pellt sie jedes Mal ein bisschen mehr von der Nacht ab; und nun ist jene Zeit gekommen, die immer so plötzlich anzubrechen scheint und während der man morgens bei weit aufgerissenen Vorhängen in bleicher, duftender Luft erwacht und sich nicht länger im Dunkeln ankleiden muss. Sie erinnert sich an jenes Licht, als habe sie es in einem anderen Leben gesehen, sie erinnert sich an ihr jungfräuliches Schlafzimmer in Lila, Rosa, hauchzartem Pfefferminzgrün. Wie sie frisch wie der Morgentau aufwachte, als habe die Nacht sie nicht berührt. Wie sie an den kommenden Tag dachte und sich sagte: Vielleicht ist heute der Tag, an dem Er zu mir kommen wird. Irgendein großer, geheimnisvoller Fremder mit blitzenden Augen. Und später, als Er einen Namen hatte, dachte sie: Vielleicht wird Edward heute kommen. Es war ein anderer Kitzel, nicht mehr romantisch und abstrakt, sondern körperlich und ganz real – und nicht zu erwähnen, nicht einmal zu denken, bevor der Fischbeinpanzer angelegt war.

Nun dreht sie sich um und schmiegt sich an ihn, sie wünscht, sie könnten für immer in dieser Hütte bleiben, nackt unter den warmen Fellen wie zwei Wilde. »Bitte, geh nicht«, sagt sie, bevor sie sieht, dass seine Augen geöffnet sind und er lächelt. »Ich gehe nirgendwohin. Ich bin ganz zufrieden hier«, sagt er und streckt die Hand nach ihr aus. Aber es ist schon drei Uhr. »Nur noch eine Stunde«, sagt sie hilflos und unfähig, sich zurückzuhalten, sie fleht um ein letztes liebes Wort, weil sie einen Vorrat für die kommenden Monate und Jahre anlegen möchte. Er seufzt und streicht mit den Fingerspitzen über ihre Schläfen. »Ich kann dich nicht auf ewig verlassen. Ich werde zurückkommen müssen, um mir mein Herz wiederzuholen.« Das muss reichen.

»Ich werde ihn erreichen, Emily. Ich werde ihn erreichen«, verspricht er; er hat es ihr jede Nacht zugemurmelt, als seien es Liebesworte, und sie sind es auch, denn dafür liebt sie ihn. Unter den Decken in der fensterlosen Finsternis des Schiffsrumpfes.

»Ich werde ihn erreichen, und dann komme ich zurück zu dir«; er flüstert es jede Nacht, in der sie getrennt sind, in seiner Schiffskabine und im kalten Zelt, so wie er es flüsterte, als sie noch bei ihm war.

»Ich werde warten. Falls du an mich denkst, wenn du ihn erreicht hast, werde ich es spüren«, antwortet sie. So klingt ihr Gelöbnis, in der Nacht, bevor er sie verlässt und in allen folgenden; in einer fremden, norwegischen Hütte, die plötzlich kalt geworden ist, in der schmalen Koje, die sie so gern mit ihm teilen würde, als sie nach England zurücksegelt, und in dem zu weichen, zu breiten Einzelbett, in dem sie so viele Jahre allein schläft und das in einem Haus steht, das ursprünglich nicht ihr Zuhause werden sollte.

»Ich denke immer an dich. Du wirst es spüren.«

Und dann wartet sie dort Nacht für Nacht auf ihn; sie liegt da und wartet, am Ruhepol, unter ihr dreht sich die Welt, und trotzdem kommt er nicht.

*Nackte Haut im Schnee. Ein Bad in der sauberen, geruchlosen Luft. Ich warte.*

# Dritter Teil

Still jetzt.

Auf dem dämmrigen Dachboden ist Julias langsamer Atem zu hören, das ständige Seufzen des Hauses füllt ihre Brust und entweicht wieder. Mit dem Staub hat sich Ruhe über alles gelegt, geduldig stehen die Tiere um sie herum. Unten im Haus sind die Überbleibsel und Spuren vergangener Leben zum Schweigen gebracht, das Echo der Zimmer und der Stimmen zu einem Flüstern verebbt; die Jahre und die Hitze drücken sie nieder. Nun ist Vorsicht und Anmut geboten; wir wollen nichts aufrühren.

Das Wohnzimmer: in einer Ecke des Erdgeschosses gelegen und von allen Blicken abgeschirmt, geht es auf den Garten hinaus. Ein Brennkolben, in dem die Stille destilliert. Früher, vor vielen Jahren, wurde sie noch verstärkt vom verdoppelten Ticken einer empfindlichen, französischen Reiseuhr, die zwar noch auf dem Kaminsims steht, aber für immer angehalten wurde. Als die eigentlich sprachlosen Sekunden noch von ihrem beharrlichen Geschwätz gezählt wurden, nutzte man den Raum als Frühstückszimmer – hier gingen die Vormittage der Damen nahtlos in die Nachmittage über, um nur von Mittagessen und Tee und Nadelstichen gestört zu werden; die Stille in dem heute friedvollen Raum reichte seinerzeit gerade einmal von der einen bis zur nächsten von der Uhr gezählten Halbsekunde.

Als Kind saß Helen hier zwischen Mutter und Tante beim Zeichnen, bis sie fürchtete, das Kratzen ihres Bleistifts, das Ticken und Ticken, das leise Schnalzen der Nadeln, die gespanntes Leinen durchstechen, und das Zischen der Seidenfäden, die hindurchgezogen werden, könnten sie jeden Augenblick zu kreischen anfangen lassen; aber stattdessen blieb sie ruhig sitzen und zeichnete weiter. Als Arabella starb, befreiten sich Helen und Emily von der Stickigkeit und den Litzen, den filigranen Weiden- und Korbstühlen, deren Flechtwerk seit dem Ende des Jahrhunderts gefährlich lose in den Rahmen hing. Sie zogen die Uhr nicht wieder auf, so dass in diesem Zimmer immer Mittag oder Mitternacht ist; selbst Simon, der sich einmal die Mühe gemacht hat, sie aufzuziehen, muss zugeben, dass es sich bei ihrem zimperlichen Ticken um ein außerordentlich jämmerliches Geräusch handelt. Die Wände und die Zimmerdecke strichen sie in einem gewagten Kastanienbraun und hängten zahllose Fotografien und Gemälde auf; sie schafften sich ein Grammophon an, das inzwischen den ehrwürdigen Ruhestand angetreten hat und seinen Platz für hässlichere, aber praktischere Geräte räumen musste. Sie warfen Gobelinstoffe und Kissen auf weiche Sitzflächen und legten auf dem Boden ein Bärenfell aus, auf dem Simon Jahre später seine eigenen, kostbarsten Erinnerungen ausbreiten würde.

Stellen Sie sich einen Abend im Oktober vor zehn Jahren vor. Ja, es ist warm, aber nehmen wir einmal an, die Hitze stamme vom Kaminfeuer, das man entzündet hat, um die abendliche Kälte abzuwehren; zieht man die schweren Vorhänge zu, glaubt man sich tief in der Nacht. Das Fell des Vorlegers ist lang und überraschend weich, fast wie eine Umarmung, legt man sich darauf. Es lockt die Handflächen und die Fußsohlen, die Wangen, den nackten Bauch und all jene anderen Körperteile, die das Weiche lieben. Ein Teppich, in den man sich kuscheln möchte. Julia auf dem Dachboden, drei Etagen höher, weiß nicht, dass wir hier sind; stellen wir uns vor, wie sie hier unten liegt, wie ihre Augen im Kaminfeuer golden glänzen und ihre matten Glieder auf dem weichen Fell liegen; sie atmet kaum merklich, aber er spürt es feucht auf seiner Haut. So lag sie neben Simon, als die beiden zum ersten Mal beieinanderlagen.

Noch einmal, Ruhe: Lauschen Sie dem Geflüster, das immer noch in der Luft hängt, und dem Geheimnis, das sie ihm nie anvertraut hat. Damals, bei diesem ersten Mal, stellte sie sich vor, Emily zu sein. Seit sie ein kleines Mädchen war und sich im schlaflosen Zwielicht der Schlafenszeit in einer feuchtwarmen Höhle unter der Daunendecke von Emilys Bett versteckte, hatte sie sich den romantischen Abschied oft ausgemalt. Das Versprechen der Rückkehr, die sehnsuchtsvollen Jahre und die vielen Meilen, die sich zwischen die Liebenden schoben und die die gemeinsamen Stunden so kostbar machten. Sie stellte es sich vor, noch bevor sie wusste, womit man solch kostbare Stunden füllen könnte. Bis heute denkt sie an Sehnsucht, wenn sie an Liebe denkt. Es handelte sich also weniger um eine bewusste Phantasie als um eine geistige Gewohnheit, sich vorzustellen, der Mann, dessen geschickte Finger ihr Kleid öffneten und mit ihrem Haar spielten, sei ihr arktischer Held (groß, dunkel, schlank, wie Simon), der Oktoberabend sei die Hochzeitsnacht ihrer Urgroßtante und das Feuer, vor dem sie lagen, brenne vor hundert Jahren …

*Bald werden wir in kalte Gefilde segeln und zusammen unser Lager aufschlagen, um die langen Nächte zu überstehen; bald werden wir segeln, und allzu bald werden wir uns trennen, deswegen muss ich, bis es so weit ist, so viel wie möglich von ihm bekommen, ich will ihn in mich aufnehmen und dort festhalten, so lange er es will. Denn bald wird er allein weitersegeln, und ich werde auf seine Rückkehr warten, obwohl er nicht zu mir zurückkommen wird …*

Wenn Julia darüber nachdenkt, was es bedeutet, einen Ehemann zu haben, über die Unmöglichkeit, sich täglich neu aufzugeben, muss sie an das Dahinsiechen ihres kranken Vaters denken und an ihre Mutter, die an ihm festhielt und mit ihm dahinsiechte, so dass Julia ihre Teenagerzeit auf Zehenspitzen verbrachte, weil sie die allgegenwärtige Stille nicht stören wollte.

Als Emily auf ihren Edward wartete, gab es keinen schleichenden Gram, kein nachlassendes Wohlwollen; genauso wenig war sie gezwungen gewesen, Zeugin von grausiger, banaler, zersetzender Krankheit und Tod zu werden. Für sie gab es nichts als ihren Helden, der verschwand und seine Frau als kleine Gestalt am Kai zurückließ.

Und so tritt er aus dem Schneesturm, der ihn versteckt hielt: Simons Rivale, in seinen besten Jahren eingefroren. Der Mann, den Julia so wie alle Frauen in ihrer Familie hilflos liebte, seit sie und ihre Schwester zum ersten Mal im Salon rechts und links der Tante vor dem Porträt der beiden, Emily und Edward, standen und die Geschichte hörten. Seine Hand liegt auf ihrer Schulter; er ist liebevoll und grimmig zugleich. Die Iris, die Emily als Symbol für Glaube, Weisheit und Mut auf dem Schoß hält, hebt sich samtig und violett von ihren weißen Seidenröcken ab. Auf dem Tisch neben ihrem Ellenbogen liegt ein Kompass, der ihre Beständigkeit versinnbildlichen soll und für ihn den Kurs hält. Seine Liebe wird so hell brennen wie sein Ehrgeiz.

Es hat den Anschein, als plane Julia für heute keine größeren Ausflüge mehr; vielleicht sollten wir sie eine Weile unbehelligt durch den Schnee wandern lassen. Was ist mit ihrem Ehemann, Edwards Avatar und Rivale? Simon mag kein Held sein, der Urgroßnichte eines Helden und ihrer Zuwendung unwürdig. Aber das ist nicht allein Simons Schuld. Es gibt auch andere Liebesgeschichten. Auch Simon möchte geliebt werden, und er liebt, so gut er kann. Simons Liebesgeschichte hat keine epischen Ausmaße, aber er verspürt auch gar nicht den Wunsch nach Größe. Er würde sich gern bewundert, gebraucht, beachtet fühlen. Es fällt ihm nicht immer leicht, mit dem Flimmern zu leben, in das er sich verliebt hat; seit zehn Jahren stürzt er sich nun unablässig in die Flamme.

## *In die Stadt*

Da sitzt er in seinem großzügigen, aufgeräumten Büro in der Stadt. Es ist ganz anders als das Haus, das er heute Morgen verlassen hat; in diesem Gebäude gibt es keine verborgenen Ecken und geheimen Treppenaufgänge, nur eine Aneinanderreihung von fließend ineinander übergehenden, identisch aussehenden, luftigen Räumen, in denen sich niemand verstecken kann. Die Gedanken begegnen keinem Hindernis, die Erinnerung findet keinen Ort, sich einzurichten. Und trotzdem ist Simon heute ungewöhnlich belastet davon, so als hätte er die Aura des Hauses mitgeschleppt.

Simon widmet den Plänen, die vor ihm ausgebreitet liegen, nur den geringstmöglichen Teil seiner Aufmerksamkeit. Die komplexen Diagramme und die Zahlen, die präzise berechneten Winkel und die energischen, graphitschwarzen Markierungen sind normalerweise seine größte berufliche Freude. Anhand seiner akkuraten Linienführung entstehen solide, ausbalancierte Gebäude, dreidimensional in der realen Welt, und für Simon ist es die größte vorstellbare Belohnung, an der Symmetrie der Dinge Anteil zu haben. Folglich hätten wir ihn an jedem anderen Tag in die Arbeit versunken angetroffen; täglich krümmt sich sein Rücken ein wenig tiefer über das hauchdünne Papier, lustvoll führt er den für die Rohzeichnungen bevorzugten Bleistift. Aber heute ist er nicht ganz auf dem Posten.

Was hat Simon denn getan, während seine Frau durchs Haus geisterte, bis sie schließlich im Schnee ausruhte? Julias Lächeln am Morgen und die Frühstückseier waren ihm heute bislang der einzige Grund zur Freude, leider.

Um zum Anfang zurückzukehren:

Er traf später als erhofft im Büro ein, denn unterwegs hatte es einen Unfall gegeben. Eine halbe Meile, nachdem er auf die kurze, zweispurige Landstraße aufgefahren war, die zum Bahnhof führt, wurde der Verkehr unerklärlicherweise gestoppt. Simon wartete. Er zog sein Jackett aus. Ihm war immer noch heiß. Die Fenster waren heruntergelassen, aber die Luft stand so vollkommen still wie die Autos. Ein Fahrer nach dem anderen schaltete bei laufendem Radio den Motor aus, bis Simon von allen Seiten von besänftigendem Geschwafel, Hits aus den Sechzigern und, ausgerechnet, Neil Sedaka attackiert wurde. Der Mann im Auto nebenan hörte einen Klassiksender, der gerade Simons liebstes Bach-Konzert spielte, aber die Aufnahme war alt, und das Radio rauschte, so dass die Bässe verlorengingen, die elfenbeinernen, hohen Noten dünn wie Plastik klangen und Simon am liebsten ausgestiegen und bei dem Fremden eingestiegen wäre, um das Radio abzustellen, damit der äußerst eloquente und schlagfertige Vortrag über den Wert des bewussten Zuhörens, den Simon gerade in seinem Kopf probte, deutlich zu hören und vielleicht sogar zu verstehen wäre. Aber welche Hoffnung, dachte Simon seufzend und versuchte, das Lenkrad ein bisschen weniger fest zu umklammern, durfte man sich schon auf Verständnis machen? Hoffentlich saugt dein Schrottradio dir die Batterie leer, du dummes Arschloch, dachte er. Er riss sich zusammen, um es nicht laut auszusprechen. Julia hat recht, Simon flucht so gut wie nie, sogar, wenn er allein ist, außer in Gedanken. Sein Kopf drohte mitten im Stau zu zerplatzen wegen all der Worte, die er nicht laut aussprach.

Sirenen ertönten. Alle warteten. Simon trommelte mit dem Mittelfinger aufs Lenkrad und schaute alle zwanzig Sekunden auf die Uhr, weil er wusste, dass er seinen Zug verpasst hatte, und weil er sich fragte, ob er den nächsten ebenfalls verpassen würde. Beim Warten im Sirenengeheul fiel Simon ein, dass alles nur Julias Schuld war. Er wusste selbst, wie irrational der Gedanke war, was zu seiner Verärgerung noch beitrug. Nur ihretwegen war er müde, ihretwegen würde er zu spät ins Büro kommen. Gestern nach der Arbeit war er müde gewesen, und das Letzte, was er gebraucht hatte, war ein spontanes Dinner mit den Scheiß-Watsons und ihrem guten Wein, von dem er, ja, er war sich ganz sicher, nicht einmal ein einziges, kleines Gläschen trinken wollte, mit ihren Stubenküken (»Nimm es einfach in die Hand, uns stört das nicht!«) und dem Brimborium um eine Flasche wundervollen Pouilly-Fuissé, mit ihrem niedlichen Vorstadthäuschen, nur ein knappes Fahrstündchen durch den letzten Hinterwald entfernt, sie mit ihren großen Brüsten direkt vor seiner Nase, er mit seinem schallenden Gelächter und seinem ewigen Bordeaux … es war ihm alles zu viel, so ganz ohne Vorwarnung am Ende eines langen, stressigen Tages und der mühseligen, verschwitzten Heimfahrt. Als er ins Haus gekommen war und Julia mit einer Weinflasche aus dem Keller kam, zu ihm sagte: »Ach, da bist du ja endlich« und ihm einen fröhlichen Kuss auf die Wange drückte, sank seine Stimmung, noch bevor er wusste, warum sie ihn früher erwartet hatte.

»Möchtest du dich nicht umziehen?«, fragte sie. Sie trug einen kurzen, bauschigen Rock, von dem sie genau wusste, dass er ihm nicht gefiel. Zumindest hätte sie es ahnen müssen.

»Wozu?«

»Zum Abendessen. Wir sollen um acht dort sein.«

Als er zur Tür hereinkam, war es 18:52 Uhr.

»Wo sollen wir sein?«

Tief im Terminplan seiner Seele weiß Simon genau, dass er über das Wo nicht informiert wurde. Er vergißt niemals eine Verabredung. Er schreibt sie alle auf, obwohl er sie ohnehin nicht vergessen würde. Demonstrativ langsam zieht er seinen Terminkalender aus der Innentasche seiner Anzugjacke (die auf dem Rückweg zerknittert ist). Der Abend, er wusste es längst, besteht aus nichts weiter als blassblauen Linien.

»Wir sind bei James und Michelle eingeladen«, sagt sie, inzwischen unsicher.

»Sind wir das tatsächlich? Wann haben ›wir‹ diese Einladung denn angenommen?« Mit boshafter Zufriedenheit bemerkt er, dass seine Interpunktion ins Schwarze trifft. Sie hatte gute Laune, aber damit ist es nun vorbei.

»Letzte Woche.«

»Abendessen bei den Watsons.«

»Bei Michelle und James, ja«, so als habe er möglicherweise die Vornamen vergessen.

»Julia …«, seufzt er. »Ich wünschte, du würdest … du hättest es mir früher sagen können. Ich bin müde. Ich war den ganzen Tag in irgendwelchen Meetings und muss morgen früh raus. Wann hast du … warum hast du mir nichts davon erzählt?«

»Habe ich doch«, protestiert sie. Aber Julias Gedankenlosigkeit wurde schon zu oft bewiesen, als dass sie nun die Empörte spielen könnte. »Ich bin mir ganz sicher. Sie hat letzte Woche angerufen. Ich weiß noch, dass du oben im Arbeitszimmer warst, deswegen habe ich gerufen, und ich dachte, du hättest es gehört.«

»Du dachtest. Du hast die Treppe raufgebrüllt und meine ausbleibende Reaktion als stillschweigende Zusage aufgefasst.«

Julia lächelt verlegen, fast fängt sie zu kichern an. Vielleicht kichert sie aus Nervosität; sie weiß, sie ist im Unrecht. Dennoch muss ihr Kichern unter den gegebenen Umständen recht irritierend klingen. Simon geht an ihr vorbei, wobei er die Hand ignoriert, die sie ihm auf den Arm legt. Gemessenen Schritts steigt er die Treppe hinauf, ganz ohne zu poltern.

»Simon, wirst du … was hast du vor?«

Er bleibt auf der Treppe stehen, ohne zu ihr herunterzuschauen. »Ich dachte, ich soll mich umziehen?«

»Ich dachte nur, vielleicht würdest du gern. Du musst nicht, wenn du nicht willst.«

»Hm. Ich trage dasselbe Hemd, seit ich heute Morgen um sieben aufgestanden bin. Ich habe geschwitzt und fühle mich nicht wohl und ja, vermutlich würde ich mich gern umziehen, vor dem Abendessen. Bei den Watsons. Danke für den Tipp.« Die letzten sechs Stufen poltert er hinauf, und auch für die Hitze, die ihm vor Ärger ins Gesicht steigt, gibt er Julia die Schuld.

Eine schnelle Waschung und ein frisches Hemd später kommt er die Treppe wieder herunter, mit akkurat gebügeltem Kragen und Manschetten (James wird wie immer in locker aufgekrempeltem Leinen herumlaufen, wofür ihn der stärkesteife Simon verachten und worum er ihn beneiden wird). Julia ist verschwunden. Er entdeckt sie im Wohnzimmer und stellt überrascht fest, dass sie dabei ist, sich die Zehennägel zu lackieren. Er verabscheut lackierte Zehennägel, außerdem sind sie spät dran.

»Oh, das ging aber schnell. Bin gleich fertig«, sagt sie.

»Können wir los? Ich nehme an, ich fahre?«

»Ach, eigentlich ist es mir egal. Was meinst du? Ich muss nur noch zwei Minuten warten, dann kann ich meine Sandalen anziehen. Na ja, wenn du fährst, könnte ich sie einfach ins Auto mitnehmen ...«

»Zu meiner Einschätzung bin ich nur aufgrund der früheren Einschätzung gekommen, derzufolge du, in den zwölf Stunden meiner Abwesenheit, kaum das Autofahren erlernt und einen Führerschein bekommen haben wirst. Und wenn wir um acht erwartet werden, sind wir jetzt schon zu spät, also ja, meine Liebe, ich fürchte, du bist gezwungen, das Haus barfuß zu verlassen.«

Julia fährt zusammen. Simons Koseworte sind selten und klingen fast nie liebevoll.

»Sorry. Ich dachte, vielleicht willst du lieber mit dem Taxi fahren? So war das gemeint.«

»Hast du eins bestellt?«

Sie klingt nun sehr leise: »Nein.«

»Dann fahre ich. Ich habe sowieso nicht vor zu trinken. Ist schon gut. Wenn wir jetzt gehen, sind wir um Viertel nach da.«

Julia wirft einen Blick auf die silberne Armbanduhr, die er ihr vor sechs Jahren geschenkt hat. Vorher war sie immer der Ansicht gewesen, eigentlich keine Uhr zu benötigen, und manchmal fragt er sich, ob sie sie inzwischen korrekt abliest.

»Ich sollte anrufen. Ehrlich gesagt hat sie gesagt, zwischen halb acht und acht – obwohl das ja keiner so genau nimmt, oder?«

»Also hast du, als du eben von einer Stunde sprachst, eine halbe Stunde gemeint. Um Gottes willen, Julia …«

»Na ja, ich wusste ja nicht, dass du so spät kommst.«

Anstatt zu schreien: Nun ist es also meine verdammte Schuld, dass du nicht mal die Uhr lesen kannst?, nimmt Simon in aller Ruhe die Autoschlüssel vom Tischchen im Korridor und marschiert in den Abend hinaus, der ebenso unangenehm warm ist wie der Tag und keine Anstalten macht, abzukühlen; in der zunehmenden Dunkelheit scheint die Hitze zu kondensieren. Er wartet am Auto und versucht, die Wut zu unterdrücken, die mit jeder zusätzlichen Sekunde von Julias Nicht-Erscheinen wächst. Es geschähe ihr nur recht, wenn er es täte, denkt er (ohne es zu wagen, sich genauer vorzustellen, *was* er tun könnte; ohne es zu wagen, sich auszumalen, welche Folgen ein deplatzierter Kuss möglicherweise haben kann); aber er weiß, das stimmt nicht. Trotzdem bleibt zu sehen, ob er es dennoch tun wird.

Plötzlich setzte der Verkehr sich wieder in Bewegung, und das Keuchen und Brüllen der Motoren ringsum katapultierte Simon in die Gegenwart zurück. Eineinhalb Meilen weiter wurden ein Van und zwei Autos auf die Kriechspur geschleppt. Ein Mann, Simon hielt ihn für den Fahrer des Vans, unterhielt sich mit einer Polizistin. Er schwitzte und hatte eine Kopfverletzung davongetragen; Simon konnte nicht erkennen, ob er weinte. Eins der Autos war schlimm verbeult, das andere von der Motorhaube bis zur Mitte zerstört, wobei das Heck auf beinahe komische Art unbeschädigt geblieben war, ein halbes Akkordeon mit blutverschmierter Windschutzscheibe, und dann kamen Leute und stellten Sichtblenden auf, aber Simon hatte schon genug gesehen, um sich das Haarbüschel vorzustellen, das am Glas klebte. Wieder musste er an den Fasan denken. Er erinnerte sich daran, zu schnell gefahren zu sein. Er stellte sich Julias Kopf anstelle des Tieres vor, wie er an dieselbe Stelle der Windschutzscheibe kracht, nur von innen, mit demselben Geräusch, kein Knall und kein Knirschen, und wie er den Rest seines Lebens im Schatten dieser Schuld verbringt, ohne ihr verziehen zu haben. Er fragte sich, warum er sich so etwas vorstellte. Ihm wurde übel. Wieder und wieder sah er die Szene vor sich, bis er den Bahnhof erreicht hatte, das klebrige Eidotter immer noch am Gaumen. Während er das Auto abschloss, hörte er, wie sein Zug angekündigt wurde, und während er die Metalltreppe hinaufsprang, auszurutschen fürchtete, aber wild entschlossen war, den Zug zu erwischen, hörte er ihn auch schon einfahren; beim letzten Warnton schlüpfte er durch die sich schließenden Türen und musste den ganzen Weg bis Waterloo stehen, zittrig und verschwitzt, bis er sich gesammelt hatte und das Büro zu spät, mit rotem Kopf und in bereits zerknitterter Kleidung erreichte.

Der Aufzug war überfüllt, und es stank nach Pendlern. Simon fürchtete, inzwischen selbst schlecht zu riechen. Verstohlen fuhr er sich mit der Hand unter die Achsel, hob sie, um sich über die (immer noch glatte) Wange zu streichen und schnüffelte unauffällig daran. Seife. Sehr gut. Trotzdem war sein hellblaues Hemd mit dem Schweiß vollgesogen, der ihm über den Rücken lief. Joanne saß bereits mit ihrem Kaffeebecher am Schreibtisch und zuckte, als er eintrat, ein wenig schuldbewusst zusammen und schloss hastig das Fenster auf ihrem Monitor. Er zögerte, bevor er sie bat, ihm Kaffee zu kochen; er wollte sie nicht herumkommandieren und es gehörte nicht zu ihren Aufgaben, ihm Getränke zu servieren. Oder doch? Genauso wenig war es ihre Aufgabe, Privatmails zu lesen oder Klatschseiten aufzurufen. Sie war seine Assistentin. Falls ihm der Sinn danach stand, könnte er sie bitten, loszugehen und ihm ein neues Hemd zu kaufen.

»Würden Sie mir vielleicht einen Kaffee kochen, falls Sie Zeit dafür haben, Joanne?«, fragte er, bevor er seine Tür mit einem unnötigen Knall zuschlug.

Inzwischen war Simon unübersehbar gereizt. Urteilen Sie nicht zu hart über ihn: Er fühlte sich klebrig, er schwitzte, er war musikalischer Travestie zum Opfer gefallen und am Tod vorbeigerollt, Visionen von aufgeplatzten Schädeln hinter Glas und Metall verfolgten ihn, die Zugtür hätte ihn um ein Haar zermalmt, er hatte sich einer Frau gegenüber, die er eigentlich mochte und respektierte, sarkastisch aufgeführt, und nun sank er an seinen Schreibtisch und fühlte sich elend deswegen. Eine abendliche Verabredung warf schon ihren langen Schatten über den Tag; eine Entscheidung, vor der er sich drücken wollte, ein Fehler, den er nicht noch schlimmer machen wollte, jene Möglichkeit, an die zu denken er sich verbot. Er verbrachte eine Dreiviertelstunde mit seinen Bleistiften und Papieren und wünschte sich nichts sehnlicher, als die Welt ein Stück weit ins Gleichgewicht zu bringen.

Um halb zwölf ging es ihm schon ein bisschen besser, fast hatte er sich vom Morgen erholt. Das Geräusch des Kopfes, der gegen die Windschutzschiebe fliegt, hatte ihn seit fast einer Stunde nicht mehr heimgesucht. Erfolgreich hatte er die Probleme gelöst, die die vorliegenden Entwürfe mit sich gebracht hatten, und er konnte sich über den Fortgang eines anderen Projekts freuen, dessen Miniaturmodell er ins Großraumbüro hinübertrug. Seine Architektur würde sich vor dem Neoklassizismus verneigen, ohne pompös oder epigonal zu sein. Seine Aufgabe war es gewesen, die knifflige Fensterfrage zu lösen. Aber dieses kurze, befriedigende Intermezzo sollte nur während der Stunde bis zum Mittagessen anhalten.

Ein eichengetäfeltes, altmodisches Steakhouse in der Stadt: Während Julia an Erdbeeren schnuppert, die wohlgeformten Hüften schwingt, Tomaten schneidet und Teller zerbricht, sitzt Simon vor den Überresten seines geschmacklosen Sirloin und fühlt sich übersättigt. Einen leeren, saucenverschmierten Teller und leere Jahre vor sich (wenn er überfressen und gelangweilt ist, tendiert er zur Weinerlichkeit – beachten Sie seinen Pessimismus nicht). In dem lauten Restaurant fühlt er sich heiß und aufgedunsen, und unter der neuen Feuchtigkeit hängt immer noch der Morgenschweiß. Von allen Seiten das Gebrüll von Geschäftsleuten in der Mittagspause. Er denkt an einen Kuss, den er nicht ungeschehen machen kann, und an einen Anruf; er erinnert sich auch an Julias Haut auf dem Fell vor dem Kaminfeuer. Er nimmt sich vor, ihr Blumen zu kaufen (genau in dem Moment, als die Lilie die letzten Blütenblätter abwirft).

Als er sein Vorhaben eingehender betrachtet, fällt ihm auf, dass die Umsetzung sich schwierig gestalten könnte. Denn er kauft bei immer demselben Stand in der Nähe des Büros ein; aber das für den frühen Abend angesetzte Meeting, an das zu denken er sich verbietet (und an das er ständig nicht denkt), soll in einem Pub in Bahnhofsnähe stattfinden, so dass er entweder gezwungen ist, zurückzufahren und die Blumen zu kaufen – was ihn noch später nach Hause kommen lassen würde, verdächtig spät – oder sie ins Meeting mitzunehmen, was ebenso unvorstellbar ist wie der Termin selbst. Mit Blumen zu erscheinen und zu sagen: »Die sind nicht für Sie« – nein, so kaltschnäuzig könnte er niemals sein. Wäre das grausamer oder weniger grausam, als zu sagen: »Ich liebe meine Frau«? Aber auch das ist ein Satz, den auszusprechen Simon möglicherweise nicht in der Lage ist. Wie furchtbar, dass ein solcher Satz in einer Situation ausgesprochen werden könnte, die ihn grausam klingen lässt! Dass Simon eine solche Situation überhaupt erst erschaffen hat.

Außerdem weiß er, dass Blumen auch keine Lösung sind.

Der ihm gegenübersitzende Kunde kratzt sich Fleischreste aus den Zähnen. Simon kann nicht verstehen, warum manche Leute von vornherein nicht genug kauen. Der Kunde ist neu und muss beeindruckt werden, aber er ist nicht wichtig genug, um hohe Kosten zu verursachen. Sie hatten sich eine Flasche mittelpreisigen Weins geteilt und ausgesprochen durchschnittliche Steaks bestellt – das heißt, die bestellten Steaks waren ausgesprochen durchschnittlich, ohne dass sie es gewünscht hätten. Simon hat ein kleines Glas getrunken und dem Kunden dabei zugeschaut, wie er mit dem Rest der Flasche sein Fleisch hinunterspülte, und nun fragt er sich, ob er sich überwinden kann, dem Mann noch einen Whisky anzubieten. Die Etikette sähe es vor; aber noch eine Minute länger in dieser Gesellschaft, und sein Magen dreht sich um (die fettige Sauce schwappt hin und her). Noch während das zweite Glas gekippt wurde, stellte sich heraus, dass der Kunde Simon von seiner Mätresse erzählen, dass er das Wort »Mätresse« in den Mund nehmen (ein Wort, das Simon nicht gefällt, besonders heute nicht) und von Simon die entsprechenden Gesten und Laute erwarten würde. Simon spielte mit. Der Kunde redete fast ununterbrochen, auch aß er ohne Pausen, so dass sein Mund unweigerlich beide Aufgaben auf einmal zu erledigen hatte. Fasziniert und angeekelt beobachtete Simon, wie sein Gegenüber sich einen großen Bissen vorübergehend in die Backentasche schob, um weitererzählen zu können, bevor der lilagraue Klumpen vor dem endgültigen Verschlucken noch einmal kurz sichtbar wurde. Simon stellte fest, dass er, indem er auf die Betonung achtete, das passende Gesicht aufsetzen und die passenden Geräusche machen konnte, ohne sich die Details der Affäre anhören zu müssen, zusätzlich ersparte ihm dieser Trick die hörbaren Vorgänge des Kauens und Schluckens.

Er knickt ein, bietet einen Digestif an, der unweigerlich angenommen wird. Man steht auf und begibt sich an die Bar; mit Neukunden steht Simon lieber, besonders mit untersetzten, aufgeblasenen, kahl werdenden Neukunden. Heute fühlt er sich besonders groß (im Verhältnis zu den meisten Leuten ist Simon groß, am größten jedoch im Verhältnis zu Julia, die, Sie erinnern sich, recht klein ist und deren Kopf einen festen Platz an Simons Brust hat, seit Jahren schon, seit sie einander einige Wochen nach ihrer ersten Begegnung zum ersten Mal in den Armen lagen).

Der Kunde sagt etwas, dem Simons Einschätzung nach ein Lacher folgen wird, und er macht sich zum Einstimmen bereit. Krach, peng. Die geflenste Karkasse eines Wals nennt man Kreng, denkt er, und er fragt sich, seit wann ihm dermaßen unpassende Gedanken kommen.

## *Ein Kuss*

Hier entdecken wir ihn also, wie immer über seine Pläne gebeugt und doch seltsam abwesend. Simon ist müde. Seine Augen schmerzen. Er weiß, er sollte sie untersuchen lassen; seit Jahren trägt er dieselbe Brille. Er hat einen langen Tag hinter sich, dabei ist erst früher Nachmittag. Seine eigene Handschrift, akkurat, leicht zurückgekippt und mit subtilen Serifen versehen, ist so klein, dass er sie kaum noch entziffern kann; er kneift die Augen zusammen und seufzt auf, als er das Wort »Stützpfeiler« liest. Ein dumpfer Schlag von einem Wort für ein plumpes Gebilde; der Kunde verlangt danach. Der Entwurf flimmert auf seinem Bildschirm, und er würde das Ganze gern bis zum Abend abschließen, und sei es nur, um sich morgen nicht wieder mit Erkertürmchen und Tudorfassaden beschäftigen zu müssen. Er ist, denkt er bei sich, ein Sklave des schlechten Geschmacks anderer Leute.

Vor ihm steht ein weiterer Kaffee, den er braucht, aber nicht trinken sollte. Joanne hat ihn gebracht, weil ihr die dunklen Schatten unter Simons Augen aufgefallen waren; eigentlich weiß sie, dass er sich nach dem Mittagessen jedwedes Koffein verbietet. Er konzentriert sich auf den Bildschirm. Sein Telefon und sein Handy drängen sich an den Rand seines Blickfeldes, abwechselnd schaut er immer wieder zu den Geräten hinüber wie bei einem nervösen Tic. Er muss an zwei Frauen denken: an Julia mit den bernsteinfarbenen Augen, den muskatbraunen Haaren und dem würzigen Atem; und an eine andere mit blonden Locken und einem großen, breiten, verkniffenen Mund. Helles Gelächter, rot und voll, das Strahlen streift seine Haut …

Dabei hat er nichts für prächtige Falter übrig, er bevorzugt die gedämpften Farben, Ocker, Bronze und Braun, die filigranen Muster, den Glanz, der sich erst beim genauen Hinsehen zeigt. Woher also das hartnäckige Strahlen, das seinen Blick ablenkt?

Er muss an seinen Vater denken, der am liebsten die großen, leuchtenden Bläulinge von der Größe eines Vogels mochte; und an seine Mutter, die vor seiner Geburt in Südafrika gelebt hatte, obwohl dieses unnachgiebig lebendige Land sie einfach nur deprimiert hatte. Sie hatte sich nach dem graubraunen Schlamm der Stoppelfelder gesehnt, dem graublauen Himmel und den grauen Häusern ihrer Kindheit, und sie hatte auf eine Rückkehr nach England gedrängt, um ihren Jungen dort großzuziehen. Er denkt an sie beide, während seiner Kindheit; sein Vater saß in Shropshire fest und sehnte sich nach Farbe, seine Mutter hasste Schmetterlinge. Hat der Vater, fragt Simon sich, ihr jemals etwas zugeflüstert, sie jemals aufs Haar geküsst? Hat er ihr irgendeinen Trost hinterlassen, als er starb? Er fragt sich, ob seine Mutter wenigstens heute zufrieden ist, ohne ihren Mann, ohne die Bürde, ständig schauspielern zu müssen, wo sie dem Glücklichsein ohnehin nie gewachsen war. Inzwischen verzichtet sie auf türkisblauen Lidschatten.

Er erinnert sich an eine Wiese, an ihr Lächeln, und wie sie nach den Faltern schlug, die sie umflatterten, als sie auf der Picknickdecke saß; er erinnert sich, seinem Vater hinterhergelaufen zu sein und dann zurück zu ihr, das Fangnetz über sich im Wind und in der Hand das Einmachglas mit dem riesigen, kräftigen, bläulichen Ding darin, das sich an die Wände warf, sein erster Fang, den er stolz vor sich hertrug, bis er vor der Picknickdecke abrupt stehen blieb, weil sie weinte. Der Heuschnupfen, sagte sie, nein, sie sei nicht traurig.

In Simons Mund macht sich plötzlich das Phantom einer Schweinefleischpastete bemerkbar, schwer und fettig und bröselig, das Aspik gelb. Ein Mund voll mulmiger Enttäuschung, die er nicht herunterschlucken kann. Sein Magen gurgelt, er spült sich den Mund mit Kaffee aus.

Und du, Simon?, hatte James am Abend gefragt (zu Recht). Bist du glücklich?

Gestern Abend, nach dem Essen: Julia und Michelle stehen in der Küche, Simon und James sitzen im Wohnzimmer. James fläzt auf dem Sofa, Simon hockt auf der Kante eines Sessels, ein Knie optimistisch seitlich vorgeschoben, so als würde er jeden Moment aufstehen. Er denkt an die lange Rückfahrt, und dass er am Morgen früh aus dem Bett muss. Als er Julia im Nebenraum lachen hört, fühlt er sich deprimierend nüchtern; und weil er den größten Teil des Abends damit zugebracht hat, die anderen zu belauschen, fühlt er sich verpflichtet, das Gespräch zu eröffnen.

»Hm«, räuspert er sich, es ist sein leises, pedantisches, der Verlegenheit geschuldetes Hüsteln, das ihn wie einen Mann mittleren Alters wirken lässt, was er noch nicht ist. »Hm. Wusstest du, neulich habe ich gelesen, wusstest du, dass es für die südlichen Begrenzungen der Arktis keine einheitliche Definition gibt?«

»Wie bitte?«

»Ich habe es neulich in einem von Julias Büchern entdeckt. Es gibt die Baumgrenze, den Breitengrad, über dem die Sonne zur Sonnenwende nicht auf- oder untergeht, die Ausdehnung des Eises. Manche Grenzen sind perfekte Kreise, andere verlaufen im Zickzack.«

Schweigen. James schaut Simon erwartungsvoll an.

»Es gibt keine festgelegte Mitte und keinen Rand«, fügt der hinzu, sticht mit dem Finger in die Luft und zieht zur Verdeutlichung eine Bahn.

Simons Gedanken umkreisen die unbefriedigende Begrenzung der Arktis; dies ist die Spirale, in der er sich später während der schlaflosen Stunde verfangen wird. Eine Karte der Arktis, führt er aus, ist eine Karte von Konzepten. Eine rote Linie, die ein ungleichmäßiges Rund beschreibt, gibt die weiteste Ausdehnung der Eisdecke an einem bestimmten Punkt in der Vergangenheit an. Es gibt eine zweite Linie, oberhalb deren keine Bäume wachsen. Und eine dritte, die das Eis durchschneidet, acht Staaten durchmisst und auf dem Breitengrad 66° 33' 39" verläuft (solange es sich um eine verhältnismäßig neue Karte handelt, denn auch diese Linie verrutscht mit der Zeit). Steht man auf dieser Linie, oder nördlich davon, geht die Sonne an mindestens einem Tag des Jahres nicht auf und an einem weiteren, der zweiten Sonnenwende, nicht unter: der so genannte Nordpolarkreis.

»Tatsächlich?«, sagt James.

Simon lacht, schüttelt den Kopf, sieht wieder jung aus. Er beugt sich vor und kneift sich in den Nasenrücken, auch wenn er die Brille längst abgenommen hat.

»Du siehst mich an, als sei ich verrückt geworden.«

Auch James lacht; er kennt Simon lange genug. »Doch, es interessiert mich wirklich. Das klingt alles sehr faszinierend.«

»Julia sortiert das Archiv«, erklärt Simon. »Das ganze Zeug von ihrem Forscheronkel. Im Haus.«

»Ah, natürlich! Was macht das Haus?«

»Letzte Woche wurden wir eingeladen, Nudelsalat zu einem Gartenfest mitzubringen. Die Gegend ist sehr … nudelsalatig. Jede Menge Vereine. Ein echter Gemüsehändler. Fleischer, Bäcker, und so weiter. Das Haus, das Städtchen, der Markt. Es ist nett.«

»Nett, sagst du. Kein Zweifel.«

Simon wischt seinen angedeuteten Zynismus beiseite. »Nein, wirklich, es ist toll. Sehr friedlich und ruhig, und nachts hört man keine Sirenen. Julia scheint glücklich zu sein.«

»Scheint?«

»Soweit ich es beurteilen kann.«

»Hast du mal dran gedacht, sie zu fragen?«

Nein, daran hat Simon noch nie gedacht. Er will sich nicht vorstellen, dass sie sagt, nein, sie sei nicht traurig; er ist überzeugt, sie würde sagen, ja, sie sei glücklich, aber er weiß nicht genau, ob er ihr glauben würde, und er zieht es vor, über die möglichen Konsequenzen nicht nachzudenken. James trägt sein Herz auf der Zunge, er hat getrunken; Simon ist stocknüchtern.

»Sie hat jetzt eine Katze. Hat sie sich immer gewünscht. Wir haben einen Garten.«

»Und du?«

»Es ist schön, so viel Platz zu haben. Das Haus ist natürlich ein Witz. Vollgestopft mit Sockeln und Simsen und Wölbungen und Ecken – viele Ecken. Lauter kleine, enge Zimmerchen und ein paar lächerlich große.«

»Du liebst es.«

Simon zuckt lächelnd die Achseln. »Ich kann nicht anders.«

Das stimmt. Simon, der gerade Linien, neutrale Farben und rechte Winkel liebt, hat sich mit der sinnlosen Architektur des Hauses angefreundet und fühlt sich wohl. Es ist so anders als die harten Städte, an deren Entwurf er beteiligt ist.

Aber kann Simon sagen, er sei glücklich? Nun, er käme nicht darauf, sich die Frage zu stellen; lieber nicht. Er scheint es zu sein. Er hat ein außergewöhnliches Haus und einen eigenen Gartenschuppen, einen Job, der ihm größtenteils Spaß macht, er hat seine Schmetterlinge, die Nachtfalter im Garten, und er hat seine Frau.

Und dennoch – nun, da die Frage sich stellt, können wir ein wenig nachbohren – ging Simon gestern im Büro ans Telefon, Anrufer unbekannt, und ein erinnerter Kuss brannte auf seinen Lippen, als er die Stimme erkannte. Simon hatte sich fast schon überredet, die dumme, im Moment großer Verwirrung überreichte Visitenkarte zu vergessen, bis er bedauerlicherweise jenen Anruf annahm; er hatte diesen Moment sorgsam in einem hinteren Winkel seines Bewusstseins verstaut, den er nicht betreten wollte. Alles Mögliche liegt dort herum: der Tag, an dem er bei einem Backofenexperiment versehentlich seinen Kanarienvogel tötete. Wie er aus Versehen den Flügel eines Perlmuttfalters zerriss, den sein Vater stundenlang gejagt und ihm zur Präparation überlassen hatte. Wie er unabsichtlich seine Unschuld an ein Mädchen verlor, das es nicht verdient hatte. Wie er lange Zeit geschwiegen und nicht mit seiner Frau geredet hatte, weil ihm nichts eingefallen war, was er hätte sagen können. Die Zeit, die er nicht mit den Kindern verbringt, die er nicht hat … In dieser kleinen Höhle der Scham hat Simon auch jenen Kuss verstaut, den einzigen Akt der Untreue, den er jemals beging. Benimmt sich so, möchte man fragen, ein glücklicher Mann? Und wie war es eigentlich zu diesem deplatzierten Kuss gekommen?

Vor zwei Wochen drängte die Frau aus dem Haus gegenüber ihn in eine Ecke des örtlichen Supermarkts und reckte ihm eine lange Hand mit gepflegten, rot lackierten Fingernägeln entgegen, auf dass er sie schüttele. Sie trug einen Hosenanzug mit Seidenbluse, hochhackige Schuhe, die ihr die Haut am Ansatz des großen Zehs aufgescheuert hatten und in denen sie dennoch lief, als spüre sie keinen Schmerz, und ein schweres Moschusparfum. Sie war, wie sie erklärte, gerade erst zugezogen; er wohne, gab Simon zurück, selbst erst seit einem knappen Jahr hier. Eindringlinge unter sich. Sie lachte, zeigte ihre hübschen weißen Zähne und die flinke, rosa Zungenspitze, und er freute sich über diesen Moment der Komplizenschaft, über dieses Lächeln, das nur ihm galt. Man sollte sich einmal treffen, sagte er. Er sprach bewusst von »man«, damit sie keinen falschen Eindruck bekäme. Aber wieso sollte sie? Wie war er überhaupt darauf gekommen, sie könnte einen falschen Eindruck bekommen? Sicherlich war es nicht Enttäuschung, die ihre Mundwinkel so zucken ließ; wahrscheinlich hatte er sich das bloß eingebildet. Er wollte sich nur mit den Nachbarn anfreunden, dachte dabei an Julia, die den ganzen Tag allein zu Hause saß. Er spielte sogar mit dem Gedanken, einen Witz darüber zu machen, dass ihn eine *Telegraph*-Leserin angesprochen habe. Außer dass er am Ende völlig vergaß, Julia davon zu berichten. Er dachte, sie würde diese Sandra ohnehin nicht leiden können – sicher fände sie sie zu exaltiert, außerdem war die Wahl der Zeitung ein schlechtes Zeichen, und aus diesem Grund sagte Simon wahrscheinlich gar nichts. Diese Fingernägel, dieser Lippenstift – bequemerweise erlaubt Simon sich zu vergessen, dass er derjenige ist, der für Rot, Julia weiß es längst, nichts übrig hat. Aber als neulich am Samstag das Telefon klingelte und Julia zufällig beim Einkaufen war, hörte er sich Sandra einladen, er fügte sogar ein wenig überzeugendes »Ich beiße nicht« hinzu. Wenig überzeugend, weil Simon derlei Phrasen nur schwer über die Lippen bringt. Er wusste selbst nicht, warum er das gesagt hatte; sicher nicht, weil er in Wahrheit doch zubeißen könnte. Dazu später mehr.

Genau genommen zweieinhalb Stunden später, und es stellt sich heraus, sie ist diejenige, die beißt; sie sitzen im Wintergarten, dicht beieinander auf dem Rattansofa, sie sprüht vor Energie, trägt ein mit Mohnblumen bedrucktes Sommerkleid, ihr blondes Haar wippt, sie hat laut über einen seiner beiläufigen Witze gelacht und stupst sanft seinen Oberschenkel an, als sei sie empört; dann zieht sie ihre Hand nicht zurück, und er bekommt das Gefühl, zwischen ihren langen, roten Krallen zu stecken. Er bemerkt, dass der Lack von einem der leicht angebissenen Fingernägel abgeplatzt ist, und spürt eine Abneigung in sich aufsteigen, die ihm die Röte ins Gesicht treibt, vielleicht handelt es sich aber auch um Gier, in der so etwas wie Mitleid oder Zärtlichkeit mitschwingt; dann spürt er die zweite Nagelgarnitur an der Haut unter seinem Kinn, sein Kopf wird gedreht, und er weiß sich überwältigt und findet, dass es ihm ganz leichtfällt, so machtlos zu sein. Plötzlich knabbert sie zügellos an seinem Hals; fairerweise sei dazugesagt, dass er nichts unternimmt, um sie zu zügeln. Julia kommt in dem Moment aus der Stadt zurück, als eine manikürte Hand entschlossen über seine Hemdbrust wandert und den kitzligen Torso quält, den er bereits von ihr wegdreht, als die Tür ins Schloss fällt – man muss die Tür zuschlagen, damit sie richtig schließt, Sie erinnern sich, und das ist gut so, Simon zuliebe. Er fährt zurück, und die dreiste Nachbarin tritt den Rückzug an. Ihr Herz schlägt so schnell, dass er den Stoff ihres Kleides zucken sieht; sie lacht, schickt ihm aus weit aufgerissenen Augen einen Ich-bin-ja-so-ungezogen-Blick und legt sich einen Finger an die Lippen. Sie steht auf und bittet ihn um seine Visitenkarte, die er ihr verwirrt überreicht; sie verschwindet durch den Gartenausgang. Simon ist nervös. Er reibt sich den Hals und hört Julia rufen. »Ach, da bist du«, sagt sie und lässt sich neben ihn aufs Sofa fallen. Sie bemerkt nicht den schweren Parfumgeruch, der, davon ist er überzeugt, an seinen Händen klebt; und falls doch, denkt er schuldbewusst, würde sie ihm niemals etwas Derartiges zutrauen. Stolz präsentiert sie ihm ihr neues Notizbuch mit Ledereinband. Nun hat sie alles, was sie braucht, um sich endlich an die Arbeit zu machen. Ihr habe nichts weiter gefehlt als das richtige Papier, lacht sie.

»Alles in Ordnung mit deinem Hals? Er sieht ganz rot aus.«

»Hm. Ich fürchte, ich war einfach nur zu lange in der Sonne.«

Sie sieht ihn skeptisch an – er ist nicht der Gartentyp –, dann zuckt sie die Achseln, schüttelt stirnrunzelnd den Kopf, sagt ihm, er solle in Zukunft besser aufpassen, und geht dann in die Küche, um Tee zu kochen.

Simon liebt seine Frau. Im direkten Vergleich mit dem Porträt im Salon schneidet er fraglos schlecht ab; ganz bestimmt fühlt er sich nicht wie ein Held. Zugegeben, auch er ist dunkel und groß und hat eingefallene Wangen; könnte man ihn dazu überreden, sich einen Schnurrbart stehen zu lassen – was Julia gelegentlich und nur halb im Scherz vorgeschlagen hat –, wäre er für die Rolle perfekt. Stärke und Treue, Sicherheit, Tapferkeit. Würde sie so lange auf ihn warten, wenn er beschlösse, wagemutig davonzusegeln? Vielleicht würde er das gar nicht wollen; vielleicht geht es in der Welt heutzutage nicht mehr so romantisch zu. Aber er liebt seine Frau, und gern möchte er sie glücklich machen; immerzu kämpft er gegen jene unüberwindliche Distanz an, um ihr zu begegnen. Er hat kein Verlangen, sie zu betrügen. Er fürchtet, ihr niemals gerecht zu werden.

In den schlimmsten Momenten fragt Simon sich, ob er Julia überhaupt erobert hätte, wäre er nicht zur Stelle gewesen, als sie ihn brauchte, als sie sich zum ersten Mal sahen; heute, viele Jahre später, würde er gern spüren, dass er ihr wenigstens gelegentlich helfen und für sie da sein kann, immer in dem Wissen, sie schon einmal enttäuscht zu haben, mindestens einmal, ständig ... Er erinnert sich an ihre Tränen am Vorabend, an all ihre Tränen, sie weint so selten, dass er meint, sich an jede einzelne erinnern zu können; und auch an jene, die sie nicht vergoss, als er sich wünschte, sie würde zu ihm kommen und mit ihm weinen. Seine Liebe zu ihr, jenem zerbrechlichen, wunderhübschen Gebilde, das seine geliebte Frau darstellt, gründet sich ebenso auf sein Wissen um die Traurigkeit, die sie verbirgt, wie auf den Schimmer, den er von Anfang an einzufangen ersehnte; die Erinnerung an ihren Kopf auf seiner Brust, als sie litt, ist ihm natürlich schmerzlich, aber genauso erfüllt es ihn mit Freude, sich daran zu erinnern, dass sie ihn brauchte.

## *Schmetterlinge und Bärenfell*

Simon war es gewesen, der vorgeschlagen hatte, das Haus zu übernehmen. Das war zwei Monate nach Tante Helens Tod gewesen. Da hatte sie schon sieben Jahre in einem »Heim« gelebt – nicht ein einziges Mal vergaß sie, die Anführungsstriche zu betonen, wenn sie davon sprach. Dabei hatte sie nichts gegen die Einrichtung. Es bereitete Julia Qualen, die Tante dort zu wissen, aber sie war sich im Klaren darüber, dass sie ihr die nötige Pflege nicht selbst angedeihen lassen konnte; entrüstet hatte Tante Helen Julias Vorschlag zurückgewiesen, die ersten Jahre ihrer jungen Ehe einer alten Frau zu opfern. Sie saß in ihrem sauberen, sonnigen, öden kleinen Zimmer und blätterte friedlich in Edwards Tagebüchern. Manchmal lachte sie laut auf, oder sie schilderte Pflegerinnen, Ärzten, Zimmernachbarn und manchmal nur dem leeren Raum die grausigen Details. Sie hatte immer vorgehabt, einen Herausgeber zu finden, die letzten, verblichenen Seiten entziffern zu lassen und seine Geschichte der Welt zu präsentieren, restauriert und lückenlos; aber dann lief ihr irgendwann die Zeit davon. Die Geschichte kannte sie auswendig, was ihr ganz recht war, gelang es ihr am Ende doch kaum noch, einen Satz lange genug im Gedächtnis zu behalten, um den Anschluss zu finden. Wenn Julia sie besuchte, tauschten sie Eisanekdoten aus, als hätten sie sie selbst erlebt. Simon dachte oft an die lebhaften Erinnerungen zurück, die die Frauen gemeinsam auferstehen ließen, während er in einer Ecke des Zimmers saß und ihnen aus der Entfernung zuhörte, so als schaue er aus dem Fenster und beobachte sie im Schnee. Helen starb an einem Hochsommertag vor einem Jahr, dem heutigen nicht unähnlich; Julia und die diensthabende Pflegerin fanden sie im Sessel am Fenster, so als sei sie in der Stille des sonnigen Nachmittags kurz eingedöst; oberflächlich war ihre Haut warm von der Sonne, aber ihr Blut war schon kalt.

Der Oktober kam, und der Herbst wich einem verregneten Winter mit dunklen Nachmittagen. Das Testament war eröffnet, die Zeit der Trauer offenbar vorbei, das Haus stand schon viel zu lange leer und war immer noch mit Familienandenken vollgestopft, die ausgeräumt werden wollten.

Eines Tages kam Simon ein wenig später als gewohnt nach Hause und fand Julia in der Badewanne vor. Sie hob den Kopf und lächelte knapp an ihm vorbei, als er den winzigen Raum betrat – sie hatte die Tür offen stehen lassen. Er zögerte ob seines unvermittelten Eindringens, dann kniete er nieder, ohne genau zu wissen, was mit ihr los war, mit ihm, was er wollte. Aber als er die Hand ins Wasser tauchte, um Julia zu begießen, merkte er, dass es kalt war; nicht lauwarm, sondern kalt wie die Nordsee.

»Seit wann sitzt du da drin?«, fragte er wie beiläufig, weil er das Gefühl hatte, auf keinen Fall besorgt wirken oder sie aus dem Wasser ziehen, in eine warme Decke wickeln und festhalten zu dürfen, obwohl all das seines Erachtens wichtig und unbedingt nötig gewesen wäre.

»Noch nicht lange. Ich weiß es nicht. Wie spät ist es? Seit einer halben Stunde, glaube ich.«

Simon warf einen Blick auf seine Armbanduhr. Er war um 19:43 nach Hause gekommen, er konnte sich erinnern, auf die Uhr geschaut zu haben. Seitdem waren vielleicht sechs oder sieben Minuten vergangen. Trotzdem sah er ein zweites Mal nach und konnte nicht anders, als sich über seine treffsichere Schätzung zu freuen.

»Es ist schon fast acht …« – 19:49 Uhr – »… Julia, das Wasser …« Wie sollte er es ausdrücken? »Ist das Wasser nicht ein bisschen zu kalt? Bist du sicher, dass du erst seit einer halben Stunde drinsitzt?«

Simon stellte sich vor, wie sie wieder einmal früher Schluss gemacht hatte, ohne ihren Kollegen etwas zu sagen (Wie lange würde man ihr dieses Verhalten noch nachsehen? Wie lange darf ein Mensch trauern?). Vermutlich war sie nach Hause gefahren, hatte sich eine Wanne einlaufen lassen, ihre Kleider auf den Boden geworfen und war hineingestiegen; und dann verflogen die Stunden, während das Wasser abkühlte und Julias Denken so still und reglos wurde wie die Wasseroberfläche. Aber er wischte die Vorstellung sofort beiseite, denn so würde sich nur eine Verrückte verhalten, oder eine Frau, die zu unglücklich ist, als dass irgendetwas zu ihr durchdringen kann.

»Oh, jetzt weiß ich es wieder.« Sie wusste es. Die Erleichterung durchflutete ihn, bis er merkte, dass der Satz an sich noch keine Erklärung war.

»Es gab kein warmes Wasser mehr. Deswegen habe ich kaltes einlaufen lassen.«

»Ich verstehe. Und dann bist du reingestiegen. Tja, es ist wirklich … kalt.« Minuten des Schweigens verstrichen. In der Wohnung über ihnen rumpelte sich eine Waschmaschine durch den Schleudergang. Wenn Simon heute an ihre alte Wohnung in Balham denkt, an die Jahre, die sie dort verbracht haben, erinnert er sich an den ständigen, gedämpften Lärm des häuslichen Lebens ringsum, und auch an das Badezimmerfenster, die schmutzigen Rinnsale aus Regenwasser, die im Licht der Straßenlaternen orange leuchteten. Ihr gesamtes gemeinsames Leben auf ein schwarzes Rechteck aus hässlichem Milchglas reduziert, vorhanglos, Einfalltor der Nacht. Auf der Straße plärrte eine Autohupe; irgendjemand brüllte etwas, ein Motor wummerte bedrohlich. Simon kauerte neben der Badewanne und starrte ins Leere.

Es ist einfach, sich von Julia und ihrer Schönheit anziehen zu lassen, von ihrer Leichtigkeit und Unbestimmtheit. Man hört ihr katzenhaftes Schleichen auf der Treppe und möchte ihr folgen. Aber als er neben der kalten Badewanne seiner Frau hockte, fragte Simon sich, ob er das flatterhafte Wesen, in das er sich Hals über Kopf verliebt hatte, jemals zu fassen bekäme. Immerhin gibt es neben der Romantik auch noch die Realität, um die man sich kümmern muss. Manchmal wird Simon ihre Weltfremdheit zu viel. Es kann nicht sein, dass er alle Anforderungen des Lebens immer allein bewältigen muss.

Plötzlich durchfuhr sie ein heftiger Schauder, und sie beugte sich unter eisigem Platschen nach vorn, so dass Simons Ärmel nass und er jäh aus seinen Träumen gerissen wurde. Julia zog die Knie an und schlang ihre Arme darum wie ein Kind, und als er die Wirbel an ihrem schmalen Rücken herausstehen sah, war Simon fast unerträglich gerührt; im Laufe der letzten Monate war sie bis zur Durchsichtigkeit abgemagert. Ihre Haut hatte den warmen Ton verloren und schimmerte so bläulich wie Eis. Gern hätte er an ihrer Stelle die Tränen geweint, die nun still von ihrem Kinn ins Wasser tropften. Schließlich hob er sie aus der Wanne und führte sie, benommen und gefügig, am Ellenbogen aus dem Bad, wickelte sie in ein Handtuch und nahm sie in die Arme, um sie an seiner Schulter lautlos schluchzen zu lassen.

Später saßen sie vor ihren Teetassen im Wohnzimmer. Julia war in eine Decke eingewickelt und schüttelte sich noch ab und zu, weil ihr die Kälte in den Knochen steckte. Er erinnerte sich an ihr erstes Jahr, an die Wochenenden in dem alten Haus. Er erinnerte sich an ihr erstes Weihnachten, das sie dort zusammen mit Tante Helen und Julias Schwester und deren Mann und Baby verbracht hatten; es hatte ihn beschämt und gefreut, so herzlich in den Familienkreis aufgenommen zu werden. An Tante Helens Tisch hatte er kurz ein schlechtes Gewissen gehabt, weil seine Eltern den Weihnachtstag zum ersten Mal seit seiner Geburt allein feierten (und zum letzten Mal, aber das konnte Simon nicht ahnen; im März des folgenden Jahres platzte ein Blutgefäß im harten Herzen des Vaters). Er stellte sich vor, wie seine Eltern einander gegenübersaßen, zwischen sich einen Truthahn, viel zu groß für zwei Personen und von seiner übervorsichtigen Mutter gründlich im Ofen ausgetrocknet. Und dann dachte er: Nein, sie sitzen nicht einander gegenüber, sie sitzen auf ihren gewohnten Plätzen; mein Vater wird den Platz am Kopfende nicht aufgeben und den meinen als Schuldzuweisung freihalten, und meine Mutter wird meiner Abwesenheit gegenübersitzen und sich verbieten, darüber nachzudenken, was diese verursacht haben könnte. Und anstatt sich aus der Ferne von der Verbitterung seiner Eltern anstecken zu lassen, blickte er zum Kopfende hinauf, wo Tante Helen Platz genommen hatte und lachend Fleischgabel und Messer über der saftigen Gans schwenkte. Seinerzeit konnte sie noch über ihre Schrulligkeit lachen, sie gab eine völlig unpassende Bemerkung ab und schlug sich dann kichernd die Hand vor den Mund, als habe ein anderer durch sie hindurchgesprochen.

Er gab sein Bestes, um sich zu entspannen. Er trug seinen Papierhut und vergaß den Juckreiz nach einer Weile.

Als er fast ein Jahrzehnt später an einem trüben, nassen Abend in der Wohnung in Balham saß, stellte er sich vor, mit seiner eigenen Familie in jenem Haus zu leben. Er dachte an das Bärenfell vor dem offenen Kamin und daran, sich noch einmal mit Julia darauf zu wälzen, so wie vor vielen Jahren. Wie viel wärmer, freier, einfacher das Leben dort wäre, fernab von London, von dem Dreck und dem Geschrei in den Straßen. Wie viel glücklicher sie sein würde, dort in dem Haus, wo ihre Liebe begann – so zögerlich, sanft und zart wie zu viktorianischen Zeiten. Wo er zum ersten Mal neben ihr gelegen hatte …

Wieder und wieder kreisen seine Gedanken darum. Die strahlende Julia liegt klar und deutlich auf dem Bärenfell wie in einem halb vergessenen Traum, umgeben von dem ganzen Wirrwarr, an dem seine Gedanken hängenbleiben. Ist es möglich, sie zu kennen? Selbst die Vergangenheit scheint flüchtig. Zahllose Versionen von Julia fließen ineinander, flackern, lösen sich auf. Sie besteht aus verlorenen Momenten und Gewohnheiten, so vertraut, dass man sie vergisst, aus der Drehung eines Kopfes an einem Dienstagnachmittag; die Erinnerungen legen die Flügel an und flattern davon, um sich an anderer Stelle niederzulassen. Nein, eine Geliebte kann man nicht aufspießen und fixieren. Dennoch verfolgt er sie unablässig; dennoch liebt er sie, sagt er sich, wer immer sie auch ist. Es gibt mehr als eine Liebesgeschichte.

Julia und Simon haben sich der Schmetterlinge wegen kennengelernt, an einem warmen Frühlingstag vor zehn Jahren. In demselben Zimmer, in dem Dr. Nansen seine Vorträge hielt und wo Emily, angezogen von brennendem Ehrgeiz, Edward ins Visier nahm; in ebenjenem Zimmer bot Simon hundert Jahre später galant sein Taschentuch an, um es von Julia als feuchten, zusammengeknüllten Ball zurückzubekommen. Das Taschentuch wusch er, als er nach Hause kam, sein Herz hingegen erholte sich nie.

Julia, ein feuchtes, zusammengeballtes Knäuel, ein hilfloses Lächeln, ihr Kopf auf seiner Brust, später; das Bärenfell ... Wir kommen zu gegebener Zeit darauf zurück. Zunächst: Sie lernten sich der Schmetterlinge wegen kennen. Simon war gekommen, sich die Sammlung anzusehen. Zu Tante Helens Lebzeiten fungierte das Haus als Ad-hoc-Museum, dessen Exponate teilweise nicht angerührt worden waren, seit Emily Mackley zur Jahrhundertwende einsam aus den Flitterwochen heimgekehrt war, um sechzig Jahre auf ihren Tod zu warten. Ihr Ehemann war überall präsent; sein Bruder John hatte die Wände des sicheren, soliden Hauses mit der Ausbeute indirekt erlebter Abenteuer geschmückt. Irgendwie, über die mysteriösen

Kommunikationswege, die das feine, silbrige Netzwerk ihres Lebens ausmachten, hatte Tante Helen es geschafft, die Welt wissen zu lassen, dass Besucher hier willkommen waren. In der Blütezeit hatte das Haus jedermann offen gestanden – Freunden, Künstlern, Bewunderern, Sammlern, Historikern, Dilettanten und Liebhabern. Simon zählte zu den Letzteren. Er war gekommen, um … Als die Haustür sich öffnete, fühlte er sich hilflos aufgespießt von einem Blick aus blassbraunen Augen und einem Lächeln, das wie zerstreut knapp an ihm vorbeizielte. Er rührte sich nicht; hinter ihr, in der düsteren Diele, bäumte sich ein angriffslustiger Eisbär auf. Damals hatte er sich noch nicht auf den Dachboden zurückgezogen.

Julia stellte sich vor und bat ihn, einzutreten; seine Erklärung, er heiße Simon und wolle sich die Schmetterlinge ansehen, schien ihr vollkommen auszureichen. Er hatte in einem Fachblatt, dessen Abonnent er war, geblättert und war auf eine minderwertige, graue Fotografie der Sammlung gestoßen, die seine Neugier dennoch fesselte; Kreaturen, die nur im hellen, kalten Sommer des hohen Nordens wuchsen und gediehen. Er notierte sich die Bildangaben – »Geschenk von Leutnant S. Freely an die Familie Mackley, Privatbesitz« – und den Namen einer Ortschaft unweit von London. Weder vom Schenker noch von den Mackleys hatte er je gehört, aber als man ihn wenige Monate später wegen eines Gutachtens in die Stadt einlud – deren Straßen von vergangener Pracht künden –, erinnerte er sich an die Sammlung, suchte die Adresse der Mackleys heraus und beschloss, ihnen einen Besuch abzustatten. Wären weitere Monate ins Land gegangen, hätte er die Angelegenheit möglicherweise vergessen; so formt der Zufall unser Leben (oder, wenn Sie so wollen, die Vorsehung, an die der rationale Simon aber nicht glaubt). Er hatte sich zwei Wochen im Voraus brieflich angekündigt und darum gebeten, einen ihrer zahlreichen Schätze sehen zu dürfen, woraufhin ihm eine gewisse Helen Mackley prompt zurückschrieb – zufälligerweise werde ihre Nichte an jenem Tag zu Besuch sein, und sie beide freuten sich sehr, ihn willkommen zu heißen und ihm alles zu zeigen, was ihn interessiere.

Hatte Tante Helen damals eine Vorahnung gehabt, die ihre Kupplerinnenaugen zum Funkeln brachte? Es mag abstrus sein, ein herbeiphantasiertes Blitzen, das nicht mehr war als eine Reflexion der späteren Flamme. Aber ein Mann, der solche Umwege in Kauf nahm, um eine Sammlung weißer Schmetterlinge zu betrachten, und der sich die Zeit nahm, seine Briefe handschriftlich zu verfassen – so ein Mann hatte auf jeden Fall eine Chance verdient.

Wie immer es auch war – Simon, der eigentlich nur ein einziges Sammlerstück hatte besichtigen wollen, konnte sich angesichts der jungen Frau mit der golden schimmernden Haut und dem verblichenen Sommerkleid, die ihm die Tür geöffnet hatte, nicht überwinden, auf eine Verkürzung der Führung durch die Räume zu drängen, die offensichtlich allen Besuchern zuteil wurde. Er folgte ihr, dieser Julia, der jüngsten Mackley, und war bemüht, nichts umzustoßen, während sie ihm die Schneeschuhe und die Skier an der Wand präsentierte, die Tagebücher, Porträts, das Porzellan, den Dekanter, die Fotos und, als sie wieder in der Diele standen, die Besucherlieblinge, den großen und den kleinen Eisbären. »Das sind die Besucherlieblinge«, sagte sie, ohne sich anmerken zu lassen, ob der Grad ihrer Zuneigung in die eine oder andere Richtung abwich, und Simon, fünfundzwanzig und nervös, hörte sich zu seiner großen Überraschung fragen: »Ihre auch?« Im selben Augenblick trat Tante Helen ein, eine klappernde Gartenschere in der Hand, und erging sich in freudigem, aufgeregtem Protest: Julia hätte ihr sagen müssen, dass der Gast eingetroffen war, sie sei nur kurz im Garten gewesen, sie habe nur … die Rosen … ob er einen Tee wolle? Ob Julia ihnen nicht einen Tee kochen wolle? Die

Nichte gehorchte widerwillig und kam fünf Minuten später in den Salon, wo Simon mit höflicher, verwirrter Miene Tante Helen folgte, die einen Vortrag zum Thema Schneeblindheit hielt und sich eine Schneebrille aus dem Jahr 1893 aufgesetzt hatte. Julia lachte verlegen, und dann lachte auch Tante Helen, und der arme Simon wurde puterrot.

»Ach, was für eine dumme alte Frau ich bin. Jonathan, in Ihren Augen muss ich wie eine Verrückte aussehen.«

»Tante Helen, er heißt Simon.«

»Wie bitte?«

»Simon. Unser Gast. Jonathan ist noch in Amerika.« Sie drehte sich zu Simon um. »Mein Cousin. Sie bringt die Namen durcheinander.«

»Tun wir das nicht alle?«, fragte Simon netterweise.

»In unserer Familie stehen für Jungen nur zwei Namen zur Auswahl. Da ist es doch kaum ein Wunder.«

Obgleich man den dunklen, hohlwangigen Simon auf Anhieb für einen Mackley halten könnte, würde man ihn wohl kaum mit Julias Cousin verwechseln, der unglücklicherweise das Aussehen ihrer Urgroßmutter Arabella geerbt hat. Wie es der Zufall will, weilt Jonathan gerade zu einem geschäftlichen Termin in der Stadt, ganz in Simons Nähe, und im Augenblick wischt er sich über die breite, in der Röte seinem Haar entsprechende Stirn; er denkt an den sonnigen Garten, und dass er noch Zigarren kaufen muss … aber Jonathan kommt später an diesem Tag – und noch früh genug – dazu.

An jenem Nachmittag vor zehn Jahren setzte Tante Helen die Schneebrille ab, nahm eine Tasse in die Hand und schenkte mit der anderen den Tee ein; es gab einen kaum hörbaren Laut, und sie starrte auf die Tasse am Boden und den verschütteten Tee und goss weiter auf den wachsenden Fleck im Teppich. Julia nahm ihr sanft die Kanne ab, ohne das Brennen an ihren Händen zu spüren. Alles schien wie in Zeitlupe zu geschehen, ganz ohne Erschrecken oder Geschrei, dachte Simon, der sich seltsam entfremdet fühlte, bevor er schließlich aufsprang und anbot, ein Geschirrtuch zu holen.

»Nein, bitte, machen Sie sich keine Mühe.«

»Was für eine dumme alte Frau«, wiederholte Tante Helen, aber diesmal klang sie unsicher, ihre Stimme bebte, und als sie den Kopf hob, wirkte sie verloren. Sie konzentrierte sich auf Julia. »Sie ist mir einfach aus der Hand gerutscht, Maggie.«

»Ich weiß. Ist schon gut. Deswegen sind die Teppiche so dunkel. Denk an den ganzen Wein, der hier schon verschüttet wurde, Tante Helen. Warum setzt du dich nicht ins Wohnzimmer und hörst ein bisschen Radio? Komm, ich bringe dir deinen Tee dorthin.«

Simon, verzweifelt bemüht, sich zwischen den Möbeln unsichtbar zu machen, fragte sich, in welchem Raum sie waren, wenn nicht im Wohnzimmer; sein Elternhaus hatte nur ein einziges, enges Wohnzimmer gehabt, und plötzlich beneidete er diesen Reichtum aus Salons, Wohnzimmern, Esszimmern, Frühstückszimmern, über den ein Haus wie dieses ganz bestimmt verfügte. Er bemerkte, dass er ein nachsichtiges Lächeln aufgesetzt hatte, und er hasste sein Gesicht dafür, wusste aber nicht, was er ansonsten damit – und mit sämtlichen anderen seiner Körperteile – anstellen sollte. Sobald Julia ihre Tante aus dem Zimmer geführt hatte, rissen alle zwanzig Gummibänder, die Simons Körper aufrecht gehalten hatten, gleichzeitig. Der arme Simon. Er hatte sich lediglich die Schmetterlinge ansehen wollen, aber da stand er nun, verstrickt in den schrecklich peinlichen Alterungsprozess einer Fremden und überdies dabei, sich zu verlieben, ein Gefühl, das er weder gewohnt war noch bei anderen befürwortete. Edward, der neben seiner Frau stand, schaute von seinem Platz auf dem Kaminsims streng auf die schlaffe Gestalt hinunter, die den Kopf auf die harte Sofalehne sinken ließ.

Julia kam zurück. Sie sah verstört aus. Schnell setzte Simon sich auf, und dann erhob er sich.

»Es tut mir so leid, vielleicht bin ich in einem ungeeigneten Moment gekommen. Hoffentlich habe ich Ihnen keine Umstände bereitet … Vielen Dank für den Rundgang. Ich glaube, ich sollte jetzt lieber gehen, ich hoffe, Ihrer Tante geht es besser?«

»Aber Sie haben die Schmetterlinge noch gar nicht gesehen.«

»Ein andermal vielleicht …«

»Sie haben einen langen Weg hinter sich, und sie sind wirklich wunderschön. Bitte, kommen Sie, werfen Sie einen Blick darauf«, sagte Julia in äußerst sprödem Tonfall; die Ungezwungenheit, mit der sie ihn durchs Haus geführt hatte, war verflogen. »Wirklich, sie sind so hübsch, Sie müssen einfach … trinken Sie wenigstens einen Tee … oh, es ist keiner mehr da. Ich werde noch einen aufsetzen, das geht ganz schnell, ich gehe schnell … ich wische das erst auf, und dann …«

Inzwischen kniete sie auf dem Boden, ein hoffnungslos zu kleines Papiertaschentuch in der Hand, sie kehrte Simon den Rücken zu und tupfte auf dem Teppich herum. Er stand hilflos und mit schlaff an der Seite herunterhängenden Armen herum wie während seiner schlaksigen Jugend, die er, wie er dachte, doch längst hinter sich gelassen hatte. Plötzlich hielt sie inne, ließ Schultern und Kopf hängen; und dann putzte sie sich mit dem klatschnassen Papiertuch erschreckend laut die Nase. Endlich setzte Simon sich in Bewegung. Er hatte ein Taschentuch in der Tasche, wie dumm von ihm, nicht daran gedacht zu haben! Er beugte sich von hinten zu ihr hinunter, legte ihr eine Hand auf die Schulter und drückte ihr das Taschentuch sanft in die Hand. Der Rand des doppelt gefalteten, ordentlich gebügelten Tuchs war mit einem blauen Streifen abgesetzt. Julia schüttelte es auf, knüllte es zusammen und drückte es sich an die feuchte

Nase, bevor sie den Kopf hob – und ihr tapferes Lächeln war so bezaubernd, dass er sich fast gar nicht daran störte, einen triefenden Ball zurückzubekommen.

»Mein Gott, ich bin so blöd«, sagte sie. »Es tut mir leid. Vermutlich haben Sie sich den Nachmittag ein wenig anders vorgestellt.«

Simon lächelte zurück.

»Meinen Sie, ich kann jetzt die Schmetterlinge sehen?«

So fand Simon sich in einem kleinen Zimmer am Ende eines Korridors im zweiten Stock wieder; hier hatte Emilys Zofe einst geschlafen. Die blaue Blümchentapete löst sich inzwischen an den Kanten. Aus den Laken des Betts, in dem so lange niemand gelegen hat und das einen Großteil des Zimmers in Anspruch nimmt, steigt leichter Modergeruch auf. Hier drinnen ist es jetzt kühl, obwohl der Nachmittag so warm ist; ein Zimmer verwaist und verblasst wie die gedruckten Kornblumen, wenn kein menschlicher Körper es wärmt, und die Erinnerung an die Schmetterlinge ist inzwischen nur noch ein schwaches Flügelzucken, da sie sich längst an einem anderen Ort befinden. In den zehn Jahren, die vergangen sind, seit Julia Simon hierherführte, hat sie dieses Zimmer nur ein einziges Mal betreten, nämlich um die Schmetterlinge von der Wand zu nehmen. Nur ein trauriges, bräunliches Rechteck blieb zurück, das ein Feld aus helleren, blaueren Blüten einrahmt. Aber als Simon vor all den Jahren hier hereinkam, waren die Schmetterlinge noch da, und er fand, es wäre Verschwendung, sie in diesem einsamen Kämmerlein hängen zu lassen. Außerdem war er sich überdeutlich des Betts bewusst, das so viel Raum einnahm, dass ihre Kniekehlen sich dagegen drückten und sie sich seitwärts in die schmale Lücke zwischen Bett und Kommode schieben mussten, gefährlich nah dran, einander zu berühren. Er betrachtete den Falter mit dem Blaustich, den zu sehen er gekommen war, für lange Zeit, war aber mit den Gedanken ehrlich gesagt ganz woanders, so als hätte der aufgespießte Reigen seinen Platz verlassen, um ausgelassen durch Simons Brustkorb zu flattern. Seine ganze linke Körperhälfte kribbelte, weil sie Julia nah war, als er auf das bestimmte Exemplar zeigte, dessentwegen er gekommen war; ihr Gesicht reckte sich hinauf, um seinem Finger zu folgen, der sich danach sehnte, die Kuhlen am Ende ihres langen Halses zu berühren und stattdessen immer weiter dämlich nach oben zeigte.

Als er zehn Minuten später an der Haustür stand und sich stammelnd bedankte, hatte er den kostbaren Blauschimmer der Flügel längst vergessen; er dachte nur noch an die Frau wie Gold und Bernstein, die vor ihm stand und die er niemals wiedersehen würde. Da trat Tante Helen aus dem Wohnzimmer (das folglich links hinten am Ende der Diele liegen musste) und kam ihm zur Rettung; sie schien sich von dem vorangegangenen Anfall von Verwirrtheit recht gut erholt zu haben und wirkte zwanzig Jahre jünger mit ihren wachen Augen und dem nachgezogenen Lippenstift; und weil sie sich heute, wie sie erklärte, so unmöglich betragen habe, lade sie ihn für den nächsten Sonntag zum Tee ein, um eine Gelegenheit zu bekommen, die Scharte auszuwetzen; Julia warf sie mit hochgezogener Augenbraue einen Blick zu, als wolle sie sie warnen, einen Rückzieher zu machen.

Julia drehte sich linkisch zu ihm um und betonte, das sei wirklich nicht nötig, sicher sei er sehr beschäftigt; aber Tante Helen blieb stur, bis Julia nachgab und lächelnd sagte: »Natürlich würden wir uns freuen, Sie zu begrüßen. Meine Tante backt einen vorzüglichen Karottenkuchen. Kommen Sie?«

Und Simon, weltmännisch und über sich selbst verwundert, gab zurück: »Tja, wenn es Kuchen gibt!«, und dann winkten sie ihm von der Tür aus nach; ihr Lächeln hielt er fest in seiner Hand, die ganze Woche hindurch, bis zum Sonntag.

Jeder hoffnungsfrohe, nervöse Besuch brachte neue Vertraulichkeiten, die Simon wie einen Schatz anhäufte; sie küsste ihn zum Abschied auf beide Wangen, sie drückte seine Hand, sie küsste ihn näher am Mund, sie hielt seinen Blick bei jedem Besuch länger, sie küsste ihn auf den geschlossenen Mund und behauptete, Anis zu schmecken, wobei ihre bronzegelben Augen warm aufleuchteten. Sie trafen sich immer an den Wochenenden, immer im Haus, einem Heiligtum. Da er sie niemals in der Stadt traf, erlebte er sie nicht in gedämpftem Zustand; erst viel später sollte er erfahren, wie sehr die Stadt sie ins Schlingern brachte.

Eines Nachmittags gingen sie im Park spazieren, mit Tante Helen als Anstandsdame. Sie blieben stehen, um auf den Teich hinauszuschauen; es war Ende April, das Wetter war schön und leicht diesig, und nun ging die Sonne unter und weichte in der Abwärtsbewegung den Himmel auf. Das war kein greller Sommersonnenuntergang; er war zartgelb, wie versilbert, und wurde vom Wasser reflektiert, das unter der Oberfläche ebenfalls versilbert schien. Und als die Sonne hinter den Häusern versank, wärmte der Himmel sich zu einem Goldton auf; zurück blieb eine letzte, elegante Schwemme aus Licht, Lachs, Aprikose, Pfirsichgelb verfärbten sich zu Blassblau, das sich über ihren Köpfen in tiefes Indigo verwandelte.

»Das Licht verschwindet so langsam, man merkt es kaum, nicht wahr?«, sagte Tante Helen, im Kopf so klar wie die Abendluft und mit wehmütigem Lächeln. Sie hakte sich rechts und links unter, und sie gingen nach Hause. Sie war eine große Frau, ging aber gebeugt, und je weiter sie kamen, desto schwerer hing ihr magerer Unterarm an Simons; als sie das Haus erreichten, hatte ihr Blick schon wieder angefangen zu schweifen und zu verglasen. Sie konnte sich nicht mehr erinnern, wo die Teller waren und stand hilflos und verloren in der Küche herum, bis Julia es ihr zeigte und sie daraufhin sagte: »Ja, Liebes, ganz genau«, und zwar mit einer Stimme, die nicht mehr wie die ihre klang, sondern wie die einer tatterigen, alten Frau. Es war traurig und, für Julia, beängstigend zu sehen, wie sie den Kopf schief vorreckte und beim Gehen die zittrigen, tastenden Hände vor sich ausstreckte, weil sie nicht wusste, was sie mit ihnen anfangen sollte. Manchmal fuhr sie unvermittelt zusammen, als sei ihr plötzlich etwas Wichtiges eingefallen oder wie Katzen es tun, wenn sie vor einem unsichtbaren Phantom zurückschrecken. Beim Tee nannte sie ihn immer Jonathan oder Edward, bis Julia es irgendwann aufgab, sie zu korrigieren. Als es Abend wurde, bereitete Julia den süßen, warmen Kakao zu, den Tante Helen vor dem Schlafengehen so gern trank, und brachte sie zu Bett.

»Ins Bett um acht, wie eine alte Frau. Oh, Maggie, werd bloß niemals alt, es ist zum Verzweifeln. Und öde. Aber ich bin wirklich müde, genug für heute. Gute Nacht.« Simon hatte gar nicht vorgehabt, so lange zu bleiben, schon wollte er sich, peinlich berührt, davonmachen; vielleicht wäre er für immer aus Julias Bannkreis geschlurft. Aber als sie die Treppe herunterkam und er immer noch im Flur herumstand, ging sie wortlos und trockenen Auges auf ihn zu; da und dort, als sie zum ersten Mal allein waren, fand Julias Kopf seinen Platz an Simons Brust. Sie küssten sich nicht; sie kam zu ihm, ließ die Arme hängen und lehnte ihren Kopf an, einen Sicherheitsabstand zwischen ihren Körpern einhaltend, so dass er außer dem Gewicht an seinem Brustbein nichts spürte; er wollte sie in die Arme schließen, begnügte sich aber damit, seine Lippen auf ihr Haar zu drücken.

Nach einer reglosen Weile, in der sich alles auf das gemächliche Tempo der alten Standuhr zu verlangsamen schien, waren die Zeit und sein Herzschlag im Gleichklang; nach dieser langen, unerwarteten Pause sagte sie, ohne den Kopf zu heben:

»Maggie war meine Mutter, nur falls du dich wunderst. Sie wurde übrigens nicht alt. Wenigstens das blieb ihr erspart. Ein schwacher Trost.« Und dann wich sie einen Schritt zurück und lächelte, um ihn zu beruhigen. Da: Das ist die Julia, die Simon umfangen und retten wollte; zuerst hatte er sich in die unbeschwerte, lachende, barfüßige Julia an der Haustür verliebt, aber da ist auch diese zweite – stark, traurig, zurückgenommen.

Sie sei, erklärte sie, die letzte Angehörige, die noch hier war. Ihre Eltern waren gestorben, die Schwester Miranda im fernen Edinburgh. Die meisten Wochenenden verbrachte sie hier. In den letzten Jahren war der stetige Besucherstrom abgerissen, und sie machte sich Sorgen, Tante Helen könnte einsam sein (dabei war Julia, obwohl sie es nicht zugab, selbst einsam; sie gehörte nicht in die Stadt). Simon hätte sich niemals anmerken lassen, dass er es seltsam fand, wenn Julia ihre Wochenenden bei ihrer alten Tante verbrachte. Sie seien, erklärte sie, ganz zufrieden damit, vor sich hinzuwerkeln, im Garten zu liegen, zu rauchen, zu reden und am Abend ein Glas Wein zu trinken. Und als Tante Helen anfing, Julia hin und wieder »Maggie« zu nennen, wenn sie ein Zimmer betrat auf der Suche nach einem Gegenstand, den sie bereits in der Hand hielt, wenn sie sich mitten im Satz unterbrach und Julia fragte: »Und?«, und sie antwortete: »Was denn, Liebes?«, und Julia sagte: »Du wolltest etwas sagen«, und Tante Helen sagte: »Wirklich?«, dann wirkte ihr Verhalten beinahe schelmisch, es entsprach ihrem Charakter, so dass Julia es ohne weiteres übergehen konnte. Bis zu dem Tag, als Simon zum ersten Mal ins Haus kam und Julia ihre Tante mit Schneebrille im Gesicht sah, war es ihr leichtgefallen, so zu tun, als wäre alles in Ordnung. Julia erklärte es mit leiser, fester Stimme und ohne zu weinen, während sie auf Simons Brustbein starrte. Und dann sah sie ihm plötzlich mit bronzenem Leuchten in die Augen und fragte:

»Möchtest du zum Essen bleiben?«

So trat Simon in Julias Leben, gerade rechtzeitig, um ihr einen Platz anzubieten, an dem sie ihren Kopf ablegen konnte.

Um Mitternacht waren sie im alten Frühstückszimmer, die Stunden angehalten von der stillstehenden Uhr, damit die Nacht so lange dauerte, wie es nötig war. Gesättigt von bei Niedrigtemperatur gebratenem Lamm, von nun an Simons Lieblingsgericht, zufrieden und ein bisschen angetrunken, ließen sie sich für ein letztes Glas aufs Sofa sinken. Das Sofa ist niedrig und weich und nicht allzu weit vom Boden entfernt. Simon, dessen Sinne es gewöhnt waren, mit einem Minimum an Reizen auszukommen, versank immer tiefer in einem rubinroten Rausch, der sich gefährlich nach Boheme anfühlte. Aber als Julia sich auf das weiße Fell sinken ließ, sich zu ihm umdrehte und seine Hand ergriff, erlaubte er sich, zu ihr hinunterzurutschen.

Und wieder schließt sich der Kreis. Es war dieses Gefühl, das er durch den Umzug wiederzubeleben hoffte; zu lange hatte er ihr in der Stadt zugesehen, wie sie immer blasser und fader wurde. Nach Jahren des totgeschwiegenen Verlusts, der verleugneten Leere und des Schweigens, nach den letzten Monaten der Trauer, zu eistief und kalt, als dass er sie hätte ausloten können, hegte er die Hoffnung, sie hier zu wärmen, sie wieder auf das Bärenfell zu legen und ihre Haut golden schimmern zu sehen, sie im Widerschein des Kaminfeuers aufleben zu sehen, mit großen Augen, bevor ihre Lider sich schlossen. In einer klammen Londoner Wohnung, wo die Feuchtigkeit aus allen Ritzen drang und die dreckigen Wolken an jedem nasskalten Oktoberabend die Sterne verdeckten, erinnerte er sich an jenen Oktober vor zehn Jahren und wünschte sich, so wie wir alle manchmal das Unmögliche wünschen, die Vergangenheit zu neuem Leben zu erwecken.

Nach wochenlangem Regen machten sie sich an einem verzauberten Samstag in der kalten, klaren Novembersonne auf den Weg, für die Simon, der nicht an Märchen glaubt, trotzdem dankbar war. Sie fuhren bei Sonnenuntergang mit einem Auto voller Koffer los und erreichten ihr Ziel im Dunkeln. Julia war den ganzen Tag sehr still gewesen und hatte die erste Hälfte der Fahrt damit verbracht, das von ihr abrückende London zu betrachten. Als die Straßen sich verengten und die kahlen Bäume sich über den Asphalt neigten, wurde sie lebhafter. Sie erzählte von Tante Helen und von Miranda, dass sie Miranda unbedingt einmal wieder über die Weihnachtstage einladen müssten, dass sie eine Gans braten würde, noch nie habe sie eine Gans zubereitet, aber Tante Helen habe gesagt, es sei ganz einfach, sie würde einfach Tante Helens Maronenfüllung nachkochen. Dann wurde sie plötzlich traurig; es würde nicht dasselbe sein. Sie hatte das Rezept nicht. So viele Stunden hatte sie an Tante Helens Bett gesessen, und doch war sie nie darauf gekommen, danach zu fragen. Sie würde im Internet danach suchen müssen, aber wie könnte ihr Google jemals die Tante zurückbringen?

»Da war Leber drin, Gänseleber«, bot Simon hilfsbereit an.

»Woran soll ich die Leber erkennen? Wie sieht sie aus?«, jammerte Julia.

»Sie wird in der kleinen Tüte liegen, bei den anderen Innereien. Ich werde dir helfen. Die Leber ist das größte der Organe. Die werden wir ganz bestimmt nicht übersehen.«

»Wirklich?«

»Ja, so habe ich es gehört.«

»Von wem? Wie kann man darauf vertrauen?«

»Ich weiß es nicht. Aber das ist allgemein bekannt.«

Simon hasst Autofahren, er bemühte sich, nicht gereizt zu sein. Sie schaltete das Radio ein, drückte den Pop- und den Klassiksender weg und entschied sich für leichte Kost, sang bei einem alten Jazzlied mit, dessen Text sie zu Simons – nach zehn gemeinsamen Jahren großer – Überraschung kannte.

Das Lied ging zu Ende, und bei den nächsten zwei schwiegen sie.

»Auf jeden Fall Salbei«, sagte Julia.

»Ja. Und Zwiebeln. Oder Schalotten.«

»Was von beidem?«

Simon verkniff sich ein »Ist das nicht egal?« und schlug Schalotten vor, wegen ihrer Süße, was Julia zufriedenzustellen schien.

Sie sang bei »Piece of My Heart« in Dustys Version mit. Simon war erleichtert; er kann Janis Joplin nicht ausstehen. Er kann keine einzige Note ausstehen, die sie jemals kreischte, selbst wenn sie dabei den Ton traf. Simon, der nur ungern singt, hat das absolute Gehör. Julia hat es nicht, aber ihrer leisen, weichen Stimme kann er fast alles verzeihen.

»Du weißt, es ist richtig, wenn es sich gut anfühlt«, sang sie mit einem neckischen Nicken in Simons Richtung.

Wenn ich bloß einmal, ein einziges Mal, ein bisschen Ruhe bekäme, dachte er. Habe ich auch nur die winzigste Kammer, um mich zurückzuziehen?

Zwei weitere Meilen stillen Fahrens. Dann eine traurige, platte Krähe am Straßenrand; Simon öffnete den Mund, erinnerte sich daran, das Fasanengesetz erst vor einer Stunde erwähnt zu haben (beim Passieren eines Taubenflecks), und wurde ohnehin von Julia unterbrochen:

»Sollen wir sie zum Abendessen mitnehmen? Schließlich haben wir sie nicht überfahren.«

»Das Gesetz gilt nur für Fasane.«

»Oh«, lächelte sie. »Wie dumm von mir.«

In der sich nun anschließenden Pause spürte er, dass sie abwägte, ob sie noch weitergehen sollte. Irgendein unsichtbares Zeichen der Gereiztheit warnte sie davor.

»Es wäre aber doch nett, Miranda einzuladen, oder?«

»Natürlich.«

»Molly muss ordentlich gewachsen sein. Wir haben sie vor drei Monaten zum letzten Mal gesehen.«

Miranda und die Kinder hatten sie zum letzten Mal bei Tante Helens Beerdigung gesehen. Was bedeutete, dass Julia von jenem Tag aus gerechnet hatte; normalerweise hatte sie keine so präzise Vorstellung von der Zeit.

»Ein Wunder, wie sie das alles schafft«, sagte Simon, nur um etwas zu sagen.

»Sie ist eine tolle Mutter. Und er ist ein toller Vater, auch wenn er seine Fehler hat.«

»Ja, das stimmt.«

In Julias Augen bestehen Matthews Fehler darin, phantasielos zu sein und über keinerlei Geschmack zu verfügen, wenn es um Oberhemden und Schuhe geht (spitze, glänzende Herrenschuhe, im Sommer scheußliche Sandalen). Simon findet Matthew einfach nur langweilig, der typische Sportsendungszuschauer. Wahrscheinlich hat Julias Schwester ihre Gründe, ihn zu lieben.

»Die Kinder sind toll.«

Dann schwiegen sie wieder. Julia sang nicht mehr.

Während der letzten zehn Jahre ist vieles nicht ausgesprochen worden, und das Schweigen, das sich zunehmend zwischen ihnen ausbreitet, kann die Lücke nicht füllen. Sie sagen alles Mögliche nicht. Sie denken über Krankenhäuser nach. Er denkt daran, wie er zu ihr gerufen wird und sie dünn und blutleer vorfindet und denkt, dass Blumen nichts genützt hätten; trotzdem wünscht er sich, er hätte ihr wenigstens nur eine nutzlose Rose mitgebracht und müsste nicht so hilflos und mit leeren Händen herumstehen. Zwischen ihnen gibt es Abgründe, die sie vielleicht noch überwinden werden, oder auch nicht. Unausgesprochene Worte und leere Krankenhausvasen. Dies ist das Gefühl, das ihn immer noch quält und für das er keine Worte findet, während er im Büro sitzt und nicht darüber nachdenkt; Simons düstere, unterdrückte Gedanken kreisen um jenen Mangel, der stets spürbar ist, um den Abgrund zwischen ihnen, den er nicht überbrücken kann, um die unermessliche, weiße Ferne, in der sie reglos daliegt.

Als sie das Haus erreichten, hellte sich Julias Laune wieder auf. Seit er zum ersten Mal daran gedacht hatte, sie hierher zurückzubringen, hatte er sich vorgestellt, sie auf die Arme zu nehmen und über die Schwelle zu tragen, auf der sie sich vor so vielen Jahren begegnet waren; er hatte die Geste passend gefunden. Er würde sie durch den Flur tragen und auf das Bärenfell legen, wo sie zum ersten Mal beieinandergelegen hatten. Aber nun, als er vorfuhr, begriff er, wie unrealistisch sein Vorhaben war, und er kam sich lächerlich vor, weil er sich alles so genau ausgemalt hatte; letzte Nacht hatte er sie hineingetragen und hingelegt, durch die Türen und Bärenfell spüren, dieses Bild hatte sich unablässig in seinen Schlaf geschraubt. Nun waren sie hier, aber kaum dass er den Motor ausgestellt hatte, war Julia aus dem Auto gesprungen, die Schlüssel in der Hand, denn selbstverständlich gehören ihr die Schlüssel und das Haus; zwar wartete sie an der Tür auf ihn, aber er sah keine Möglichkeit, sie jetzt noch hochzuheben, außerdem würde es drinnen kalt und dunkel sein und kein Kaminfeuer brennen. Sie hatte den Schlüssel bereits ins Schloss gesteckt und sich strahlend zu ihm umgedreht, also folgte er ihr hinein. Jedes Mal, wenn er dieses Haus betritt, hat er das Gefühl, ihr hineinzufolgen, der Julia von damals, dem ewigen Echo ihres ersten Tages, der ersten Begegnung; sie stand für immer in der Tür und bat ihn herein.

Sie verbrachten die Tage damit, auszupacken, Möbel zu verrücken und Fotos, Porzellan und Tafelsilber umzuräumen, um Platz zu schaffen für die mitgebrachten Überbleibsel ihres eigenen, spärlich eingerichteten Heims. Er gab es bald auf, ihr behilflich zu sein, konnte er doch sehen, wie sehr es sie aufbrachte, wenn ein bestimmter Teelöffel oder eine Schachtel mit kaputten Perlenketten an der falschen Stelle landete; außerdem wusste er nicht, was ihr besonders wichtig war und warum. Das Schlafzimmer war seit Jahren unbenutzt, und es gelang ihnen während der ersten Woche nicht, den Heizkörper in Gang zu setzen, so dass sie unter einem Haufen klammer Decken schlafen mussten, an den Füßen schwere, in Wollsocken gestopfte Wärmflaschen, die in Julia nostalgische Kindheitserinnerungen weckten und Simon an die langen Zehen stießen. Das mächtige Ticken der alten Standuhr im Erdgeschoss ließ ihn nicht einschlafen, dabei hatte er das Ding selbst gestellt und aufgezogen. Das alte Bett knarrte, und Simon und Julia, die immer und nur eine Wandstärke entfernt Nachbarn über, neben und unter sich gehabt hatten, brachten es nicht fertig, dem Geräusch gegenüber gleichgültig zu sein, sprachen aber auch nicht darüber, den alten Bettrahmen zu ersetzen. Sie liebten sich vorsichtig, mit Zurückhaltung, um die Geister nicht zu wecken.

Ein paar Wochen nach dem Umzug kam er eines Abends nach Hause und entdeckte ihren Schatten; sie stand im Salon am Fenster und beobachtete ihn durch einen Spalt im Vorhang. Gerade, als er den Schlüssel ans Schloss heben wollte, flog die Tür auf, und Julia zog ihn aus der Kälte herein und küsste ihn – »Anis! Ich würde dich unter einer Million Männer am Geschmack erkennen!« – und zerrte ihn an der Hand die Treppe hoch, sie lief fast rückwärts, weil sie den Weg nicht zu sehen, die Schritte zur Treppe nicht mitzuzählen brauchte, und ihre Hand glitt mit der Sicherheit all jener, die es für sie glattgestrichen hatten, über das Eichengeländer. Sie hatte rote Wangen und leuchtete vor Aufregung, die Vorfreude ließ ihre Augen golden funkeln, während sie ihn lange vor der üblichen Schlafenszeit die Treppe hinaufzog; er war gerührt und dachte bei sich, dass es ganz und gar ungewöhnlich war, sie so mutig zu erleben, als sie mitten auf dem Treppenabsatz stehen blieb und »ta-da!« rief. Sie hatte die Schmetterlinge umgehängt. Das Bild, das dort gehangen hatte – er konnte sich nicht einmal mehr erinnern –, hatte seine Umrisse auf der Tapete hinterlassen, die nun den kleineren Rahmen rahmten.

Sie wollte ihm eine Freude machen, und es war ihr gelungen; die Geste galt der Erinnerung an ihre eigene Romanze, und am liebsten wollte er sie auf den Arm nehmen, sie ist ja so klein und zart, dass er sie mühelos hochheben kann, er wollte sie auf den Arm nehmen und hinuntertragen und auf das Bärenfell legen, aber er tat es nicht.

# *Flagge*

Der arme Simon ist ausgelaugt und wie benommen nach dem endlos langen Nachmittag; die Klimaanlage hat ihn ausgekühlt, seine Kleidung ist klamm von Kaffeeschweiß, und seine Augen schmerzen vom Starren auf den Bildschirm. Wenn er den Blick hebt, hält der riesige, unbefleckte Himmel hinter den Bürofenstern keinen Trost für ihn bereit, der Fluss glitzert wie Glasscherben (oder Schnee oder Eis). Nein, er wird keinesfalls daran denken. Er wird nicht an kaltes Badewasser oder Bärenfelle oder Taschentücher denken, und auch nicht an rote Lippen; er wird nicht daran denken, nach Hause zu fahren, wo ihn ein Glas Wein und die Wärme einer Frau und einer Familie erwarten könnten, ein müder, wohlerzogener Junge, der aufgeblieben ist, um ihm gute Nacht zu sagen – besonders diesen letzten Gedanken weist er weit von sich, gnadenlos, nur um sich wieder mit dem kalten Badewasser konfrontiert zu sehen. Nein. Die Uhr in der Ecke des Bildschirms ist auf den Meridian geeicht – kein Spielraum für Irrtümer und zeigt 16:23 an Sein Handy, das parallel zur Schreibtischkante liegt, stimmt zu, aber Simon hat es seit über einer halben Stunde nicht mehr angeschaut.

Er rückt seine Brille zurecht und wendet sich den Skizzen zu. Ja, er bildet eine lange Parabel der Präzision, von den dunklen Augen durch die gekrümmte Schulter bis hin zu den flinken, sauberen Fingerspitzen, die übers Papier fahren. Er spitzt seine Aufmerksamkeit zu, alles Überflüssige fällt mit den Holzspänen ab, die er von der Graphitmine schabt. Frisch gespitzter Bleistift ist einer seiner Lieblingsgerüche, neben Pfefferminzblättern, Zedernholz, Anis und Geißblatt, das üppig im Garten blüht und in der Abenddämmerung die Motten anzieht. Aber in diesem Moment denkt er nicht an die Motten im Garten oder das Geißblatt. Nein, er wird nicht an sie denken, allein in dem Haus, wo der Staub sich wie Schnee in den Ecken sammelt, bis sie ebenso überfroren ist wie alle anderen Relikte, eine lebende Erinnerung an jenes erste Mal mit ihm; das endlose Strecken nach ihr, wieder und wieder seit damals, während sie sich immer weiter zurückzieht und er sie aus der Ferne betrachtet, immer auf ihre Auflösung gefasst …

Und an dieser Stelle, egal, wie sehr wir uns bemühen, mehr aus ihm herauszukitzeln, kommen seine Gedanken zu einem zögerlichen Halt. Denn jeder Liebesakt ist, im Rückblick, das Echo aller vorangegangenen Begegnungen. Gestern Nacht hat sich in nichts von jedem anderen Mal unterschieden, und obwohl er sie liebt und immer noch begehrt, spürt er bei jedem Eindringen dieses Zögern; letztendlich ist es das, worüber er sich nachzudenken verbietet, weil er sich vor der Antwort fürchtet. Jedes Mal erstarren ihre Glieder sekundenlang wie die eines panischen Tieres, jedes Mal, bevor sie sich dann hingibt, rein körperlich, und sich der Rest von ihr entzieht. Während er ihre Tiefen zu erkunden versucht, zieht sie sich weiter von ihm zurück, als er folgen kann. Es macht ihr nichts aus, das Licht brennen zu lassen, sie schließt einfach die Augen. Ja, sie löst sich auf, während sie sich fügt. Er kann sie nicht halten; selbst wenn ihre Finger sich in seinen Arm und seinen Rücken krallen und ihre Fersen über seine Hüften schrammen, selbst wenn sie ihn so fest umklammert hält, dass er manchmal blaue Flecken davonträgt, wenn er erstaunt sieht, wie sie den Kopf zurückwirft, geht sie ihm im selben Moment verloren, löst sich in Luft auf …

*Haut im Schnee, der sich unter dem Himmel erstreckt …*

Und wenn es vorbei ist und sie die Augen öffnet, sind ihre Pupillen vor Lust geweitet; dennoch bildet er sich manchmal ein, sie wären klein wie Stecknadelköpfe, so als wären sie gleißend hellem Licht ausgesetzt gewesen und müssten sich erst wieder an die schummrige Umgebung gewöhnen. So als wäre Julia irgendwo anders gewesen, draußen im Schnee.

Er liebt sie und will sie nicht betrügen, schon gar nicht mit einer Frau, die er, wie er sich einredet, kein bisschen begehrt. Trotzdem hat ihn genau diese Frau gestern angerufen, und wenn er ehrlich mit sich wäre, was er nicht ist, hätte er eingeräumt, eine glühende Lust verspürt zu haben; er ignorierte das Gefühl, willigte aber dennoch ein, sie zu treffen, weil es (redete er sich ein) einfach nur höflich wäre, es ihr ins Gesicht zu sagen. Die Abendstunde rückt näher, bis sie sich schließlich als unausweichlich erweist. Er ist müde und wünscht sich, er hätte nicht so schlecht geschlafen. Er weigert sich, an jenen einen feuchten, verbotenen Kuss zu denken, an unausgesprochene Gereiztheit und Schuldgefühle, an all jene Dinge, die ihn, weil er sich weigerte, darüber nachzudenken, nicht schlafen ließen. Er fühlt sich von allen Seiten bedrängt; er sitzt immer noch in der Arktis fest, von der er geträumt hat, er ist ein Gefangener der zerklüfteten, bitterkalten, harten, gefrorenen See, die ihn zerquetschen wird.

Er starrt aus dem Fenster, das die gesamte Raumseite zu seiner Linken einnimmt, über die Stadt hinaus. Eine beeindruckendere Aussicht kann man sich nicht wünschen, und heute funkelt alles in der Sonne. Heute ist der Blick besonders schön. Die Blätter sind mit grünem Licht gefüllt, und Westminster hebt sich blassgolden vom Himmel ab, der so tiefblau und so klar ist, dass das Hinsehen beinahe wehtut. Aber Simon betrachtet weder den Himmel noch die Bäume oder Türme, er hat nur Augen für den Fluss, und er sieht ein kaltes, graues Meer, auf dem knapp unterhalb der Platanen der Victoria Gardens absurderweise ein schwindelerregend hoher, massiver, überwältigender Eisberg in den Sommertag aufragt.

Simon kneift sich unter der Brille in den Nasenrücken. Als er die Augen wieder öffnet, sieht er nichts als die dreckige, alte Themse in der Sonne glitzern. Ein Traum von einem Eismeer … aber Simon träumt nicht. Er ist kein Mann, der träumt.

Er trinkt einen Schluck lauwarmen Kaffee und misst punktgenau. Er überprüft die Winkel. Er setzt das Kreuz. Er ist zweifellos sicher, die richtige Stelle markiert zu haben.

Sekundenlang muss er an eine Flagge im Schnee denken.

(Die Flagge, die zu setzen Julias Urgroßonkel verwehrt blieb, wurde ebenfalls mit ihm begraben, sechshundert Meilen vom Nordpol entfernt. Emily, die den Anforderungen ihrer Zeit in vielerlei Hinsicht nicht gewachsen war, hatte sich dennoch mit Nadel und Faden hingesetzt und zu nähen versucht, wobei sie ihre angestochenen Finger nur auf dem roten Kreuz der britischen Flagge abwischte und es gewissenhaft vermied, die weißen und blauen Stellen zu berühren.)

Ein letztes Mal reißt Simon sich zusammen. Er wird sich nicht von Träumen, Flaggen und Familienlegenden ablenken lassen, und schon gar nicht von immateriellen Dingen, von Küssen und ihren Folgen zum Beispiel. Ja, er hat den richtigen Punkt getroffen.

Was Julia (in liebevollem Ton) pingelig nennen würde, ist in Simons Augen nur richtig und wahrhaftig. Seit seiner beschwerlichen Kindheit liebt Simon den Ausgleich. Eine wohlstrukturierte Fassade ist von ganz eigener Anmut, ohne die jede Ornamentik zu hohler Schmeichelei verkommt. Eleganz ergibt sich aus unsichtbarer Tiefe und Stärke, so wie beispielsweise im Innern einer sonnendurchfluteten Kathedrale (ein Eisberg, der in der Sonne leuchtet) … Noch während er sich an den Gewissheiten seiner Arbeit erfreut, schlittert ein Satz über die

Oberfläche seiner Gedanken: Auf Schnee kann man nicht bauen. Simon formt die Worte kaum aus, aber nun, da wir sie entdeckt haben, sollten wir näher darauf eingehen. Welche greifbaren Spuren hat Edward Mackley der Welt hinterlassen? Wo steht das Gebäude, das von seiner Größe zeugt? Nirgendwo, es gibt keins, es gibt nur seine Leiche, die immer noch dort eingefroren liegt, wo man sie einst fand und zum zweiten Mal begrub, mehr als fünfzig Jahre nach seinem Tod.

# Vierter Teil

Norden:

(        )

Leer, weiß, unendlich und stumm, sieht man vom Schlürfen des Sommereises ab. Das Geräusch hat nichts mit dem Seufzen und Brüllen der dunkleren Monate gemein, sondern ist ein stetiges Tröpfeln, ein Rauschen aus Hunderten von Rinnsalen. Eine glatte Schicht bedeckt alles wie ein Überzug aus Glas. Unter der arktischen Sonne fallen keine Schatten. Man bekommt kein Gefühl für Raumtiefe, es gibt nichts als massive, feste Formen und dazwischen die schwarze See. Der Himmel ist beinahe weiß. Schauen Sie nicht hinauf, und lassen Sie Ihren Blick nirgendwo zu lange verweilen. Die Sonne strahlt aus allen Dingen; versuchen Sie, die Augen halb geschlossen zu halten, sonst wird das Licht Sie blenden.

Hinter dieser Küste liegt nichts als der ununterbrochene Ozean, und irgendwo darin der Pol. Auf dem Landweg kommen wir von hier aus nicht weiter; wäre Frühling, könnten wir übers Eis laufen. Nur sechshundert Meilen, die Länge der Britischen Inseln, bis zu jenem unsichtbaren Punkt im allgegenwärtigen Weiß; falls wir ihn erreichen, werden wir nichts davon merken. Wir werden die Position bestimmen und glauben müssen, dass wir genau gezielt und den richtigen Punkt getroffen haben. Sie wollen aufbrechen? Sechshundert Meilen aus verräterischem, blendendem, von schwarzen Rissen durchzogenem Weiß. Wenn man über das offene Wasser rudert – es ist eiskalt und unvorstellbar tief, ganze Gebirge ragen unter uns auf –, kann man nur hoffen, dass das Kajak beim Transport über das winterliche

Eis keinen Schaden genommen hat. Und dass keine Walrosse brüllend aus der Tiefe steigen. Stellt man sich auf die Schollen, läuft man Gefahr, dass sie zerbrechen oder noch hinter unseren Ausgangspunkt zurücktreiben. Das Eis wird sich vor uns teilen, gähnen und grinsend eine Fahrrinne entblößen; es wird uns täuschen. Die von der ständigen Sonne angehaltene Zeit wird schwinden. Es wäre zu leichtsinnig, den Versuch zu wagen. Es ist zu spät im Jahr.

Unter unseren Füßen klaffen zwei Höhlen, wo einst Edward Mackleys Augen saßen, in dem ledrigen Schädel, der bei der letzten Exhumierung noch eine gewisse Ähnlichkeit aufwies; auf ewig starren sie in die hoffnungslose Weite hinaus, der sein letzter Blick galt. Er war weiter gekommen als bis an diese Stelle; er war umgekehrt, um Festland zu suchen. An dieser Stelle kam er zur Ruhe, gerade als die Sonne sank, und er hoffte, den Winter zu überstehen. Hier wurde er begraben, ohne die Sonne noch einmal gesehen zu haben. Das Blechkreuz dort markiert die Stelle, es ist das vierte, ganz rechts. Darunter liegt er in einem provisorischen Sarg, der früher einmal das Kajak gewesen war, in dem er seiner Rettung entgegensegeln wollte. Als man ihn fand, ließ sich die Todesursache nicht mehr feststellen, seine Haut war schwarz, aber unverletzt, seine Innereien zu Matsch zerschmolzen. Hunger, Erschöpfung, Schuldgefühle. Enttäuschung und Versagen.

Als er viele Monate zuvor in See stach, als Emily ihm vom Kai aus nachwinkte, konnte er nicht ahnen, dass er hier enden würde. Er hatte gedacht, besser zu sein, großartiger.

## *Papiere*

Das Logbuch auf dem Schreibtisch bleibt offen an der Stelle aufgeschlagen liegen, die Julia zuletzt gelesen hat; jene Stelle mitten auf der Seite, an der eine unbeholfenere, weniger eloquente Stimme die Feder übernahm. Am letzten Tag im Februar des Jahres 1901 hinterließ der Kapitän der *Persephone* seinen letzten Eintrag. Er bereitete sich darauf vor, am nächsten Morgen zum Nordpol aufzubrechen, und er war zuversichtlich, sein Ziel zu erreichen und dem Schiff eine glückliche Heimkehr zu ermöglichen; man würde sich auf Franz-Joseph-Land wiedersehen und entweder gen Süden segeln oder notfalls einen weiteren Winter im Eis verbringen. Er war überzeugt, der Polarstrom würde sie dem Atlantik entgegentragen. Er vertraute das Schiff, das Logbuch und das Leben der Männer dem letzten an Bord verbliebenen Engländer an, einem Offizier der Royal Navy namens Raymond Parkes (ein melancholischer Mensch, der den größten Teil der Fahrt als Einzelgänger bestritten hatte und von Edward bislang kaum erwähnt worden war; mitten im nächsten langen Winter hängte er sich in seiner Kajüte auf und wurde an Bord zurückgelassen, in jenem Sarg, in dem man seinen Leichnam nach Haus hatte bringen wollen). Am Vorabend des Aufbruchs hielt Edward eine letzte Ansprache. Er dankte seinen Männern für ihren Einsatz, für ihren frohen Mut und ihr Können und versicherte ihnen ein weiteres Mal, er werde nicht umkehren. Er erinnerte die für den Marsch auserwählten Gefährten daran, dass es keine Schande und jedem Einzelnen freigestellt war, unterwegs aufzugeben; denn wenn es sein müsse, würde er allein weitergehen.

Am ersten März brachen Edward und fünf seiner Männer auf, den Nordpol zu finden. Auf diesen Moment hatte er zwei lange Winter und einen Sommer gewartet, ja, er hatte das Gefühl, sein ganzes Leben gewartet zu haben. Sie hatten Monate damit zugebracht, Kajaks, Schlitten und Proviant vorzubereiten. Vieles hatte er sich von Nansen abgeschaut, beispielsweise brach er mit der britischen Tradition, indem er Hundeschlitten einsetzte; er wägte lange ab und traf alle erdenklichen Vorsichtsmaßnahmen, berechnete Gewichte und Kapazitäten. Trotzdem blieb eine Konstante bestehen, die über Gedeih und Verderb der Expedition entscheiden würde: Er würde nicht umkehren. Sechs unerschrockene Männer brachen auf, den Pol zu finden. Keiner kam zurück, von keinem hörte man jemals wieder.

Im Herbst des darauffolgenden Jahres wurden vier norwegische Matrosen, Überlebende einer verzweifelten Gruppe, die die eingefrorene *Persephone* drei Monate zuvor verlassen hatte, am Strand von Spitzbergen von einem russischen Walfänger aufgelesen, erschöpft, halb erfroren und kaum noch am Leben. Sie hatten Zehen, Finger, Kameraden und fast alle Hoffnung verloren. Das verlassene Schiff mit dem Leichnam des stellvertretenden Kapitäns im Lagerraum wurde nie gefunden.

Man wärmte und badete sie, kleidete sie ein und gab ihnen zu essen. Zum ersten Mal seit zwei Jahren aßen sie weiches Weißbrot, rauchten echten Tabak und tranken Ale, als wäre es Nektar. Man erzählte ihnen, dass im Heimatland ihres Kapitäns ein neuer Monarch den Thron bestiegen hatte; sie tranken auf König Edward, und wieder und wieder auf ihren Kapitän, der nicht zurückgekehrt war. Während der harten, mühseligen Monate, während ihres verbissenen Kampfes durch Schnee und knackendes Eis und schlickiges Salzwasser hatten sie sich ausgemalt, wie der mutige englische Offizier den Union Jack neben der Flagge ihres Heimatlandes auf den Pol pflanzen würde. Aber nun erfuhren sie, dass er nicht triumphiert hatte, dass niemand mehr von ihm gehört hatte, seit er das Schiff im Jahr zuvor verlassen hatte. Deswegen tranken sie auf seine Heimat, auf seinen König, mit Tränen in den entzündeten Augen tranken sie auf Edward Mackley. Auf der dritten Seite der *Times* wurde ein Foto abgedruckt; den Familiendokumenten liegt eine sorgsam geglättete, vergilbte Ausgabe bei, vermutlich jene, die der ahnungslose Butler wie jeden Morgen auf Johns Schreibtisch legte, als die Tinte so frisch wie das Frühstücksbrot war.

»Vier Norweger wurden in Spitzbergen gefunden«, sagt John Mackley zu seiner Schwägerin. Er steht auf der Schwelle zum Frühstückszimmer. »Im Frühling haben sie die *Persephone* verlassen.«

Abgespannt und verweint schaut Emily von ihrer Lektüre auf.

Nein. So kann es nicht gewesen sein; sie kann unmöglich seit dem Tag seiner Abreise geweint haben, nicht die ganze Zeit, während Edward gegen den Schnee kämpfte und verlor. Julia weiß, auch Emily war nobel und stark. Aus den Jahren, die in aller Stille im Haus verstrichen, sind so gut wie keine Berichte erhalten, und man kann nicht sagen, wie Edwards Frau während seiner Abwesenheit lebte; aber eine Frau lebt nicht von Sehnsucht allein. Ihre Langmut, auf die ihr Mann vertraute, muss ihr geholfen haben; irgendwie muss sie eine Möglichkeit gefunden haben, die Zeit zu überstehen.

Emily schaut also von ihrer Lektüre auf.

»Und Edward?«

»War nicht dabei. Emily …« John tritt ein und zieht die Tür hinter sich zu. In einer Hand hält er die Zeitung, die andere streckt er im Gehen aus, wie um Emily zu trösten, aber dann weiß er nicht weiter und lässt sie auf eine Stuhllehne sinken, als sei das von vornherein seine Absicht gewesen.

»Edward hat das Schiff wie geplant letztes Jahr im März verlassen, um sich zu Fuß dem Pol zu nähern.«

»Und er ist nicht zurückgekommen?«

»Nein.«

Emily schweigt und starrt an ihm vorbei in eine Ferne hinaus, die er nicht ermessen kann.

*Alles ist gleich weit entfernt, alles ist so weit von mir entfernt wie er, und ich werde mich über die Distanz strecken, bis er zurückkehrt. Ich bin friedlich und werde nicht weinen. Ich warte.*

»Es tut mir so leid.«

Der Klang ihrer eigenen Stimme reißt sie aus ihrem Traum. »Haben sie Neuigkeiten, diese Norweger? Wissen sie etwas von ihm?«

»Sie haben am Treffpunkt gewartet, aber Edward ist nicht gekommen. Sie hatten Anweisung zu segeln, bevor der Winter einbricht. Sie waren zu weit nach Norden abgetrieben, das Schiff wurde wieder im Eis eingeschlossen und kam selbst im Frühling nicht frei. Ihre Vorräte gingen zur Neige, und der Mann, dem Edward das Kommando übertragen hatte … wurde krank. Er ist gestorben.« Während er spricht, überfliegt John den Text, er ist froh über die Papierbarriere aus schlichten, überlieferten Tatsachen. »Sie waren gezwungen, das Schiff zu verlassen. Eine Gruppe von zwölf Männern brach auf, Hilfe zu holen. Sie fürchteten, das Schiff würde bald zermalmt werden.«

»Zwölf?«

»Acht kamen um.«

»Gott hab sie selig«, sagt Emily, die nicht an Gott glaubt. Und vielleicht wendet sie sich dann wieder ihrem Buch zu …

Tatsächlich ist Emilys erste Reaktion, deren Bedeutung Julia gar nicht erahnen kann, nicht überliefert. Aber alles zu seiner Zeit. Was Julia weiß, was überliefert wurde, ist Folgendes: Im Laufe des Monats, der auf die Nachricht in der *Times* folgte – NORWEGISCHER TRUPP IN SPITZBERGEN GEFUNDEN –, band Emily ihre Briefe aus drei Jahren mit einem schwarzen Satinband zusammen und verstaute sie in ihrem Schreibtisch; sie erledigte Pflichtbesuche bei den Nachbarn; sie mottete Röcke und Pelze ein; sie bestellte einen großen Stapel Bücher – Naturgeschichte, Lyrik, französische Romane, Gibbon, Walter Scott – und legte sich dann fast ein Jahr lang ins Bett. Julia scheint es möglich, sich diese Zeit als einen einzigen verschlafenen Vormittag vorzustellen, den man ausgestreckt auf kühlen, weißen Laken und mit Blick auf das Zuckerbäckermuster der Stuckrosette unter der Decke verbringt – träumte sie doch selbst als Mädchen stundenlang in diesem Zimmer vor sich hin. Damals war die Zeit so mühelos verstrichen, so unbemerkt, zumindest denkt Julia das heute, wo die Jahre vorbeirauschen und es ihr trotzdem schwerfällt, den langen Tag zu füllen. So stellt sie sich Emilys blinden Dämmerzustand des Nichtwartens und Nichttrauerns vor.

Wie auch immer die Zeit verging, es ist bekannt, dass Emily an einem Morgen des Jahres 1903, kurz nach der Sommersonnenwende (vier Jahre zuvor hatte sie sich von Edward verabschiedet) aufwachte – vielleicht, weil ihr neugeborener Neffe im Kinderzimmer über ihr schrie oder weil der Traum von ihrem verwesenden Geliebten sie quälte oder vielleicht auch nur wegen der Vögel, die am Fenster saßen; was immer sie geweckt hatte, sie stand auf, kleidete sich an und erschien, leicht nach den Mottenkugeln riechend, die zwischen ihren Kleidern gelegen hatten, am Frühstückstisch. Ja, sagte sie, gern nehme sie ein Ei, und etwas Toast dazu. Ja, es gehe ihr schon besser, vielen Dank. Nein, die Hoffnung habe sie nicht aufgegeben. Sie könne warten. Und so wartete sie. Sie musterte allen Putz aus und trug nur noch nüchternes Dunkelblau und Taubengrau (aber nie Schwarz, in ihrem ganzen Leben nicht). Sie öffnete die Schublade niemals wieder, und ihre Briefe blieben ungelesen, bis Tante Helen das Bündel nach ihrem Tod aufschnürte; beim Auseinanderfallen gab es einen letzten Hauch von Rosenduft ab, sorgsam eingeschlossen für mehr als fünfzig Jahre und herb geworden.

Was war mit Edward passiert? Ganz England stellte sich diese Frage, ein oder zwei Jahre lang. Dann begann es zu vergessen, und im Jahre 1909 erreichte ein Amerikaner den Nordpol, so dass auch das letzte Interesse an einer britischen Expedition verflog. Das Jahrhundert wurde älter und focht seine Kriege und Revolutionen ohne ihn aus. Und dann, im Jahre 1959, wurde sein Leichnam, nach dem seit Jahrzehnten niemand mehr gesucht hatte, gefunden. Und auch das Tagebuch, das er geführt hatte und das nun auf der ersten Seite aufgeschlagen auf Julias Schoß liegt, während sie an seiner Seite in See sticht:

»Ich schaute in den Morgen hinaus, der erste Märzmorgen des Jahres (1901), und entdeckte einen der ersten Sonnenaufgänge des Jahres und des neuen Jahrhunderts; nie habe ich das Eis so ergreifend schön und leer gesehen. An den flachen Graten sammeln sich blaue Schatten, und der Himmel ist bleich. Nun scheint unser Ziel nicht mehr weit, und dann wird es nicht mehr lange sein, bis wir wieder zu Hause sind, meine Liebe, und du mir berichten wirst, was sich in meiner Abwesenheit zugetragen hat. Zu zweit wollen wir planen, was die nächsten hundert Jahre bringen mögen.«

Der erste Eintrag, verfasst am ersten Abend draußen auf dem Eis, im warmen Zelt, nach dem Essen. Sie tranken Champagner, stießen auf den Nordpol und den letzten Luxus an. Das Tagebuch, das man in einer Blechbüchse neben Edwards Leiche fand, unterscheidet sich sehr vom offiziellen Logbuch des Schiffs, dessen Führung er Parkes übertragen hatte und das von den getreuen Überlebenden der *Persephone* nach England zurückgebracht wurde. Sein Tagebuch legt Zeugnis ab von seinen besten Eigenschaften; er schrieb gegen den Verlust des Mannes an, der er war, des Ehegatten und Helden; diese Stimme ist es, die Julia hört, wenn sie ihm nachlauscht. Als sie und Miranda Kinder waren, hatte Tante Helen ihnen aus dem Tagebuch und aus dem Logbuch vorgelesen, und als kluge Herausgeberin erschuf sie das Abenteuer, indem sie den Mädchen die ereignislosen Tage, die Wetterberichte, das Navigieren, Schaufeln und Aussingen ersparte und ausreichend grausige Details einflocht, um die Geschichte spannend zu machen. So kam es, dass Julia, die mit der Geschichte vertraut ist, seit sie denken kann, und sie sich, im Bett zusammengerollt oder vor dem Kaminfeuer, immer weiter ausgeschmückt hat, nie nachvollziehen konnte, wie es für Emily war, so viele Jahre im Ungewissen zu leben, oder was es bedeutete, nach dem langen Warten die Wahrheit zu erfahren. In Julias Augen ist Edward immer vollständig gewesen und seine Worte so vertraut, dass sie kaum auf den Text schauen muss; für sie ist er bis zum Ende ein Held geblieben. Tante Helen hingegen hatte das Tagebuch wieder und wieder Emily vorlesen müssen, deren Augen inzwischen milchweiß getrübt waren und die jahrzehntelang nichts über den Mann gewusst hatte, zu dem Edward am Ende geworden war. Emily zuliebe wurde nichts unterschlagen, es gab keine Beschönigungen oder Streichungen. Die Ehefrau, die zu lange gewartet hatte, um weitere Unterschlagungen ertragen zu können, trieb Helen unablässig voran, durch alles Leid hindurch. Sie wollte den Schatten, der sie durch ihr Leben begleitet hatte, wenigstens jetzt Fleisch und Blut werden lassen.

Edward hatte geplant, nach seiner Rückkehr eine überarbeitete, offizielle Version herauszugeben, aus der alle Spuren übergroßer Sentimentalität (und auch Verzweiflung) getilgt wären. Wenn er scheiterte, würde es irgendjemand finden, oder auch nicht, aber ihn musste es dann nicht mehr kümmern. Und falls es jemals gefunden wurde, wollte er seine Emily wissen lassen, wie sehr er sie liebte; das schmale Büchlein mit dem Ledereinband ist nichts anderes als eine lange Ansprache an die wartende Frau, und es ließe sich mühelos mit den Hunderten von Briefen aufwiegen, die sie ihm schrieb. Edward konnte nicht ahnen, dass sein Tagebuch eines Tages in den Besitz seiner Urgroßnichte gelangen würde, dass Augen wie die von Emily an einem prächtigen Sommernachmittag, wie er ihn sich in der arktischen Nacht erträumte, die Seiten überfliegen würden. Sein Leben liegt in ihren Händen – starken, langen Händen, Händen wie die von Emily. Sie will der Aufgabe gerecht werden, es darf keine Unterschlagungen geben – aber was ist mit den Lücken? Hat sie das Recht, etwas dazuzuerfinden?

Der Zwilling des Tagebuchs, jenes Bändchen, das er Emily zum Geschenk machte, ist seltsamerweise leer, sieht man von jenem Gedicht ab, das er hineinschrieb; auf der nächsten Seite findet sich ein Eintrag in Emilys Handschrift, undatiert und unvollendet, so als sei sie unterbrochen worden: »Edward, was wirst du von mir denken? Ich kann nicht mehr ohne …« Tante Helen schenkte Julia das Buch zum sechzehnten Geburtstag; wie sehr wünschte sie sich, das Ende des Satzes zu erfahren, wie sehr sehnte sie sich danach, sich die restlichen Seiten anzueignen. Aber jede beschriebene Seite wäre Verschwendung, jede einzelne Zeile würde die leere Perfektion der unendlichen Möglichkeiten mindern. Julia besitzt das leere Büchlein immer noch.

# *Zelt*

Julia schickt sich auf die weiße Ebene hinaus, die seine Geschichte über ein halbes Jahrhundert lang verschlucken sollte. Manche Seiten des Tagebuchs tragen Tropfspuren mit blass verwässerter Tinte, und am Ende lässt sich an manchen Stellen nur noch ein Hauch von Bleistift erkennen. Aber sie blättert geduldig weiter und versucht trotz der unleserlichen Passagen, die Wörter zu entziffern. Uns bleibt es frei, Mutmaßungen anzustellen, wohingegen die auf der *chaise* ausgestreckte Julia gegen die verinnerlichte Legende ankämpfen und sich redlich bemühen muss, der Wahrheit treu zu bleiben.

Edward brach ins Ungewisse auf. Ohne Zweifel, beherzt und sicheren Schritts betrat er den Schnee, der ihn begraben sollte.

Die ersten Vormittage marschierten sie im Halbdunkel und im blassen Zwielicht, bis die kaum aufgegangene Sonne schon wieder versank. Gegen Ende des Monats war es morgens, wenn sie aufwachten, beinahe hell. Sie wechselten sich auf den Schlitten ab, ließen sich von der atemberaubend schönen Landschaft und vom violetten Leuchten der langen Abenddämmerung hinreißen, jagten auf den von Hunden gezogenen Streitwagen dem Triumph entgegen. Auf den glatten Eisflächen war die Meute schnell und unermüdlich, und die Männer kamen mit ihren Schneeschuhen scheinbar mühelos voran. In diesem Tempo würden sie ihr Ziel jeden Augenblick erreichen; inzwischen waren sie dem Gipfel der Welt näher, als jeder Mensch vor ihnen es je gewesen war, wie Götter durchschritten sie das prächtige Land des reinen Lichts.

Während der ersten Wochen kamen sie gut voran. Sie hatten Glück: Die Luft blieb klar, und das Eis trug. Kamen sie an eine enge Rinne, setzten die Schlitten leicht darüber hinweg. An guten Tagen legten sie neun oder zehn Meilen zurück, stapften durch unebenes Terrain, trugen die Schlitten, wo die Hunde sie nicht ziehen konnten und sprachen kaum, um in der dünnen Luft bei Puste zu bleiben. Sie waren darauf bedacht, sich nicht zu überanstrengen, denn trotz der stetig steigenden Sonne war es so bitterkalt, dass der Schweiß auf ihrer Haut gefror; andererseits mussten sie in Bewegung bleiben, um nicht auszukühlen. Während eines Zehnstundenmarsches legten sie zwei Pausen von jeweils fünf Minuten ein, um herumzustampfen und mit den Fausthandschuhen ungeschickt die Schokolade zu halten, die das Frieren lindern sollte. Wenn sie sich abends mit bleischweren Gliedern und Schmerzen in Armen, Beinen und Schultern hinlegten, war ihr wohlverdienter Schlaf so tief und traumlos wie der von erschöpften Kindern.

Sie hatten ein leichtes, widerstandsfähiges Seidenzelt dabei, rund und groß genug, um in der Mitte einen Brenner aufzustellen, um den sich die sechs Männer in drei Doppelschlafsäcken betteten. Die Vorzüge der geteilten Körperwärme hatten längst über das englische Schamgefühl gesiegt. Freely und Edward waren alte Bettgenossen; Hugh Compton-Hill, der Diplomatensohn, wurde zuerst Nordahl zugeteilt, letztlich zeigte aber nur der sanfte Dr. Wilkinson dem unruhigen, murmelnden Schläfer gegenüber die nötige Nachsicht – ehrlich gesagt fühlte der gute Doktor sich an seine Frau erinnert, und nach Monaten allein in einer schmalen Koje, die ihm verschwenderisch groß erschienen war, fand er es seltsam tröstlich, endlich wieder im Schlaf gestört zu werden. So zwängten sich Nordahl und Andreev, die größten und phlegmatischsten der Männer, in den letzten verbliebenen Sack, um reglos nebeneinanderzuliegen wie zwei Marmorkönige auf einem Sarkophag. Es sah aus, als lägen sie für das Monument Modell, das sie verdienten, aber, ach, nie bekommen würden. Edward wurde von tapferen Gefährten begleitet – und von einem Jungen, den mitzunehmen er gezwungen gewesen war.

Jeden Abend, wenn die Sonne den Horizont färbte, wurde haltgemacht und das Zelt aufgeschlagen, dessen Seidenwände im Licht so rot glühten wie der Schnee. Während Andreev die Hunde versorgte, sicherten die Männer die Schlitten und befestigten das Zelt, so dass sie an klaren Abenden vierzig Minuten später hineinkriechen konnten. Sie stiegen in die Schlafsäcke und warteten darauf, dass ihre Kleider auftauten. Der Stoff, steif von Eis, knackte und knirschte bei jeder Bewegung, und es dauerte eine Stunde oder länger, bis sie sich aufgewärmt hatten. Als sie sich wieder bewegen konnten, machten sie sich daran, das Abendessen zu kochen; nach den üppigen Mahlzeiten auf der *Persephone* erschien ihnen das schlichte, eintönige Menü aus erhitzter Dosennahrung männlich und spartanisch. Nachts schliefen sie in der nassen Kleidung und trockneten das durchweichte Wollfutter ihrer Stiefel, die sie sich wie Kompressen auf die Brust legten, allein durch ihre Körperwärme; sie waren so erschöpft, dass sie ihr Unbehagen kaum spürten.

Die Tage unterschieden sich nur durch die wechselnde Beschaffenheit von Licht und Eis, durch sich ballende oder sich auflösende Wolken, die Dicke der Luft und die Tiefe des Schnees. Edwards Tagebuch beinhaltet eine Auflistung sorgfältig erhobener Daten, darunter die Kalkulation der Essensrationen und Abmessungen der Eisformationen, die sich ringsum erhoben und größer waren als alles, was sie bislang vom Schiff aus gesehen hatten oder sich vorstellen konnten, »große Monumente und Tempel, wie sie die Götter leichthin und zu ihrer eigenen Ehre aus dem Boden stampfen«. Und zwischen den Zeilen sprach er von Stolz und Liebe, vom kommenden Triumph und der sicheren Heimkehr. Jeder Eintrag beginnt mit der entscheidenden Information: wie weit nördlich? Abgesehen davon sind alle Tage gleich, nur die Zahl steigt stetig die Achtziger hinauf – die erste und wichtigste Aufzeichnung, ohne Ausnahme. Der Wert hat oberste Priorität, so dass ihm selbst die ungewöhnlichsten Ereignisse nachgestellt werden wie unwichtige Fußnoten. Zum Beispiel am achtundzwanzigsten März: »85° 72' N. Bald werden wir den sechsundachtzigsten Breitengrad erreichen; wir kommen schnell voran«, und dann: »Gestern Nacht hat uns ein riesiger Eisbär angegriffen. Außer einem Hund wurde niemand verletzt; heute gab es ein Festmahl.«

Die Mädchen liebten die Bärenanekdote. Julias Vater kroch knurrend im Zelt herum, während die Schwestern sich erschreckt aneinander festklammerten und lachten, bis sie sich fast in die Hose pinkelten. In den ersten Versionen fehlten die Einzelheiten der Bluttat, aber eines sommerlichen Abends am Lagerfeuer entschied Tante Helen, die Kinder seien nun alt genug, die Wahrheit zu hören; und als sie das wohlige Gruseln in den schmalen, blassen Gesichtern sah, wusste sie, dass sie wieder einmal richtig gelegen hatte.

Edward und seine Männer schwitzten, dampften im Zelt in der eigenen Körperwärme vor sich hin und rissen derbe Witze, die nicht überliefert sind (da sie nach Edwards Einschätzung keinen geeigneten Nachlass abgeben würden, weder für seine Frau noch für die Welt). Eines Abends gebot ihnen Anton Andreev mit erhobener Hand Einhalt. Die Geste war für ihn, der nur selten mit seinem kurzen, gutmütigen Lachen in ihr Gewieher einfiel, so ungewöhnlich, dass alle augenblicklich verstummten.

»Hört. Das ist Anna.«

Sie lauschten. Es war windstill und außer verhaltenem Atmen kein Laut zu hören; keine Blätter hinter dem Fenster, kein vertraut knarrendes Haus, kein Eulenschrei. Nur das unendliche, geduldige Schweigen der Arktis. Sie wurden nervös; immerhin war das Zelt, ein warmes, leuchtendes Rund der Solidarität, sehr klein, sehr einsam, der Stoff sehr dünn. Sie setzten sich kerzengerade auf, und die Minuten strichen wie Stunden des absoluten Schweigens vorbei, bis Compton-Hill als Erster aufgab und lachte.

»Was hat sie denn gesagt, alter Junge? Weißt du, du wirst es übersetzen müssen. Wir sprechen kein Russisch – und Hündisch auch nicht.«

»Hört«, wiederholte Andreev. Der orange Feuerschein des Brenners ließ seine Züge hart hervortreten und die Augen unter den dunklen Brauen glühen. Und dann hörten sie es auch: ein Winseln, leise, aber unverkennbar. Und wieder.

»Anton, sie träumen von der Hasenjagd«, sagte Edward, um seine Männer, deren Angst ihm von hinten über den Schädel kroch, zu beruhigen.

»Nein. Sie schlafen nicht.«

Edward wich dem Blick des Russen nicht aus. »Nein«, sagte er. So vorsichtig, wie es ihm auf dem engen Raum möglich war, kroch er aus dem Schlafsack, wobei er Freely zurückhielt und Andreev ein Zeichen machte, ihm zu folgen. Und dann zerriss Gebell die Nacht: ein ohrenbetäubender, panischer Lärm, der ihnen bedrohlich nah war. Die Männer im Zelt erstarrten. Edwards und Andreevs Blicke trafen sich, und sie machten sich eilig und lautlos daran, in die Stiefel zu steigen und die Gewehre zu laden. Das Toben der Meute legte sich zu einem Knurren, als sie die Plane zurückschlugen. Als ihre Augen sich an das spärliche Licht des Neumonds gewöhnt hatten, sahen sie die Zerstörung, die angespannten Leinen und das geifernde Rudel; alle Hunde knurrten leise und hielten die Schnauze auf den Endpunkt einer dunklen Spur im Schnee gerichtet. Kaum zwanzig Schritt entfernt wurde einer ihrer Artgenossen von mächtigen Pranken in den Schnee gedrückt. Als die Männer sich zeigten, hob der Bär kurz die blutverschmierte Schnauze, entschied, dass ihm noch genug Zeit bliebe, und wandte sich in aller Ruhe wieder seinem Mahl zu. Sie waren nah genug, um das leise Schmatzen und das Reißen von Knorpeln zu hören. Nah genug für einen guten, sauberen Schuss.

Bärenfleisch ist eine Delikatesse für all jene, die sich weit genug in den Norden hinaufwagen, um es zu kosten. Andreev trauerte um den toten Hund, Yerik, einen alten Gefährten; aber vielleicht versüßte ihm die Rache an jenem Tag das Essen ganz besonders.

Anfang April setzte leichter Schneefall ein; die Luft ringsum schien sich zu verdichten und schloss sich zu einem blassgrauen Nebel zusammen, der ebenso undurchsichtig war wie der Schnee zu ihren Füßen. Sie konnten erst den Horizont und dann die Hand vor Augen nicht mehr erkennen. Alle Schatten und Umrisse verschwammen. Sie sahen sich gezwungen, Kundschafter ohne Schlitten auszuschicken, um den Weg zu finden; jeder unbedachte Schritt könnte sie an eine Eiswand prallen oder in eine Wasserrinne fallen lassen. Mehrfach liefen sie vor und zurück, um den Trupp beisammenzuhalten, sie verloren die Orientierung und wurden täglich frustrierter und langsamer, weil sie bei jedem Schritt das Gewicht des in die Kleider eingefrorenen Wassers mitschleppten wie die Landschaft selbst. Kleine, zarte Kristalle sammelten sich im Stoff, in ihren Augenbrauen und Nasenlöchern. Von vorn überzog sie der Frost, gegen den sie anmarschierten, ihre Rückseite dagegen blieb graubraun, so dass sie aussahen wie aus Pappe ausgeschnittene Figuren auf einer Spielzeuglandschaft. Die Flocken wurden stündlich dicker.

Windstöße und das ständige Blinzeln wirkten zusammen, bis sie nichts mehr sahen; ihre Köpfe waren so dick verpackt, dass sie kaum etwas hören konnten, und als Dr. Wilkinson, der das

Schlusslicht bildete, mit einem Fuß in einer unsichtbaren, mit Schneematsch gefüllten Eisspalte versank, nahmen sie sein Rufen erst wahr, als sie bereits dreißig Schritte weiter waren. Ein schwaches, menschliches, einsames Klagen im Schneesturm. Im hilflosen Zeitlupentempo eines Träumers liefen sie zurück, um ihn herauszuziehen; er sei, wie er sagte, unverletzt, habe nur keinen Halt gefunden, um sich selbst zu befreien; seine Hose gefror so schnell, dass sein Bein von der Kälte kaum berührt wurde. Aber nun konnte Edward die Augen nicht mehr vor der Wahrheit verschließen; es war zu riskant, weiterzugehen. Sie schlugen das Lager auf, lösten mit tauben Händen die gefrorenen Knoten, kämpften sich im eisigen Wind zwei Stunden mit Schlitten und Zelt ab, krochen hinein und beschlossen, den Sturm auszusitzen.

Zwei Nächte brachten sie in ungewohnter, stickiger Nähe zu, und das Zelt schneite ein, bis weder Licht noch Geräusche durchdringen konnten. Alle paar Stunden sahen sie abwechselnd nach dem Wetter und konnten ihren Gefährten doch nur jedes Mal dasselbe berichten: bodenlose, zweidimensionale, erstickende, weiße Leere. Zur Bestimmung ihrer Position waren sie auf Sonne oder Sterne angewiesen, was zur allgemeinen Enttäuschung beitrug; sie konnten überall und nirgends sein. Die Hunde in ihrem provisorischen Unterstand schmiegten sich aneinander und schliefen Tag und Nacht, und auch die Männer, deren Puls und Atmung sich im Dämmerlicht verlangsamten, fühlten sich versucht, einen Winterschlaf zu halten.

Am zweiten Tag schreckte Edward sich selbst und die anderen mit einem Schrei aus dem Schlaf auf. Sofort senkte sich wieder drückendes Schweigen auf sie nieder, aber sein Ruf hallte in ihren Köpfen nach, als sie in den trüben Dämmerzustand zurücksanken. Wie er später schrieb, hatte er von der »entsetzlichen, irren Tat eines Verrückten« geträumt, »die ich nicht wiedergeben kann aus Angst, als ein solcher verurteilt zu werden.

Wir müssen bald aufbrechen. Wir verlieren Zeit. Der Schnee wird uns verschlingen.« Er, der schon als Kind ein schlechter Schläfer gewesen war, wurde nun den ganzen abgeschotteten Tag lang von seinem blutbesudelten Albtraum verfolgt. Als es dunkel wurde, lag er mit weit aufgerissenen Augen neben Freely und wartete auf die Morgendämmerung, die ihm eine Stunde unruhigen Schlafs schenkte.

Als er am dritten Tag aufwachte, sah er, dass sie noch einmal davongekommen waren. Neues Licht drang durch die Zeltwände. Edward schlug die Augen unter den leuchtenden Seidenbahnen auf und musste an die Markisen des heimatlichen Jahrmarkts denken, und er malte sich aus, wie er sich nach Verlassen des Zelts in einem gepflegten Park wiederfände, auf einem akkurat gestutzten, grünen Rasen voller Damen in langen Röcken, die Sonnenschirmchen schwenkten und angesichts seines bärtigen, ölverschmierten Gesichts erschreckt zurückwichen. Er lachte über sich selbst und weckte die Männer, die im ersten Moment fürchteten, einen weiteren Hinweis auf seinen bedenklichen Geisteszustand zu erhalten. Aber dann sahen sie selbst, dass die Sonne wieder schien, und alle drängten ins Freie. Das Zelt lag halb unter Schnee begraben und war Teil der neuen, gleißend hellen Landschaft geworden, die sich unter dem gnädigen, blauen Himmel und im herrlichsten Licht der Welt erstreckte wie ein weißer Garten Eden.

Julia schaut durchs Dachbodenfenster in den Himmel, so tief und blau, dass Wolken unvorstellbar scheinen, und während sich über ihr die Hitze des Sommertages zusammenballt, spürt sie, wie ihre Gedanken aufsteigen und sich ausdehnen und Edwards Freude ihren Körper ergreift.

## *Eis*

So wie es fast unmöglich ist, an einem Tag wie heute an Wollpullover oder prasselndes Kaminfeuer zu denken, hatte Edward nach den vielen Monaten im Norden und dem langen Marsch durch den eisigen Wind keine Vorstellung von Hitze mehr. Der Gedanke, mit einem leichten Sommeranzug bekleidet im Garten des Bruders zu stehen und an einem gekühlten Drink zu nippen, mutete wie ein exotisches Abenteuer an, das er unmöglich selbst erlebt haben konnte. Die Vorstellung, seine Haut an der freien Luft zu entblößen, erschien ihm absurd. Er konnte sich seine Hände kaum noch ohne Handschuhe vorstellen. Es fiel ihm zunehmend schwer, sich vorzustellen, Emilys Hände in seinen zu halten und ihre langen Finger zwischen den seinen zu spüren.

Hugh Compton-Hill beklagte sich über sein erfrorenes Kinn; es sei zu taub, als dass er noch richtig sprechen könne. Nordahl schlug ihm vor, doch einfach den Mund zu halten und seine Energien auf seinen Bartwuchs zu lenken, der das Kinn bedecken möge. Nordahls Bart, der von Beginn an imponierend gewesen war, hatte sich zu einem dichten, dunkelroten Gestrüpp ausgewachsen, das er zur Belustigung der anderen nach Wikingermanier flocht. Auf den ersten Blick hätte Emily ihren Edward nicht wiedererkannt; seine immer akkurat gestutzten Koteletten und sein Schnurrbart waren ausgeufert und hatten sich zu einem Bart ausgeweitet, der am Kinn spitz zulief und ihn aussehen ließ wie einen ungepflegten Mephisto. »Du würdest mich für einen Piraten halten und mich deinen Freibeuter nennen«, schreibt er. Als sie es sechzig Jahre später hört, entlockt es ihr ein tränennasses Kichern; nun glich er vollends dem Dichter, der er nicht war.

Der vom schwachen Seitenwind getriebene Schnee überformte und glättete sich und schob sich zu geriffeltem, blau schattiertem Zuckerguss zusammen. *Sastrugi*: Der Russe lehrte Edward das Wort. Mit der Messerklinge geformt. So stellte er sich die Wüste vor, ähnlich der riesigen Sandrose, die er im British Museum gesehen hatte. Noch nie hatte er ein warmes Land bereist (und er konnte sich unter Wärme nichts mehr vorstellen). Wie wunderschön, dachte er, als sie vor dem Zelt standen und ratlos auf die wohlgeformte Oberfläche blickten. Wie ein starrer Ozean mit Wellenkronen und glatten Stellen, in Kuhlen gefangenem Licht und dunkelblauen Schattenpfützen, mit rosenroten, in durchscheinende Eisbögen eingefrorenen Regenbögen und Schneewellen, die kurz vor dem Brechen innehielten und eine Röhre bildeten, in die er am liebsten hineingekrochen wäre. Eine solche Landschaft ist in der Tat wunderschön, aber sie ist auch tückisch und fast unmöglich zu durchqueren. Stundenlang mühten sie sich auf der buckligen Ebene ab, versanken in scheinbar festen Schneewehen und zogen die Schlitten über verhärtete Eiskanten, die nicht nachgeben wollten und die Fahrzeuge umkippen ließen. Wenn es möglich war, die Schlitten als Brücke über eine Gletscherspalte zu legen, mussten die Hunde als verdrießliche Prozession einer nach dem anderen hinübergescheucht werden. Eines Nachmittags blieb die Meute grundlos stehen und weigerte sich, weiterzulaufen. Als die Peitsche knallte, trotteten die Hunde einige Schritte vorwärts, nur um sich stur wieder hinzusetzen; es dauerte eine Stunde, bis sie sich zum Weiterlaufen bewegen ließen. Der mürrische Boris zog einen Lauf nach und schleppte sich als Letzter hinterher, woraufhin man beschloss, ihn am Abend an die Meute zu verfüttern. Die Hunde wurden weniger, sie wurden immer dünner und aus ihrem Blick sprach quälender Hunger. Es war von

Anfang an Edwards Plan gewesen, ihre Zahl zu verringern, je leichter die Schlitten wurden, und sie vom Fleisch ihrer Artgenossen zu ernähren. Wenn ein Tier zu schwach wurde, stürzte und nicht zum Aufstehen bewegt werden konnte, war der arme Andreev fast erleichtert, wenigstens an diesem Tag kein Tier zum Schlachten auswählen zu müssen. Er nahm es persönlich auf sich, ihnen die Kehle durchzuschneiden, aber Edward ersparte ihm die Aufgabe, das noch behaarte Fleisch den anderen Tieren vorzuwerfen.

Inzwischen waren sie wochenlang gewandert, manchmal gegen den Wind und gegen den Strom, so dass die Mühen eines ganzes Tages sie dem Ziel nur um wenige Schritte näher brachten. Und dennoch kamen sie weiter, langsam und stetig. Die Zeit stand still. Edward blieb voller Hoffnung und notierte ihre Position täglich, alle vierundzwanzig Stunden, auch als kein Abend mehr dämmerte. Sie näherten sich dem von Nansen gesteckten Ziel, welches Edward um jeden Preis noch überbieten wollte. Es würde nicht reichen, dem Pol näher gekommen zu sein als jeder andere – der Triumph würde sich nicht durch erfolgreicheres Scheitern erringen lassen. Der April verging; Edward hatte gehofft, bis zum Monatsende eine längere Strecke zurückgelegt zu haben, denn er wusste, das Eis war im Mai am schlimmsten. Sie hatten Vorräte für hundert Tage dabei, und er begann, die Rationen zu verkleinern, denn schon jetzt war abzusehen, dass sie mit dem Vorhandenen nur mit knapper Not auskämen. Trotzdem glaubte er immer noch fest daran, es schaffen zu können. Keiner sprach vom Umkehren – und falls doch, schrieb Edward es nicht auf, um ihnen die Schande zu ersparen. Sie würden weitergehen und zeigten sich auch dann noch entschlossen, als die Ebene zerbrach und sich ringsum die Wasserrinnen öffneten.

Das Eis spaltete sich zusehends, und die Rinnen verbreiterten sich, so dass sie den Weg auskundschaften mussten und an manchen Stellen mehrere Stunden für eine Strecke von kaum zwanzig Schritten benötigten. Aber noch waren die Schollen nicht klein genug, dass sie auf die Kajaks umsteigen konnten, und da die Vorbereitung der Boote viel Zeit in Anspruch nahm, wollte Edward es so lange wie möglich hinausschieben. Ihre Beine brannten bei jedem Schritt, jedes Gefühl von Schmerz lag bereits weit hinter ihnen. Schon bald sollten sie zu geschwächt sein, um der Enttäuschung standzuhalten.

Im ununterbrochenen Licht wurden alle Tage gleich. Die Männer hielten sich mit Ritualen am Leben; die Gewohnheit zwang sie vorwärts, wo sie am liebsten angehalten hätten, und sie hieß sie ruhen, wo der Wahn sie weitertreiben wollte. Das Zelt wurde mit geübten Handgriffen aufgeschlagen, und sie krochen hinein, wärmten einander und bereiteten eines der zwei oder drei zur Auswahl stehenden Gerichte zu, eine stets gleichbleibende Menge, die sie bis aufs Gramm genau, Löffel für Löffel und Ecke für Ecke (die Schokoladenration war auf eine Ecke statt drei pro Mann geschrumpft) untereinander aufteilten. Auch wenn sie kränkelten, verschlangen sie die ihnen zugeteilte Menge; auch wenn sie ausgehungert waren, begnügten sie sich mit wenig. Sie standen auf, so warm und trocken wie unter den Umständen möglich, zogen die Stoffschichten zurecht und vermieden es, ihre blutigen, von Blasen überzogenen Füße anzuschauen, wenn sie sie in immer klamme Lumpen wickelten und in die steifen Stiefel zwängten; sie rollten das Zelt zusammen, beluden die Schlitten und trotteten weiter, so weit, dass sie dem Ziel näher kamen, bevor sie im Augenblick der größten Erschöpfung die nächste Rast einlegten.

Rituale zielen auf körperliche Bedürfnisse, aber auch Geist und Seele überleben mit ihrer Hilfe. Wo es keinen festen Boden unter den Füßen mehr gibt, sondern nur die tückischen, grausamen Schollen, die unmerklich treiben und den desorientierten Reisenden an seinen Ausgangspunkt zurücktragen, wenn im unablässigen Licht die Maßeinheit der Tage verlorengeht und die ganze Welt den eigentlich so verlässlichen Zyklus vergessen zu haben scheint, braucht ein Mann Rituale.

In den Ruhepausen malten sie sich die Rituale der Heimat aus, das Anzünden von Zigarren, die gestärkten Manschetten des Abendanzugs, die Mahlzeiten – Gang für Gang – und die sinnlichen Verlockungen. Lars erzählte von den vielen Frauen, die er geliebt habe – »Wirklich«, behauptete er, »ich liebe sie alle!« –, und beschrieb sie einzeln und detailliert; Freely schwor, nach seiner Rückkehr nach London als Erstes um die Hand der jungen Dame anzuhalten, die ihn damals in Greenwich mit frittiertem Fisch gefüttert hatte, mit den Fingern, das köstlichste Mahl seines Lebens; Edward erinnerte sich an ein bestimmtes, wenig damenhaftes Erröten. Sie brüllten vor Lachen, als Compton-Hill von seinen vermeintlichen Eroberungen berichtete, und Andreev lachte leise mit. Selbst Dr. Wilkinson erzählte liebevoll von seiner Frau, die sich in diesem Moment wohl sternenförmig auf dem gemütlichen Doppelbett ausstreckte, ohne dass ihr dünner Gatte den schmalen Randstreifen beanspruchte. Auch diese Träumereien waren ein Ritual, das ihnen ins Gedächtnis rief, dass sie keine Tiere waren – ein Ritual, dem sie sich hemmungslos hingaben, wenn sie an den langen, sonnigen Abenden im Zelt hockten und einander wie Affen die Läuse aus dem Pelz suchten.

An dieser Stelle des Tagebuchs sind viele Wochen auf wenige Seiten verkürzt, auf eine von Heimweh und mühsamer Plackerei gekennzeichnete Zeitspanne, die Edward zu schildern nicht annähernd gelang und die wir uns, so wie Julia, kaum vorstellen können; ungewöhnlich, sich jenseits allen Überdrusses noch plagen zu wollen. Er brachte kaum einen Satz pro Tag zustande, aber er bemühte sich, weiterhin die Position zu bestimmen und im Gleißen des frischen, feinen Schnees festzuhalten. Wenn man nichts mehr sieht als winzige Eiskristalle, die die offene Ebene auf Meilen hin bedecken, und wenn jeder Kristall wie ein greller Nadelstich ins Auge wirkt, verwirrt es den Verstand. Das Licht war unerbittlich. Sie überquerten das Terrain mit halb geschlossenen Augen und hofften, von bösen Überraschungen verschont zu bleiben. Der wolkenverhangene Himmel warf das Licht zurück, bis es die gesamte flache, schattenlose und unerträglich helle Welt durchdrang. Setzten sie Schneebrillen auf, brannte sich ihnen ein schmaler, grellweißer Lichtstreifen ins Hirn. Beim Anblick von Freelys blinden Augen, die es nicht mehr ertragen konnten, hätte Edward in Tränen ausbrechen können. Zwei rote Wundlöcher, die sich kaum noch öffnen ließen; dennoch bemühte Freely sich nach Kräften, zum Doktor aufzublicken, der die entzündete Haut vergeblich mit Kokaintinktur betupfte.

Edward wurde zu einem Schlafwandler, dessen geschwollene Augen unmerklich zufielen, während der blinde Körper meilenweit und im orangeroten Schimmer betäubenden Schmerzes weiterstolperte. Geriet einer der Männer ins Straucheln, war es öfter dem Eindösen geschuldet als einem Hindernis. Man erwartet, in ein Bett zu sinken, und wacht auf, wenn die Knie auf dem Schnee aufschlagen. Die Essensrationen waren jetzt auf das Minimum verknappt, und obwohl er keinen Hunger mehr verspürte, sagte sich Edward in Gedanken lange Menüfolgen auf. Spargelsuppe, dann Scholle, dann Wachteln, dann Kalbfleisch, Kirschauflauf zum Dessert. Wie köstlich eine Zigarette jetzt schmecken würde. Wie schwer und aromatisch ihm der Portwein auf der Zunge läge. Wie sehr er sich nach einem Rausch sehnte, nach einer Alternative zu diesem Halbwahn, in dem er gebratene Keulen und große, leuchtende Obstteller auf dem sauberen Schneetuch vor sich sah.

Eines Morgens hörte Edward Vögel singen. War es möglich, dass sie sich Land näherten? War er falsch abgebogen, oder befanden sie sich in der Nähe einer unentdeckten Insel? Er konnte sie nicht sehen – er konnte nichts mehr sehen –, aber er konnte sie hören, von überall. Das waren nicht die schrillen, fernen Schreie hoch fliegender Möwen, nein, das waren Singvögel; plötzlich hatte er das Gefühl, wieder neben Emily zu liegen, im Haus seines Bruders, und ihre glatte, traumlose Stirn zu betrachten, ihr auf dem Kissen ausgebreitetes, bronzefarbenes Haar, das noch nicht in der komplizierten Frisur steckte und das so ungebändigt zu sehen sein Privileg war. Der süße, moosige Duft eines Frühlingsmorgens weht mit der Brise zum Fenster herein, während die Vögel im Garten im Chor singen; schon fällt die Lerche ein, die Emily sicher wecken wird, gleich werden ihre blassbraunen Augen sich öffnen …

Edward lag reglos da, er lauschte und unterdrückte ein Jubeln. In seiner weißen Blindheit fühlte er sich von ihnen umgeben, so als wollten sie ihn auf tausend kleine Flügel nehmen und nach England in den Garten zurücktragen. Das Trillern und Tschilpen und Zwitschern des fröhlichen Schwarms klang schöner als jeder Engelschor.

Grunzend drehte Freely sich neben ihm um. Edward zuckte zusammen und erkannte die Geräusche seines ruhelosen Bettgenossen wieder, der sich im Schlaf gewälzt hatte. Er öffnete seine Augen einen winzigen Spalt. Ja, draußen war es still. Er war überzeugt gewesen, wach und von den Vögeln geweckt worden zu sein, aber nun musste er sich eingestehen, dass er offenbar doch geschlafen und geträumt hatte. Es war wichtig, einen klaren Kopf zu behalten. Was immer sein Verstand ihm vorgegaukelt hatte – hier gab es keine Singvögel. Nicht einmal das grässliche Kreischen der Seevögel.

Im Reich der Unwahrscheinlichkeiten wäre denkbar, dass dieselben Vögel, die Edward gehört haben mochte, auch Emily aus dem Schlaf gerissen hatten; sie hockten in den flüsternden

Zweigen der Weide und trällerten durchs geöffnete Fenster und schickten ihren Gesang bis übers Meer zu ihm, bis über das Eis, um ihm vom Erwachen seiner Frau zu künden. Derselbe gefiederte Schwarm, dessen Abstammungslinie bis in jenen Vogelchor hineinreicht, der sich bis heute allmorgendlich hinter dem Haus versammelt und mit Simon um den ersten Platz der Frühaufsteher wetteifert und dessen helles Tschilpen das Kissen durchdringt, das Julia sich um diese Tageszeit für gewöhnlich über den Kopf gezogen hat.

In einem Reich, wo alle Möglichkeiten, wie unwahrscheinlich oder unglaubhaft sie auch sein mögen, eine Chance auf Verwirklichung bekommen, wo die weite Eiswüste falsche Berge gebiert, die Männer auf Karten eintragen, um die Nachfolgenden in die Irre zu leiten; wo Sonnen und Sphären aufblühen und ihre riesigen, feurigen Lanzen in den Himmel schleudern, wo sich auf der endlosen, nackten Ebene plötzlich eine festlich gedeckte Tafel zeigt, in jenem Reich wurde Edward von heimtückischen Albträumen verfolgt, die ihn des Nachts allzu lebhaft aus der weißen Ödnis ansprangen.

Die Stunden verblichen zu Tagen und Wochen, unterbrochen nur von kurzen Perioden leichten, unglückseligen Schlafs. Während eines besonders unruhigen und erschöpfenden Nickerchens schlich sich ein Knarzen aus dem Eis in Edwards Traum: Zwischen seinen Zähnen knirschte ein Eiswürfel, denn kurz vor dem Abendessen nahm er zusammen mit seinem Bruder noch einen Drink. Ihr Vater war auch dabei, man hörte seinen Whiskyatem pfeifen und sah ihn streng lächeln; das Tonic war bitter, oder war es der Gin? Edward war ein junger Mann und hatte keines von beidem je gekostet … Das Eis knirschte zwischen seinen Zähnen. Plötzlich schnitt es ihm ins Zahnfleisch, aber er konnte es weder zerbeißen noch ausspucken, er hatte Scherben im Mund, die seine Zähne herausschnitten, er verschluckte sich an kaltem Glas und an den eigenen Zähnen, und das schlimmste

Knirschen und Knacken erfüllte seinen Kopf, so dass ihm der Schwall kalten Wassers, der ihn weckte, wie eine Wohltat vorkam.

Doch die scheußliche Kakophonie seines Traums hallte immer noch nach, er musste in einen noch schrecklicheren Albtraum geglitten sein, denn er war fest in ein klatschnasses, hartgefrorenes, schweres Leichentuch gewickelt, das Geräusch von brechendem Eis war allgegenwärtig, und neben ihm zappelte und strampelte jemand; von oben kam das weiße Seidendach herunter wie ein Fallschirm, bloß dass sie durchs Wasser flogen anstatt durch die Luft und unter ihnen nichts war als eine meilenweite Tiefe, und sie bekamen keine Luft mehr, selbst wenn sie festen Boden unter den Füßen hätten, könnten sie keine Luft holen, o nein, unter Wasser kann man nicht atmen, und das Zelt fiel in sich zusammen und glitt davon wie eine taumelnde Qualle … Zwei blasse, rotgeränderte, weit aufgerissene Augen starrten ihn an, Freely strampelte und wand sich bei dem Versuch, sich aus dem nassen, felligen Kokon zu befreien. Seine Augen verrieten Panik, seine Hand klammerte sich in Edwards Schulter und schüttelte ihn, schüttelte ihn träge. Freely bewegte sich mit übertriebener Langsamkeit, sein Kopf schwankte hin und her, und aus seinem Mund stiegen lautlos große Blasen in die Höhe. Irgendwie gelang es ihnen trotz des Durcheinanders, ihre Füße im Schlafsack zu finden und den Ballast abzustoßen.

Tempo und Licht und das Ende aller Schmerzen, von der See getragen; welche Erleichterung, so frei zu schweben! Alles fiel von Edward ab. Das Wasser so klar. Nichts Lebendes tummelte sich darin, aber klar war es; sogar das Sonnenlicht über ihren Köpfen sah er, alles erstrahlte in lebhafter, grünblauer, flüssiger Klarheit. Es war friedlich, unter der Oberfläche war das Wasser ganz anders; von oben betrachtet nichts weiter als dunkles Glas, aber von unten leuchtete es, riesige Höhlen aus dunklem Grün taten sich auf, über denen sich eine Decke aus Eis und Licht wölbte. Niemals hätte Edward damit gerechnet, hier unten eine solche Kathedrale vorzufinden. Durch das zerklüftete Dach fielen blassgoldene Strahlen ein; zog er die Hand hindurch, konnte er jedes schmutzige Detail, jeden zerschrammten Knöchel und jede Ölschliere erkennen, und er hoffte inständig, die Kaskade aus Licht möge ihn reinigen. Er entdeckte seinen Kompass, der außer Reichweite dahintrieb. Sein letztes Stückchen Schokolade, das, in Stanniolpapier gewickelt, auf den Meeresgrund sank wie eine Dublone. Zwei Pennys aus seiner Tasche – was hatte er hier kaufen wollen? Lass alles fahren. Es war nicht einmal kalt. Es war kalt genug, um absolut klar zu sein. Wie töricht, sich zu wehren. Dort war die Uhr, die sie ihm geschenkt hatte, sie zog ihre Kette nach sich wie einen exotischen, silbernen Fisch. Die Uhr, die sie ihm gab, auf dass er den Rückweg finde, die Uhr, in die ihr Name eingraviert war. Seine Emily.

Er streckte die Hand aus und griff danach, als sie an seinen Augen vorbeisank. Er hatte versprochen, den Nordpol zu erreichen. Er hatte versprochen, zurückzukommen.

Ein heller Lichtstrahl führte ihn an die Oberfläche zurück; er schwamm durch Tausende kleiner Lichtblasen, die sein strampelnder Freund verursacht hatte. Er war euphorisch, bis zur Wasseroberfläche war es nicht mehr weit, und das zauberhafte Licht hüllte ihn ein.

Er spürte riesige Hände unter seinen Achseln und wurde unter plötzlichem Rauschen und Tosen aufs Eis hinaufgewuchtet; das gedämpfte Pochen der Unterwasserwelt brach in Platschen und Geschrei aus; unter Gebrüll versuchte er, zu husten und sich gleichzeitig zu übergeben, das Wasser strömte aus all seinen Körperöffnungen, es lief aus seinen Nasenlöchern, Ohren, Ärmeln, und er hustete, hustete sich auf Händen und Knien das Meer aus Magen und Lunge, bis seine schwachen Arme einknickten und sein Gesicht auf die gespreizten Finger sank wie bei einem erschöpften Hund. Neben ihm lag Freely flach auf dem Rücken und stöhnte, während ein schmerzhaftes, salziges Würgen seinen Körper schüttelte.

Die anderen hatten ein paar Meter weiter an den Kajaks gearbeitet. Weil sie zu Fuß und per Schlitten nicht länger vorankamen und gezwungen waren, sich aufs Wasser zu begeben, hatten sie die erste Gelegenheit ergriffen, Rast auf einer scheinbar soliden Scholle zu machen, drei Tage auszuruhen und die Boote instand zu setzen, wobei sie in Schichten arbeiteten. Glücklicherweise blieb also den übrigen Männern das Tauchbad erspart, und auch die Vorräte waren größtenteils in Sicherheit. Sie hatten ein zweites, kleineres Zelt dabei für den Fall, sich aufteilen zu müssen, und so war ihnen wenigstens der dringend benötigte Unterschlupf geblieben, ohne den sie nicht überleben konnten; dennoch hatten sie den besseren von zwei Kompassen, die kostbaren Essensrationen eines Tages, eines der beiden Gewehre, eine wertvolle Schachtel Munition und, was einer Katastrophe gleichkam, den Primuskocher verloren. Sie würden sich etwas einfallen lassen müssen, um Wasser zu erwärmen, zudem konnten sie es sich ohne den effizienten Ofen nicht erlauben, wertvollen Brennstoff für das Garen von Fleisch zu vergeuden.

Edward lag im Windschatten eines Eishügels – einen besseren Schutzraum gab es nicht – und schaute zitternd zu, wie die anderen das Ersatzzelt aufschlugen. Er bemerkte einen Gegenstand in seiner Hand; er öffnete sie, um ihn zu betrachten. Er hatte Emilys Uhr gerettet. Er fuhr mit der Hand über den filigranen Deckel; es war, als könnte er das zarte Muster durch den verdreckten Handschuh hindurch in den tauben Schwielen auf seinen Fingerspitzen fühlen. Er würde die Uhr im ersten Hafen, den sie erreichten, reparieren lassen und seiner Frau niemals sagen, dass sie stehen geblieben war. Er versprach sich selbst, zu ihr zurückzufinden. Er hatte ihr versprochen, den Pol zu erreichen und dann nach Hause zu kommen.

Beschlich ihn, eingehüllt in Felle und hilflos wie ein Baby, in jenem Augenblick zum ersten Mal die bittere Ahnung, er könnte zweifeln? Oder, schlimmer noch, gar scheitern?

Freely saß an Edward gelehnt. Nach seinen Bemühungen, an die Wasseroberfläche zu kommen, war er zu erschöpft, um sich ohne fremde Hilfe aufrecht zu halten. Nach etwa einer Stunde spürte Edward ein Zucken in seiner Seite, und er hörte ein Geräusch, das er für ein leises Schluchzen hielt; aber als er sich so hingesetzt hatte, dass er dem Freund ins Gesicht blicken konnte, ohne dass dieser in den Schnee kippte, sah er, dass sich Freelys magerer Körper vor Lachen schüttelte. Sein Grinsen entblößte besorgniserregend rote Risse in den aufgeplatzten Lippen, die sich grausig von dem Schwarz und verkrusteten Weiß der abgestorbenen Haut abhoben; ein abgehacktes Kichern, das kaum mehr als ein Zittern war, ließ den abgemagerten Brustkorb beben.

»Ich bin froh, dich so gut gelaunt zu sehen, Samuel«, brachte Edward heraus.

»Ich musste« – vor lauter Kichern konnte Freely kaum sprechen –, »ich musste gerade an die Kleine aus der Trafalgar Tavern denken. Ha … Hat … haha, erinnerst du dich an sie? Die mit den roten Ringellocken? In der Taverne? Ha … Hattie?«

»Hieß sie so, Sam? Das Mädchen aus der Trafalgar Tavern? Ich kann mich an sie erinnern.«

»Hat-Hat-Hattie, setz dich auf mein Knie … Ich bin dein Seemann, vergiss mich nie …«

Mit diesen Worten sackte Freely unter hysterischem Gackern zusammen, schlug sich eine Hand an die Brust und stützte sich an Edward ab.

»O Gott, Edward, meine Lunge wird platzen … meinst du, die kleine Hattie hätte jetzt noch Lust, auf meinem Schoß zu sitzen, Edward? Wo ich nur noch Haut und Knochen bin und meine Hände so schwarz?«

»Sie wird mit Freuden Platz nehmen und dich mit Bratfisch füttern, Sam. So wie alle Frauen.« Edward zwang sich zu einem Lachen, das in seiner wunden Kehle brannte. »Nach unserer Rückkehr wird der Platz auf deinem Schoß der begehrteste von ganz England sein.«

Und weil er sah, dass Wilkinson ihnen Zeichen machte, stützte er sich auf die Knie, wuchtete seinen alten Freund mit aller Kraft auf die Beine und taumelte mit ihm auf das winzige Zelt zu. Er schaffte vier Schritte für sie beide, bevor er ins Torkeln geriet und spürte, wie Nordahl ihm die Last von den Schultern nahm.

Als sie im Zelt saßen, konnten sie stundenlang nicht warm werden. Sie entledigten sich der nassen Kleidung, entzündeten ein rettendes Feuer, schlüpften in die letzte Wollwäsche, die sie in den Taschen von Wilkinson und Compton-Hill finden konnten, und rückten dicht zusammen. Der Junge, seltsam lebhaft und mit leuchtenden Augen, hatte sich gemeinsam mit dem Doktor darangemacht, aus Fellen und Robbenhaut neue Kleider zu nähen. Edward lag neben seinem Freund und sah dessen blauen Lippen beim Schwatzen zu. Er hielt ihn fest und spürte seinen Körper zucken, während sich die Kälte in seinen Gliedern und seinen Nieren festsetzte; je länger sie hier lagen, desto kälter schien ihm zu werden. Edward stellte sich seine Lungenflügel als Eishöhlen vor, die bei jedem Atemzug von neuem Raureif ausgekleidet wurden und ihn an den leeren Gesellschaftsraum eines verlassenen Schiffs denken ließen. Sie dösten ein und wachten wieder auf, sie schaukelten auf unruhiger See dahin, fielen wieder und wieder durchs Eis und kamen mit einem heftigen Zusammenzucken zu sich, nur um sofort wieder abzutauchen. In den ruhelosen Phasen der langen, hellen Nacht sah Edward Freelys Lider flattern, die wie die Gesichter der anderen von dunkelvioletter Ölfarbe überzogen schienen. Edwards Herz pochte wie das eines todgeweihten Vogels, der zwischen zwei Handflächen gefangen ist; von innen schlug es ihm gegen die Rippen, dort, wo er Freely an sich drückte. Als der Freund endlich eingedöst war, schlief Edward erschöpft ein, aber nur für eine Stunde, wie er meinte; er wachte im immer gleichen, grellen Tageslicht auf und fragte sich zerstreut, wie viel Zeit vergangen sein mochte. Er erinnerte sich an seine kaputte Taschenuhr, und dann erst bemerkte er, dass er einen Leichnam im Arm hielt.

Das von einer Blechdose geschützte Tagebuch lag auf Edwards Brust; aber an jenem Tag waren seine Finger und sein Herz zu schwer, um seinem Kummer Ausdruck zu verleihen. Die Verluste sind knapp notiert: ein Zelt, ein Teil der Ausrüstung, ein Mann. Zwei Tage später waren sie zum Ablegen bereit. Edward schreibt:

»Die Kajaks sind sicher. Wir haben den letzten Hund getötet, um der Gefahr des Kenterns zu entgehen. Zudem sind die Tiere uns lebendig kaum noch von Nutzen; wir haben zwei an Bord, werden ihr Fleisch aber hoffentlich nicht brauchen. Freely weilt nicht mehr unter uns, das Eis wird immer unberechenbarer, und es käme dem Irrsinn gleich, weiter voranzudrängen. Meine erschöpften Augen und die durchnässten Instrumente geben unsere Position mit 86° 31' an; sollte meine Berechnung korrekt sein, haben wir Nansen übertroffen. Wir befinden uns so hoch im Norden wie nie ein Mensch zuvor; darin wird meine ganze Leistung bestehen, im Siebzehntel eines Grades, für das mein teurer Freund sein Leben ließ. Heute kehren wir nach Süden um, um das Festland zu erreichen. Heute, am 30. Juni des Jahres 1901, gibt Edward Mackley den Befehl zur Umkehr.«

Wie gefasst er noch in der bittersten Niederlage klingt. Wie aufrichtig er seine Enttäuschung zum Ausdruck bringt. Hier haben wir den Wendepunkt der Tragödie, den Moment der Kapitulation, der das Scheitern ankündigt. Wie immer empfindet Julia, als sie mit ihnen umkehrt, eine wohlige Trauer. Edward kehrt um, aber er wird niemals mehr nach Hause finden, wo seine Frau auf ihn wartet und fest daran glaubt, ihn vor Jahresende wiederzusehen. Und da, in der Halbdämmerung der Nachmittagshitze, in dem Haus, in dem Emily gewartet hat, hört Julia ihn flüstern, was er aufzuschreiben niemals wagte: »Emily, ich habe es nicht geschafft.«

*Aber ich habe auf dich gewartet, dort draußen am Ruhepol habe ich gewartet, ausgestreckt …*

Weder erreichte er den Nordpol, noch kehrte er zu Emily zurück. Er konnte nicht einmal mit Bestimmtheit sagen, wie weit er gekommen war, und selbst wenn seine Angaben zutrafen, waren sie bedeutungslos, denn als man seinen Leichnam ausgrub, war sein Rekord längst übertroffen worden. Während Emily auf ihrem Totenbett seiner Geschichte lauschte, erfuhr sie nach dem langen Warten die Wahrheit: Edward Mackley kehrt um.

## *Robben und Segel*

War das Wetter klar, ruderten sie stundenlang und ohne Pause gegen unbekannte Strömungen und die kabbelige See an; ihre Schultern und Arme schmerzten, aber bald nahmen sie nichts mehr wahr als den konstanten Rhythmus der Paddel. Sogar wenn die provisorischen Segel gesetzt waren, ruderten sie weiter, um in dem eisigen, feuchten Wind warm zu bleiben. Sie sprachen kaum und wechselten regelmäßig die Position, mal fuhren Edward, Compton-Hill und Wilkinson in ihrem Kajak voraus, dann Andreev und Nordahl im anderen, in dem auch die Ausrüstung und die beiden toten Hunde verstaut waren. Sie legten eine Rast ein, wann immer sie eine geeignete Scholle fanden. Manchmal war der gezackte Kreis, auf dem sie ihr Zelt errichteten, im Durchmesser nur gut zwanzig Schritte breit und drohte jeden Moment unter ihren Füßen auseinanderzubrechen; aber sie brauchten Schlaf. Über Freelys Schicksal sprachen sie nicht.

Einmal mussten sie beim Aufwachen feststellen, dass die Strömung sie viele Meilen auf ihrem Weg zurückgetragen hatte, gen Osten und, was noch viel schlimmer war, gen Norden, dem sie bereits den Rücken gekehrt hatten. Es war, als zöge der Pol sie plötzlich magnetisch an. Obwohl ihnen die Umgebung keinerlei Orientierungspunkte bot und weit und breit kein Land in Sicht war, ergaben ihre Messungen doch, dass die Anstrengungen der letzten zwei Tage umsonst gewesen waren. Nordahl rammte sein Paddel so wütend ins Eis, dass es stecken blieb; minutenlang war nichts zu hören als sein röchelnder, keuchender Atem. Edward trat vor, griff nach dem Paddel, riss es mit unvermuteter Kraft aus dem Eis und reichte es dem zitternden Norweger wortlos.

»Tut mir leid, Käptn. Das war dumm.«

»Auf deinen Platz, Lars. Wir müssen weiter.«

Bei jedem Paddelschlag spürte er ihre Wut, die ihnen wenigstens neue Kräfte verlieh, was gut war, denn sie mussten gegen den starken Südwind ankommen, der die Eisbrocken besorgniserregend schnell übers Wasser trieb und kollidieren ließ. Sie waren gezwungen, sich auf einem gefährlichen Weg hindurchzulavieren, ohne dabei zermalmt zu werden. Die größeren Bruchstücke trieben vorbei wie Wolken an einem blauen Himmel. Der Himmel selbst war wolkenlos und von dichtem Nebel verhangen, der die Sonne verdeckte und die Männer von allen Seiten mit schmerzhaft grellem Licht übergoss.

Während sie langsam in südlicher Richtung vorankamen, bemerkten sie, dass sie nicht länger allein waren. Unter ihnen schossen lange, dunkle Gestalten mit beneidenswerter Schnelligkeit und Anmut durchs Wasser; gelegentlich steckte eine Robbe den schlanken Kopf aus dem Wasser. Edward erlegte ein fettes Weibchen, das sich auf einer Scholle aalte und von dessen dringend benötigtem Fett und Fleisch sie vier Tage leben konnten; eine willkommene Abwechslung, nachdem sie sich zwei Wochen lang von geschmackloser Brühe und trockenem Schiffszwieback ernährt hatten. (In Edwards Tagebuch sind die knappen Portionen genau verzeichnet, wohingegen die Hundeleichen abermals keine Erwähnung finden.) Inzwischen waren ihre Kleider und die entblößte Haut bleigrau; die Hände in den Handschuhen, die die Ruder gepackt hielten, waren glitschig vom Robbenöl, das sie als Brennstoff für das Feuer verwendeten, um das Fleisch zu garen. »Ich dürfte dich jetzt, liebe Emily, nicht berühren, denn ich würde deine samtgoldene Haut beschmutzen. Wie sehr ich mich danach sehne; aber selbst, wenn du jetzt hier wärst, dürfte ich es nicht.«

Emily, die jede Nacht vom frostschwarzen Gesicht ihres Mannes träumte, das sich vom Knochen löste und verweste, hätte nichts lieber gespürt als seine armen, aufgerissenen, ölverschmierten, lebendigen Hände. Noch hatte sie keinen Grund zu verzweifeln. Der Tag seiner voraussichtlichen Heimkehr rückte näher, und sie verbrachte ihre Zeit damit, Spekulationen über das Eheleben anzustellen, auf das sie so lange gewartet hatte und das in Kürze beginnen würde. Was würde sie anziehen, um ihn in Empfang zu nehmen? Mit welchen Worten würde er sie begrüßen? Wo würden sie leben, wie sollte sie das Haus einrichten, welche Gäste würden sie dort willkommen heißen, was würde später einmal aus ihren Söhnen werden? Würde er seine Hände an ihren runden Bauch legen und dem Kind Geschichten vom Meer erzählen, während es im Mutterleib in seinem eigenen Salzwasser schwamm? Er würde seine Hände auf sie legen … Jede Nacht, wenn sie im Bett lag, sehnte sie sich danach, sie meinte fast, ihn zu spüren, wenn der Schlaf sie überkam – so sah der schwache Trost aus, den sie empfing, wenn sie zwischen Wachen und Schlafen döste und ihre Hände sich in die seinen verwandelten, bevor der Albtraum anfing und sie schwarz färbte. Und morgens eine zweite kleine Freude, ein kurzer Moment der Orientierungslosigkeit, wenn sie in der duftenden Morgenluft aufwachte und noch nichts vom Tag wusste, der ihr seine Abwesenheit wieder ins Bewusstsein rief; und schon im nächsten Augenblick dachte sie an seine baldige Rückkehr, die ausreichte, um den leeren Platz an ihrer Seite und die Stunden bis zum Schlafengehen auszufüllen.

Eines Morgens entdeckten sie vor sich eine größere, wellige Wasserfläche unter dem klaren Himmel. Vielleicht war es aber auch Abend, vielleicht sogar tiefste Nacht – sie ruhten einen Augenblick aus, während die Sonne sie wärmte und der Wind sie sanft vorwärtsschob. Edward fühlte sich von einer seltsamen

Seelenruhe ergriffen und musste an den runden Teich im Park denken, an sein kleines Boot, das neben dem seines Bruders im Wasser schwamm, an einen unglaublich weit entfernten, friedlichen Abend seiner Kindheit, als zwei kleine, weiße Segel in der gelben Septembersonne strahlten …

»Nun kann es nicht mehr weit sein, Käptn«, rief Nordahl. »Bald werden wir Land sehen.«

Edward hörte ein Schniefen, und dass sich hinter ihm jemand auf dem Boden des Kajaks rührte.

»Wirklich?«, fragte eine klägliche Stimme. Seit sie auf dem Wasser unterwegs waren, war der Diplomatensohn immer stiller geworden und hatte mit leerem Blick vor sich hin gesummt, bis Edward die groben Späße bereute, die sie sich mit ihm erlaubt hatten. Ebenso bereute er, den Jungen überhaupt mitgenommen zu haben.

»Hugh, wenn meine Berechnungen stimmen, nähern wir uns Franz-Joseph-Land. Die Rudolf-Insel sollte jeden Augenblick in Sicht kommen.«

Eigentlich hatte Edward damit gerechnet, schon vor Tagen am Kap Fligely, dem nördlichsten Punkt der Insel, zu landen. Von Anfang an hatte er geplant, sich von dort aus auf dem Land- und Seeweg zwischen den Inseln bis zum Jackson-Camp am Kap Flora durchzuschlagen und von dort abholen zu lassen – obwohl er natürlich gehofft hatte, auf dem Hinweg schneller und auch erfolgreicher zu sein. Selbst nach der Umkehr war er trotz seines Elends noch überzeugt gewesen, den Rückweg zu finden. Nun musste er einsehen, dass entweder die beschädigten Instrumente oder seine Berechnungen fehlerhaft waren, dass die Position, die er bestimmt hatte, unmöglich richtig sein konnte. Er wusste nicht, wann der Fehler zum ersten Mal aufgetreten war (und weil ihr Überleben davon abhing, jetzt nicht den Mut zu verlieren, verbot er sich, über die Konsequenzen nachzudenken – dass auch die Bestimmung ihrer nördlichsten Position

Humbug gewesen sein könnte, eine Unbekannte, die sich niemals mehr bestätigen oder widerlegen ließe). Er konnte nur hoffen, dass die Berechnungen, die er zur Nachbesserung des Kurses angestellt hatte, sie nicht allzu weit in die Irre oder gar am Archipel vorbei führen würden. Ihm war klar, dass sie das offene Meer, das zwischen ihnen und Spitzbergen lag, niemals würden überqueren können. Die Anzahl der faulen, satten Robben, die ihren Weg kreuzten und sich widerstandslos erlegen ließen, war begrenzt. In der letzten Nacht hatte er ganz in der Nähe ein Walross gehört, das sich mit monströsem Prusten aus dem Wasser erhoben hatte; gelänge es ihm, eines zu erlegen, hätten sie großes Glück, aber sollte eines dieser Tiere sich entschließen, sie anzugreifen, wäre ihr Schicksal besiegelt. Diese Gewässer waren gefährlich. Er durfte sich seine Verzweiflung nicht anmerken lassen, und nur seinem Tagebuch und Emily konnte er seine Hoffnung anvertrauen, westlich des Britischen Kanals, der Franz-Joseph-Land in der Mitte zerteilt, anlanden zu können, falls die nördlichen Inseln nicht bald in Sicht kämen. »Vergib mir, aber ich kann nicht mehr tun«, gesteht er, »als sie anzulügen und im Stillen Strömung und Winde anzuflehen.«

»Ich besetze den Ausguck, Käptn«, flüsterte Hugh.

»Ich muss zugeben, er starrte mit weit aufgerissenen Augen hinaus«, schreibt Edward, »die ihm aber schon bald darauf wieder zufielen.«

Nach dem morgendlichen Ablegen schaffte es der Junge kaum, länger als eine Stunde am Stück zu rudern, bevor sein Kopf zur Seite kippte und er sanft zurücksank, einen friedlichen Ausdruck auf dem jugendlichen Gesicht. Edward brachte es nicht übers Herz, ihn zu wecken; Hughs schwache Paddelschläge verursachten auf dem Wasser ohnehin kaum Wellen, und seine naturgegeben schmale Gestalt war im Laufe der letzten Wochen so weit abgemagert, dass es ihnen schien, auf dem Boden des kleinen Boots säße ein Spatz mit gebrochenen Flügeln. Er pickte in den ihm zugeteilten Krumen herum, und als Nordahl knurrte, er und die anderen seien, im Gegensatz zu ihm, sehr hungrig und übernähmen gern, was er verschmähe, verstand Edward seinen Ärger, sagte aber nur: »Iss, Hugh.« Hugh kaute brav, ein müdes Lächeln im Gesicht, bevor er sich einrollte wie ein erschöpftes Kind. Trotzdem war er stets der Erste, der am Morgen erwachte, und bis zum Ablegen war er wieder bei Kräften; unter der Schmutzschicht, die seine blonden Locken in schwarzen Filz verwandelt hatte, erstrahlte seine Jugend wie die eines Apoll.

Eine weitere Woche verstrich, ohne dass Land in Sicht kam. Die unsicheren Nächte auf dem Eis forderten ihren Preis, und langsam begann ein jeder sich insgeheim ängstlich zu fragen, wie lange sie noch durchhalten würden. Edward trieb sie an, weil ihm keine Wahl blieb. Sein blutunterlaufener Blick verengte sich auf eine schmale Schneise, in der nur der Bootsbug und jene Hindernisse, die unmittelbar davor auftauchten, Platz fanden. Er wusste nicht mehr, seit wie vielen Stunden sie ruderten oder wie lange die letzte Rast zurücklag. Aus weiter Ferne hörte er eine Männerstimme seinen Namen rufen.

»Edward.« Es klang eindringlich und zweifellos real – ein Mann rief ihn beim Vornamen. Die Stimme war älter und tiefer als Samuels wohlklingender Tenor; außerdem, Edward erinnerte sich, war Samuel tot. Der Freund, der bei seiner ersten und seiner letzten Fahrt mitgesegelt war. Nicht Samuel hatte seinen Namen gerufen, Samuels Stimme klang heller, und außerdem war er tot. Irgendjemand rief seinen Namen.

»Edward. Das Eis. Sieh nur.« David Wilkinson war es. Endlich weitete sich Edwards Blickfeld, und mit ihm sein Verstand; es wurde Licht, und Edward spürte die körperlichen Schmerzen, die ihn unablässig plagten.

»Ist das Blut?«, fragte der Doktor.

Blut. Die Farbe des Eises erinnerte Edward an die Bedeutung des Wortes. Das Eis ringsum war mit hellen, rotbraunen Flecken besudelt, so als hätte hier ein Massaker stattgefunden, als wären Arterien durchtrennt worden, als hätten sich seine Albträume über den weißen Schnee ergossen. Edward war froh, dass der Arzt als Erster darauf hingewiesen hatte, denn seinen eigenen Augen konnte er nicht mehr trauen. Er warf einen Blick über die Schulter – Compton-Hill schlief tief und fest.

»Sieht nach Blut aus, Doktor. Aber Sie sind der Experte.« Wie fest und ungezwungen seine Stimme klang!

»Wir sollten näher heranrudern.«

Sie richteten das Kajak parallel zur Scholle aus. Er hörte Nordahl in seinem Rücken rufen. Mit Mühe zog er sich einen fauligen, steifen Handschuh ab, streckte die Hand aus und berührte den Fleck. Die roten Stellen waren rau, leicht erhaben und ließen sich mit den Fingern lösen. Zum Entsetzen des Doktors führte Edward die Hand an den Mund und berührte sie mit der Zunge, einem bizarren, rosaroten Stachel, der aus der schwarzen Maske seines Gesichts hervorschnellte.

»Edward?«

Edward riss sich zusammen, während ihm Freudentränen in die Augen stiegen.

»Das sind Flechten. Sie wachsen hier im Sommer. Sie sind essbar. Und sie verraten uns, dass das Land nicht weit ist.«

»Käptn!«, rief Nordahl, der atemlos heranruderte.

»Ich weiß, Lars. Wir werden anhalten und sie sammeln.«

Wie Edward wusste, konnten Flechten Übelkeit verursachen; aber weil sie dennoch essbar waren, beschloss er, das Risiko in Kauf zu nehmen. Sie pausierten für eine Stunde, um sich die geschrumpften Mägen mit der kärglichen Mahlzeit vollzuschlagen, und legten von neuer Hoffnung gestärkt wieder ab. Diesmal war Edward sich sicher, einen Vogelschrei im Wind gehört zu haben.

Innerhalb eines Tages wurde ihre Hoffnung erfüllt und fast wieder zunichte gemacht. Im Südosten ragte eine schwarze Basaltklippe aus dem Meer; ihre Konturen waren scharf umrissen, es konnte sich unmöglich um ein Trugbild handeln. Das Wasser toste so unruhig um ihren Sockel, als habe sie ein böser (oder wohlmeinender) Zauberer erst vor wenigen Minuten aus dem Meeresgrund wachsen lassen; mit ihren Säulen und Zacken und Türmen glich sie einer hohen, uneinnehmbaren Trutzburg. Aus den Kajaks erhob sich schwacher Jubel, und Hugh, der Edwards Ärmel umklammert hielt, flüsterte: »Käptn, ein Schloss! Können Sie es sehen?«

»Wenn wir so weiterrudern, haben wir es in wenigen Stunden erreicht, Hugh!«, rief der Doktor. Edward schwieg. Die Luft war zu klar, um die Strecke schätzen zu können, aber er wusste, der Felsen war doppelt so weit entfernt, wie es den Anschein hatte. Das grausame Licht spielte ihnen einen Streich. Zudem wusste er nicht, wie die Landung gelingen sollte; je näher sie kamen, desto größer wurde die Gefahr, an den Klippen zu zerschellen. Aber wieder behielt er seine Verzweiflung für sich, und während die Gefährten noch jubelten und über eine geeignete Lösung debattierten, hielt er den Augenblick fest: »Wir haben Land erblickt; von unserer Position aus ist es mir unmöglich, die Küste zu identifizieren. Ich weiß nicht, welchem Land wir uns nähern, sollte es den Kartographen überhaupt bekannt sein. Hoffentlich können wir ausruhen, wenn wir es glücklich erreicht haben.«

## *Land*

Bis zum nächsten Eintrag verstreichen zwei Tage; schließlich greift ein stoischer Edward erneut zur Feder, ein Mann, der am eigenen Leib gelernt hat, für die kleinsten Freuden dankbar zu sein. So beginnt er:

»Ich bin dabei, ein Omelett zu verspeisen. Ich sitze auf festem Boden, sogar etwas Grün umgibt mich; ich bin fast von der Sonne getrocknet, esse ein Omelett, trinke Tee und frage mich, wann man mir endlich die Morgenzeitung bringen wird. Der pechschwarze Tee ist selbstredend ungesüßt und die Eiderenteneier in Robbenfett gebraten, dennoch bin ich nicht undankbar und werde es fürwahr nie wieder sein.«

Während sie gegen die Strömung ankämpften, die die Kajaks an jene Felsen zu schleudern drohte, an denen sie landen wollten, vergingen zermürbende Stunden; je näher sie dem Land kamen, desto dichter wurde das Eis, welches ebenfalls drohte, sie zu zerquetschen. Hughs pausenloses, überflüssiges Gejammer ging leider nicht vollständig im Tosen der Wellen unter, so dass Edward mehr als einmal versucht war, den Jungen über Bord zu stoßen – keiner seiner Gefährten würde ihn für dieses Verbrechen verurteilen, womit es auf ewig ungesühnt bliebe. Später redete er sich ein, er habe es einfach nicht übers Herz gebracht, obschon er in Wahrheit einfach gefürchtet hatte, das Boot aus dem Gleichgewicht zu bringen und sich und die anderen ins Verderben zu stürzen. Jedenfalls bemühten die klatschnassen, erschöpften Männer sich nach Kräften, Hugh zu ignorieren, tapfer zu rudern und immer in Rufweite des Zwillingskajaks zu bleiben, bis Edward im Windschatten eines herausragenden Felsens einen niedrigen Vorsprung entdeckte, den sie mit höllischem Glück erreichen mochten – »immerhin sind wir schwarz wie die Teufel!«. Sie steuerten die Kajaks darauf zu und lavierten langsam und vorsichtig in den Wellenschaum hinein, der sich an der scharfen Felskante bildete; schließlich stießen sie glücklich daran vorbei und erreichten die verhältnismäßig ruhigen Wasser der kleinen Bucht und den wundersamen Anleger, einen fünf Fuß breiten und vier Fuß hohen Felsvorsprung. Nordahl zog sich daran hoch, und Andreev sicherte das Kajak mit Tauen, die er zu Nordahl hinaufwarf; er kletterte auf den Felsen, und gemeinsam zogen sie das Boot aus dem Wasser, wobei es mit entsetzlichem Krachen an den Stein schlug und wohl kaum wieder seetauglich zu bekommen wäre. Dann halfen sie Edward, Wilkinson und Compton-Hill, es ihnen gleichzutun. Hugh weigerte sich, aufrecht im schaukelnden Boot zu stehen, und musste an den Handgelenken auf den Felsen gezerrt werden (»Er quiekte, als er sich die Knie aufschlug«, notiert Edward unfreundlich, weil ihm jede Geduld und jeder Wille zur Verstellung abhanden gekommen waren). Während sie das zweite Kajak hinaufwuchteten, spürten sie, wie der klamme Wind stärker wurde. Wie auf einen Schlag schienen sich Himmel und Wellen zu verdunkeln, und zu ihren Füßen taten sich wirre Strudel auf; ein Tau riss, das Kajak stürzte ins Wasser und zerplatzte beim Aufschlag.

Sie blieben auf dem Vorsprung hocken, zu atemlos und erschöpft, um etwas zu sagen oder sich aufzuregen, sogar ohne sich bewusst zu werden, dass sie endlich wieder festen Boden unter den Füßen hatten. Zudem saßen sie dicht gedrängt wie Vögel auf der Stange und konnten jeden Moment von den wütenden Wellen ins Meer gerissen werden. Sie mussten weiter aufsteigen. Sie verschnürten ihre letzten Habseligkeiten wie ein Kleinkind, vertäuten das Bündel am Boden des verbliebenen, halb zerstörten Kajaks und stiegen einer nach dem anderen in den Felsspalt ein, den sie am Rand der Steilwand entdeckt hatten; jeder einzelne ihrer Muskeln zog sich zu einem schmerzenden Knoten zusammen, als sie sich, die Beine über den Spalt gestemmt und den Rücken an den schwarzen Fels gedrückt, Stück für Stück aufwärtsschoben, wobei ein jeder betete, sein Vorgänger möge nicht abrutschen und sie alle mit hinunterreißen. Nach einer halben Stunde oder mehr erreichten sie die Kante; und anstatt ihre schmerzenden Wirbel zu strecken oder ihre Beine auszuruhen, drehten sie sich unverzüglich um, um das Kajak heraufzuhieven. Jeder Schlag gegen den Bootsrumpf traf sie wie ein Stich, doch zuletzt kam das Kajak oben an; der Rumpf war hoffnungslos zerschlagen, aber das kostbare Bündel unversehrt.

Dann erst machten sie Rast. Während sie geschuftet hatten, war die Sonne erneut durch die Wolken gebrochen und wärmte die Lumpen, mit denen sie bekleidet waren. Sie waren nicht länger von hartem, das grelle Licht reflektierendem Eis umgeben, sondern von brauner, von spärlichem Pflanzenwuchs bedeckter Erde, auf der sogar, es war kaum zu glauben, winzige Blumen gediehen. Und sie hörten Vögel, dieselben Schreie, die sie am Tag zuvor trotz der lauten Brandung schon aufgeschnappt hatten. Hoch über der unruhigen See zog ein Schwarm Eiderenten vorüber, blind und taub für das Leid der ausgehungerten, zottigen Männer wie für die Freude, die ihr Anblick ihnen bereitete. Die Männer ließen sich auf den Rücken fallen, um zum ersten Mal seit zwei Jahren den festen Boden unter sich zu spüren, sie beobachteten die Wolken, die über den Himmel zogen und wirbelten, ein jeder von seiner eigenen, privaten Warte aus – einer Wiese, einem Seeufer, einem väterlichen Acker, einem Garten.

Das Omelett war ein Luxus, den Edward ihnen nur für diese eine Mahlzeit zugestand, denn als Erstes mussten sie eine

Brennstoffquelle finden. Noch waren sie nicht gerettet; sie waren weit davon entfernt. Es war schon fast September. Sah man von den segensreichen Eiern ab, blieben ihnen kaum Vorräte für zwei Wochen, es sei denn, es gelang ihnen zu jagen. Die kostbare Munition für das Gewehr war knapp, so dass Edward nicht wagte, einen Probeschuss abzugeben, um die Waffe, die wochenlang im Salzwasser gelegen hatte, auf ihre Funktionstüchtigkeit zu überprüfen. Wollten sie hier überwintern, mussten sie einen Unterschlupf finden und Vorräte anlegen. Edward marschierte den Strand ab; durchs Fernrohr ließ sich im Osten eine zweite Insel erkennen, eine weitere im Nordosten, die eigenständig zu sein schien, jedoch mit ihrer Insel durch eine feste, dicke Eisschicht verbunden war. An der Südspitze ihrer langen, schmalen Insel erstreckte sich ein grünlicher Gletscher, der den Felsen durchschnitt und als eisiger Pfad im Meer mündete. Etwas Ähnliches hatte Edward auf keiner Karte gesehen; immer noch konnte er nicht beurteilen, ob sie sich im äußersten Westen des gesamten Archipels befanden oder am Westrand der nördlichen Inseln.

Falls es ihnen gelänge, das Kajak instand zu setzen, könnten sie die umliegenden Inseln erkunden. Doch ohne Holz und Teer und fast ohne Werkzeuge schien ihm das nahezu unmöglich, zumal ihnen als Segel nichts zur Verfügung stand als die eigene, löchrige, unverzichtbare Kleidung. Und wie würde er die Männer aufteilen, sollte er dazu gezwungen sein? Er wäre auf den kräftigen, erfahrenen Nordahl angewiesen, aber durfte er den schweigsamen Russen und den dummen Jungen wirklich in der Obhut des Doktors zurücklassen? Die Insel hatte sie gerettet, aber nun saßen sie in der Falle. Sie würden den Winter überstehen müssen, die nötigen Reparaturen und Vorbereitungen ausführen und sich schließlich wieder aufs Eis begeben, im Frühling, wenn es sie trug.

In diesen Überlegungen erging er sich, als er über die Felsgrate stieg und das Fernrohr auf den hoffnungslos weiten Horizont richtete; er war ein im eigenen Schloss gefangener König.

»Meine Liebe, ich habe dir einen Strauß gelber Blumen gepflückt. Sie sind zart und fein und schmutzig von meinen Händen, aber ich bin mir sicher, du würdest ihre Schönheit erkennen. Emily, könntest du mir verzeihen, wenn du hier bei mir wärst? Ich habe diese Männer auf eine nutzlose Fahrt geführt und kann nur hoffen, sie unbeschadet durch die kommenden Monate zu bringen, um schließlich wenigstens die Hälfte meines Versprechens einzulösen und zu dir zurückzukommen. Vergib mir die Verzögerung; auf dass die lange Trennung unser Wiedersehen nur versüße.«

In England begann Emilys Hoffnung zu schwinden, als die Blätter sich braun einfärbten; sie sah die Weide vergilben, verblassen und ihre Pracht schließlich in Fetzen und Schnipseln abstoßen. Als der erste Frost kam, begriff sie, dass Edward in diesem Jahr nicht mehr heimkehren würde; die nach Schwarzpulver duftende Frische der Herbstluft, die sie immer so genossen hatte, bedeutete ihr nichts, denn obwohl die Freudenfeuer brannten und die Feuerwerke knackten und krachten, wusste sie, dass er vor dem Frühjahr nicht heimkehren würde. Der Nordwind, der sie in England erreichte und der die Wolken beiseiteschob, so dass die Sterne in den klaren, kalten Nächten umso heller strahlten, roch nach dem Eis, das sich mittlerweile um Edward schließen musste; nachts ließ Emily das Fenster offen stehen, um die Kälte auf ihrer Haut zu spüren. Bestimmt lag er jetzt sicher und warm in seiner Kabine unter Deck, er würde den Winter abwarten und sich den Triumph bis zur Heimkehr aufsparen müssen (ja, den Triumph, denn er konnte unmöglich gescheitert sein). In diesem Jahr würde er also nicht mehr kommen, die See hielt ihn auf, aber im Frühjahr würde er freikommen und zu ihr zurückkehren. Sie, die schon so lange gewartet hatte, würde einfach noch ein bisschen länger warten. Sie verbot sich, anders darüber zu denken; denn obschon ihr in ihren Albträumen sein schwarzer, weit aufgerissener Mund erschien, hatte sie kein Verlangen zu hören, was er ihr zu sagen hätte.

Den ersten Tag verbrachten sie damit, einen geeigneten Platz für ihr Lager zu finden, und dann machten sie sich daran, zu retten, was ihnen geblieben war. Mit viel Öl und einem Messer, wie Römer im Bade schabten sie sich die Schwärze von der Haut, so gut es ging, und lachten über die hellen Streifen, die die Messerklinge hinterließ. So sauber wie seit Monaten nicht und satt von Tee und den braunen, gummiartigen Omeletts – nie hatten sie köstlichere gegessen! – streckten sie sich auf dem harten, festen Grund aus und tranken auf die Entdeckung von Mackley-Land. Edward hob anerkennend seine Blechtasse und betete insgeheim, die Insel möge bereits einen Namen tragen. Denn falls dieser Unort tatsächlich noch unentdeckt war, würden sie vielleicht niemals erfahren, wo sie sich befanden und welcher Weg einzuschlagen wäre, und die Insel würde niemals auf der Karte auftauchen.

In den folgenden Tagen bauten sie eine einfache Steinhütte und tranken Eier aus der Schale, wann immer sie hungrig wurden. Die Eiderenten hatten Nester in jeden einzelnen Felsspalt gebaut, und ihre länglichen, weißen Eier lagen überall herum. Edward gab einen Probeschuss auf ein brütendes Tier ab, das er während der Eiersuche entdeckt hatte; es funktionierte. Er wagte nicht, die Enten in der Luft abzuschießen (trotz Nordahls gut gemeinter Neckereien – »Sie wollen ein englischer Gentleman sein, Käptn? Worauf warten Sie, auf die Eröffnung der Jagdsaison?«), aber er nutzte die Gelegenheit, wann immer sich leichte Beute anbot. Zweimal überraschte er einen Vogel, der seine Brut im Schnabel zum Wasser trug, einen Jungvogel nach dem anderen, während der Rest geduldig im Nest wartete. Dafür brauchte er nur einen Schuss, denn den ungeschützten Jungvögeln konnte man trotz allen Hackens und Flatterns mühelos den Hals umdrehen. Die Beute wurde gerupft und getrocknet, das Fett gewonnen und das Frischfleisch, während ihnen schon das Wasser im Mund zusammenlief, in winzigen Portionen ausgeteilt – winzig, weil sie noch einen Wintervorrat anzulegen hatten. Dazu schlürften sie den Inhalt eines weiteren Eis, das sie morgens wie abends mit roten, frisch vom Fels gerupften Flechten würzten. Nach der langen Zeit der Entbehrung war das zu viel des Guten; sie hatten ihre Gier nicht unter Kontrolle und ließen sich die dunkelgelben Dotter durch den Hals rinnen wie Austern. Wenige Tage später bekamen sie die Folgen zu spüren.

»Andreev klagt über Magenschmerzen und stinkt langsam gottserbärmlich – wie wir alle. Er sagt, es liege an den Eiern, aber was sonst bliebe uns als Nahrung? Das Entenfleisch muss vorhalten, und das andere weigert er sich anzurühren. Gütiger Himmel, fürwahr; wir sind jetzt so hoch über der Welt, aber kein Himmel ist in Sicht. Und doch: Die kleinen, gelben Blumen und das feste Land sind einem armen Manne wohl sein Himmelreich.«

Dr. Wilkinson tat sein Bestes, die Behandlung der Männer mit Laudanum, dem Wundermittel seiner Zeit, so lange wie möglich hinauszuzögern, um das einzige Narkosemittel nicht zu verschwenden. Gleichzeitig hoffte er inständig, es werde nie gebraucht. Aber als sie täglich schwächer wurden, bestand Edward darauf, der Doktor solle das Köfferchen öffnen und die Männer behandeln, die unter starkem Leibweh litten. Der Doktor zögerte, gab nach und holte den Koffer aus der Hütte.

»Nun denn, Käptn«, sagte er, und ohne Edwards Blick auszuweichen, klappte er den Koffer auf, nahm zwei leere und eine dritte, halb gefüllte Flasche heraus und reichte sie ihm. Im Koffer lag noch ein einziges volles Fläschchen. Ein jämmerliches Heulen ließ Andreev und Nordahl von der Arbeit aufblicken; Kapitän und Doktor sahen sich in stillem Einverständnis an. In geringem Abstand zu ihnen hockte Compton-Hill mit weit aufgerissenen, wässrigen Augen auf dem Boden, umschlang seine Knie und kaute wild an seinen verdreckten Fingernägeln.

»Ich verstehe.«

»Er muss den Schlüssel an sich genommen haben, als ich schlief. Ich hätte es bemerken müssen. Ich dachte, er wäre einfach nur erschöpft und verängstigt. Erst vor zwei Tagen kam ich darauf, den Koffer zu überprüfen, und dann … sieh ihn dir an. Es ist eine Schande, nichts weiter, eine erbärmliche Schande. Ich wollte nicht, dass sein Vater davon erfährt. Edward, es tut mir leid.«

Edward drehte sich zu dem Jungen um, der die Augen bemerkenswerterweise noch ein Stückchen weiter aufriss und zu weinen begann.

»Ja, ich verstehe. Ich danke Ihnen, Doktor. Hugh, hol dir eine Decke, ich denke, du wirst sie brauchen. Wir werden auf dich achten, bis du es ausgeschwitzt hast; falls du denkst, du hältst es nicht aus, wirst du es ertragen müssen. Und Gott helfe mir, du solltest beten, dass keiner von uns brauchen wird, was du genommen hast.«

Er ignorierte das reumütige, nörgelnde Bündel zu seinen Füßen und wandte sich den anderen zu. »Anton, du hast am meisten gelitten; hol dir vom Doktor einen Tropfen ab. Was uns angeht – wir sollten vorsichtiger sein und unsere Gier zügeln.«

Sie errichteten einen kleinen Schutzraum neben der Steinhütte, in dem Hugh ungehindert schwitzen und zittern konnte, ohne ihren ohnehin kummervollen Schlaf zusätzlich zu stören. Edward hörte ihn im Fieberwahn stöhnen, blöken und manchmal auch schreien; Wilkinson versorgte ihn mit Wasser und den saubersten Lumpen, die sich auftreiben ließen, und hielt sich an die strikte Anweisung, kein Mitleid aufkommen zu lassen. Hughs Därme, so lange stillgelegt von der Tinktur, die die anderen so bitter nötig gehabt hätten, kamen in Bewegung, und obwohl er keinen Appetit verspürte, fütterte man ihn mit kostbarer Brühe, da er nichts Festes bei sich behalten konnte; zwischen seinen weinerlichen Entschuldigungen schlürfte er von dem Löffel, den der Doktor ihm hinhielt. Edward wusste um den Abscheu der anderen, aber als Nordahl zu ihm kam und fragte, warum der Junge solche Privilegien genieße, während Andreev leide, konnte er nur entgegnen: »Würdest du ihn sterben lassen, Lars?« Er drängte nicht auf die Antwort, da er sie selbst nicht wusste.

Mit jeder verstreichenden Mitternacht wurde der Himmel merklich dunkler. Bald senkte sich das Zwielicht auf sie nieder. Zwei Wochen nach ihrer Landung wurden die Enteneier knapp. Eines Abends, sie wollten sich gerade schlafen legen, rief Hugh mit so fester, vernünftiger Stimme nach ihnen, dass sie nicht anders konnten, als nach ihm zu sehen. Er saß draußen und starrte in den blasslila Himmel, von dem sich die traurige Silhouette von Hunderten und Aberhunderten von Vögeln in vollem Fluge abhob. Wo immer diese Insel auch lag, nun waren die fünf Männer darauf allein; und da es ihnen nicht beschieden war, so mühelos in wärmere Gefilde zu segeln, mussten sie sich für den Winter einrichten.

Hoch über dem Haus zieht ein Vogelschwarm vorbei, die Tiere spreizen die Flügel und lassen sich vom Aufwind tragen. Julia schaut zu, wie sie mit einem Hauch von Traurigkeit in der endlosen, blauen Tiefe verschwinden; auch sie kennt jenes Ziehen im Herzen, das sich Heimweh nennt.

## *Das Ende*

Wochen vergingen. Sie mühten sich ab, das Feuer nicht ausgehen zu lassen, und teilten sich den wenigen Brennstoff, der ihnen geblieben war, gut ein; tagsüber hockten sie zwanzig Stunden am Stück dicht beieinander, nachdem sie den kasteiten, abgemagerten Hugh wieder in ihrer Mitte aufgenommen hatten. Sie bedeckten den Boden mit so vielen Gräsern, wie sie rupfen konnten; das Innere der Hütte, fensterlos bis auf die kleine Öffnung im Dach, die als Kamin diente, war dunkel und roch trotz der Kälte übel, denn selbst der fettige, schwarze Qualm des brennenden Öls konnte gegen den Gestank ihrer Körperflüssigkeiten nichts ausrichten. Es gab nichts zu jagen; das winterliche Meer war leer, die Nester verlassen. Die See überfror wieder, das Eis klebte an den Felsen und kroch von dort aus über die Wasseroberfläche wie Schimmel über eine Frucht, es blühte in Form von Schollen auf, die sich zum Schluss zu einer weißen Ebene unter einem dunklen Gewitterhimmel zusammenschlossen. Edwards Einträge beschränken sich auf schematische Aufzählungen: Er listet die stetig schrumpfenden Vorräte auf, den Winkel der sinkenden Sonne und des Mondes, der sich im September zeigt. Seine wenigen rührigen Stunden verbringt er damit, eine Karte der unbekannten Küstenlinie zu zeichnen. Gelingt es ihm, in ganzen Sätzen zu schreiben, scheint seine Verzweiflung durch: »Wie sehr brannte ich darauf, das sichere, warme Schiff zu verlassen. Falls einer von uns überlebt, wird man mich einen Narren schimpfen, und zu Recht. Wieder einmal wünscht dir dein Narr von einem Ehemann eine gute Nacht, denn wie es scheint, hat die Sonne sich gesenkt.«

Ewiger Abend, die Sonne längst untergegangen – in Gedanken zieht Julia die Konturen einer unbekannten Gestalt mit Tinte nach, einer Silhouette im Schnee.

Edward starrte auf das gefrorene Meer hinaus. Über ihm zitterte der rosige, goldene, von Silberschnüren durchzogene Himmel. Das Licht befeuerte seinen Ehrgeiz nicht länger, es schien fern und gleichgültig und kränkte seine Eitelkeit mit unmöglicher, unfassbarer Schönheit. Er war fast blind vor Hunger. Da regte sich etwas auf dem Eis, ein Fuchs hielt inne und sah dabei so reglos aus wie eines von Johns Tierpräparaten, die Pfote fluchtbereit in die Höhe gezogen. Edwards Blick schärfte sich, plötzlich sah er das Tier mit wahnhafter Klarheit. Er sah die dünnen Flanken zittern. Er sah den Raureif seines Atems. Es witterte seinen Gestank. Seine schwarzen Augen trafen Edwards Blick. Er schoss.

Im Hütteneingang erschienen die Gesichter seiner Gefährten, die der Knall in der Stille aufgeschreckt hatte. Er verhallte in der leeren Abendluft. Edward hatte seine Beute erreicht; sie beobachteten ihn, wie er sie auf die Arme nahm und dann die steile Rampe aus Fels und Eis heraufkletterte, um, oben angekommen, auf die Knie zu fallen und sich mit beiden Händen abzustützen; ihm war schwindlig, er lachte. Er rappelte sich auf. Er schaffte es kaum, das Tier zu tragen; er brachte ihnen den Kadaver, den er am schlanken Hals gepackt und in die Höhe hielt.

»Wäre doch schade gewesen, ihn entkommen zu lassen.« So witzig, wie er in seiner Not sein konnte.

Und so stürzten sie sich auf ihr letztes Festmahl, auf das letzte frische Blut, das sie je wieder schmecken sollten. Sie zogen sich in die Hütte zurück, kauerten sich zusammen, zupften sich die Läuse aus den Lumpen und steckten sie sich zwischen die Zähne, nur um es knacken zu hören. Sie sprachen nicht mehr, bis es an der Zeit war, vom Sterben zu sprechen; keiner von ihnen glaubte, im Tode errettet zu werden.

Julia schlägt sich eine Hand vor den Mund und zwingt sich weiterzulesen, über die Stelle hinaus, an der sie schon so oft gescheitert war. So weit war sie ihm gefolgt, den ganzen Weg, sie konnte ihn jetzt unmöglich im Stich lassen.

»Heute hat Anton seine linke Hand verloren; die rechte ist nur mehr ein Stumpen. Auch seine Sprache ging verloren; ich fürchte, er weiß nicht mehr, wo und wer er ist. Er erwidert unsere Blicke nicht, scheint uns aber, wenn wir ihn füttern, ratlos zu mustern, so als sehe er nicht mehr klar. So als wolle er höflich sagen: ›Verzeihung, ich verstehe nicht ganz.‹ Wie jene glücklichen Trunkenbolde und Kretins, die man in Londons Straßen sieht. Mit blindem Lächeln und sabbernd ist er ins Säuglingsalter zurückgefallen, und ich bin froh darüber. Er würde sich in diesem Zustand nicht mehr kennen wollen.«

Edwards Notizen zufolge starb Andreev zwei Tage später.

Dr. Wilkinson schied so unauffällig dahin, wie er gelebt hatte; Hugh, zutiefst bestürzt über den Verlust des einzigen Mannes, dessen Mitgefühl ihm sicher gewesen war, machte viel Aufhebens, fuchtelte mit den schwachen, vom Frost zerfressenen Händen herum und rieb dem Doktor mit einem schmutzigen Lumpen übers Gesicht. Im dämmrigen Mief der Hütte wurde Edward sich eines leisen Murmelns bewusst, das stundenlang anhielt und nur von dem Süßwassereis unterbrochen wurde, das Hugh seinem Patienten auf die Zunge legte. Als der Morgen hätte grauen sollen, verstummte das Gemurmel des Doktors. Hugh, der seinen Kopf erschöpft auf den Schoß des Älteren hatte sinken lassen, wurde von der Stille geweckt, die er augenblicklich mit lautem Wehklagen zerriss, als er die toten Augen, den heruntergeklappten Kiefer sah. Er war mit dem Leichnam allein; von draußen hörte er das Geräusch von Metall, das in steinharte Erde gerammt wird. Edward und Nordahl waren dabei, ein Grab auszuheben.

Stunden später, als sie völlig erschöpft hereinkamen, um den Leichnam des Doktors zu holen, mussten sie sehen, dass sie doppelte Arbeit vor sich hatten; der Junge lag bäuchlings ausgestreckt, in seinen Mundwinkeln bildeten sich noch Spuckeblasen und seine von Todesangst geweiteten Pupillen hatten seine Augen schwarz gemacht. Sie mussten ihm das leere Fläschchen mit Gewalt aus der toten Hand winden.

So geht Edwards Geschichte, und da ihm niemand widersprochen hat, werden wir, so wie Julia, glauben müssen, dass der junge Mann auf diese Weise sein Leben aushauchte. »Hugh ist tot und die Tinktur dahin. Für Lars und mich wird es keine Ausflucht in die Besinnungslosigkeit geben. Vielleicht sollte ich keine Vorwürfe erheben; vielleicht beneide ich ihn. Aber nun lockt uns wenigstens nicht länger die Versuchung, und wenn es so weit ist, werden wir unserem Ende nicht betäubt, sondern nüchtern entgegensehen.«

Das Mondlicht beruhigte ihn, aber er war schrecklich einsam; seine Einsamkeit war so hoffnungslos, dass sie mit dem Gefühl der Ruhe verschmolz. Keine Panik mehr, kein Grund zu zittern als die Kälte. »Emily, die menschliche Seele«, schreibt er, »besitzt ein Reservoir an Stärke, das kennenzulernen ich mir nie gewünscht hätte und dessen Tiefe zu erkunden dir hoffentlich erspart bleiben wird; nur davon zehre ich noch in der stillen Leere dieser trostlosen Ödnis.«

Und Edward hatte recht: Seine Wochen aus Dunkelheit und Todesahnung liegen jenseits der Sicherheit des heutigen Som-

wollte, um sie Emily zu präsentieren; nun nimmt Julia die losen Enden auf. Ein letzter, lichter Eintrag, und dann nur noch weiße Seiten: »Es tut mir leid, dass ich das Ziel nicht erreicht habe und du umsonst gewartet hast; falls mich ein Jenseits erwartet, wird es an mir sein, deiner zu harren. Ich fürchte, ich kann nicht mehr weiter; ich kann nicht mehr.«

So ging es für Edward zu Ende. Wieder einmal ist es vorbei. Die alte Klage: »Ich kann nicht mehr.« Auch Julia kann nicht mehr. Und in einer anderen Handschrift das Echo: »Ich kann nicht mehr ohne …« Sie lässt das Buch auf ihre Brust sinken und schließt die Augen.

1959 entdeckte eine sowjetische Expedition auf einer kleinen Insel im Norden von Franz-Joseph-Land die Überreste eines provisorischen Unterschlupfs, in dem die mumifizierte Leiche eines einstmals ungewöhnlich großen, breitschultrigen Mannes lag, dessen rotes Haar noch in Strähnen an seinem Schädel klebte. Ganz in der Nähe markierten vier Blechkreuze eine Reihe von flachen Gräbern. Bei der Exhumierung gab das vierte die Leiche von Edward Mackley frei. Die Haut war straff über die wohlgeformten Wangenknochen gespannt, die Augen milchig, und die weißen Zähne standen unter dem zerzausten Schnurrbart hervor, der über den geschrumpften, schwarzen Lippen hing. Als man den Leichnam zu bergen versuchte, stellte man fest, dass sein Rücken fest mit einem massiven Eisblock verbunden war, der den Boden des Lochs ausfüllte. Das Grab wurde von denjenigen, die es entdeckt hatten, rücksichtslos durchwühlt in der Hoffnung, den Unbekannten identifizieren zu können. Seine letzten Habseligkeiten nahm man ihm weg. Um die heiklen politischen Beziehungen jener Zeit nicht zu gefährden – und nachdem die betreffende Regierung sich von der Harmlosigkeit des Funds überzeugt hatte –, händigte man sie der Royal Navy aus.

So gelangten Edwards Tagebuch und das Foto, an das er sich bis zuletzt geklammert hatte, nach England zurück, zusammen mit den übrigen Fundstücken aus dem Lager, darunter ein altes Fernrohr und eine kaputte, silberne Taschenuhr.

Emily war einundachtzig Jahre alt, ihre jugendliche Hitze und der in jungen Jahren erlittene Verlust längst vergessen. Sie selbst sorgte dafür, die Erinnerung im Zaum zu halten, und wurde in jenen Tagen kaum von Albträumen geplagt. Nachdem sie sechzig Jahre gewartet hatte, warf sie einen Blick auf ihr eigenes, zwanzigjähriges Gesicht; die glühenden Wangen waren auf dem Foto ebenso verblasst wie im wirklichen Leben, und sie weinte. Man könnte auch sagen, die wässrigen Augen einer alten Frau tränten.

*Aber ich habe gewartet*

In der Nachmittagssonne, die hundert Jahre nach Edward Mackleys Tod durchs Fenster einfällt, kommen seine letzten Worte, die Emily erst am Ende ihres Lebens hörte, auf Julias Herzen zur Ruhe. Sie atmet erschöpft aus, ist fast eingedöst. »Ich kann nicht mehr.«

*Aber ich habe gewartet*

Die geflüsterten Worte schweben durchs Haus und in den Garten hinaus, ein leiser Seufzer, der vom Wind gepackt und über das Meer gen Norden geblasen wird, immer weiter gen Norden, während die Sehnsucht sich mit der unsichtbaren Tinte der Erinnerung unauslöschlich fortschreibt.

*Während all der Zeit, die ich wartete, ausgestreckt auf dem Ruhepol, habe ich nicht geweint. Ich habe gewartet, und er ist nicht gekommen, aber ich konnte nicht mehr ohne*

Doch, die geduldige Emily konnte sehr wohl, sie lebte ohne ihn weiter, und als sie endlich erfuhr, dass er nicht mehr war, ließ sie ihn los.

Als Edwards Leichnam in einem Grab auf einer kleinen Insel in Franz-Joseph-Land gefunden wurde, stieß Emily Mackley einen tiefen, langgezogenen Seufzer aus, der immer noch durch diese Zimmer klingt, und dann legte sie sich ins Bett, um auf den Tod zu warten. Geduldig und allein hatte sie im Haus seines Bruders gelebt, damit er wusste, wo sie zu finden wäre, sollte er den Rückweg jemals schaffen; sie hatte zwei Weltkriege überlebt, drei Könige sterben und einen vierten einer Frau zuliebe abdanken sehen, und dann hatte sie gesehen, wie eine Frau den Thron bestieg; sie hatte gelitten und fremdes Leid gesehen und alles getan, um es zu lindern; und während dieser ganzen Zeit hatte Edward geruht, fernab der Bomben und des Terrors, der Wunder und der Triumphe des neuen Jahrhunderts, das er draußen im Schnee hatte knospen sehen. Nun war es an ihr zu ruhen, und so legte sie sich ins Bett und ruhte. Ein knappes Jahr später starb sie. Wie man sagte, hatte sie ihrem geduldigen Herzen endlich erlaubt zu brechen. Die Wahrheit sah weniger romantisch aus, aber immerhin wäre denkbar, dass ihre Leber nur dem Herzen zuliebe so lange durchgehalten hatte, gerade lange genug, um endlich Gewissheit zu haben. Im Alter von zweiundachtzig Jahren hatte sie, wie man sagte, ein langes, erfülltes Leben hinter sich. Sie war bis ins hohe Alter schlank und gutaussehend geblieben. Sie trank gern ein Gläschen, aber wer wollte es ihr missgönnen? Eine gut erhaltene alte Dame, vom Gin konserviert, sagten sie in dem liebevollen Ton, mit dem Familien über ihre harmlosen Alkoholiker sprechen.

Die letzten Hausangestellten waren vor langer Zeit gestorben, aber selbst als es dem Ende zuging, brauchte Emily keine Pflegerin; Helen war da und bewachte ihren Schlaf, der jeden Tag ein kleines bisschen länger dauerte. Sie brachte Tabletts ans Bett und verführte sie, die selten Appetit hatte, mit Kräckern und geräuchertem Lachs und gelegentlich einem Ei; am Morgen gesüßten Tee mit Vollmilch, am Abend dunklen, warmen, sättigenden Kakao, ein Ritual, das Helen aus Mailand mitgebracht und gern mit Emily geteilt hatte. Und dazwischen gab es Gin und Geschichten. Sie tranken in aller Ruhe, nippten sich durch die lange Cocktailstunde, die nach dem Mittagessen begann und sich, nur kurz unterbrochen von Emilys Mittagsschlaf, bis nach Sonnenuntergang hinzog.

# Fünfter Teil

Hören Sie:

.....

Überall im Haus wird es, schrittweise, fünf Uhr. Es begann vor fünf Minuten im Salon, wo die Uhr entschieden tickt und sich, obwohl sie irrt, keines Besseren belehren lässt. Dann rutschen die stählernen Zeiger der Küchenuhr an ihren Platz. Seit 1973 zählen sie diskret die Stunden, und manchmal vergehen Tage, bis irgendwem auffällt, dass die Batterie leer ist; selbst dann verstreicht oft genug eine Woche oder mehr, bevor sich jemand die Mühe macht, den Küchenhocker unter die Tür zu ziehen, hinaufzuklettern, die Batterie zu wechseln und die Uhrzeit einzustellen, die die nächstbeste, womöglich fehlerhafte Armbanduhr anzeigt. (Simon erreicht die Uhr mühelos aus dem Stand, aber es war Julia, die entdeckt hatte, dass das arme Ding im letzten Mai im traurigen Abwärtswinkel von fünf Uhr fünfunddreißig stehen geblieben war. Wird es schon so früh dunkel?, hatte sie sich im ersten Augenblick gefragt und dann begriffen, dass die Wahrheit ihr zweieinhalb Stunden voraus war.)

So ist es auch in der Küche fünf Uhr geworden, irgendeiner anderen, ungenauen Quelle gemäß. Das Lamm sollte bald in den Ofen, aber Julia ist nirgends zu sehen, und selbst Tess hat ihren Posten verlassen; sie hat sich auf dem Bettvorleger im Schlafzimmer zusammengerollt, direkt neben dem Kopf, den man an der leeren Fellhülle beließ. Tess' bevorzugter, aber strikt verbotener Ruheplatz; doch die Tür stand offen, und Tess ist keine Katze, die sich an Regeln hält, außerdem ist Simon, der sie packen und ohne viel Federlesen in den Flur werfen würde, nicht zu Hause.

Julias Armbanduhr liegt, seit sie am Vorabend dort abgelegt wurde, unbeachtet auf dem Nachttisch; wie immer unbeobachtet zeigt sie zart die volle Stunde an (nichts als eine hauchdünne Linie markiert den Punkt, über den sich nun ein schlanker Minutenzeiger schiebt). Eine Minute und dreizehn Sekunden später folgen die roten Ziffern des Digitalweckers dem Beispiel.

In einem Büro über den Platanen, die das Themseufer säumen, wird es im selben Moment wie für den Digitalwecker fünf Uhr, was der dröhnende Schlag von Big Ben bekräftigt. Hier findet kein langgezogener Prozess aus Vorauseilen und Aufholen statt; Simons Computerbildschirm, das immer noch ignorierte Handy und seine Armbanduhr stimmen lautlos überein.

Als das unverkennbare Klacken der alten Standuhr im Flur das Bleigewicht zum Ratschen bringt und mit dumpfem Läuten die Stunde schlägt (nur vierundachtzig Sekunden zu spät), fährt Julia auf dem Dachboden erschreckt aus dem Schlaf.

## *Ein Besucher*

Schwer zu sagen, ob Julia vom Klacken, Ratschen, Läuten oder Schlagen geweckt wird oder vom Wissen darum, dass die gesamte Sequenz bevorsteht, so wie manche Schläfer derart an die Minute des Aufwachens gewöhnt sind, dass sie stets kurz vor ihrem Wecker erwachen. Denn obwohl Julia zu dieser Stunde normalerweise nie aufwacht, hatte sie vor, sich um fünf Uhr auf ihren Besucher vorzubereiten. Das sanfte Dröhnen der Uhr hallt in ihr weiter, ihr Herz schlägt im Einklang mit dem Haus. Im Gegensatz zu Simon hört sie die Standuhr im Bett nie; das Geräusch ist einfach ein Teil der Nacht.

Da liegt Julia nun, das Schlagen der Stunde hat sie aus dem Schlaf gerissen. Sie hat einen steifen Nacken, denn das rosafarbene Kissen ist in den Spalt zwischen Polster und Armlehne gerutscht, so dass Julias Schädel auf hartem, mit Stoff überzogenem Holz liegt. Ihr Haar ist im Nacken feucht vom Tagschlaf, und als sie aufsteht (sie lässt sich von der Chaise rollen und steht plötzlich aufrecht), klebt ihr das Kleid am Rücken, ist ihr Slip unangenehm verrutscht und ihre Haut mit Staub und Schweiß überzogen. Sie horcht dem Echo in der Luft nach, fünf Schläge, die in der Stille hängen bleiben:

*Fünf Schläge nach dem Klopfen, warum bin ich so plötzlich aufgewacht? Was ist so wichtig?*

Die Sonne hat den höchsten Punkt längst überwunden, und auf dem dämmrigen Dachboden steht eine sämige, braune Hitze. Nur ein paar winzige Staubkörnchen tanzen im tiefgelben

Licht. Julia wirft einen Blick auf die Trümmerhalde ihrer Arbeit: Fernrohr, Büchse, Schneebrille, überall Papier. Auf dem Schreibtisch ihr aufgeschlagenes Notizbuch mit einem gekritzelten Fuchs am Seitenrand, einem doppelten Mond, einem Hund mit schrecklich gefletschten Zähnen, Abdrücken von einem Paar Schneeschuhe, die bis zum Seitenrand laufen. Ein Bündel inzwischen wieder mit schwarzem Band verschnürter Briefe. Das silbrige, verblichene Foto einer lachenden, jungen Frau mit leuchtenden Augen, unter deren Rocksaum zwei Skispitzen hervorlugen.

*Hinaus in den Schnee, um ihn zu treffen. Zu heiß für Schnee. Mir ist zu heiß.*

Einen Moment noch bleibt sie so stehen, fühlt sich unwohl in ihrer klebrigen Haut, hebt sich mit einer Hand das Haar aus dem Nacken und zupft mit der anderen am Gummi ihres Slips, um ihn zu richten. Sie schüttelt sich das Haar auf, streicht es glatt und kratzt sich verwirrt und mit einer cartoonhaften Geste, die Simon früher einmal urkomisch fand, den Kopf. Der Schreck des Aufwachens schlägt sich noch als leere Übelkeit nieder, als ihr Magen sich längst entkrampft hat.

*Hungrig?*

Sie blickt zur Eisbärin hoch, die in wenig hilfreichem Schweigen zurückbrüllt.

*Eisbär brüllend dargestellt, John ergreift die Tatze … John. John?*

Schlagartig fällt ihr das Lamm wieder ein und, noch wichtiger, der bevorstehende Besuch ihres Cousins Jonathan, der geschäftlich in London zu tun hat und vorbeischauen wird, bevor er nach Sheffield zurückfährt, wo er lebt, seit er vor zwei Jahren aus Amerika zurückgekommen ist. Er ist verheiratet, aber sie hat ihn nicht mehr gesehen, seit er ein kleiner Junge war, weil er so beschäftigt ist mit seiner Arbeit als …

*Irgendwas … und konnte nicht zu Tante Helens Beerdigung kommen, weil …*

Aber schon jagt Julia die Treppe vom Dachboden hinunter, und der Gedanke bleibt unvollendet, weil sie jetzt keine Zeit für Jonathans Biographie hat (während die Schiffsuhr in *Kiste 002* liegt und in ihrem eigenen Tempo fünf Uhr anzeigt). Sie ist barfuß, und ihre Schritte klappern nicht, als sie an John und dem tanzenden Bären vorbeieilt und anschließend die schmale und dann die breite Treppe in den ersten Stock hinunterspringt (knirz und knarz, diesmal macht sie sich keine Mühe, das morsche Holz der Stufenmitten zu meiden) und im Schlafzimmer noch im Gehen das Kleid abstreift. Im angrenzenden Badezimmer (stickig, noch aufgeheizter als am Abend, obwohl der Abluftventilator geräuschvoll anspringt, als sie den Lichtschalter betätigt) nimmt sie den weichen Naturschwamm aus der Dusche, noch feucht von heute Morgen, hält ihn unter kaltes Wasser und drückt ihn gegen ihre Haut. Sie ist erstaunlich gelenkig, keine Stelle an ihrem Rücken, die sie nicht bequem erreichen würde. Ihre auf der Chaise zu lange zusammengedrückten Schultern strecken sich genüsslich. Flüchtig taucht das Bild eines ganz ähnlichen Schwammes vor ihrem geistigen Auge auf, der oben auf dem Dachboden in einem säuberlich etikettierten Glas vor sich hindümpelt.

*Schwamm in Alkohol, alter Säufer …*

Aber als sie ins Schlafzimmer zurückkommt, vertreibt die Luft, die durchs Fenster hereinzieht und kühl über ihre nasse Haut streicht, alle Gedanken. Auf dem Weg zur Frisierkommode lässt sie das Kleid neben Tess auf den Bettvorleger fallen, nicht ohne sie der Form halber darauf hinzuweisen, was für eine ungezogene Katze sie sei. Tess hebt kurz den Kopf, bevor sie sich wieder zufrieden und mit zu gelben Schlitzen verengten Augen auf dem Fell zusammenrollt, den Kopf halb nach oben verdreht und das Kinn vorgereckt für den Fall, dass irgendwer es kraulen möchte. Aber Julia steht jetzt vor dem Spiegel, und Tess hat Verständnis für ihren Wunsch, sich herauszuputzen.

Julia ordnet sich das Haar, sie zieht am Haargummi, das wacker an einer letzten Locke hängenbleibt, und fährt erst mit den Händen und dann mit einer Bürste hindurch, bis es glänzt. Sie sitzt in Unterwäsche auf dem gepolsterten Hocker, zieht mit flachen Händen an ihren Wangen, bis die Innenseite ihrer Unterlider zum Vorschein kommt, und stöhnt leise, was so viel heißt wie:

*Als ich ein Mädchen war, hatte ich glatte Haut, und Falten waren etwas für alte Leute. Das Make-up war aufregend, knallrosa und billiglila und sowieso verboten, und ich sehnte mich nach dem Wort* Rouge*; heute muss ich mich abmühen, um einen natürlichen Look hinzubekommen. Nichts ist unnatürlicher oder ungerechter, als zu altern.*

Ihre Gedanken sind so zerknittert wie ihre Haut nach dem Schlafen; sie ist erschlagen von der drückenden Hitze des Dachbodens und den Wachträumen von Edward und Emily, die sie verfolgen und nicht lockerlassen; das Schwanken unter den Füßen, das Wogen der See, der Sturz durch das Eis, das Warten, das furchtbare, langsame Sterben … Sie streicht sich mit den Händen Creme ins Gesicht, auf die Stirn, die sie aus Ärger über die zarte Zornesfalte zwischen den Augen runzelt, über die edlen, hohen Mackleyschen Wangenknochen, die ihre Mutter so bewunderte, deckt die dunklen Schatten unter den bronzebraunen Augen ab, in denen wir, folgen wir ihrem Blick in den Spiegel, einen letzten Hauch der arktischen Nacht erkennen können, dunkles, von funkelnden Sternen durchsetztes Indigoblau. Sie rahmt sie mit Kajal ein, das sie sanft verwischt, um die Linie nicht zu hart wirken zu lassen, sie tuscht sich die Wimpern schwarz und klimpert das eigene Spiegelbild an. *Kokett.* Das Wort weckt eine Laune, und Julia greift zu dem roten Lippenstift, den Simon, sie weiß es genau, nicht leiden kann, und trägt ihn in einer dicken Schicht auf, um den Gast willkommen zu heißen. Ihr Cousin soll sehen, wie glamourös sie ist, wie gut das Haus zu ihrem schönen Leben passt.

Passend dazu wählt sie ein schlichtes, schwarzes Kleid, in das sie von oben hineinsteigt, um den Lippenstift nicht zu verschmieren, sie zieht es sich in einer Schüttelbewegung über die Hüfte, schließt Reißverschluss und Gürtel, kämmt sich noch einmal das Haar und läuft in die Küche hinunter. Die Sonne ist gewandert und ergießt sich nicht mehr auf den Küchenboden, so dass Julias Fußsohlen auf dem Stein nur noch die Restwärme erfühlen.

*Terracotta, terra firma, zieh dir Schuhe an …*

Die Küche ist zur Hälfte in die kühle Erde eingelassen und bietet etwas Schutz vor der Hitze. Aber nachdem Julia den Ofen eingeschaltet, sich gestreckt und das Lamm vom Kühlschrank geholt hat, den verstaubten Weinkeller nach einem bestimmten Wein, den Simon gern trinkt und der natürlich in der hinterletzten Ecke liegt, durchsucht hat, nur mit Mühe das übervolle Gemüsefach herausgezogen hat, um Bohnen und Rote Bete herauszuholen, die natürlich ganz nach unten gerutscht sind, und es unter ebenso großen Mühen wieder hineingedrückt hat, um die Kühlschranktür schließen zu können; nachdem sie in der Unordnung einer Schublade voller seltsamer Utensilien gewühlt hat, um das Fleischthermometer zu finden, das Lamm damit gespickt und mit aufgeblasenen Backen, wie um die Hitze zurückzublasen, in den Ofen geschoben hat und in einen liegengebliebenen Fischklumpen neben Tess' Napf getreten ist – nachdem sie all das geschafft hat, bereut sie ihre schlechte Planung und wünscht sich, sie hätte sich erst nach dem Kochen umgezogen. Ihr Haar klebt wieder im Nacken, ihre Hände sind mit dem Staub der Weinflaschen und dem Fett des Bräters beschmutzt, und vermutlich riecht ihr Fuß nach Thunfisch … Sie eilt die Treppe noch mal hinauf (diesmal ohne innezuhalten und die Schmetterlinge zu bewundern).

*Viel zu heiß, um Schwarz zu tragen, du Idiotin, Schwarz zieht die Hitze an, Weiß reflektiert sie wie Eis, wie Schnee, ach, wie schön wäre es, sich jetzt in den weichen Schnee zu legen … Ich muss mich umziehen, ich werde Weiß tragen, Seide wie Schnee, wie ein Hochzeitskleid, nein, nicht wie ein Hochzeitskleid, wie albern, das wäre übertrieben an einem Donnerstagnachmittag …*

Sie sichtet ihre Garderobe und schiebt jede ausgeschlossene Möglichkeit mit dem befriedigenden, metallischen Ratschen des Kleiderbügels an der Stange zur Seite. Der Kleiderschrank, der früher Arabella gehörte und in dem sich eine Spitzen- und Satinschicht über der anderen stapelte, ist riesig. Seine Oberfläche, Arabella hielt das für den französischen Stil, ist so glatt und glänzend wie gestraffte Haut, und seine Seiten sind bauchig, so als könne er seinen Inhalt kaum fassen; dennoch gelingt es dem Stück, irgendwie zierlich auszusehen mit seinen wackeligen Füßchen und den filigranen Kringeln und Wirbeln des geschnitzten Blattwerks über den Türen. Julias bescheidene Sammlung von Röcken, Blusen und Kleidern hängt neben einigen übriggebliebenen Pelzmänteln und einer Stola aus Zobel, die sie als Kind heiß ersehnte und nun, da sie ihr gehört, nicht zu tragen wagt, aber dennoch manchmal aus dem Schrank holt, um die weichen, beinahe Übelkeit erregenden Runzeln des Leders zu berühren. In der Wohnung in Balham hatte sie ihre Kleider in einen kleinen Wandschrank gestopft; als Julia sie hier aufhängte, schienen sie sich zu schütteln, zu strecken und vor Erleichterung zu seufzen – nur um später doch wieder als Häuflein auf dem Boden zu landen, wie immer.

Schließlich entscheidet sie sich für ein pfirsichfarbenes Etuikleid, das sie in der letzten Woche getragen und das sich inzwischen unters Bett verkrochen hat. Sie wirft einen Blick auf die Uhr – es ist schon fast halb – und beschließt spontan, sie anzulegen. Als sie sich zum letzten Mal das Haar kämmt und versucht, es zu einem glatten Knoten zurückzubinden (der sich lockert, sobald Julia sich vom Spiegel abwendet), hört sie die Türklingel, das altmodische Dingdong, das seit 1910 alle Besucher ankündigt. Wieder steigt Julia die Treppe hinunter; unten hält sie sich am Geländer fest und hopst abwechselnd auf einem Bein, um sich mit einem Papiertaschentuch die Fußsohlen abzuwischen (die unerbittlich über den Namensschildchen festgepinnten Schmetterlinge tanzen nicht aus der Reihe) und in ein Paar Sandalen zu schlüpfen, das sie glücklicherweise an der Tür vergessen hat. Sie nimmt sich die Zeit, einen letzten Blick in den Spiegel im Flur zu werfen und wendet sich, als die Reflexion im Glas ihrer Vorfahren ihre Zustimmung findet, der dunklen Gestalt vor der Haustür zu, einem braunen Schatten im bernsteinfarbenen Glas.

So wird Julias Tagesablauf also von einem Fremden unterbrochen, einem echten, lebendigen Menschen, der sich unter die

Geister mischen wird, die Julia geweckt hat und die sie umschwärmen. Sie fühlt sich schwindlig, immer noch aufgekratzt von ihrem Tagtraum, und nach dem Ausflug auf Edwards Spuren durch den gleißend hellen Schnee muss sie sich zunächst an die warme, feste Welt gewöhnen. Heute, denkt sie, hatte sie ihn fast. Fast hätte sie ihn berührt, mit Emilys Hand. Als es nun darum geht, die Tür zu öffnen, wird sie plötzlich nervös, so als bräche das den Zauber, mit dem sie ihren Zufluchtsort belegt hat. Das flaue Gefühl im Magen führt sie auf ihr unsanftes Erwachen zurück, dabei mag es sich in Wahrheit um eine Vorahnung handeln, die sie nicht ignorieren sollte. Wer kann schon wissen, was ein Fremder mitbringt?

Julia öffnet die Tür und steht einem Mann gegenüber, der den Rahmen fast ausfüllt und ihr zur Begrüßung eine Hand entgegenstreckt. Sein Händedruck ist energisch und selbstbewusst, dabei nicht zu fest, genau die Sorte Händedruck, die Julia mag.

So wie Julia ist Jonathan Mackley ein Urgroßenkel von John. Sein Vater war der Sohn von Johns und Arabellas zweitem Kind Thomas, Tante Helens älterem Bruder. Jonathan ist ein bisschen älter als Julia und eine Art Cousin – irgendwann wird sie die Verwandtschaftsverhältnisse analysieren. Sein Nachname wurde über vier Generationen weitergegeben; seit Julias Heirat ist er der letzte Mackley, der auch Mackley heißt, aber er hat noch keinen Erben. Namen sind wie Früchte, die am alten Familienbaum reifen, denkt sie. Er sieht weder ihr noch irgendeinem anderen Mackley ähnlich; dennoch bildet sie sich ein, als er ihre Hand ergreift und sie mit wachen Augen mustert, einen Moment lang Edwards Blick zu erkennen, wie er aus dem Porträtfoto herausspäht, dem Norden, dem Ruhm entgegen. Jonathans Augen sind sehr blau und kein bisschen schwarz, trotzdem gelingt ihnen dieser eindringliche Blick. Er ist groß, nicht so groß wie Simon, aber dafür breiter, kräftig und untersetzt.

Sein verblüffend rotes (von Arabella geerbtes) Haar ist schütter, sein hellblonder Bart gepflegt, und die Augenbrauen sind in dem geröteten Gesicht kaum zu erkennen. Er trägt ein sehr sauber wirkendes, weißes Hemd ohne Krawatte und eine kleine, runde Brille auf der spitzen Nase, die ihn wie ein intellektuelles, freundliches, leicht übergewichtiges Frettchen aussehen lässt. Sie bemerkt, dass sie immer noch Hände schütteln und dass sein Blick dem ihren nicht ausweicht; sie fragt sich, was er wohl über sie denkt und wird sich ihrer knallroten Lippen unangenehm bewusst.

»*Du* musst Julia sein«, sagt er in warmem Ton, und Freude durchflutet Julias Brust, verrät ihr seine Betonung doch, dass er sie in guter Erinnerung behalten hat und nun bewundert, was aus ihr geworden ist.

»Tja, muss ich wohl. Wie schön, dich zu sehen, Jonathan.«

Sie führt ihn in den Salon und fragt ihn, ob er, bevor sie hinaufgehen, etwas trinken wolle, und dann fügt sie aus Angst, anzüglich geklungen zu haben, eilig hinzu, dass ein Großteil der Sammlung sich auf dem Dachboden befinde, er die Stücke also dort oben in Augenschein nehmen müsse, falls er das überhaupt wolle. Plötzlich muss sie sich verbieten, sich vorzustellen, wie es wäre, mit Jonathan Mackley zu schlafen, der immerhin ein Cousin ist, wenn auch ein entfernter und ein wenig attraktiver obendrein – wenigstens nicht, korrigiert sie sich, in ihren Augen; sie möchte nicht gemein sein.

»Ein Gin Tonic wäre genau das Richtige«, lautet seine Antwort, nicht Tee oder Kaffee oder gar Limonade oder Wasser, was Julia an einem Wochentagnachmittag zu servieren geplant hatte. Aber als sie in der Küche das Eis im Glas klirren hört, die saure Limette und den bitteren, würzigen Duft des Alkohols riecht und das Prickeln und Ziehen auf der eigenen Zunge spürt, muss sie der Wahl aus vollem Herzen beipflichten – über welch treffsicheren Geschmack ihr Cousin doch verfügt. Schauen Sie nur, wie wunderbar lässig er dort im Sessel sitzt, den Knöchel auf das Knie gelegt, und sie anlächelt, als sie hereinkommt, ohne seine Haltung zu verändern; wie ein Mann allein in einem Zimmer sitzt, denkt Julia, verrät Bände. Sie reicht ihm das hohe Glas, und er lehnt sich zurück. Die Röte weicht merklich aus seinem Gesicht, und er stößt einen übertrieben langen, zufriedenen Seufzer aus.

»Genau das Richtige. Tut mir leid, aber London macht mich durstig, und an einem Tag wie heute ist die Hitze kaum zu ertragen.« Er spricht mit einem hauchfeinen amerikanischen Akzent; Großonkel Thomas wanderte in den zwanziger Jahren als junger Mann nach Boston aus, und bis zu Jonathans Rückkehr ließ sich sein Clan nur selten diesseits des Ozeans blicken, auch wenn er ganz entschieden und bis in die dritte Generation hinein an den kurzen englischen Vokalen festhielt. Unter dem Einfluss von Jonathans mittelatlantischem Akzent, in ihrem pfirsichfarbenen Kleid und mit rotem Lippenstift geschminkt, nippt Julia an ihrem Gin und fühlt sich plötzlich wie eine quirlige Filmheldin aus Hollywoods Glanzzeit, sinnlich wie eine Femme fatale in einem Film noir oder temperamentvoll wie in einer Screwball-Komödie, ein Gefühl, das sie stets glücklich macht. Sie beobachtet ihn und erinnert sich an eine Geburtstagsparty unter dem Motto »Mittsommer«, an einen ungelenken, dicklichen, rotblonden, etwas älteren Jungen, der sich für seinen Akzent zu sehr schämte, um ein Wort über die Lippen zu bringen, und der sehnsüchtig nach dem Kuchen schielte; sie erinnert sich daran, das hübscheste Törtchen ausgewählt und ihm auf ihrer Hand dargeboten zu haben.

Jonathans breites Gesicht strahlt im Sonnenschein, der durchs Fenster hereinkommt.

»Ah, das tut gut, in der Tat«, sagt er lächelnd. Zufrieden nippt er an seinem Glas, das zwischen seinen großen Händen klein und zerbrechlich wirkt. Sein Blick wandert umher und bleibt am Familienporträt der Mackleys hängen, das gegenüber von Edward und Emily an der Wand hängt und vier verschwommene Gespenster zeigt; das Licht spiegelt sich auf der dunklen, öligen Oberfläche, so dass nur die stärksten Kontraste zu erkennen sind. Zwei dünne, finstere Figuren am linken Bildrand, die kleine reicht der größeren kaum bis ans Knie; rechts davon Arabellas blasse, unförmige Gestalt, die einen fetten, bleichen Säugling auf dem Knie hält, Jonathans zukünftigen Großvater.

»Ist lange her, dass ich zum letzten Mal hier war. Ich war noch ein Junge«, erklärt er, studiert die viskosen Tiefen des Gemäldes und wendet sich dann wieder Julia zu, weil ihm etwas eingefallen ist, das er ihr sagen wollte. »Tut mir leid, dass ich nicht zu Tante Helens Beerdigung kommen konnte. Ich war zum letzten Mal als kleiner Junge hier«, wiederholt er, »aber es kommt mir vor wie gestern, als sie dort saß, wo du jetzt sitzt. Außergewöhnliche Frau.«

»Ja«, lächelt Julia abwesend, obwohl sie nicht unhöflich sein möchte. Sie schweigen. Wieder sieht Jonathan sich im Zimmer um. Er erinnert sich an einen warmen Sommertag, einen Reigen aus Nymphen, aus kleinen, wohlerzogenen, elfengleichen Mädchen mit schmalen Gesichtern, die einander Blumen ins Haar flochten und zu Füßen seiner außergewöhnlichen Tante saßen, die bekleidet war mit … mit einem pfirsichfarbenen Abendkleid? Waren ihre Lippen knallrot? Er erinnert sich an das heimliche, helle Lachen und Flüstern der Mädchen, die mit ihren Schmetterlingsflügeln hin und her flatterten und sich Phantasienamen gaben: »Erbsenblüte!«, »Spinnweb!« Vermutlich war es Julia gewesen, die ihm eines der winzigen Törtchen anbot, minzgrün und unglaublich lecker. In der Sahne steckten zwei winzige Keksflügel, als könnte es ihn austricksen und jeden Moment von seiner dicken Hand davonfliegen. Jahrelang hatte er die Szene vergessen, aber nun ist er wieder hier, im selben Zimmer. Julia lehnt sich im Ohrensessel zurück, schlägt die nackten Beine übereinander und lässt einen Schuh baumeln, während ihr Arm auf der Lehne ruht und ihre Hand den Knauf aus Eichenholz umfasst, als hätte sie ihn eben selbst geformt. Sie sitzt da wie Tante Helen. Er schaut sich um; das Licht überzieht alles, was er sieht, mit staubigem Schimmer, so dass es den Anschein hat, als sei in dieser kleinen Nische der Zeit das Ticken der Uhr vor Jahrzehnten angehalten worden, als schöben sich die Zeiger, die stets dieselbe Stunde zählen, nur als optische Täuschung über das Zifferblatt. Der abgewetzte Teppich schimmert gold-blau, die abgewetzte Tapete ocker. Die verblichenen Vorhänge verbergen üppige Rinnen aus leuchtendem Saphirblau in ihren Falten; im Sommer werden sie nur selten über die Musselingardine gezogen. Jonathan ahnt, dass alle Stellen der Einrichtung, die nicht den Jahren ausgesetzt waren, immer noch farbig sind; hinter der verblassten Oberfläche blüht die Vergangenheit. Er möchte Julia fragen, ob sie es war, die ihm das winzige, mit Puderzucker bestäubte Törtchen auf der offenen Hand gereicht hatte. Er nippt an seinem Gin. Er sagt:

»Denkst du nie darüber nach, hier zu renovieren?«

Bei diesen Worten zuckt die immer noch verträumt lächelnde Julia zusammen.

»Ach, weißt du, die vielen Erinnerungen …«

Jonathan weiß nichts, macht aber ein höfliches, zustimmendes Geräusch in der Hoffnung, eine Erklärung zu hören. Er erinnert sich undeutlich daran, dass Julia eine Art Historikerin ist, eine Archivarin. Sie ist nicht bei der Arbeit. Als er vorschlug, sie zu besuchen, war nicht die Rede davon gewesen, sie könnte bei der Arbeit sein. Vielleicht gibt es einen Zusammenhang.

»Ich versuche gerade, alles zu ordnen. Da oben herrscht ein solches Chaos. Und dann noch Tante Emilys Sachen. So viel wurde hier zurückgelassen. Wertgegenstände. Ich sollte Großtante sagen, nicht wahr? Nein, sie war meine Urgroßtante, richtig? Helen war meine Großtante. John war mein Urgroßvater und Edward mein Urgroßonkel, und der andere Edward war einfach nur mein Großvater. Und er war dein Großonkel. So viel Größe.«

Julia errötet. Sie hat den Faden gehörig verloren. Aber Jonathan lacht, als habe sie absichtlich einen Witz gemacht, den er einfach nur köstlich findet.

»Generationen von Mackleys, und die Hälfte davon trägt denselben Vornamen. Wir fallen immer wieder aufeinander zurück«, sagt er; er ist, denkt sie, so verständnisvoll, so freundlich.

»So als käme er jeden Moment mit Eis in den Kleidern herein«, sagt sie dankbar und unvermittelt.

Jonathan sieht überrascht aus, aber nur kurz. Nach den steifen Meetings findet er die Unterhaltung erfrischend zwanglos. »Tja, wenn es nur so gewesen wäre. Andererseits wäre es mir in dem Fall vielleicht nicht vergönnt, an diesem Nachmittag eine so entzückende Gesellschaft zu genießen. Wer weiß, wie die Dinge sich entwickelt hätten, wäre er zurückgekommen?«

Julia lacht. »In dem Fall würde ich immer noch hier sitzen, hoffe ich! Außer dass mir noch der eine oder andere Eisbär Gesellschaft leisten würde.«

»Nun ja, mag sein. Vielleicht. Aber wo wäre Edward?«

»Edward?«

»Dein Großvater. Der Sohn. Wäre er je geboren worden, wäre er ein anderer gewesen? Du weißt schon.« Nun ist es an Julia, nichts zu wissen. Wieder krampft sich ihr Magen zusammen. Liegt am Gin, denkt sie.

»Ich weiß nicht genau, ob …«

»Ich frage mich, ob es in allen Familien so aufregend zugeht.«

»Wieso sollte er …«

»Stell dir mal vor, er wäre zu spät zurückgekommen«, wirft der ahnungslose Jonathan ein.

»Zu spät?«, haucht Julia.

»Wenn Edward bereits auf der Welt gewesen wäre. Was hätte man ihm erzählt?«

Sie trinkt noch einen Schluck; wieder dieses flaue Gefühl. Der Eiswürfel, den sie zerkaut und heruntergeschluckt hat, liegt ihr plötzlich wie eine Chilischote im Magen. Die Kälte kriecht ihr bis in die Schläfen. Weit außerhalb ihres Bewusstseins hört Julia ein massives Knirschen. Ein Beben, das durch die Welt geht und in ihrem Brustkorb nachhallt. Etwas verschiebt sich und droht zu bersten.

Manche Geheimnisse sind geduldig und können ein Jahrhundert auf ihre Entdeckung warten; sie scheinen so solide, dass man auf sie baut, und vielleicht tragen sie gar; aber ein fast tierischer Instinkt warnt uns, sie könnten eines Tages doch nachgeben. Seien wir also nicht überrascht über die Kälte, die an Julia hinaufkriecht und die einer Panik gleicht. Sie hat darauf gewartet, ohne zu wissen, dass es etwas zu wissen gab. Hätte sie genauer hingesehen, hätte sie es selbst in ihren Augen entdeckt, im Spiegel; aber wozu hätte sie ausgerechnet dort nach einem Geheimnis suchen sollen? Was verbirgt sich hinter dem indigoblauen Fleck in der Mitte, der dunkel ist wie die arktische Nacht?

»Tut mir leid, Jonathan«, sagt Julia, steht auf und nimmt sein Glas, um weitere Drinks zu mixen. Sie steht mit dem Rücken zum Zimmer und fragt sich, ob sie in die Küche gehen und noch mehr Eis und Limette holen soll, ob seine Worte möglicherweise irgendeinen Sinn ergeben. Über ihren schmalen Rücken, unter der schon fast aufgelösten Frisur, läuft ein Rinnsal aus kaltem Schweiß zwischen den spitzen Schulterblättern durch, dabei wirkt sie recht gefasst und locker, abgesehen vom Klirren des Flaschenhalses an den Glasrändern; man könnte meinen, sie habe den Tatterich, sie trinke gegen den Kater an, was soll man erwarten, denkt sie, wie kann er das nur gemeint haben? Sie betrachtet sich selbst aus der Distanz, sie beobachtet, wie sie geht und spricht, eine ganz normale Frau, mit einer Stimme, die genauso klingt, wie sie klingen sollte, wäre sie die, die sie zu sein scheint, eine ganz normale, leicht glamouröse Hausfrau aus der Mittelschicht … »Was hätte man ihm erzählt? Tut mir leid, ich verstehe nicht ganz.«

Jonathan hat seine Zigarre zwischen Daumen und Zeigefinger hin und her gerollt und sich gefragt, ob sie hinaus in den Garten gehen könnten; er hat auf eine passende Gelegenheit gewartet, Julia den Vorschlag zu machen, sieht sich aber nun mit der Verwirrung konfrontiert, die sein zwangloses Phantasieren ausgelöst hat. Der nicht zu tilgende Hang zu taktloser Unachtsamkeit hat in Arabellas Nachkommen überlebt, auch wenn er in diesem Mann von Gutmütigkeit und Freundlichkeit gedämpft wird.

»Ach, du weißt schon. Emily und John.«

Julia macht ein höfliches, ausdrucksloses Gesicht.

»Hat dir das keiner erzählt?«

Das ferne Knirschen und Stöhnen wird zudringlicher, ist als Ruck unter ihren Füßen deutlich spürbar. Das gefrorene Meer tost. Was stabil aussieht, wird nicht stabil bleiben. Die Eiswürfel in den Gläsern sind in der Hitze geschmolzen. Sie muss dringend neue holen.

»Lass mich etwas Eis holen, dann können wir in den Garten gehen«, sagt Julia mit ihrer normalen Stimme, als sie die Zigarre in seiner Hand sieht. Zu rauchen scheint in dieser Situation genau das Richtige zu sein, eine gute, natürliche Sache. Sie trägt die Gläser in die Küche, zerrt an der festgefrorenen Tür des Eisfachs und knallt die Eisschale mit solcher Wucht auf den Küchentresen, dass das Eis in alle Richtungen davonspritzt. Die auf den Boden gefallenen Stücke hebt sie auf, um sie, weil ihr das gesellschaftlich korrekt erscheint, in ihr eigenes Glas zu füllen, dessen Rand unverkennbar mit Rot verschmiert ist. Sie schneidet zwei Limettenscheiben ab, wobei sie vorsichtig darauf bedacht ist, sich nicht zu verletzen, was ihr zu oft passiert, weil sie sich so leicht ablenken lässt. Jetzt konzentriert sie sich ganz auf das Messer, Jonathan hat etwas gesagt, es war ziemlich wichtig, aber fürs Erste schneidet sie Limetten. Er wird es ihr im Garten erklären.

Da sind sie nun, sie spazieren durch den Garten. Sie versucht, das Flüstern nicht zu hören, ich kann nicht mehr weiter, ich kann nicht mehr.

*Aber ich habe gewartet …*

Jonathan, dem entgangen ist, welch seismisches Beben seine Worte ausgelöst haben, sieht nur Julias scheinbare Gelassenheit, genießt in der Sonne seine Zigarre und erzählt die ganze Geschichte. Julia raucht die zweite Zigarette des Tages, während sie der Stimme neben sich lauscht, die aus der Ferne zu kommen scheint; sie hat sie angezündet, ohne nachzudenken, sie ist sich des Dings zwischen ihren Fingern oder des Qualms, den sie mit jedem Luftzug tief einatmet, kaum bewusst, denn was solide aussah, knackt unter ihren Füßen, langsam werden die Risse breiter

*Langsam wird die Gletscherspalte breiter, ein Abgrund, ein Abgrund, ein Abgrund …*

Weiter kann sie nicht denken, sie fällt durch das hohle Echo. Vielleicht ist es grausam, den Gedanken in Worte zu zwingen.

Sie ist Emilys Urenkelin.

*Ich kann nicht mehr ohne …*

Emily hat nicht gewartet. Sie konnte nicht länger warten, so allein in der Kälte. Sie konnte nicht mehr ohne. So eilig hatte sie es, ihn zu betrügen. Julia ist die Frucht eines Betrugs.

So heiß ist es an diesem Nachmittag. Der unnachgiebige Tag drängt sich bis in den Abend hinein und droht ihn komplett zu durchdringen. Der Himmel ist endlos, ein tiefenloser Ozean, dessen Blau sich, schaut man lange genug hinauf und lässt man sich hineinziehen, zu Schwarz verwandelt. Die Sonne hat zu lange auf Julias dunkelblonden Kopf geschienen und ihre Gedanken aufgeweicht, sie fühlt sich, als hätte sie einen Sonnenstich; ihr ist schwindlig von Nikotin und Gin, von der Hitze und dem gleißenden Licht. Sie schweigt. Sie rauchen zusammen und bewundern den Garten. Die Laken werden nach Rauch riechen, denkt sie. Sie hat die Wäsche nicht abgenommen; nun fällt es ihr auf. Es scheint egal zu sein. Die Stille wird peinlich. Warum sollten sie auch etwas gemeinsam haben? Der heitere, ungeschickte, freundliche Jonathan und die aus einem Verrat geborene Julia. Jonathan nimmt den Faden wieder auf, er sagt irgendetwas über Edward und Thomas, über den Tod; über Tante Helen, ob Tante Helen tatsächlich nichts gewusst habe? Julia ist überhitzt und gleichzeitig bis ins Mark durchgefroren; über ihre Stirn und ihren Rücken rinnt der Schweiß. Sie zündet sich eine weitere Zigarette an, inhaliert tief und flattert über den Abgrund.

Während der ersten nasskalten Tage im September 1902 wurden auf Spitzbergen vier norwegische Überlebende aufgegriffen, und Emily Mackley zog sich in ihr Zimmer zurück, um, wie man meinte, zu trauern oder was auch immer das Äquivalent für Ehefrauen ist, deren Männer nicht tot, sondern verschollen sind. Aber schon im nächsten Sommer verließ sie den selbst auferlegten Arrest, rundlicher und schweigsamer als zuvor, um jedem, der sie danach fragte, zu versichern, sie habe die Hoffnung nicht aufgegeben. Ein falsches Wort, und die Wahrheit kommt ans Licht: Sie war in der Tat ans Bett gefesselt, aus einem ganz bestimmten Grund. Und niemand wusste Bescheid, niemand außer John und Arabella, die gute Gründe hatten, das Geheimnis zu hüten. Seit dem Winter, seit die Wahrheit sichtbar wurde, hatte sich auch Arabella von der Welt zurückgezogen. Sie lag auf ihrem Bett, las Romane und strich sich über den weichen, flachen, gut versteckten Bauch, und auch sie hoffte und wartete … aber natürlich konnten sie es sich nicht leisten, von einer echten Wölbung verraten zu werden. John war höflich, jeden Abend beugte er sich hinunter, wünschte ihr eine gute Nacht und drückte ihr einen Kuss auf die weiche, dralle Wange, aber er schlief auf einem Lager neben dem breiten Ehebett, so dass ihre in der Nacht ausgestreckten Finger kaum seine Bettdecke berührten.

Jonathan schildert das Ganze wie eine interessante Anekdote ihrer Familiengeschichte, eine edwardianische Schrulle. Verschaffen wir uns also Klarheit: Am sechsten Juli des Jahres 1903 gebar Emily Mackley einen gesunden Jungen, der ihr sofort weggenommen und von ihrem Schwager und dessen Frau, die sieben Monate lang vorgegeben hatte, schwanger zu sein, auf den Namen Edward getauft wurde. Den Hausangestellten muss der Schwindel aufgefallen sein, unmöglich konnten sie Emilys Schmerzensschreie für die der Hausherrin gehalten haben, aber sie schwiegen und hielten den Mackleys die Treue, so dass das Geheimnis im Haus sicher aufgehoben war. Und zwei Wochen später wurde Emily geweckt, vielleicht von ihrem Sohn, der im Kinderzimmer über ihr weinte, oder von den Vögeln, die wie immer in der Weide saßen; sie stand auf, zog sich ein schlichtes, graues Kleid an, ging ins Frühstückszimmer hinunter und sagte, ja, gern nehme sie etwas Toast, und nein, sie habe die Hoffnung nicht aufgegeben. So vermied man einen Skandal, und die Legende von ihrer Geduld blieb unbeschädigt. Unklar bleibt, ob Arabella, die zu geistlos war, ein Tagebuch zu führen, oder so vernünftig, selbiges zu vernichten, wusste, wer der Kindsvater war. Emily, die in ihrem Leben nur einen Mann geliebt und diesen nur ein einziges Mal betrogen hatte, wusste es natürlich. Und John, davon müssen wir ausgehen, wusste es ebenfalls.

So wurde Edward Mackley jr. als der leibliche Sohn von John und Arabella aufgezogen, wobei seine Eltern und die vermeintliche Tante es täglich aufs Neue vermieden, seine Ähnlichkeit zu den Männern der Familie Mackley anzusprechen. Und sie griffen zu seltsamen, peinlichen Ausweichmanövern, wenn Besucher bemerkten, wie ähnlich der Junge seinem Vater sehe.

Zwei Jahre später bekam Arabella ein eigenes Kind. Thomas, groß, breit und rötlich, war Arabella wie aus dem Gesicht geschnitten und hatte nichts von der dunklen, schlanken Regsamkeit der Mackleys geerbt. Völlig unerwartet folgte im Jahr 1916 Helen. 1934 verstarb Arabella still und ohne Aufhebens; ihr Abgang schlug ebenso wenig Wellen wie ihr Eintritt in die Familie. John blieb ein zutiefst liberaler, mitfühlender Mann bis zu seinem Tod Anfang 1937, womit ihm zwei Jahre später die zweifelhafte Genugtuung erspart blieb, seine fürchterlichen Ahnungen bezüglich der europäischen Politik bestätigt zu sehen. Das Haus wurde ganz legal dem ältesten Sohn Edward vermacht; Thomas war längst seiner eigenen Wege gegangen, die ihn über den Atlantik geführt hatten.

Als Edward das Erbe antrat, hatte er mehr als zehn Jahre lang in London gelebt, gelehrt und praktiziert. Er hatte eine Abgängerin des University College geheiratet, ein auf unaufdringliche Art cleveres Mädchen, das er unterrichtet und in das er sich auf seine eigene verhaltene Art verliebt hatte. Weder Edward noch seine junge Frau, die in Highbury aufgewachsen war, interessierten sich für das Haus, zudem wollten sie die Stadt nicht verlassen; so überließen sie es Helen (und damit auch Emily) und kamen nur gelegentlich für einen kurzen, unbehaglichen

Besuch zurück. Äußerlich ähnelte Edward seinem Vater und seinem gleichnamigen Onkel sehr, aber ihm fehlte der eindringliche Blick, der seltsamerweise in den blauen Augen von Thomas' Enkelsohn zum Vorschein kommt (und sich gerade in diesem Moment im Garten auf Julia richtet und vormals dunkle Ecken in gnadenlosem Licht erscheinen lässt). In der Tat war es Edwards ausgeprägte Kurzsichtigkeit, die ihm 1939 die Einberufung ersparte. Und vielleicht hatte sie ihn auch die Tränen seiner Tante Emily übersehen lassen, als er im Alter von achtzehn Jahren nach Cambridge ging, und auch, als er sich vierzig Jahre später zum letzten Mal von ihr verabschiedete, dort in dem bescheidenen Zimmer, in dem sie geschlafen hatte, seit sie eine junge, verlassene Braut war.

»Auf dem Sterbebett hat sie es ihm erzählt. Und er hat es seinem Bruder erzählt – meinem Opa. Sie standen sich nicht nah. Ich glaube, er fürchtete die rechtlichen Auswirkungen. Ein sehr vorsichtiger Mann, dein Großvater, und ehrlich noch dazu. Aber mein Opa, nun ja, du weißt schon.«

Nein, wieder weiß Julia nichts. Sie ist sich nicht mehr sicher, überhaupt etwas zu wissen. Er bemerkt ihren leeren, fast verlorenen Blick. Verloren im Schnee.

»Er ist reich genug«, sagt Jonathan, als sei das eine Erklärung. »Nicht der Typ Mann, der nach so langer Zeit die eigene Familie verklagt. Außerdem war er schlau genug, sich nicht mit seiner Schwester anzulegen, und warum hätte er die alten Damen aus ihrem Heim werfen sollen? Wozu? Schlafende Hunde weckt man nicht.« Wie ausgestopft. Wie zum zufriedenen Schläfchen zusammengerollt und für alle Ewigkeit mit geschlossenen Glasaugen präpariert.

Julia schweigt immer noch.

»Mich überrascht, dass Emily Tante Helen nichts gesagt hat. Vielleicht war es ihr peinlich, immerhin war John auch Helens Vater.«

Peinlich. *Embarazada*, in der Tat. Wie peinlich, ein Kind von seinem Schwager zu bekommen. Nur drei Jahre waren seit dem Abschied vergangen, und sie betrog ihn. Peinlich berührt oder beschämt oder angewidert von sich selbst und immer bemüht, es zu verdrängen. Oder vielleicht war sie einfach zu traurig, um noch länger darüber nachzudenken … aber in Julias Ohren klingt das nach einer Ausrede, nach unverdienter Nachsicht. Sie hat ihn betrogen, sie hat nicht gewartet. Sie konnte nicht mehr ohne … ohne was? Es handelt sich also doch nicht um eine romantische Aporie.

*Es ging ihr ums Ficken. Ohne das konnte sie nicht mehr leben.*

Julia wird rot und erschrickt über diese Worte, die ungebeten kommen und so gar nicht zur tapferen, geduldigen, wartenden Emily passen. Julias Gesicht brennt. Es ist so heiß. Ihr Kopf füllt sich mit rotem, pulsierendem Blut, ihre Ohren sind verstopft, ihre Wangen geschwollen und die rote Farbe auf ihren Lippen fühlt sich plötzlich lächerlich an. Da ist ein Stuhl. Julia setzt sich.

»Julia – ist alles in Ordnung? Es tut mir leid, habe ich dich zu sehr aufgeregt?« Der massige Jonathan zwängt sich auf den filigranen Eisengitterstuhl daneben.

»Oh, mir ist bloß zu warm. Danke, es geht mir gut. Alles in Ordnung. Willst du noch einen Drink? Es geht mir gut, ich muss nur … Vielleicht sollten wir reingehen.«

Sie kehren in den Salon zurück. Der beflissene Jonathan ist besorgt. Julia ist fest entschlossen, eine gute Gastgeberin zu sein und nötigt ihm, obwohl er ablehnt, einen weiteren Gin auf, wobei der Flaschenhals am Glasrand fröhlich und gefährlich klirrt.

## *Die Ähnlichkeit*

Kurz vor ihrem Tod bekam Emily Besuch vom jüngeren Edward (inzwischen fast sechzig Jahre alt), der seine Schwester Helen in einem hellen, ruhigen Zimmer am Bett der Tante sitzend vorfand. Die beiden Frauen tauschten friedlich Halbsätze aus. Er setzte sich dazu, bis Emilys Kopf nach vorn kippte, und dann nahm er Helen beiseite.

»Ist sie betrunken?«

»Wahrscheinlich.«

»Meinst du, es ist gut, sie trinken zu lassen?«

»Meinst du, es wäre besser, es ihr zu verbieten? Was kann es ihr jetzt noch schaden?«

»Und du trinkst mit?«

Helen musste lächeln. »Dr. Mackley, ich bin ein hoffnungsloser Fall. Inzwischen solltest du deine Schwester kennen.«

Edward reiste am nächsten Morgen wieder ab. Er hatte sich in diesem Haus nie wohlgefühlt, obgleich er hier geboren war; zwar fühlte er sich, egal, wo er war, immer ein bisschen deplatziert, aber da dieses Haus sein Zuhause hätte sein sollen, spürte er es hier besonders deutlich. Helen erinnerte sich an das Schweigen, das ihm stets vorauseilte, damals, als der finstere Blick seines Jungengesichts ihre Kindheit überschattete. Immer suchte er sich den denkbar ungeeignetsten Platz aus, um innezuhalten, weder drinnen noch draußen, ständig schwebte er zwischen Bleiben und Gehen, so dass jedes Gespräch unmöglich wurde. Es quälte ihn, dachte sie dann, nicht zu wissen, wohin er sich setzen sollte.

An jenem Morgen hatte er Emily das Frühstück ans Bett gebracht; eine halbe rosa Grapefruit, deren Fruchtfleisch extra mit einem nur für diesen Zweck gedachten Messer von den Häuten befreit worden war, zwei sehr dünne, vom frischen Laib geschnittene Scheiben Toast, wie sie sie am liebsten mochte, dazu die im vergangenen Sommer selbst eingekochte Aprikosenmarmelade. Und Tee in einer Tasse mit Schlüsselblumenmuster, die nun im Schrank steht und Staub ansammelt, weil sie zu einem Service gehört, das Julia nicht benutzt aus Angst, etwas zu zerbrechen.

Edward schaute zu, wie sie die Grapefruitstückchen schlürfte. Es war warm, August, sie trug ein hochgeschlossenes, ärmelloses Baumwollnachthemd, und er konnte sehen, dass ihre vormals kräftigen Arme schlaff und dünn geworden waren. Er hatte sie als schlanke, starke Person in Erinnerung, aber nun war sie geschrumpft, ihre Schultern rund und gebeugt, ihr Nachthemd mit Marmelade bekleckert, an der sie geistesabwesend herumtupfte. An ihrer dunklen Haut, den verdickten, weißen Fingernägeln und den geschwollenen Venen auf ihren Handrücken konnte er erkennen, dass ihre Leber allmählich den Dienst versagte; er hatte sie nie anders gesehen als mit einem Drink in der Hand.

Natürlich hatte es auch für Emily ein Leben zwischen Kindheit und Alter gegeben; natürlich war Julia sich darüber im Klaren. Sie kennt die Erzählungen von der unabhängigen, willensstarken Frau – einer Frau, die ihre Hochzeitsreise immerhin skifahrend in Norwegen verbracht und die die Schiffsreise nach Hause allein bewältigt hatte. Emily im mittleren Alter, stets nüchtern gekleidet (wenn sie auch nicht immer nüchtern war, sagte die Familie schmunzelnd), immer auf dem neuesten Stand, was moderne Lyrik anging, regelmäßige Theater- und begeisterte Kinobesucherin, wann immer das Spektakel in der Stadt gastierte, durch und durch eine Frau des zwanzigsten

Jahrhunderts – aber für Julia war sie auch und in erster Linie die Wartende gewesen, die Emily, die auf Edward wartete, die niemals wieder heiratete, sondern ihn stets vermisste.

Da sitzt sie, im Salon; sie sitzt auf dem Sofa und hält ein großes Glas in der Hand, als der Junge eintritt und kurz hinter der Schwelle zögert.

»Edward, komm, setz dich zu deiner Tante Emily. Wie sehr du deinem Onkel ähnlich siehst. Wirst du ein Matrose werden, Edward? Oder willst du an Land bleiben?«

Edward setzt sich misstrauisch neben die Tante, riecht den Limettenduft ihrer Hände, als sie sein Gesicht berührt.

»Ich werde Arzt, so wie mein Vater, Tantchen.«

»Ein Arzt, fürwahr. Aber auch auf Schiffen werden Ärzte gebraucht, Edward; auch Matrosen werden krank.« Er war sich nie sicher, ob sie sich über ihn lustig machte.

»Emily, nun lass doch den Jungen in Ruhe«, ging John in nicht unfreundlichem, beinahe liebevollem Ton dazwischen. »Noch einen?«, fragt er mit hochgezogener Augenbraue, als Emily sich mit fester Hand einen weiteren Gin einschenkt, mit der bloßen Hand die Limette ausdrückt.

»O nein, nicht noch einen! Böse Tante Emily! Voll wie ein Matrose, wie man früher so schön sagte. Kennst du den Ausdruck? Mit Tante Emily ist es wie mit dem betrunkenen Matrosen aus dem Lied – was sollen wir nur mit ihr machen?« Sie lächelt, nun ebenfalls liebevoll, und drückt noch einen Spritzer ins Glas. »Zitronensäure gegen Skorbut, nicht wahr, Herr Doktor?« Und plötzlich fletscht sie die Zähne, woraufhin Arabella, die in der Ecke still vor sich hinstickt, zusammenzuckt. »Aus *meinem* Mund werden die Zähne jedenfalls nie herausfallen.« Seit ihrer Kindheit wird Arabella von Karies geplagt – was, sie besteht darauf, auf keinen Fall etwas mit ihrer Vorliebe für Fondant zu tun hat. Emily ist kein taktloser Mensch, also muss es sich hier um einen seltenen, als Taktlosigkeit verhüllten, von Alkohol beförderten Anfall von Verachtung handeln. »Und das Chinin beugt der Malaria vor. Der Inhalt dieses Glases bewahrt mich vor allen Seuchen, die unser vorzügliches Empire für mich bereithält, sollte ich mich jemals entscheiden zu reisen«, sagt sie in triumphierendem Ton, füllt den Gin mit Tonic auf und lässt sich wieder neben den Neffen auf das Sofa plumpsen. Und der kleine Edward, dessen Stirn wie immer in entschlossenen Falten liegt, weigert sich, ihre Traurigkeit zu sehen oder ihren Händedruck zu erwidern.

Und viele Jahre später kam er noch einmal wieder, um vor ihrem Tod Abschied zu nehmen; unsicher stand er neben ihrem Bett und versuchte zu übersehen, was ihr alter Mund mit dem Frühstück angerichtet hatte. Als sie den Rest der zweiten Toastscheibe von sich geschoben hatte, wandte sie sich ihm zu. Er hatte ihr von seinem Sohn erzählt, der wie sein Vater und sein Großvater und alle erstgeborenen Mackleys Medizin studierte (was Miranda natürlich mit einschloss). Wie stolz er sei.

»Hast du ein Foto?«, fragte Emily, plötzlich hellwach.

»Von William? Sicher.«

Er zog ein Bild aus seiner Brieftasche. Heute steht es gerahmt auf dem Nachttisch, denn Emily bat, es behalten zu dürfen, und Julia, die es als junges Mädchen verschämt in die Schublade gelegt hatte, holte es sechs Jahre später wieder heraus und stellte es an seinen alten Platz zurück, als sonst nichts mehr von dem Porträtierten übrig war – denn William ist natürlich ihr Vater, schauen Sie genau hin. Ein ernster, stiller Mann, der seinen fünfzigsten Geburtstag nicht erleben sollte. Das Foto zeigt einen jungen Mann von neunzehn Jahren; das Haar, das erst kurz vor seinem Tod ergraute, ist voll und schwarz, und er trägt es in einer interessanten Welle über das Ohr frisiert, ein Stil, der sich kurz darauf verlängern würde, um sich der Mode des anbrechenden Jahrzehnts anzupassen. Im Jahr 1960 jedoch handelt es sich um eine absichtlich romantische Geste, denn in Wahrheit ist William eine empfindsame Seele, die sich gern daran erinnert, dass auch Keats einst Medizin studierte. Er hat die schwarzen, suchenden Augen geerbt, die seinen kurzsichtigen Vater übersprungen haben, die gleichen Augen, die schon John Mackleys Patienten musterten, die gleichen Augen, mit denen Edward fast den Nordpol sah.

Emily schaute von dem Foto zu ihrem Sohn auf, und dann noch weiter, in ihre eigene Vergangenheit hinein.

»Ihr seht ihm so ähnlich, alle beide.« Sie stützte sich mühsam auf den Kissen auf und griff nach Edwards dicker Brille. Er blinzelte, und sie lächelte. »Ich frage mich, ob er im Alter so ausgesehen hätte wie du.« Ihr Sohn war inzwischen fünfundzwanzig Jahre älter, als ihr Ehemann es beim Abschied gewesen war.

Die Schultern von diesem Edward waren nicht so breit; er war schlank, aber der leichte Bauchansatz über der Gürtelschnalle verriet, dass er gut lebte; und ohne Sehhilfe schafften seine Augen es kaum, weiter als zwei Schritte zu blicken, geschweige denn bis zum Horizont. Dennoch sah er ihm ähnlich; Emily legte ihm eine kühle, trockene Hand an die Wange, und dieser Augenblick kam Edward länger und seltsamer vor, als er sein sollte.

Mit einem Seufzer gab sie ihm die Brille zurück. Und dann verriet sie ihm mit trauriger, ruhiger Stimme ihr Geheimnis. Ihm wurde klar, dass er seine Mutter nie sonderlich geliebt hatte, und nun wusste er auch, warum; er verstand, warum er sich in Gegenwart seiner Tante immer so unwohl gefühlt hatte – weil sie ihn mehr liebte, als schicklich war. Er entschuldigte sich, peinlich berührt und ohne zu wissen, wofür. Sie hielt sich mit Entschuldigungen und Tränen zurück. Beide hatten den Eindruck, dass es für eine Wiedergutmachung zu spät war; alles lag weit zurück, und ihr Leben ging zu Ende. Kurz darauf verabschiedete er sich, drückte ihr sogar einen flüchtigen Kuss auf die pergamenttrockene Wange. Lange Zeit lag sie da und betrachtete das Foto von William, ihrem Enkelsohn, zu dem sie sich nie hatte bekennen dürfen. Dann kam Helen herein und nahm ihr das Bild sanft aus der Hand.

»Ist das William?«, fragte sie.

»Er sieht ihm so ähnlich«, sagte Emily müde und traurig. Edwards Tagebuch lag aufgeschlagen auf dem Nachttisch; wann immer sie versuchte, darin zu lesen, füllten Emilys Augen sich vor lauter Enttäuschung mit Tränen. Helen nahm es ungebeten in die Hand und fing an, die harmloseren Passagen vorzulesen, die vom Himmel, den Lichtern, dem Eis im Sternenglanz handelten, sie las eine Stunde oder länger und sah Emily zu, die einnickte und davonschwebte und sich auf den Weg durch den Schnee machte, ihm entgegen, zurück durch die Zeit auf jene Tage hin, als sie noch unschuldig waren, als er sich noch nicht verirrt hatte und sie genauso wenig.

Als Emily friedlich schlummerte, der Welt entrückt, klappte Helen lautlos das Buch zu; aber da wachte Emily plötzlich auf und packte sie beim Handgelenk, und wie so oft folgte dem Ruck ihres Aufwachens die immer gleiche Enttäuschung, als alte Frau aufgewacht zu sein; nicht der Schnee hatte sie geblendet, sondern das Alter, die Zeit, die ihren Blick trübte.

»Helen«, sagte Emily, die sich unwillig in die Gegenwart zurückversetzte.

»Ja, Tante Emily? Kann ich dir etwas bringen?«

»Da ist etwas, es geht um Edward, ich habe ihm ein Geheimnis erzählt … Ich frage mich, ob ich es dir auch …« In ihren letzten Lebensjahren neigte Emily zu solchen skurrilen Selbstgesprächen, so als rede sie mit einer abwesenden Person und nicht mit den Menschen, die bei ihr waren. Sie seufzte, ließ sich zurücksinken; ihr Griff lockerte sich.

»Du bist müde, nicht wahr?«, fragte Helen, deren Stimme brüchig war vom Vorlesen und von den unterdrückten Tränen; ehrlich gesagt war sie selbst müde, und sie sah, dass die Augen ihrer Tante wieder blind vor Schnee wurden.

»Ja, du hast recht. Ja, Helen, ich bin müde.«

»Was wolltest du mir sagen?«

Emily holte tief und zittrig Luft. »Ich glaube nicht ... Spielt es noch eine Rolle? All die Jahre des Wartens ... vielleicht spielt es jetzt wirklich keine Rolle mehr«, sagte sie und döste ein.

Abgesehen davon, dass sie noch ein paarmal zu jenem Unsichtbaren sprach, der sie durch ihr ganzes Leben begleitet hatte, waren das ihre letzten Worte; denn als Helen ihr am selben Mittag die Suppe brachte, waren ihre Augen geöffnet, starr und reglos, und die Pupillen waren zu einem winzigen Punkt in der milchig braunen Iris zusammengeschrumpft, so als hätten sie ein helles Licht gesehen.

## *Der Spiegel*

Es ist kurz vor sieben. Die Uhr im Salon tickt laut in der Stille, die sich zwischen Cousin und Cousine ausgebreitet hat. Nach so viel Sonne und drei Gins auf nüchternen Magen fühlt Jonathan sich benebelt. Er riecht Rosmarin und das heiße Fett des Lammbratens. Julia wirkt abwesend und starrt in das staubige Abendlicht hinaus, so dass es den Anschein hat, als schimmere die Oberfläche ihrer Augen. Er fragt sich, ob er um einen Besuch des Archivs herumkommt, ohne unhöflich und desinteressiert zu wirken. Aber die hübsche, nervöse Cousine und der appetitliche, heimelige Bratenduft lassen ihn an die lange Heimfahrt zu seiner Frau denken; plötzlich findet er die düsteren Porträts und den Staub erdrückend.

»Wann kommt denn Simon nach Hause?«, fragt er. Für einen Moment sieht Julia ihn verständnislos an, so als versuche sie, sich an den Namen zu erinnern. Sie wirft einen Blick auf die Uhr: kurz vor sieben.

»Ich weiß es nicht genau. Jeden Moment, denke ich.« Das ist eine Notlüge. Normalerweise kommt Simon um halb acht nach Hause, spätestens um acht. Außerdem hatte er am Morgen angekündigt, heute möglicherweise länger arbeiten zu müssen. Sie kann sich zumindest daran erinnern, etwas in der Richtung verstanden zu haben, als er das Eigelb vom Teller wischte. Aber sie möchte, dass der Cousin mit den hellblauen Augen und den beiläufigen Enthüllungen jetzt geht. Sie will allein sein.

»Tja, dann sollte ich dich jetzt mit dem, was da so köstlich duftet, lieber allein lassen. Wenn ich jetzt nicht losfahre, schaffe ich es nie bis nach Hause.« Jonathans Magen knurrt hörbar und in Vorfreude auf den Plastikteller mit Raststättenessen. Er hofft, dass sie nicht auf die Idee kommt, er wolle zum Essen bleiben; Julia denkt zwar genau das, kann sich aber nicht überwinden, ihn einzuladen. Ihrer beider Bedürfnisse ergänzen einander. Er steht auf und stellt sein Glas vorsichtig auf der Anrichte ab.

»Hoffentlich habe ich dich nicht zu sehr aufgeregt. Ich hatte ja keine Ahnung. Mein Vater hat mir die Geschichte vor so langer Zeit erzählt, dass sie für mich so eine Art, na ja, Familienlegende war.« (Ja, das hat sie sich schon gedacht.)

»Nein, überhaupt nicht. Ich war überrascht, das ist alles. Mach dir bitte keine Sorgen. Es war schön, dich zu sehen, wir sollten nicht so leben, als wären wir Fremde. Ruf mich an, wenn du wieder einmal in London bist«, sagt Julia, steht ebenfalls auf, fährt sich geistesabwesend durchs Haar und spricht auf einmal schneller; beim Versuch, gleichzeitig aus dem Zimmer zu kommen, verkeilen sie sich fast im Türrahmen.

»Viele Grüße an Laura«, sagt sie in der Hoffnung, den Namen seiner Frau richtig behalten zu haben. Falls sie falsch liegt, ist er so höflich, sie nicht zu korrigieren.

»Und viele Grüße an Simon. Wenn ihr mal das sonnige Sheffield besuchen wollt, würden wir uns freuen.«

»Oh, das wäre wunderbar. Das sollten wir machen.«

Sie haben es bis an die Haustür geschafft; die Uhr rumst, und der Aufziehmechanismus beginnt zu sirren, bevor die Schläge ertönen. Geh jetzt, bitte, siebenmal hintereinander.

»Noch einmal herzlichen Dank, Julia. Und einen schönen Abend.«

»Fahr vorsichtig!«, ruft sie und winkt ihm nach, als er sich auf der Einfahrt aus dem Fenster lehnt; dann zieht er den Kopf ein, setzt durch das Tor zurück und ist verschwunden. Während das Gewicht sanft verrutscht und die Uhr zum sonoren Rhythmus zurückfindet, schließt Julia die Tür, und das Haus ist wieder ruhig.

Ja, Familien und Legenden.

Julia betrachtet sich im Spiegel. Sie greift sich in den Nacken und löst den Verschluss der Silberkette, an der ein Anker hängt. Sie nimmt ihn, aufgewärmt durch ihre Haut, in die Hand. Leuchtende, bronzefarbene Augen blicken wie im Fieberwahn zurück. Ihre Wangen sind gerötet. Sie entdeckt die Ähnlichkeit und findet sich mangelhaft. An einem Herbsttag im Jahr 1902 brannte Emily vor Sünde. Und nun steht ihre Urenkelin vor dem Spiegel und starrt in die gleichen Augen. Fest erwidert sie den Blick; sie wird sie nicht entwischen lassen.

NORWEGISCHER TRUPP IN SPITZBERGEN GEFUNDEN lautet eine Titelzeile der *Times* am neunundzwanzigsten September 1902. Es gehört zu Emilys Privilegien, die Zeitung als Erste zu bekommen – folglich wurde das Blatt nicht, wie wir angenommen haben, von einem gedankenlosen Butler auf Johns Frühstückstablett gelegt, sondern hier auf diesen kleinen, runden Tisch, neben Emilys Platz. John, der oft mit seinen Patienten oder seinen Tieren beschäftigt war, wird sein Augenmerk erst nachmittags, zum Tee, auf die Welt lenken, da er die Politik mit einem Stück Kuchen in der Hand weitaus erträglicher findet. So war es in Wahrheit an Emily, jene Zeile zuerst zu lesen, die grausamerweise auf Seite drei versteckt stand und die auf der Titelseite abgedruckten Nachrichten des Tages harmlos genug erscheinen ließ.

Emily sitzt im Frühstückszimmer vor der Zeitung, blättert die erste Seite um und regt sich erst wieder, als die Uhr sich durch eineinhalb Stunden getickt hat. Sie starrt in die Gesichter von Männern, die mit ihrem Gatten in See stachen, die sie während des ersten Reiseabschnitts, als sie ihren Mann begleitete, kennengelernt haben muss; jetzt sind sie nicht wiederzuerkennen, ausgemergelt und bärtig; es scheint so lange her. Diese Männer haben ihn vom Schiff aufbrechen sehen; was hat sie an diesem

Tag getan, fragt sie sich, was hat sie am ersten März des Vorjahres getan, als ihr Mann aufs Eis hinausging?

(Sie hat geschmollt. Das Wetter war elend, sie sehnte sich nach einem Spaziergang, wollte sich aber nicht ihrer neugierigen Zofe erklären müssen, wenn sie vor dem Essen mit feuchten Kleidern und schlammbeschmierten Schuhen nach Hause kam. So verbrachte sie den Nachmittag damit, zu lesen und in den grauen Garten hinauszuschauen. Als sie an jenem Abend ihre Suppe löffelte und sich von dem im Haus verbrachten Tag und dem tristen Himmel wie erstickt fühlte, nahm Edward seine erste Mahlzeit auf dem Eis ein, stieß mit Champagner auf seine Gefährten und auf den Nordpol an, dachte an seine Frau, die zu Hause war, und fragte sich, was sie wohl gerade machte; beim Blick auf die Uhr wusste er, dass sie sich gerade hingesetzt hatte, um die Suppe zu löffeln.)

Wieder und wieder liest sie das Datum und den Satz: »Einhundert Tage später waren sie immer noch nicht zurück.« Edward war mit Vorräten aufgebrochen, die einhundert Tage reichen sollten. Er hatte damit gerechnet, den Pol nach vierzig zu erreichen und ebenso viele für den Rückmarsch zu benötigen; mehr Proviant konnten sie nicht transportieren. Er hatte die Strecke festgelegt und gehofft, achtzig Tage nach dem Aufbruch Kap Flora zu erreichen, wo sie genug Vorräte vorfinden würden, um ihrer Abholung zu harren. Die *Persephone* sollte sich auf den Weg dorthin machen, sobald das Eis sie freigab. Es brach im Mai, und die Mannschaft setzte den vereinbarten Kurs, brach das Eis, wo es nötig war, und erreichte die Insel vierundneunzig Tage nach dem Abschied des Kapitäns, um ihn dort wieder an Bord zu nehmen. Eine Woche später war die Expedition immer noch nicht gekommen. Warteten sie zu lange, würde die *Persephone* für einen weiteren Winter vom Eis eingeschlossen werden, und sie hatten mit Edward vereinbart, dies nicht geschehen zu lassen, um das Schiff nicht zu gefährden. Dennoch hielten sie weitere zwanzig Tage durch, während Nebel aufzog und sich wieder auflöste (derselbe Nebel, aber das konnte weder die Mannschaft noch Emily ahnen, der sich weniger als zweihundert Meilen entfernt auf ihren Kapitän und seine Gefährten gesenkt hatte, die sich in den einsamen Kajaks abmühten). Einhundertzwanzig Tage, nachdem Edward und seine Expedition das Schiff verlassen hatten, setzte die Mannschaft der *Persephone* die Segel und redete sich ein, er habe sicherlich das Nötige dabei, um den Winter zu überstehen, so dass man ihn im darauffolgenen Frühjahr abholen könne. Man würde die Holzhütte erreichen und die sechs Männer an einem prasselnden Lagerfeuer vorfinden, wo sie ein Festmahl aus Robbenfleisch verspeisen würden. »Wozu habt ihr so lange gebraucht?«, würden sie vom Ufer aus rufen, »wir haben keine Flagge mehr, um euch zu begrüßen, wir haben sie am Nordpol zurückgelassen!« Und dann würde ein lautes »Hurra!« über das Wasser schallen.

Nachdem sie fünfzehn Tage gesegelt waren, legte sich abermals ein dichter Nebel über das Schiff, so dass es unmöglich wurde, die Position zu bestimmen. Als es aufklarte, mussten sie feststellen, dass sie weit nach Nordwesten abgetrieben waren, bis hinter den Archipel. Und dann begann das Eis, sich wieder zu schließen. Als die Sonne sich zum letzten Mal senkte, saßen sie wieder im Treibeis fest. Im gewaltigen Packeis, das der Frühling mit sich brachte, hörten sie das Schiffsholz zum ersten Mal stöhnen und bersten. Jener Winter war besonders hart, sie befanden sich hoch im Norden, und das Eis gab sie, selbst als der Sommer näher rückte, nicht frei; Vorräte und Moral schwanden gleichermaßen. Der englische Vertreter des Kapitäns war tot. Weil sie keine Alternative sahen und dem Schiff nicht zutrauten, einem weiteren Winter standzuhalten, brachen die verbliebenen zwölf tapferen Männer zu Fuß auf, sobald das Eis sie trug; sie hofften, Spitzbergen zu erreichen, bevor die lange Nacht wieder hereinbrach. Sechs Wochen lang kämpften sie sich der Rettung entgegen. Acht Männer kamen um. Vier überlebten. Der russische Walfänger, der sie eine Woche, nachdem sie das Festland erreicht hatten, an Bord nahm, hatte weder von der *Persephone* noch von ihrem Kapitän Neuigkeiten.

Halb eins zwitschert vorbei, und Arabella, deren knurrender Magen die Stille der letzten halben Stunde gestört hat, hebt den Kopf und will gerade sagen: »Ich gewinne den Eindruck, das Mittagessen kommt heute recht spät«, kommt aber nur bis »Ich gewinne …« (ein hohler Sieg), denn sie sieht, dass Emily nicht über die Seite drei hinausgekommen ist und anscheinend über einer Abbildung von vier Männern mit Pelzmützen Tränen vergießt (tatsächlich ist eines der vier windgegerbten Gesichter auf der vergilbten Seite auf dem Dachboden von ihren Tränen verschmiert).

»Meine Liebe«, sagt sie, als John mit ernster Miene den Raum betritt und sie ihrer Verpflichtung, Mitgefühl zu zeigen, enthebt, indem er um ein Gespräch unter vier Augen bittet. Arabella rafft ihre Röcke zusammen, ohne eine Antwort für die auf ihrem Gesicht stehende Frage zu erhalten, und begibt sich allein zum Mittagessen.

Vielleicht sollten wir nicht belauschen, was ihr Mann und die Schwägerin sich zu sagen haben, während sie von jedem Gang eine Extraportion genießt; vielleicht wäre es unnötig und rücksichtslos. Aber Julia wird ihnen nicht erlauben, so einfach davonzukommen; sie wird sie, anders als die Überlieferer der Familiengeschichte, nicht vom Haken lassen. Sie weiß sehr genau, wie wenig zimperlich zwei Körper sind, die sich, um dem Tod zu trotzen, aneinanderschmiegen. Sie sieht, wie Emily zu ihm geht – ja, zu ihm wäre sie zuerst gegangen, hier im Frühstückszimmer, wo Julia zum ersten Mal mit ihrem eigenen Mann schlief, ohne zu wissen, dass der Ort befleckt war und die Liebe, von der sie immer geträumt hatte, verdorben. Emily geht zu ihm und weint sich an seiner Brust aus, und er, der kaum weiß, was er da tut, küsst ihr Haar und streicht es aus ihrem Gesicht, küsst ihre Stirn, ihre nassen Augen, streichelt ihren Kopf wie den eines traurigen Kindes, und als sie ihm ihre Lippen entgegenhebt, zögert er zunächst, aber dann ist ihr tränenfeuchter Mund zu viel für ihn, er erwidert den Kuss, sie umklammern einander und kämpfen mit ihrem Korsett und den Strümpfen, hektisch jetzt, mit seinen großen Arzthänden packt er ihre Schenkel, hebt sie hoch, beide weinen, und es ist in Sekundenschnelle vorbei; so stellt Julia sich die beiden vor, wie sie ihre Wut und Trauer wie zwei Wilde aneinander auslassen, bis nichts zurückbleibt als die Fingerabdrücke auf Emilys Haut und das Schweigen und die Schuld. Sie breitet ihre Röcke über die Schande und überlegt sich, dass sie die zerrissenen Beweisstücke vor dem Dienstmädchen verstecken muss, sie richtet sich das Korsett und lässt ihn mit feuchten Hemdschößen und an die Knöchel hinuntergerutschter Hose zurück. Im Flur, auf dem Weg in ihr Zimmer, begegnet ihr im Spiegel ihr eigener Blick, sieht sie ihre geröteten Wangen und die fiebrigen Augen. Wie, fragt sich Julia, hat sie sich damals in die Augen blicken können?

Und neun Monate und sieben Tage nach dem Erscheinen jenes schicksalhaften Artikels in der *Times* kam Edward Mackley zur Welt, in aller Stille und nur, um sofort in den Armen der Frau seines Vaters zu liegen. Und Emily nahm ihren Platz am Tisch wieder ein und verkündete, sie werde weiter warten.

Benommen geht Julia ins Wohnzimmer und legt sich auf das Fell, aber es ist unbequem. Ein Held der Arktis, dessen Frau ihm nachwinkt, die wartet ... alles ist verdorben.

*Auf Bärenhaut gebettet, verzweifelt. Der arme Edward in der Nacht, meilenweit nur Schnee und Finsternis, und der Nordwind, der auf den Ruhepol zubläst, wo sie warten sollte, sie, die nicht mehr konnte, nicht ohne ... Ich kann dieses Verlangen nicht stillen, die Lücke nicht füllen ... Ich will Simon.*

Simon; ja, sie will mit Simon reden. Ein körperliches Verlangen macht sich bemerkbar, es klafft so weit auf, dass Julia erschrickt; so lange hat sie es nicht gespürt; doch das sollte weder sie noch uns überraschen. Es stimmt, in den vergangenen Jahren haben sie einander vieles nicht anvertraut – Sehnsüchte und Ängste und Verluste gären vor sich hin –, aber so, wie sie damals war, bevor er zu ihr kam, bevor er ihr zum ersten Mal über die Schwelle ins Haus folgte, könnte sie nicht weiterleben. Sie will ihren Mann, daran ist nichts verkehrt. Sie will ihm etwas sagen, aber sie weiß nicht, was es ist. Sie möchte um Verzeihung bitten, aber sie weiß nicht, wofür.

Sie greift zum Telefon, streckt die Hand blindlings über ihren Kopf zum Tisch. Es klingelt leicht, als sie einen Finger unter die Gabel hakt und das alte Ding herunterholt und sich auf den Bauch stellt. Sie hatte darauf bestanden, es zu behalten, und sie freut sich jedes Mal, wenn sie es benutzt; als Mädchen lag sie ausgestreckt auf diesem Fell und wickelte sich beim Plaudern die Schnur um den Finger, damals, als alle Sorgen so dringlich erschienen, so aufregend und kurzlebig; bevor das Leben ihr alle Lieben genommen hatte. Alle außer Simon. Nun zieht sie jede Ziffer ungeduldig durch, lässt die Wählscheibe kaum zurückschnappen, bevor sie die nächste Ziffer wählt, sie lauscht auf das Klicken in der Leitung und hört es klingeln, irgendwo in London; nach acht-, neun- oder zehnmal Klingeln meldet sich Joanne, sie ist ein bisschen außer Atem; sie sei schon in der Tür gewesen, sagt sie, nein, er sei vor zehn Minuten gegangen; Julias normale Stimme bedankt sich und sagt, sie werde es auf dem Handy versuchen, sie legt auf, wählt wieder jede Ziffer mit flinken, nervösen Fingern und hört es klingeln. Und irgendwo in London klingelt Simons Handy unbeachtet.

## *Whisky, Ale und Wein*

Julia würde ihren Mann niemals betrügen. Allein der Gedanke des Betrugs steht in krassem Gegensatz zu all ihren Glaubenssätzen, dem bröckelnden Gebäude, an dem sie ihre Identität festmacht. Dabei lauert die Untreue, ohne dass sie es bemerkt hätte, an den Rändern dieses Tages, sie hat den Schlaf gestört und dem Morgen seinen ungewohnt zärtlichen Ton verliehen. Sie ist nur eine Möglichkeit, eine Gelegenheit, die sich irgendwo in London ergeben wird.

Julia wird ihren Mann niemals betrügen. Nicht sie ist es, die sich beinahe schuldig macht.

Der Nachmittag ist endgültig und für Simon quälend langsam vergangen. Er hat Fundamente zu Papier gebracht, während die von Julia eingestürzt sind; während Julias Welt geborsten und zersplittert ist, hat Simon neue, solide Gebäude erschaffen. Aber er selbst, er weiß es, steht nicht so sicher. Als schließlich das Sieben Uhr-Läuten über Westminster erschallt, kann er sich nicht länger hinter seiner Arbeit verstecken und muss die Konsequenzen tragen. Im Moment bahnt er sich einen Weg durch die ewige Menschenansammlung vor den Houses of Parliament. Die gotische Unermesslichkeit ist ihm so vertraut, dass er kaum den Blick zu den Türmen und Spindeln hebt, die golden in der Abendsonne strahlen, die staunenden Touristen unten auf dem Gehsteig in ihren Bann ziehen und sprachlos machen. Simon brummelt hörbar vor sich hin, als er nur knapp einer Amateurfotografin ausweicht, die des weiteren Winkels zuliebe zurücktritt, ohne sich vorher umzudrehen. Simon eilt zu einer Verabredung, an deren Einhaltung er größte Zweifel hegt. Bevor er sich auf den Weg gemacht hat, warf er einen Blick auf sein Handy in der Hoffnung, einen Anruf oder eine Nachricht verpasst zu haben, die ihm eine Absage ermöglicht hätten – obwohl er wusste, dass dem nicht so war. 19:06 Uhr. Wenn er sich beeilt, könnte er einen Drink nehmen, bevor sie dazukäme.

Simon erreicht den Pub und bestellt den einzigen Single Malt, den er hinter der Theke erspähen kann. Er ist zehn Minuten zu früh. Das sieht ihm gar nicht ähnlich. Er ist, Sie vermuten es bereits, ein äußerst pünktlicher Mann. Was bedeutet, dass er jedes Ziel gern auf die Minute genau erreicht, damit am Treffpunkt keine kostbaren Minuten verlorengehen. Aber da steht er nun, er bestellt einen Whisky an der Bar, denn er hat sich bewusst dafür entschieden, kurze Zeit allein zu sein. Ist es möglich, dass er sich Mut antrinken muss? Sieht ganz danach aus. Er will keinen nervösen Eindruck machen. Er will überhaupt keinen Eindruck machen, weder glatt noch gleichgültig, noch jungenhaft, noch … Ein sauberer Schnitt, genau so, wie er es sich vorgenommen hat. Mehrfach. Er spielt mit dem Glas herum, auf jene gemäßigte Weise, die bei Simons Fingern als Spielen durchgehen kann, das heißt er dreht es pausenlos. Er starrt in die bernsteinfarbene Tiefe des Whiskys und denkt an die Augen seiner Frau, an ihr schläfriges, überraschtes Lächeln … die ersten Klänge des Klavierkonzerts fallen ihm ein, und dass sie gar keine Gelegenheit hatte, es zu hören, weil der Radiowecker genau am Ende des Stücks losging, ohne Rücksicht auf die subtil ansteigende Spannung, auf die Suggestion, die sich intensiviert und auf den letzten Höhepunkt zuführt; zu spät fällt ihm ein, was er vor dem Badezimmerspiegel vergaß, und er beschließt, die CD zu suchen, wenn er nach Hause kommt – und er wird bald nach Hause kommen, gleich nachdem er …

Da ist sie schon. Er hat seinen Platz mit Bedacht gewählt,

sitzt weitab der Tür und hinter den Säulen des langgezogenen Tresens versteckt, hat aber jeden Hereinkommenden genau im Blick. Auch sie ist zu früh. Der alte Mann am anderen Ende der Bar dreht sich um und gafft sie wolllüstig an – oder wenigstens stellt Simon sich den Blick so vor, nicht ohne einen Stich der Empörung, den er verdrängt, bevor er ihn sich eingestehen kann. Er greift zum Glas und kippt den Whisky hinunter, während sie, die überflüssige Sonnenbrille auf dem Kopf, den halbdunklen Raum absucht. Simon hatte den Pub für einen neutralen Ort gehalten, fragt sich nun aber, ob er möglicherweise einer Beleidigung gleichkommt, ein schmuddeliger Nullachtfünfzehn-Laden, zu dem es eine Menge weitaus angenehmerer Alternativen gegeben hätte. Oder ob er, von einem anderen Blickwinkel aus betrachtet, womöglich eine gewisse Romantik verströmt. So etwas wie heruntergekommenen Nachkriegsschick. Er weiß nicht, was besser wäre. Er wünscht sich, er hätte einen zweiten Whisky intus (das Getränk seines Vaters; er selbst trinkt kaum, er ist anders als sein Vater; ganz sicher hatte er seinen Vater niemals nervös erlebt). Zu spät, sie hat ihn gesehen, und eilig schiebt er das leere Glas von sich weg und steht auf, um sie mit einem schicklichen Wangenkuss zu begrüßen, den sie unerwarteterweise, peinlicherweise auf die andere Wange erwidert, und er schrumpelt innerlich zusammen. Er bestellt ein Ale, das er eigentlich nicht mag, und für sie einen Weißwein – »Ach, irgendeinen, Hauptsache halbtrocken«, sagt sie, und er verspürt ein nach innen gerichtetes Hohnlächeln, für das er sich immerhin schämt. Er zeigt auf einen Tisch in der Mitte des Raumes, an dem sie recht exponiert sitzen, und meidet die kuscheligen Nischen in den Ecken, obwohl er sie abwägen sieht. Sich ein zufälliges Streifen der Füße vorstellen sieht. Feige, er weiß, er ist feige.

»Oje, heute ist es zum Shoppen viel zu heiß!«, sagt sie, lässt die Einkaufstaschen sinken, fächelt sich Luft zu und setzt sich demonstrativ hin. Sie schiebt die Unterlippe vor, um sich das Haar aus dem Gesicht zu blasen; es bleibt an ihrer Stirn kleben. Auf ihrem Dekolleté stehen Schweißperlen, und ihr roter Lippenstift ist an den Mundwinkeln verlaufen. Im stickigen Halbdunkel, hinter den dreckigen Fenstern, die das Sonnenlicht filtern und alle mit einem kränklichen Licht bestrahlen, sieht sie ein bisschen älter aus, als er sie in Erinnerung hatte.

»Haben Sie was Hübsches gekauft?«, fragt Simon höflich.

Während des sich nun anschließenden, halbstündigen Gesprächs gibt er sich unerbittlich unverbindlich und weicht jedem Flirtversuch höflich aus. Sie gibt sich mehr Mühe. Sie legt ihre Hand auf den Tisch, dicht neben seine, die er, ohne es zu wollen, energisch wegzieht. Er bemerkt ihre makellosen, frisch manikürten Fingernägel. Nur seinetwegen. Er legt seine Hand auf die ihre. Seine letzte Chance: Er könnte sich dem Knistern hingeben, das ihm von der Handfläche aus durch den Arm steigt, oder ihr ein Kompliment machen oder schüchtern lächeln und ihr vorschlagen, am Fluss spazieren zu gehen, vielleicht. Aber seine Hand liegt aus reiner Freundlichkeit auf ihrer, seine Hand auf ihrer führt die Begegnung zum Krisenpunkt, so dass ihm nichts zu sagen bleibt als:

»Ich denke, ich sollte mich für mein Verhalten entschuldigen. Das war unverzeihlich.«

Während seine Lippen diese Worte formen, erzittern die von Sandra leicht, bevor sie sie zusammenpresst und nur noch die Verkniffenheit ihrer Mundwinkel einen Hinweis auf ihre Labilität gibt. Sanft zieht sie ihre Hand aus seiner, um das Weinglas zu heben. Sie nickt verständnisvoll. Eine kurze, gemurmelte Unterhaltung schließt sich an; die Worte sind immer dieselben. Meine Frau hat etwas Besseres verdient, ebenso wie du; in einer anderen Situation, gibt er zu verstehen, in einem anderen Leben, lügt er …

Aber das Leben der anderen geht uns nichts an. Es ist vorbei, noch bevor es begann. Es hätte anders laufen können, wäre der Fasan nicht dazwischengekommen, das Zittern und die Zärtlichkeit danach; das unerwartete Lächeln, Rachmaninow und Eier zum Frühstück, der Autounfall, der entsetzliche Kunde mit seinem armseligen Gerede von seiner Mätresse. Wenn das Steak eine bessere Ausrede geliefert hätte, guten Wein zu bestellen, und er dann mehr getrunken hätte, was den Nachmittag vielleicht der Unvernunft ausgeliefert hätte. Wenn der Tag nicht so heiß gewesen wäre, kurz, wenn der Tag ein anderer Tag gewesen wäre. Es gibt eine Vielzahl von Faktoren, von denen wir einige sicher übersehen haben oder nicht kennen können, die Simon in diesem Moment dazu veranlassen, aufzustehen und Sandra mit einem weiteren, knappen Wangenkuss sitzen zu lassen (dieses Mal versucht sie sich nicht an einer Symmetrie). Sie lächelt, bis er zur Tür hinaus ist, und dann sitzt sie allein vor einem großen Glas geschmacklosen Weißweins. Er ist von einem unangenehmen Gelb, das sie an Männerpisse denken lässt. Sie trinkt ihn trotzdem, in stiller Verachtung aller Dinge, sich selbst eingeschlossen; zwischen den sauren Schlucken starrt sie auf den Tisch, ohne den Stiel loszulassen. Dann kippt sie ihre übervolle Handtasche auf dem Tisch aus, um nach ihrem Lippenstift zu suchen.

Sie ist fast erleichtert. Nie hatte sie vor, eine Familie zu zerstören. Seit sie ihren Ehemann verlassen hat, fühlt sie sich einsam. Sie würde sich gern mit jemandem anfreunden. Sie hätte gern einen Liebhaber. Sie weiß nicht genau, was ihr wichtiger ist. Sie will verwaschene Sommerkleider tragen und darin immer noch gut aussehen, so wie ihre Nachbarin. Sie möchte nackt im Licht der aufgehenden Sonne stehen, ohne sich zu schämen. Einen gestohlenen Kuss im Wintergarten lässt sie nicht als großen Triumph gelten, nicht angesichts dieser unangreifbaren, schönen Leichtigkeit. So ein Kuss trägt keine Hoffnung in sich.

Gedankenverloren zieht sie die Puderdose heraus und trägt vorsichtig Lippenstift und Puder auf, obwohl sie weiß, dass ihr Make-up ohnehin bald ruiniert sein wird, spätestens sobald sie zur Tür hereinkommt, falls sie die Zugfahrt nach Hause durchhält; dieser Tage weint sie immerzu, weshalb sie geschwollene Augen hat.

Unterdessen eilt Simon festen Schrittes Richtung U-Bahn. Er spürt sein Handy in der Hosentasche vibrieren und erinnert sich daran, es schon zuvor gespürt zu haben, auf dem Weg zum Pub; diesmal zieht er es heraus und sieht, dass Julia anruft. Wenn sie ihn anruft, füllt ihr Gesicht, die Lippen zum Kuss gespitzt, das Display aus. Es war ihre Idee; mit solchen Sachen überrascht sie ihn gern. Als er es zum ersten Mal sah, musste er lächelnd den Kopf schütteln. Nun lässt er das Handy in seine Tasche zurückgleiten, um nicht in ihre weit geöffneten, arglosen Augen blicken zu müssen. Ihm wird übel. Viel zu schnell hat er das Bier hinuntergestürzt, gleich nach dem Whisky, so eilig hatte er es, Sandra mit dem fast vollen Weinglas sitzen zu lassen; wieder dreht sich ihm der Magen um. Das Vibrieren setzt aus und fängt fast sofort wieder an. Er hatte ihr doch, denkt er einen Hauch gereizt, erklärt, er werde heute später kommen, hat sie ihm überhaupt zugehört? Er tut gerade sein Bestes, um schnell zu ihr nach Hause zu kommen, er eilt zur U-Bahn, wenn er das Gespräch jetzt annimmt, wird er den Zug verpassen, was will sie noch von ihm? Sie wird einfach warten müssen, bis er wieder zu Hause ist.

Sein Anfall von Selbstgerechtigkeit dauert genau fünfzehn Sekunden, genau so lange, wie seine Mailbox braucht, sich einzuschalten – der Moment, in dem sie, er weiß es, auflegen wird, denn sie hasst es, Nachrichten zu hinterlassen. Als das Vibrieren aufhört, stellt er sich vor, wie sie ihn mitten im Satz unterbricht: »Sie haben die Nummer von Si…«, sie liegt auf dem Fell, hat das Telefon auf dem Bauch und den Hörer ans Ohr gepresst, sie lauscht dem Freizeichen, das mit seinem einsamen Tuten ihren Kopf ausfüllt, weil sie ihn überhaupt nicht erreicht hat, sie hat ihm die Hand gereicht, und er hat nicht reagiert, und er weiß, wie traurig sie solche Situationen machen, über alle Maßen traurig, und er wünscht sich, sie würde noch einmal anrufen, aber sie tut es nicht, sie hat ihn aufgegeben. Er ist, denkt er, ein Ekel. Aber schon hat er den Eingang zur U-Bahn erreicht, und bald wird er kein Netz mehr haben; als er in die fauligen Tiefen zu den letzten Wellen des Berufsverkehrs hinabsteigt, überlegt er sich, dass er wenigstens zur angekündigten Zeit zu Hause sein wird, er hofft, dass sie ihm zugehört hat, als er die Verspätung ankündigte. Er wird spätestens um neun zu Hause sein. Er denkt an sie, wie sie ihr albernes, weitäugiges Insektengesicht macht, ihre Darstellung eines Schmetterlings mit Kussmund; er denkt an die vollen, fleischigen Lippen der anderen Frau, die Lippenstift an seinem Hals hinterlassen haben; das Bier und der Whisky und der Kaffee und die Dummheit dessen, was er um ein Haar getan hätte, schwappen durch seinen Magen, als er zum Bahnsteig joggt, und trotz des Protestchors zwängt er sich in den übervollen Waggon, hinein in den Gestank nach Parfum und Schweiß und Feierabend-Drinks, und denkt, dass er den anderen kein bisschen überlegen ist, und sein Magen dreht sich um, als sie ruckelnd im Tunnel verschwinden.

## *Telefon*

Julia liegt auf dem Fell, lauscht auf das Freizeichen und versucht zu entscheiden, ob sie es ein weiteres Mal versuchen soll. Entweder hat er das Handy nicht gehört, oder er ignoriert sie. Warum sollte er sie ignorieren? Falls er, wie Joanne sagte, das Büro gerade verlassen hatte, war er während ihres ersten Versuchs auf dem Weg zur U-Bahn (folglich arbeitete er doch nicht länger); sie gab ihm eine halbe Stunde, wartete ungeduldig, strich mit den Händen und den nackten Füßen über das Fell und spürte, wie es sich unter ihrem Rücken aufheizte; sie erinnerte sich daran, zusammen mit ihm hier gelegen zu haben, und versuchte, die Zärtlichkeit zu spüren, irgendetwas anderes als diese schreckliche Enttäuschung, dieses Bedürfnis, diesen Mangel. Als mindestens eine halbe Stunde vergangen war, versuchte sie noch einmal, ihn anzurufen; inzwischen sollte er im Zug sein. Sie ließ es lange klingeln, legte auf, als seine Geschäftsstimme ihr sagte, sie habe ihn erreicht, wo sie ihn doch nicht erreicht hatte. Sie versuchte es wieder, schnitt ihm wieder das Wort ab. Jetzt lauscht sie dem Freizeichen. Sie presst sich den Hörer ans Ohr, bis das Geräusch zu einem beständigen Monoton wechselt, der so hoffnungslos und leer klingt, dass sie weinen möchte. Ignoriert er sie? Sie versucht es noch einmal. Diesmal klingelt es nicht; seine Stimme meldet sich sofort, Julia wird direkt auf die Mailbox umgeleitet. U-Bahn? Wie seltsam, denkt sie, seufzt, legt den Hörer auf. Sie bleibt noch für eine Weile liegen. Sie sucht Trost:

*Ausgestreckt auf dem Bärenfell, Haut im Schnee …*

kann aber keinen finden. Der Traum, der ihr den ganzen Tag lang so lebhaft vor Augen hing, ist verschwunden; die Lichter zucken nicht länger ungebeten über den Himmel, hinter ihr erstreckt sich keine Ebene aus Schnee. Sie schaut zur dunkelroten Zimmerdecke hoch, sieht die Wirbel im gläsernen Lampenschirm; sie kennt jede einzelne Windung. Sie fragt sich, wann er nach Hause kommt, schmiedet abwesend Pläne …

*Karotten glasieren, Lamm ruhen lassen, Sauce andicken … soll ich mir etwas Hübscheres anziehen? Nein, ich habe mich schon umgezogen. Bin ich deswegen anders? Ändert mich das? Das Rot abwischen, er hasst es.*

Sie bleibt noch länger liegen, unfähig, genug Willenskraft aufzubringen, um aufzustehen, obwohl ihr Rücken unangenehm heiß wird. Schließlich nimmt sie das Telefon von ihrem Bauch, setzt sich auf und hinterlässt einen verschwitzten Abdruck auf dem plattgedrückten Fell; sie hockt im Schneidersitz vor dem Telefon und tippt sich an die Unterlippe. Dann greift sie wieder zum Hörer und wählt eine andere Nummer.

Miranda ist bei der Arbeit, sie steht in der Umkleide und hat noch Zeit für einen Tee, bevor ihre Schicht beginnt. Eben öffnet sie ihren Spind und will ihre Tasche hineinwerfen, als sie ihr Handy klingeln hört, das sie gerade noch rechtzeitig herauszieht. Ihre Schwester.

»Hi, Julia. Wie geht's?«

»Hallo. Ganz gut eigentlich. Ich dachte, ich rufe mal an. Na ja, es ist bloß …« Mirandas Kollege schlägt mit lautem Klappern seinen Spind zu und grüßt sie dabei fröhlich, bevor er sich mit der spitzlippigen, flachhändigen Geste abwendet, die bedeuten soll: »Oh, tut mir leid, ich habe nicht gesehen, dass du telefonierst!« Julia hört das Hintergrundgeräusch.

»Bist du bei der Arbeit? Tut mir leid, ich habe nicht nachgedacht.«

»Ist schon gut, ich fange in zehn Minuten an. Ist es etwas Wichtiges?«

»Nein, eigentlich nicht. Ist auch egal. Ich kann dich morgen wieder anrufen, oder …«

Nun hat Miranda das leise Beben in der Stimme ihrer Schwester gehört, was bedeutet, es ist wichtig, es ist überhaupt nicht egal. Sie unterdrückt ein Seufzen.

»Ach komm schon, irgendwas ist doch, ich hör's dir an. Was ist passiert?«

»Es ist bloß … Jonathan hat mich heute besucht.«

»Wer?«

»Jonathan Mackley, unser Cousin.«

»Wirklich? Der kleine, rothaarige Junge? Und?«

»Er hat mir erzählt … Ach, es ist so seltsam. Ich fühle mich so komisch. Ich weiß auch nicht, für ihn war es anscheinend nichts Besonderes, na ja, vielleicht ist es das auch nicht, aber ich denke schon, und Simon geht nicht ans Telefon, und ich dachte, ich sollte es dir erzählen.«

Miranda versucht, sich ihre Ungeduld nicht anmerken zu lassen; zudem versucht sie, sich den heiß ersehnten Tee zu kochen, ohne sich durch Geräusche zu verraten.

»Julia, was solltest du mir erzählen?«

»Es ist wegen Emily. Sie hatte … na ja, Edward … er war ihr Sohn.«

Miranda nimmt die Milch aus der Kühlschranktür, die sie mit der Hüfte zuschlägt. »Edward war *was*? Wessen Sohn, Emilys? Das scheint mir unwahrscheinlich, wenn nicht gar biologisch unmöglich zu sein. War sie nicht jünger als er?«

»Nein, nein, der andere Edward. Unser Großvater Edward.«

Miranda schweigt. Diese Nachricht ist in der Tat sehr merkwürdig. Sie versucht, daraus schlau zu werden, während sie sich gleichzeitig bemüht, den Milchdeckel mit einer Hand aufzudrehen.

»Miranda?«

»Ja, ich bin dran, ja. Also, warte mal. Du behauptest also, Opa wäre Emilys Sohn? Julia, wer hat dir das erzählt?«

»Jonathan. Er sagt, sie hätte es Edward vor ihrem Tod erzählt, und der hat es seinem Großvater erzählt, aber sie hat es niemandem sonst erzählt, und er auch nicht, aber alle wussten Bescheid und er dachte, wir auch.«

»Ich bin verwirrt. Wer ist er, sie und wir?«, lacht Miranda; aber dann merkt sie, dass Julia nicht in der Stimmung ist, über ihr Gestammel zu lachen. Sie klingt wirklich instabil. Miranda atmet lautlos durch die Nase aus, nimmt ihren Becher und setzt sich hin. Ihre Schicht kann zwei Minuten warten; ihre Schwester ist verstört.

»Entschuldige. Fang von vorne an. Emily hat Edward gesagt, er sei ihr Sohn.«

»Und der von John. Sie hat mit John geschlafen.«

»Mit welchem John? Unserem Urgroßvater John?«

»Ja. Das ist alles so … mit dem Bruder ihres Mannes. Es ist so schrecklich.«

Immer schon haben Miranda und Julia sich nahegestanden, als Kinder schon, zwei stille Mädchen, die am liebsten mit sich selbst oder miteinander allein waren; zusammen hatten sie den Tod des Vaters verwunden und die Trauer der Mutter, die eine zehrte von der Kraft der anderen, die sie einander zur Verfügung stellten, wenn eine von ihnen nicht mehr konnte. Sie kennen die Stimmungsschwankungen der anderen, als wären es die eigenen; unbewusst teilen sie Gewohnheiten und Gesten; wenn die eine gähnt und sich den Rücken der gespreizten Hand vor den Mund hält, gähnt die andere aus Mitgefühl und am anderen Ende des Landes mit und spreizt die Finger. Manchmal will sich die eine zur anderen umdrehen und sie kichernd anstupsen, um sie an ein besonders lustiges Erlebnis zu erinnern, bevor ihr einfällt, dass sie vierhundert Meilen getrennt sind und einander schrecklich vermissen.

Sie vergessen, sich anzurufen. Manchmal sprechen sie wochenlang nicht miteinander. Sie besuchen sich selten; Mirandas Tage sind voll verplant, sie hat Kinder zu versorgen, und Julia vermutet, dass sie Simon nicht leiden kann. Miranda weiß genau, dass Julia Matthew nicht leiden kann. Aber in letzter Zeit waren sie noch nachlässiger als sonst, und obwohl Julia es nicht ahnt, hat Miranda einen Anruf vor sich hergeschoben, weil sie ungern Geheimnisse vor Julia hat, sich aber seit zwei Monaten mit einem Röntgenarzt trifft, mit dem sie im Schichtdienst manchmal zusammenarbeitet, und sie weiß, Julia würde es, obwohl sie kein Fan von Matthew ist, nicht verstehen.

Deswegen fällt Mirandas Antwort ganz anders aus, als Julia erwartet hätte.

»Du liebe Güte, ja, das ist so … so traurig. Die arme Emily.«

»… Wieso?«

»Stell dir doch mal vor, du müsstest so viele Jahre Theater spielen. Hatten sie eine Affäre? Meinst du, sie hat ihn geliebt?«

»John? Nein, ich glaube, sie hielt ihren Mann für tot und dachte sich, die Gelegenheit wäre günstig für einen Mitleidsfick.«

»Julia!«

»Was denn? An dem Tag, als die Norweger auftauchten, es stand in der Zeitung. An dem Tag ist es passiert. Und danach lag sie monatelang im Bett und tat so, als trauerte sie.«

»Vielleicht hat sie das auch getan.«

»Sie erwartete ein Kind von ihrem Schwager.«

»Das heißt nicht, dass sie nicht getrauert hat, oder?«

»Aber wie konnte sie nur? Das ist so … erbärmlich.«

»Julia!«

»Sie hat gesagt, sie würde warten.«

Miranda wirft einen Blick auf die Uhr (ein schlichtes, einfaches Gerät an einem Lederarmband, das sie immer trägt). Es ist nach acht. Sie wird zu spät zur Arbeit kommen. Langsam ist sie von der Schwester entnervt, der unheilbaren Romantikerin, für die Liebe immer etwas Perfektes, Unerfülltes ist, unbelastet von den Komplikationen des wirklichen Lebens, von Wäschebergen und schmutzigem Geschirr und schreienden, weinenden Kindern, von fehlender Unterstützung, von dem Versuch, für alle Frühstück zu machen und dabei nicht wie ein Wrack aussehen zu wollen, von dem Wunsch, von jemandem begehrt zu werden, den man vielleicht nicht unbedingt liebt, aber mit dem man, ja, hin und wieder vögeln will, als gäbe es zu Hause kein Chaos aus Spielzeug und püriertem Kohlrabi und Hypotheken und Verpflichtungen, von dem Wunsch, dem Ganzen nur für eine Weile zu entkommen und mit jemandem zu vögeln, der einen begehrt, und nicht jeder ist perfekt, manche von uns müssen einfach sehen, wo sie bleiben.

Am anderen Ende der Leitung nur Schweigen. »Oh. Äh …«, sagt Julia, woran Miranda merkt, dass sie irgendetwas in der Art laut ausgesprochen hat. Ihre Stimme wird weicher.

»Es tut mir leid. So habe ich es nicht gemeint. Na ja, schon, einiges davon. Julia, hör mal. Wir werden nie erfahren, was wirklich passiert ist. Sie war einsam. Die Leute machen die verrücktesten Sachen, wenn sie traurig sind. Es klingt nach einem einmaligen Ausrutscher. Außerdem hat sie für den Rest ihres Lebens dafür bezahlt, denk mal drüber nach, sie lebte im selben Haus wie ihr Sohn, und wer weiß, vielleicht war sie in John verliebt, sie kannte ihn viel länger als ihren Mann, aber selbst wenn es so war, sie konnte nichts machen. Sie tun mir leid. Ich weiß, dass du immer von der großen Romanze träumst, aber eigentlich war sie nur eine Frau, die allein alt geworden ist. Sie hat nicht gewartet, sie hatte keine Wahl.« Sie hört ein Schniefen am anderen Ende der Leitung und spürt den alten Familiencocktail aus Enttäuschung und Zärtlichkeit und Schuldgefühlen, sie kann sich vorstellen, wie Julia auf dem Fell sitzt, ohne zu weinen, mit zusammengekniffenen Lippen und gesenktem Blick, so verwirrt und traurig, dass man das Gefühl bekommt, man habe sie grundlos geschlagen oder ein Kätzchen getreten.

»Julia?«

»Ja?«

»Alles okay?«

»Ja.«

»Hör mal, ich komme zu spät zu meiner Schicht. Ich wollte dich nicht aufregen. Tut mir leid. Das mit den Kindern und dem ganzen Zeug habe ich nicht so gemeint. Und Emily ... Ich weiß nicht. Ich weiß nicht, was ich davon halten soll. Es ist alles so lange her. Ich frage mich, was Dad dazu gesagt hätte ... Tja, nun wissen wir wenigstens, von wem du deine hübschen Augen geerbt hast.«

Schnief.

»Es verändert sie doch eigentlich nicht. Ich finde, sie war trotzdem eine erstaunliche Frau. Wir sollten stolz sein, ihre Enkelinnen zu sein.«

Schniefen. Stille. »Urenkelinnen.« In manchen Dingen ist Julia nicht weniger pedantisch als Simon.

»Ah, da bist du ja wieder. Ich dachte schon, du hättest aufgelegt. Okay, nun geh und trink einen Tee oder ein Glas Wein oder irgendwas und denk an deine arme Schwester, deren Arme die ganze Nacht bis zu den Ellenbogen in Gedärmen stecken. Wir reden morgen weiter, okay?«

»Okay. Danke, Miranda. Wahrscheinlich hast du recht.«

»Ich habe immer recht.«

»Miranda, was du gesagt hast über ... geht es dir gut? Ist irgendwas im Busch?«

Miranda hatte gehofft, noch einmal davonzukommen, aber manchmal ist ihre Schwester weniger weltfremd, als es den Anschein hat.

»Ich rufe dich morgen an. Keine Sorge, mir geht's gut. Gute Nacht, Schwesterlein.«

»Gute Nacht. Viel Spaß mit … mit den Gedärmen.«

Und dann legen sie auf. Miranda tippt sich langsam auf die Unterlippe, dann schüttelt sie den Kopf, kippt den Tee hinunter, fährt sich mit den Händen übers Gesicht, steckt sich den praktischen Bob zurück und verlässt die Umkleide, um ihre Nachtschicht anzutreten.

Und Julia? Julia denkt nach. Sie ist so überzeugt gewesen, wütend zu sein, verletzt, sich stellvertretend für Edward betrogen zu fühlen; sie ist überzeugt gewesen, im Recht zu sein. Aber nun schaut sie auf die Uhr, und es ist schon nach acht, und Simon sollte inzwischen zu Hause sein, dann wiederum hat er ihren Anruf nicht angenommen, vor einer halben Stunde hatte er nicht einmal Empfang, und sie fragt sich:

*Was, wenn er nie mehr nach Hause kommt?*

## *Emilys Zimmer*

In diesem Haus gibt es Räume, die sie nur selten betreten. Der zweite Stock zum Beispiel, dessen niedrigere Decken sich über den niederen Bewohnern wölbten, fungiert heute größtenteils als Abstellkammer für den Müll und Schutt dreier Generationen – ein paar von Julias und Simons alten Möbeln stehen hier zwischen den Betten und Schränken der früheren Dienstboten. Das größte Zimmer, das Kinderzimmer, ist ein von Staub bedecktes Ödland, so als hätte sich vor langer Zeit Schnee über die undefinierbaren länglichen Formen in dem ständig von Vorhängen gedimmten Licht gelegt; die Sorte Landschaft, die einem Erwachsenen trostlos vorkommt, Kinder hingegen entzückt, weil es nur einen kleinen Entdecker braucht, um den alten Glanz zu neuem Leben zu erwecken. Die letzten Kinder, die hier lebten, waren Edward, Thomas und Helen, vor fast einem Jahrhundert. Seitdem steht das Kinderzimmer leer, da die Jüngeren es verließen und nur die Kinderlosen blieben. Es gibt ein paar Kisten mit Büchern und Spielzeug, die Julia und Miranda öffnen durften, ganz vorsichtig, und die Julia ihren eigenen Kindern hatte zeigen wollen; und obwohl sie sich in letzter Zeit verboten hat, daran zu denken, schiebt sich manchmal ein kleiner, hölzerner Schneefuchs, ein von Missachtung gestraftes Geschenk von Emily an ihren Sohn, still und leise an den Rand ihres Bewusstseins, wenn sie nicht auf der Hut ist.

Direkt unter dem Kinderzimmer, in einer unauffälligen Ecke des ersten Stocks, steht eine selten benutzte Tür offen. Spähen wir hinein, entdecken wir einen blassgrün gestrichenen Raum, der gerade genug Platz für ein Einzelbett, einen schmalen Kleiderschrank und, unter dem Fenster, einen Schreibtisch aus Walnussholz bietet, dessen Schubladen mit Intarsien aus hellerem Holz geschmückt sind – eine der Laden ist herausgezogen und gähnend leer, so dass man das inzwischen geruchlose Schrankpapier sieht. Vielleicht nicht ganz geruchlos; beugen wir uns hinunter und schnuppern wir an dem mit Rosen bedruckten Papier, bemerken wir einen letzten Hauch von vergeblicher Hoffnung und Trauer. Der verblasste Vorhang ist zur Seite gezogen, das Fenster weit geöffnet; am Abendhimmel leuchtet die untergehende Sonne. Die letzten gelben Strahlen verfangen sich in der Weide, die draußen raschelt und zischelt; jedes einzelne helle Blatt krümmt sich um seinen eigenen schmalen, weichen Schatten.

Leise schleicht Julia heran, stößt die Tür ganz auf und schaut herein, so als fürchte sie, jemanden zu stören. Sie legt ein Briefbündel in die geöffnete Schublade zurück, setzt sich vor die Frisierkommode und schaut in den Spiegel. Im Laufe der Jahre hat sie von diesem Platz aus beobachten können, wie ihr Gesicht mehr und mehr zu ihrem eigenen wurde, mehr das Gesicht der Frau, die zu sein sie geträumt hatte. Ihre Haut wurde rein, die Wangenknochen traten hervor, ihre Augenpartie entwickelte sich, es war deutlich zu sehen, in Richtung Schönheit. Seltsam, nun in dasselbe Gesicht zu blicken, hier in diesem Zimmer, das zu dem ihren wurde und das sie heute nur noch selten betritt, in dem Zimmer, in dem sie dem Mädchenalter entwuchs. Damals nahm sie oft die bewunderte Kette von Tante Helen in die Hand, drei Perlenstränge, die sich zur Mitte hin verdicken, einer milchweiß, einer korallenrosa und einer mit dem bläulichen Schimmer einer Meerschnecke. Die drei Stränge verjüngen sich zum schönsten Teil hin, wo die winzigen Perlen durch eine flache Silberschließe mit einem eingravierten, filigran verschlungenen Eichenblatt zusammengehalten werden. Julia liebte es, die Schließe in ihrem Nacken zu wissen und mit ihrem wilden

Haar zu bedecken, das sie wieder und wieder mit einer Perlmuttbürste kämmte; von dort, wo die Schließe auflag, lief ein wohliger Schauer über Julias Rücken, und sie stellte sich die Hand vor, die ihr Haar beiseiteschob und das Schmuckstück freilegte. Das neu entdeckte Wort »Geliebter« prickelte auf ihrer Haut. Allein der Gedanke an die Perlenkette schnürt ihr vor lauter Sehnsucht nach vergangenen Zeiten der gespannten Erwartung, der Vorfreude auf die Frau, die sie einmal sein würde, und auf das Zuhause, das sie einmal haben würde, die Kehle zusammen. Das erträumte Zuhause war ein Abbild dieses Hauses, auch wenn Julia sich in jenen Jahren niemals vorgestellt hat, es würde eines Tages ihr gehören. Da sitzt sie nun, und trotzdem zieht ihr die Sehnsucht das Herz zusammen.

In der Spiegelhalterung befindet sich ein Klappfach, in dem die Schwestern bis heute ihre geerbten, einst so eifersüchtig bewachten Schätze aufbewahren. Ein Durcheinander aus Emilys und Helens Schmuckstücken, kostbare Steine zwischen billigem Ramsch. Als Kinder hatten sie am liebsten alles gleichzeitig angelegt. Sie lachten, wenn Julia das Ende der langen Perlenkette zwischen ihre Finger nahm, auf Armeslänge von sich hielt und sanft kreisen ließ; mit ihren hervorstehenden Schulterblättern und der knabenhaften Figur sehe sie aus wie ein Flapper aus den Zwanzigern, sagte Tante Helen. Heute trägt Julia nur noch den silbernen Anker, bis zu diesem Abend jedenfalls, an dem sie ihn abnimmt, weil sie die Bedeutung dieses Geschenks von John an Emily nicht mehr ermessen kann.

Sekundenlang bildet Julia sich ein, Mirandas typische Mischung aus Zigaretten und Deo zu riechen (Deo aus einer jener billigen Spraydosen, wie sie sie früher kauften, Julia die grüne Sorte, Miranda lila), aber Miranda ist weit weg, außerdem benutzt sie inzwischen ein anderes Produkt, einen verlässlichen Roller, der eine ganze Schicht lang durchhält. Möglich, denkt Julia, dass das Zimmer immer noch nach Zigaretten riecht –

später, als sie älter waren, hatte Miranda vorsichtig angeklopft, und dann hatten die Mädchen hier zusammengehockt und geraucht. Die kettenrauchende Tante Helen, erklärte Gegnerin des Pharisäertums und Vorkämpferin für die Wahlfreiheit, erlaubte es und stellte ihnen sogar einen Aschenbecher zur Verfügung, ein bemaltes Keramikschälchen, das sie aus Lissabon mitgebracht hatte. Inzwischen ist es aus diesem Zimmer verschwunden und steht auf Mirandas Sofatisch. Frühmorgens oder am frühen Abend, kurz bevor sie sich auf den Weg zur Arbeit macht, sitzt Miranda davor und starrt auf den ascheverschmierten blauen Stier am Boden des Schälchens. Sie sitzt mit auf die Knie gestützten Ellenbogen und durchgedrücktem Rücken vornübergebeugt, während ihre baumelnde Hand die Zigarette hält. Sie ist stets in Gedanken; manchmal denkt sie an die vergangenen Sommer, als sie als Teenager Asche hineinschnippte, aber meistens denkt sie an die bevorstehende Schicht oder, in den letzten Wochen, an ihren Geliebten. Der Aschenbecher ist der einzige Gegenstand, den Miranda aus dem Haus mitgenommen hat.

In den Tagen nach der Beerdigung ihres Vaters saßen die Mädchen wie benommen in ihren Zimmern oder im Wintergarten herum und schoben die Frage, wann sie ihr Studium wiederaufnehmen würden, vor sich her. Sie saßen nebeneinander, manchmal schweigend, manchmal ins Gespräch vertieft, und teilten sich die Zigaretten; abends aßen sie mit ihrer Mutter und Tante Helen und ließen die Erinnerungen und den Weißwein fließen. Nach vier solchen Tagen gingen sie vor dem Essen in den Pub an der Landstraße, denn obwohl sie es sich nicht eingestehen wollten, empfanden sie die unmittelbare Nähe zur trauernden Mutter als erdrückend. Sie kamen mit einem Jungen aus dem Dorf ins Gespräch, der studierte und übers Wochenende auf Heimatbesuch war. Julia fühlte sich unwohl und schüchtern und minderjährig, obwohl Letzteres hier auf dem Land niemanden zu stören schien. Miranda gestattete es dem Studenten, ihnen einen Wodka-Orange nach dem anderen auszugeben, und erzählte ihm alles über die Mackleys. Ihre pinkfarbenen Fingernägel, die sie kurz vor dem Ausgehen und wie zur Abwehr von Tod und Trauer lackiert hatte – Julia sieht die Farben bis heute vor sich, *Magenta* und *Fuchsie, Cerise*, so viele Namen gab es damals für die Farbe Rosa –, bissen sich mit dem Orange der Drinks und berührten manchmal das Bein des Jungen, bis Julia beschämt zur Seite sah und sich wünschte, sie wäre nicht mitgekommen. »Du solltest es dir ansehen, es ist wie in einem Museum«, sagte Miranda, als handelte es sich um einen Haufen Schrott. Der Junge sagte, nur zu gern würde er die Eisbären sehen, und er kam zum Abendessen mit. Falls es Tante Helen oder ihrer Mutter aufgefallen war, dass er erst in den frühen Morgenstunden wieder ging, ließen sie sich nichts anmerken und kamen stillschweigend überein, Miranda auf ihre Weise trauern zu lassen; schließlich war sie inzwischen neunzehn Jahre alt und hatte es verdient, sich dort Trost zu holen, wo sie welchen fand.

Julia erinnert sich, wie sie ihn an ihrer Tür vorbeischleichen hörte, und an Mirandas vorsichtige Schritte auf dem knarrenden Treppenabsatz Minuten später. Sie klopfte leise an und trat ein, ohne eine Antwort abzuwarten, setzte sich auf die Bettkante und zündete sich eine Zigarette an. Ihre Augen waren nass und reflektierten in der Dunkelheit die Feuerzeugflamme.

»Er hat die Nerven verloren«, erklärte sie.

»Was ist passiert?«

»Ich habe geweint. Danach. Er hat gedacht, es wäre mein erstes Mal, und wollte einen auf fürsorglich machen, da habe ich ihm erklärt, dass es nicht daran liegt und dass mein Dad gestorben ist. Und dann habe ich so richtig geweint.«

Julia kann sich daran erinnern, sich im Bett aufgesetzt zu

haben, sie denkt an den kühlen, frühen Morgen, an Mirandas klamme Haut unter dem Pony, den Julia mit Fingerspitzen beiseitestrich.

»Und er ist gegangen?«

»Ja. Er hat gesagt, es tut ihm leid.«

»Na, das ändert natürlich alles. Ach, Miranda.«

»Ist schon okay. Die Betten hier sind sowieso viel zu schmal.«

»Stimmt. Willst du reinkommen? Wir sind beide dünn.«

In jener Nacht schliefen sie Seite an Seite, so wie früher, als sie klein waren und Miranda noch zu Hause gewohnt hatte. Kam sie von privaten Partys und verbotenen Clubbesuchen nach Hause, kroch sie zur kleinen Schwester ins Bett, roch nach billigem Fusel und Zigaretten und berichtete von den Ereignissen des Abends. In jener Nacht schliefen sie tief und fest, obwohl das Bett nicht für zwei gedacht war. Es war das Bett, das Emily Mackley bei ihrer Heimkehr erwartet hatte, das Gästebett, in dem sie nur vorübergehend hatte schlafen sollen, bis ihr Mann zurückkam und sie in ihr eigenes Ehebett holte.

*Hier ausgestreckt, neben sich den freien Platz. Das endlose, kalte, weiße Laken. Der Schnee. Der freie Matratzenrand, der viel breiter hätte sein müssen und gleichzeitig nicht leerer hätte sein können, weil er dort hätte liegen sollen. Ihre Haut so warm, so weich wie Schnee. Sie wartet.*

Die weißen Vorhänge regen sich und werden von der Brise, die durchs geöffnete Fenster hereinzieht, ins Zimmer geblasen.

*Der Wind in den Segeln schiebt sie nach Haus. Das weiße Segel bläht sich. Bald wird sie wieder an Land sein. Von seiner Liebe und seinem Mut überzeugt. Sie würde auf ihren Mann warten, auf den Helden, der nicht scheitern würde. Er durfte nicht scheitern. Selbst jetzt marschiert er noch, seine Fußstapfen bil-*

*den eine Spur im Schnee, immer dem Sieg entgegen. Er wird zurückkommen und sehen, dass sie gewartet hat. Er wird sich neben ihr auf dem Weiß ausstrecken, und sie wird ihn wärmen. Sie hat auf den Tag gewartet, den Horizont beobachtet, sie ist dagelegen und hat gewartet, und er ist nicht gekommen.*

Eine Tagesdecke mit Schneeflockenmuster bedeckt das Bett. Hier ist ein loser Faden; zieht man vorsichtig daran, löst er sich heraus. Wo die Stickerei ihn an die Unterseite der Decke geführt hat, ist das blasse Meeresgrün des Stoffs unverblichen. Arabella Mackley hat diese Decke für ihre Schwägerin bestickt, auf dass sie sie wärme; das Muster hat sie selbst entworfen und jede Flocke ist, so wie in der Natur, von einzigartiger Gestalt. Schwer zu sagen, was Arabella mit dieser mühsam bestickten Decke, einem Meisterwerk aus Neid und Beherrschung, zum Ausdruck bringen wollte. Vielleicht war es nichts weiter als eine Hommage an den Schnee, nach dem Emily sich so sehnte; möglicherweise ein taktloser Ausrutscher, die Schwägerin ebenfalls unter Eis zu begraben, aber nicht notwendigerweise ein dummes oder grausames Geschenk. Emily ließ das Fenster nachts das ganze Jahr hindurch offen, um den kalten Himmel auf der Haut zu spüren, um so unter ihrer Schneedecke zu träumen, wie ihr Mann es unter der seinen tat (auch wenn sie damals nicht ahnen konnte, dass er längst begraben war und nicht mehr träumte).

Während sie dort allein lag, Nacht für Nacht, wünschte sie sich vielleicht keinen Helden mehr, sondern einfach nur einen Ehemann. Vielleicht war es ihr irgendwann egal, dass er in seinem Herzen immer an ihrer Seite war, vielleicht verlor der schwache Zauber seiner Worte die Kraft, sie monatelang, ein Jahr lang, drei Jahre lang zu wärmen. Vielleicht sehnte sie sich verzweifelt nach ihm, Nacht für Nacht, während die körperliche Erinnerung an ihn unweigerlich schwand, selbst wenn sie versuchte, sie festzuhalten, bis sie sich eines Tages nicht mehr daran erinnern konnte, wie sein Herzschlag sich unter ihrer Hand angefühlt hatte.

Emily liegt flach ausgestreckt auf ihrem Bett und treibt allein auf hoher See in einem Boot dahin. Die Bootsseiten stoßen an Eisberge, die überall auf der kalten, schwarzen See herumdümpeln; die Kälte der Bretter unter ihrem Rücken spürt sie nicht. Nein, sie fühlt gar nichts. Vier Norweger auf Spitzbergen gefunden. Hundert Tage waren vergangen, und Edward und seine Männer waren nicht zurückgekehrt. Noch immer kann sie die gedruckten Wörter sehen, das Foto mit den hageren, nicht wiederzuerkennenden Gesichtern, auf die ihre Tränen fielen. Sie trauert um die Hoffnung, die beim Umblättern starb.

Sie hatte wie immer im Frühstückszimmer gesessen; die Nadel stach zu und rutschte durch; Emily blätterte um. Sie starrte eine halbe Stunde oder länger vor sich hin, bevor die selbstgefällige Arabella die veränderte Stille wahrnahm, den Kopf hob und etwas sagte, nur um etwas zu sagen (dabei war es nicht einmal zwölf Uhr): »Ich weiß nicht, woran es liegt, aber heute bin ich recht ausgehungert. Hoffentlich verspätet sich das Mittagessen nicht. Ich frage mich, ob der Köchin das *soufflé* gelingt.« Sie liebte es, das Wort auf gebildete, betont französische Art auszusprechen, und nur zu gern hätte sie ihre Sorge über Mrs. MacLavertys Unfähigkeit, eine annehmbar luftige Fülle zu erzielen (beim letzten Mal, schätzte sie, war es kaum mehr als ein halber Zoll gewesen), mit irgendjemandem geteilt, denn John schien derlei Fragen gleichgültig gegenüberzustehen (»Soll ich mein Lineal holen, meine Liebe?«, hatte er in einem, wie sie fand, ziemlich trockenen Ton gefragt; allein die Erinnerung trieb ihr die Röte ins Gesicht). Aber ihre Hoffnung auf eine Verbündete stürzte in sich zusammen, denn Emily saß immer noch reglos über die kaum gelesene Zeitung gebeugt, hatte die Hände und Unterarme auf die Tischplatte gelegt und die Nase dicht über dem Papier, auf das sie in aller Stille weinte.

»Hoffentlich … meine Liebe, fühlst du dich unwohl?« Woraufhin Emily abrupt aufstand, sich entschuldigte und aus dem Zimmer stürzte, so schnell ihre Röcke es erlaubten, und anscheinend ohne Arabellas Frage zu hören, ob sie später herunterkäme oder man ihr ein Tablett hinaufschicken solle.

Emily ist weit draußen auf der eisigen See, ganz allein. Sie denkt an nichts. Das ist die Lüge, die sie sich erzählt. Nichts, nichts. Schluss mit den Tränen. Eine weite, überfrorene, leere See. Sie darf an nichts denken. Nach einhundertzwanzig Tagen wurden die Segel gesetzt; sie waren nicht zurückgekommen. Die Norweger brachten keine Nachricht mit. Nichts, nichts. Sie streckt sich zum Nordpol, kann Edward aber nicht finden. Im Norden nichts Neues. Eine trostlose, gefrorene See. Sie hat ihn an die gefrorene See verloren.

Es klopft. Sie kann das Geräusch mit keiner Bedeutung in Zusammenhang bringen. Es klopft wieder, lauter, ein Mann spricht leise ihren Namen. Ah, er ist also doch zurückgekehrt! Wie typisch für ihn, sie zu überraschen. Aber nein, es gelingt ihr nicht, sich für länger als einen törichten Moment zu betrügen. Sie setzt sich vorsichtig auf, so als könnte eine übereilte Bewegung sie wecken – denn aufzuwachen, zu Bewusstsein zu kommen, wäre katastrophal. Sie muss weitertreiben. Alles ist nur ein seltsamer Traum, und sie treibt in einem kleinen Boot dahin, allein, ohne ihn erreichen zu können …

»Herein«, sagt eine Frauenstimme, es ist die ihre, aber sie klingt hohl und ruhig.

Sanft öffnet John die Tür. Er setzt einen Fuß hinein, aber der andere bleibt zögerlich hinter der Schwelle zurück, woraufhin ein Gefühl der Lächerlichkeit von seinem vorgeschobenen Knie bis in seine Brust aufsteigt, die sich plötzlich geschwollen anfühlt, aufgeblasen, der bevorstehenden Aufgabe in keiner Weise gewachsen.

»Emily … Arabella hat mir gesagt …«

»Würdest du ihr bitte ausrichten, dass es mir heute lieber wäre, nicht zu Mittag zu essen, vielen Dank. Ich fühle mich nicht wohl.« Und auch sonst fühle ich nichts, redet sie sich ein, ich fühle gar nichts, ich bin niemand, so leer wie die See. Nichts, nichts.

»Emily. Ich habe die Zeitung gesehen. Es tut mir so leid. Ich … du darfst nicht verzweifeln. Wir dürfen nicht verzweifeln.« Seine Stimme wird brüchig. »Bestimmt ist Edward in Sicherheit. Er wird den Heimweg finden.«

Emily hebt den Kopf und sieht, dass John verbergen will, was ihr, der Frau und Gattin, erlaubt ist (obwohl sie es sich selbst verbieten wird, sie wird nicht weinen). Sie erinnert sich daran, dass ihr Ehemann auch Johns Bruder ist und dass auch John den Verlust nicht ertragen kann. Sie streckt ihm eine Hand entgegen, und seine schwarzen Augen füllen sich mit Tinte; er wird nicht zulassen, dass sie überlaufen.

Dann tritt er vor, schließt die Tür hinter sich und ergreift ihre Hand. An Anstand, der ihn auf der Schwelle hätte zurückhalten müssen, ist jetzt nicht mehr zu denken. Er möchte eigentlich nur neben ihr sitzen und ihre Hand halten. Sie beide brauchen nichts als Verständnis, welches sie in der Berührung finden. Er setzt sich neben sie, ihre lange Hand ruht in seiner breiten. Er dreht sie um und streicht mit dem Daumen über ihre Handfläche. Dann, und obwohl das Gefühl der Lächerlichkeit nun auch seine Schultern und Arme erfasst hat, er vor Scham errötet ist und nicht weiß, was er tut, hebt er ihre Hand, küsst sie, drückt sie sich an die Wange und legt seine Hand an Emilys Gesicht. So bleiben sie lange sitzen, fast ohne einander zu berühren. Sie hören den Gong, der das Mittagessen ankündigt, und rühren sich nicht. Ihre Hände sind nass von Tränen. Acht Männer sind umgekommen. Ihr Mann, sein Bruder, ist nicht aus dem Norden zurückgekehrt.

Dann, mit äußerster Vorsicht und ohne die gerade Haltung zu verlieren, schnürt er sie auf und drückt sie aufs Bett nieder, auf den Boden des Boots, das auf der gleichgültigen See dahintreibt, geschaukelt wird, und er klammert sich an ihr fest … Sie konnte es ihm erlauben, nur dieses eine Mal, einen winzigen Spalt, durch den er hindurchschlüpfen konnte

…

Und dann liegen zwei Körper in der englischen Sonne, die durchs Fenster einfällt, und sie weint, sie weint, und er streichelt das Haar an ihren Schläfen, und sie fragt sich, ob sie jemals aufhören kann zu warten, ob sie selbst oder ein anderer die Erlaubnis dazu erteilen kann, ob es nicht sinnlos wäre, auf ewig zu warten. Sie hört, wie sein Atem ruhiger wird, bevor sie die Augen öffnet und sieht, dass seine immer noch feuchten Lider so dunkel sind wie die von Edward. Sie drückt ihm zwei schwesterliche Küsse darauf; sie weiß, dass ihre Lippen sich nie wieder berühren werden.

Neun Monate und sieben Tage später kam Edward Mackley mit einem sehr kurzen, leisen Schrei zur Welt und wurde still in die Arme von Arabella gelegt. Emily nahm am Frühstückstisch Platz und sagte, ja, sie habe immer noch Hoffnung; ja, sie werde warten.

Hier saß sie also und sah ihren Leib anschwellen und immer runder werden, sie sah ihn altern und erschlaffen. Julia sieht sich selbst im Spiegel, die feinen Fältchen unter ihren Augen, die sie zuvor noch verzweifeln ließen; als Emily in ihrem Alter war, war sie seit zehn Jahren nicht mehr berührt worden. Sie sah ihren Sohn aufwachsen; sie spielte mit ihm, wie es sich für eine Tante geziemte. Am Anfang schmerzten ihre tropfenden Brüste und sehnten sich danach, ihn zu nähren, aber sie tat es nicht. Vielleicht war sie dankbar dafür, dass man ihn aufnahm, dass man sie bleiben ließ und sie in seiner Nähe sein konnte. Wohin hätte sie auch gehen sollen? Sie sah, wie sein Gesicht Edwards Züge annahm, und Johns natürlich – seine Augenbrauen, seine Nase, die Art, wie er den Kopf hielt.

Emilys Herz wurde so groß und kalt und leer wie das Schloss der Schneekönigin. Nachts knackte und stöhnte das Eis. Manchmal wachte sie auf und bemerkte, dass ihre verkrampften Finger eiskalt waren. Allein der junge Edward konnte sie zum Schmelzen bringen, aber er wurde zu kühler Vernunft erzogen, so dass ihm das Feuer seines Namensgebers fehlte; ein recht kühler, kleiner Junge mit pedantischem Blick und ernst verkniffenem Mund. John lehrte ihn Moral, Arabella lehrte ihn Manieren, und nur selten gelang es Emily, ihn zu Unsinn anzustiften. Einmal setzte sie ihn auf den Schneeleoparden, erfreute sich an seinem entzuckten Kichern und rief: »Schneller! Oh, Edward, die Bären kommen, wir müssen schneller reiten!« Aber als der Vater die Treppe herunterkam, gefroren sie zu einem Schaubild mit Tier, erstarrten mitten in der Bewegung, als hätten sie nie auch nur einen Finger gerührt (aber wie schnell war der Leopard nur Augenblicke zuvor gerannt!). Sie legte Edward eine Hand über den Mund und hob ihn sanft herunter, so dass John sie bei dem harmlosen Vergnügen vorfand, die Klauen des Eisbärenkindes zu betrachten. Er blieb kurz stehen und fragte sie zerstreut, was in aller Welt sie getrieben hätten, bevor er mit einem amüsierten Lächeln im Flur verschwand. In Wahrheit fühlte er sich in der Gegenwart seines Sohnes beklommen und in Emilys noch mehr; wohl fühlte er sich nur im Beisein jener, die er mit sanfter Herablassung behandeln konnte – seine Patienten, seine Ehefrau.

Auch Emily empfand Scham, sowohl wegen des kleinen Edward, als auch wegen der Gleichgültigkeit seiner Adoptivmutter; besonders, als der kleine Thomas dazukam, ein robustes, lebhaftes Kind, das vom ersten Tag an (und verständlicherweise) von der Mutter bevorzugt wurde, ständig die mühsam vom Bruder erdachten Projekte zerstörte und mit dem intuitiven kindlichen Wissen, dass sie den Bruder mehr liebte, um Emilys Aufmerksamkeit buhlte. Obwohl seine Mutter ihn verhätschelte und mit ihm viel ungezwungener umging als mit Edward, obwohl sein Vater dem älteren Bruder vorenthielt, woran es ihm selbst nicht mangelte, obwohl es ihm in der Tat an gar nichts mangelte, empfand Thomas die Vorliebe der Tante als ungerecht. Arabella lobte ihn überschwänglich für seine Kraft und seinen Appetit und den wunderhübschen Blondschopf, ganz besonders, wenn Emily zugegen war. Wurden die Jungs am Nachmittag, bevor alle sich zum Tee hinsetzten, zu ihnen gebracht, nahm sie ihn auf die Knie – »Was für ein großer Junge!« – und schüttelte ihn, während Edward und Emily getrennt und in ein Buch vertieft dasaßen; und falls Arabella damit beweisen wollte, dass sie gewonnen hatte, konnte Emily nicht viel dagegen einwenden.

Die Kinder verbrachten natürlich die meiste Zeit des Tages im Kinderzimmer, das später zum Unterrichtsraum umfunktioniert wurde. Emily schaute gelegentlich herein und sehnte sich danach, den Unterricht zu unterbrechen und eine Poesiestunde zu geben, aber sie wusste, sie hatte hier keine Rechte, keinen Platz. Wie immer verbrachte sie ihre Tage meistens mit Arabella; Arabella mit dem weichen, vollen Gesicht und der spitzen Nase, den runden Schultern, den überraschend kleinen, geschickten Händen. Arabella, die sich kerzengerade aufsetzte, wann immer sie daran dachte, nur um langsam wieder in sich zusammenzusinken, bis der Mittagsgong sie wiederbelebte. Sie konnten einander nicht trösten. Gab Emily die Überreste ihrer

Jugend nur der Schwägerin zuliebe so kampflos auf, trug sie ihretwegen Dunkelblau und Grau und das Haar zu einem strengen Knoten gebunden, gab sie sich ihretwegen in Gesellschaft so ruhig und milde und gefasst? Verwandelte sie sich aus Taktgefühl in die altjüngferliche Tante ihres Sohnes, oder um Buße zu tun? Oder fürchtete sie sich vor den Folgen, sollten ihre Augen im Beisein von John jemals zu strahlen anfangen?

Von Arabella ist im Haus nicht viel übrig geblieben. Nur ein Haufen Kleider, Kissen, Tagesdecken und Zierdeckchen, auf denen Erbstücke platziert werden. Immer am Rand des Gesprächs, lebte sie durch Nadel und Faden, häkelte einen Ring nach dem anderen, durchstach den Stoff, um den Seidenfaden hindurchzuziehen, schweigsam, möglicherweise verbittert und eifersüchtig, vielleicht auch nur traurig. Die Geschichte kann grausam sein; sie war eine einfache Frau, die vom strahlenden Glanz der Familie, in die sie einheiratete, ausgeblendet wurde; sie blieb für immer ein Anhängsel der Mackleys. Auf allen Fotos scheint das Licht sie zu meiden, sie ist die verschwommene, menschliche Masse an Johns Seite, die im Laufe der Jahre immer umfangreicher wurde.

Julia hat immer in dem Glauben gelebt, Arabella sei an den Rand gedrängt worden, aber nun erkennt sie, dass die Frau zu ihren Lebzeiten siegreich war, auch wenn ihr Triumph nirgends dokumentiert ist und man sich nur an Emily erinnert. Auf den Fotografien aus der kurzen Zeit, die Edward und seine junge Braut zusammen verbrachten, scheint die Klasse und Intelligenz des Pärchens durch die verblichenen, silbrigen Sepiatöne hindurchzuschimmern, so als könne der Abzug nur andeutungsweise wiedergeben, was sie ausstrahlten. John, der neben Edward steht, wirkt schlaksiger, älter, gewöhnlicher, dennoch geben die beiden ein beeindruckendes Bruderpaar ab. Arabella, an Johns Seite, scheint so gar nicht zu diesem Trio aus charismatischen Individuen zu passen. Auf den späteren Bildern fehlt Edward, aber wann immer Emily zu sehen ist, zieht sie alle Blicke auf sich, obwohl sie geschrumpft ist, dünner, bewusst schlicht gekleidet und allein.

Normalerweise arrangierte John, einer der letzten, wahren Dilettanten des viktorianischen Zeitalters, ein eifriger Universalamateur, vor dem Fotografieren die Aufstellung. Gut vorstellbar, dass die verschwommene, hellrosa, in Spitze und Satin gehüllte Masse namens Arabella zu Lebzeiten ebenso wenig Berücksichtigung erfuhr wie in der Komposition des Fotografen. Aber vielleicht war Arabella von Natur aus gar nicht so unsichtbar; vielleicht sehen wir sie hier nur durch Johns Augen, die im Leben vermutlich niemals wieder auf Wanderschaft gingen, hatte er seine Lektion schließlich gelernt. Auf dem Familienporträt im Salon ruht sein liebevoller Blick auf seiner Ehefrau, wie es sich gehört. Dennoch weist das in jeder Hinsicht konventionelle Bild eine verstörende Merkwürdigkeit auf, eine dunkle Lücke zwischen dem erstgeborenen Sohn, der neben seinem Vater steht, und der Mutter, die den Säugling hält. So als fehle dort eine Person, die kein Recht hat, auf dem Bild zu erscheinen.

Da sie keine andere Wahl hatte, lebte Emily weiterhin im Haus der Familie ihres Mannes. Sie trank ihren Tee aus Tassen mit Schlüsselblumenmuster und bestrich ihren Toast mit Löckchen aus blassgelber Butter, die täglich frisch mit einem silbernen Butterformer gekringelt wurden. Sie empfing Gäste und beantwortete geduldig alle Fragen nach ihrem Mann. »Nun, vielleicht wird er doch noch gefunden«, sagten sie, während sie in aller Ruhe Butter auf ihren Toast strichen; immer wieder derselbe Satz, der im Laufe der Jahre immer absurder wurde. Irgendwann war klar, dass er sich nur noch auf Edwards Leichnam beziehen konnte, dennoch sprach man ihn unverändert aus. »Ja, darauf dürfen wir hoffen«, antwortete Emily höflich und immer gleich, während sie knusperten und kauten, schmierten und kauten. Niemand legte ihr jemals nahe, sich anders zu verhalten, die Hoffnung aufzugeben, das – immerhin würdevolle – Schicksal der kinderlosen Witwe auszuschlagen. So lebte sie mit ihrem heimlichen Sohn, ihrem Neffen und dem Mann zusammen, der demjenigen, in den sie sich verliebt hatte, so schmerzlich ähnlich sah, dass es ihr manchmal schwerfiel, sich an die Unterschiede zwischen den beiden zu erinnern.

Es war ihr irgendwann unmöglich, sich ein Eheleben vorzustellen, das niemals stattgefunden hatte. Nie hätte Edward das Leben führen wollen, wie Emily es nun führte und das sie sich anders nicht mehr denken konnte; er wäre mit jedem Schmieren und Kauen ungeduldiger und unzufriedener geworden. Man hätte ihn bedrängt und erdrückt, bis er, früher oder später, die nächste Reise angetreten, das nächste Abenteuer gesucht hätte, und nach seiner Rückkehr wäre es dasselbe gewesen. Ihr Leben hätte immerfort aus Abschied und Trennung und Warten bestanden, und möglicherweise wäre im Laufe der Jahre jedes Wiedersehen weniger freudig ausgefallen, möglicherweise wäre sie in seiner Abwesenheit von Mal zu Mal merklich älter und dicker geworden, gebeugt vom ständigen Warten; und das scheint auf lange Sicht wenig romantisch. Denn was hätte sie anderes tun können, als zu warten?

Falls Emily je solch bittere Gedanken kamen, spülte sie sie am Abend und manchmal schon am Nachmittag mit einem Glas Gin und schönen Erinnerungen hinunter. Da sie sich an nichts anderem festhalten konnte, rief sie sich die Frau ins Gedächtnis, die sie gewesen war, und ließ allabendlich den Mann wiederauferstehen, den sie geliebt hatte und dessen Leichnam, auch wenn sie es nicht ahnen konnte, ebenso gut konserviert war wie ihr geistiges Bild von ihm. Sie erinnerte sich ans Skifahren und ans Toben im Schnee, an den Nebel, der sich morgens über dem Fjord auflöste, an die kurzen Monate, die ihr in der Rückschau als vollendet erschienen, an Wochen voller Zärtlichkeit und Leidenschaft und Heiterkeit. Sie las die Logbücher, die die Norweger nach England gebracht hatten, lachte laut und sagte sich: »Wie ähnlich ihm das sieht, wie ähnlich«, immer gewillt, sich an ihn zu erinnern, an seine Stimme, die sie fast zu hören meinte. Zunächst las sie einzelne Passagen laut vor, bis ihr das abwesende Lächeln ihrer Zuhörer verriet, dass sie sich womöglich wiederholte; sie konnte sich nicht genau erinnern. Edward draußen im Schnee; Edward erlegt einen Schneefuchs; das Eis, der Himmel. Sie erzählte den Kindern die Geschichten. Edwards höfliche Langeweile machte sie traurig, es war, als wolle er sich von dem Namen, den man ihm gegeben hatte, distanzieren, und Thomas, der sie ohnehin nicht interessierte, war viel zu unruhig, um stillzusitzen und zuzuhören. Aber als Helen auf die Welt kam und heranwuchs, hatte Emily endlich und überraschenderweise eine Verbündete gefunden. Das Mädchen bat sie, die Geschichten wieder und wieder zu erzählen und belebte sie durch ihre Fragen – was hatte Emily zu dieser Gelegenheit getragen, was zu jener? Hatte das Korsett sie nicht furchtbar eingeschnürt? War Dr. Nansen wirklich so brillant, hatte sie mit ihm gesprochen? Wie hatte Edward ausgesehen, wie hatte er sich gehalten, lag sein Arm auf dem Kaminsims, loderte der Ehrgeiz in seinem Herzen? Hatte er den Bären wirklich mit einem Schuss ins Auge erlegt? Was hatte sie bei der ersten Begegnung gesagt, was zum Abschied? Fuhr sie wirklich so gern Ski, war sie in den Schnee gefallen? Waren die Norweger so groß und schrecklich wie Wikinger? Welche Farben hatten am Himmel geglüht? –, so dass ständig neue Details ans Licht kamen, neue Spannung und neues Leben, und bald wurde es unmöglich, die für das Kind erdachten Ausschmückungen von der Wahrheit zu trennen. Damals war Emily schon über vierzig; falls sie je von einem anderen Leben geträumt hatte, hatte sie nie davon gesprochen, und nun war es zu spät.

Jeden Abend erhob sie sich, wünschte den Eisbären eine gute Nacht und ging, manchmal ein wenig unsicher auf den Beinen, auf ihr Zimmer. Sie stieg die Treppe hinauf und versuchte zu ignorieren, dass ihr der Gang im Laufe der Jahre immer schwerer fiel, dass ihre Knie steifer wurden; sie schloss die Tür hinter sich, stieg aus dem Kleid und schlüpfte hastig in das schlichte Baumwollnachthemd, ohne sich an Bauch oder Brüsten zu berühren, die sich gerundet hatten und anfingen, schlaff von ihrem mageren Körper zu hängen; sie löste das Haar, ohne dem nachlassenden Glanz Beachtung zu schenken, und war stets darauf bedacht, ihrem Spiegelbild nicht in die Augen zu blicken. Am liebsten saß sie im Halbdunkel, wenn nur die Nachttischlampe brannte; anschließend legte sie sich hin, um zu lesen, und wenn die Buchstaben verschwammen, lag es höchstwahrscheinlich am Gin, nicht an ihren schlechter werdenden Augen und auf gar keinen Fall an ihren Tränen.

Sechzig Jahre lang wartete sie darauf, das Ende der Geschichte zu erfahren, das ihr schließlich in diesem Zimmer, in dem sie so lange allein geschlafen hatte, vorgelesen wurde. An einem Januartag des Jahres 1902 war Edward aus der Welt geschieden, ohne dass sie es bemerkt hatte, und inzwischen konnte sie nicht einmal mehr sagen, ob sie in jener Nacht von ihm geträumt hatte. Es hieß, das Eis habe seinen Leichnam konserviert; nur die Haut habe sich schwarz verfärbt und zusammengezogen. Seine Augen seien milchig, so wie die ihren. Wie lange war es her, dass sie von ihm geträumt hatte? Helen las ihr die Geschichte bis zum Ende vor und versuchte, seine gezeichneten Karten zu verstehen, seinen Weg nachzuverfolgen, trotz der immer zusammenhangloseren Aufzeichnungen unter Todesqualen – stets angetrieben von Emily, die alles wissen wollte. Manchmal antwortete sie ihm – »Nein, mein Lieber, niemand wird dich einen Narren schimpfen« –, als säße er neben ihr und bräuchte ihren

Trost; »Da gibt es nichts zu verzeihen, Edward; du bist derjenige, der mir verzeihen muss«; »Ja, gute Nacht, schlaf gut, gute Nacht«; gerade so, als streckte sie sich neben dem vom Eismeer verwandelten Mann aus: »Perlen sind seine Augen nun, Helen, schau!«

Als sie ihr Geheimnis endlich dem zweiten Edward anvertraut hatte, gab es nichts mehr zu sagen.

Ausgestreckt auf dem kalten, weißen Laken, im Schnee, der tiefe, endlose Himmel darüber und darunter nichts als Eis, und ihr Herz zittert, rast, steigt aufblitzend in die Höhe und schlittert über den Himmel und verstummt, als er ihr durch den Schnee entgegenkommt.

# Sechster Teil

Dunkler Abend.

Draußen ist das letzte Gold aus den Blättern der Weide getropft, die nun kupfergrün schimmern. Der Himmel hat ein weiches Violett angenommen. Die Luft ist noch lau, aber die Hitze des Tages hat nachgelassen; die Vorhänge flattern in der milden Brise, im Zimmer wird es dämmrig, und der Spiegel verdunkelt sich. Er wirft keinen Blick mehr zurück, denn wir sind jetzt mit Emilys verblassendem Geist allein; das Zimmer gewöhnt sich an die Leere. Julia, die sich eben noch zwischen den wachsenden Schatten gespiegelt hat, ist mit diesem Gedanken hinausgelaufen:

*Das weiße Segel bläht sich … weißes Laken im Wind … verdammt, die Wäsche.*

Folgen wir ihrer Spur durchs Haus, entdecken wir sie wieder im Garten, der in der Dämmerung ganz anders aussieht als im sengenden Sonnenlicht. Halten Sie neben ihr auf dem Rasen inne, atmen Sie tief ein, lauschen Sie dem Summen der Insekten und dem Rascheln der Blätter, die sich einrollen, dem Plustern und Schütteln der Federn, der Erde, die von winzigen Krallen, bleichen Maden und Würmern bewegt wird; der Garten entspannt sich in der blauen Dunkelheit. Vorsichtig und in aller Stille erblühen die Nachtgewächse und verwandeln die Wärme des Tages in schweres, süßliches Parfum. Leuchtendere Blüten verschwinden, weil keine Sonnenstrahlen sie mehr treffen, und überlassen ihren Part den bleichen, wohlriechenden Abendblumen. Die nachtduftenden, am Tag so unauffälligen Stauden geben ihre Essenzen an die Luft ab. Das Geißblatt krümmt die Händchen und hält seinen Nektar bereit, den die Falter schlürfen. Der Duft des Gartens, die unzähligen winzigen, weißen Blütenblätter, die wie gefallene Sterne auf dem Rasen liegen, Julias bloße Füße, die sich weiß vom Gras abheben, die weißen Laken; und über allem die trunkenen Nachtfalter.

## *Saubere Laken*

Tatsächlich flattern die Laken immer noch draußen im dunklen Garten. Nach der unruhig zerwühlten Nacht hat Julia sie am Morgen gewaschen und hier aufgehängt; seit zwei Wochen schon wickelt der Bettbezug sich allnächtlich um ihre schwitzenden Glieder, aber Julia hatte vergessen, die Ersatzgarnitur zu waschen. Ordnung muss sein, selbst wenn die ganze Welt eine folgenschwere Verwandlung durchläuft, und falls Julia verstört ist, so kann sie sich wenigstens darauf verlassen, in der Nacht auf kühlen, frischen Laken zu ruhen. Lässt sie sie auf der Leine hängen, werden sie bis zum Morgen feucht von Tau sein, zudem stören sie die Dunkelheit des abendlichen Gartens. Der Anblick wird Simon irritieren, so wie alles, was sich nicht am richtigen Platz befindet, und während des gesamten, von ihr so gut vorbereiteten Abendessens (um das sie sich dringend kümmern muss, sicher kommt er gleich nach Haus?) wird sie spüren, wie er mit sich ringt. Sie wird seine leichte Zerstreutheit spüren, obwohl er vorgeben wird, ihr zuzuhören und das Essen zu genießen, er wird ihre Kochkunst loben und auch den Wein, den sie extra dafür ausgesucht hat, aber er wird ihre Wahl vielleicht nicht einmal würdigen können, weil er den Blick angestrengt von den Laken fernhalten muss und währenddessen mit sich hadert, ob er es nun ansprechen soll (was sie ärgern und ihnen den Abend verderben würde) oder die Wäsche nach dem Essen einfach diskret selbst hereinholen soll (was bedeuten würde, dass er bei der erstbesten Gelegenheit vom Tisch aufstehen und die Enttäuschung den Abend sowieso ruinieren würde), also ist es lebensnotwendig, ja, es geht darum, das Leben ihrer unterernährten Ehe zu retten, das Überleben dieses zarten Geschöpfs hängt davon ab, dass Julia die Laken von der Leine nimmt.

Verschattete Flügel, angezogen von Licht und süßer Luft, vom cremigen Duft, umflattern Julias Kopf:

*Geißblatt sei sein Lieblingsduft, sagte er, pelzige Tierchen schlecken die Süße; er breitete das Laken auf dem Boden aus und zündete die Lampe an, und schon kamen sie geflogen. Eins nach dem anderen, geflügelte Dinger über unseren Köpfen, und der Geruch war überwältigend, der Duft der Blüten, der Staub der Flügel. Bis zur Bewusstlosigkeit schmissen sie sich ans Licht, das ganze Laken war bedeckt von kleinen Lebewesen, die uns zu Füßen fielen, und ich wählte eines für seine Sammlung aus, und er tötete es, sanft und mit dunklen, staunenden Augen, so dass ich ihn nicht grausam, sondern schön fand.*

Die in der Dunkelheit hängenden Laken haben Julia an diesen Moment vor vielen Jahren erinnert, als sie kurz nach der Hochzeit Tante Helen besuchten; wie Simon zögerlich darum gebeten hatte, eine Falle im Garten aufstellen zu dürfen, und ob Julia ihm helfen wolle. Der Garten, hatte er gesagt, sei das reinste Nachtfalterparadies. Er benannte die Blumen, die dort wuchsen und die die Falter anziehen würden, und Julia war überrascht, dass er all diese Namen kannte, dass er Geißblatt liebte, noch ahnte sie nichts von den Abenden, an denen er in diesem Duft, in der Stille und im Flüstern der staubigen Flügel gebadet hatte, ganz allein und geduldig neben der Lampe und glücklich über die Abwesenheit seines Vaters (der sich nur für grellbunte Schmetterlinge interessierte).

Dafür liebte sie ihn. Sie liebte ihn, damals, wegen der penibien Etiketten, wegen seiner zarten Hände, die sie fasziniert beobachtete, wenn er die Nadel setzte und die Flügel mit Klebeband fixierte, wegen seiner Geduld …

»Und jetzt?«, hatte sie gefragt, als die Beute gefangen war, jener Falter, den sie ausgewählt hatte und den er für sie präparieren würde.

»Jetzt warten wir«, hatte er lächelnd gesagt.

»Wie lange?«

»Zwei Wochen.«

»Zwei Wochen?«

»Du musst lernen, die Vorfreude zu genießen.«

»Oh.« (Ein Seufzen.) »Und was noch?«

»Zunächst einmal könntest du die Lampe löschen und das Laken ausschütteln. Und es waschen, bevor Tante Helen den Flügelstaub sieht.«

Später hatte sie sich wie gekreuzigt auf einem anderen Laken ausgestreckt.

»Würdest du mich jetzt auch gern aufspießen?«

»Nein. Du bist so hübsch, wenn du fliegst.«

Ja, dafür liebt sie ihn, für all das, auch wenn sie so lange nicht mehr daran gedacht hat. Sie nimmt die Wäscheklammern ab, legt die Laken in den Korb und wirft einen Blick auf ihre Uhr. Ist es möglich, dass sie falsch geht? Es ist schon fast neun. Wo ist Simon? Wann kommt er nach Hause?

Simon ist auf dem Weg, er steht in einem überfüllten Zug, der sich durch Willenskraft allein nicht beschleunigen lässt. Am Bahnhof war er mit ausreichendem Vorlauf aus der U-Bahn gestiegen, hatte dann aber sehen müssen, dass sein Zug aus unerfindlichen Gründen gestrichen worden war. Unter der Anzeigetafel hatte sich ein wütender Mob versammelt, und Simon fiel in den Chor aus von Blicken auf die Armbanduhr begleiteten Seufzern, Gestöhn und Gemurmel ein. Er wollte zu Hause anrufen, aber der Anschluss war besetzt, und als er begriff, wie erleichtert er darüber war, überkam ihn wieder jenes entsetzliche Schuldgefühl, das im anonymen Gedränge der U-Bahn untergegangen war. Er zwängte sich in den erstbesten Zug, der in seine Richtung fuhr, war froh über die Vorteile, die seine Körpergröße ihm verschaffte, und als er sich umdrehte und, die Nase fast an die Scheibe gepresst, die Zurückbleibenden betrachtete, darunter eine mit Einkaufstüten beladene Frau, den Tränen nahe, ein Pärchen in Abendkleidung, ein alter Mann, versuchte er sein Verhalten vor sich selbst zu rechtfertigen. Wie hätte er ihnen helfen sollen? Ein jeder ist sich selbst der Nächste … trotzdem verabscheute er sich in diesem Moment.

Während der nächsten vier Haltestellen atmete er seinen eigenen warmen Atem wieder ein, der von der Scheibe zurückgeworfen wurde; dann setzte wie immer der befreiende Exodus ein und er hatte den Waggon, der in den Abend hinausdonnerte und den orangefarbenen Stadthimmel hinter sich ließ, fast für sich allein. Er fand einen Einzelplatz, was alles noch schlimmer machte. Nichts war besser geeignet, den Kopf von quälenden Gedanken zu befreien, als der hilflose, spontane Ekel über die erdrückende Nähe der anderen, eine sommerliche Fahrt mit den stinkenden öffentlichen Verkehrsmitteln. Nun sitzt Simon. Angenehm kühle Luft strömt zum Fenster herein, aber die Verzweiflung bemächtigt sich seiner, umschließt ihn wie die Wände einer Schlucht.

Das Bier macht ihn schläfrig; er fühlt seine Sinne abstumpfen, als wäre er in Glas (oder Eis) eingeschlossen. Alle Geräusche klingen gedämpft, und das helle Waggoninnere entfernt sich. Verengung, Zerquetschung. Wie fest sie ihn gestern Nacht umklammerte, wie still sie war, wie unbesudelt von seiner Sünde, und doch weinte sie und hielt ihn fest, wie immer mit zusammengekniffenen Augen, und wie er ihren Herzschlag gefühlt hatte, ein lautloses Krampfen, das ihn umschloss …

und dann lässt sie los, löst sich auf, außerhalb seiner Reichweite, unfassbar weit entfernt, zieht sich auf einen fernen Punkt in einer weiten, weißen Ebene zurück. Dann sitzt er in einem Boot, das auf eine enge Rinne zusteuert und zermalmt wird, die Fingernägel, die sich in seine Haut bohren, sind rot lackiert, zerkratzen seine Haut und hinterlassen Spuren, wie um zu beweisen, dass er ihr gehört, sie beißt ihn in Schultern und Nacken, unter ihm windet sich ihr fleischiger, kräftiger Körper, und nun auf ihm, ein riesiger, brutaler, leuchtender Mund und weit geöffnete Augen, eine Schlucht, er wird zerquetscht, von allen Seiten, stöhnend, und dann wacht er mit schuldbewusstem Erschrecken auf, gerade als der Zug quietschend in seinen Bahnhof einfährt, kurz vor dem Anfang des Bahnsteigs zum Stehen kommt und dann so langsam weiterruckelt, dass Simon Zeit hat, sich zu fangen. Zu seiner Scham ist er angeschwollen, er fühlt sich wie ein Junge im Schulbus; aber bis er sich von seinem Platz erheben muss, hat er sich beruhigt, auch wenn die Scham bleibt, dick und rot.

Der Zug spuckt Simon auf den Bahnsteig und ruckelt mit einem Pfeifen Richtung Küste davon, wo er, wenn es nach Simon geht, gern auch von der Landkante hinunter ins Meer stürzen kann. Er wirft einen Blick auf die Uhr – zwei Minuten nach neun. Er ist spät. Er hat angekündigt, dass er später kommt. Kein Grund zu Aufregung oder Misstrauen.

Er steigt ins Auto, bleibt für eine, zwei, drei Minuten still sitzen, die Hände aufs Lenkrad gelegt, und starrt sein Gesicht an, das sich in der Dunkelheit in der Windschutzscheibe spiegelt. Er lässt den Kopf sinken; so bleibt er einen Moment lang sitzen, mindestens zwei Momente lang, bis er den Kopf hebt, sich die Brille zurechtrückt, den Zündschlüssel dreht und sich auf den Heimweg macht in der Hoffnung, in keinen weiteren Stau zu geraten.

Julia ist im Schlafzimmer; das Lammfleisch ruht in der Küche, zum Anschnitt bereit, die dicken Bohnen dampfen, die frische Rote Bete ist geschmort und mit Sauce mariniert, der Wein atmet still und gleichmäßig vor sich hin und lässt seine Kirschnote von der warmen Luft mildern. Julia hat den Wäschekorb ausgeleert und faltet Handtücher, ihr Magen ist ein kleiner Knoten aus Hunger und Anspannung; wo bleibt er? Sie zieht das Bett ab, reißt Laken und Kopfkissenbezüge herunter, wirft die Schmutzwäsche auf den einen, die nackte Decke und die Kissen auf den anderen Haufen und genießt das vertraute leise Knacken von Gänsefedern und Daunen. Sie schaut wieder auf die Uhr: zehn nach neun. Sie legt die Ecken der Decke an die auf Links gekehrten Enden des frischen Bettbezugs und muss, als sie mit den Händen hineinfährt, wie immer an eine kleine Hand in einem Handschuh denken, deren zarte Finger sich in der Fütterung verlieren. Sie schaut auf den Radiowecker: 21:06. Tja, ihre Armbanduhr geht wohl vor. Aber selbst wenn es vier Minuten früher als gedacht ist, kommt Simon zu spät. Überrascht stellt Julia fest, wie ihre Kehle sich verengt und zuschnürt; es ist die Enge in Nase und Rachen, die Tränen vorausgeht. Die Hormone, denkt sie, es ist bald wieder so weit, immer wieder das unerbittliche Fließen.

Das Kind, das Julia und Simon nicht bekamen, wäre jetzt vier Jahre alt. Bald wäre sein fünfter Geburtstag, vielleicht sogar heute, wäre es ein bisschen früher als berechnet auf die Welt gekommen. Wäre es nur ein bisschen früher auf die Welt gekommen anstatt viel, viel zu früh. Julia stellt sich das Kind nicht gern als »es« vor, aber das Geschlecht ließ sich noch nicht erkennen. Tatsächlich denkt Julia am liebsten gar nicht mehr daran. Nur manchmal, so wie jetzt zum Beispiel, wenn sie planlos räumt oder putzt, streichen die Finger ihrer linken Hand über die Stelle, die sich gerade erst auszubeulen begann. Jetzt ist sie weich und flach, die Stelle, höchstens wegen der Vorahnung angespannt; aber Julias Finger erinnern sich an die straffe Haut.

*Beruhige dich, dumme Kuh, nicht weinen. Ein Wiegenlied. Ich kenne keine Wiegenlieder, ich kann niemanden in den Schlaf singen, ich hätte es gelernt, wenn …*

Sie wirft die bezogenen Kissen aufs Bett und schlägt aufs Bettlaken, um es zu glätten, bevor sie über allem die Decke ausbreitet.

*In den Schlaf gesungen von den Wellen, vom Wasser, dafür war ich immer anfällig; von der See, die ich liebte, vom Salzwasser. Wir fuhren an den Strand, und ich lag da und ließ die Wellen an meinen glücklichen Bojenbauch schlagen, ein Junge vielleicht, bevor es*

Sie faltet ein Handtuch mit einer untypisch geschickten Handbewegung, um es zu glätten. Als das Handtuch auf dem Stapel liegt, wandert die Hand an ihren Platz zurück.

*Wiegenbauch, Wiegenlied, schlaf ein, weine nicht, psst, mein Kleines, weine nicht*

*Sei nicht blöd, hör auf zu weinen*

Vielleicht würde es sie freuen zu wissen, dass es in der Tat ein Junge war; vielleicht auch nicht.

Sie sprechen nicht darüber. Sie war nicht einmal im dritten Monat; niemand hatte die Schwellung bemerkt, auch wenn Julia sie fühlen konnte. Sie legte Simons Hand darauf. Sein Gesicht, ganz ihrer Haut zugewandt, wurde rund und senkte sich, seine warme, sanfte Hand unter ihrem Bauchnabel; sie kann es nicht ertragen, sich an sein Gesicht von damals zu erinnern, an das Ausmaß seiner Ehrfurcht. Sie haben es nicht noch einmal versucht. Julia hat Angst. Es war ein Unfall, sie hatten es nicht geplant; ein glücklicher Unfall, wie sie damals übereinkamen, aber seitdem haben sie nie über einen zweiten Versuch gesprochen. Vielleicht sollten sie dieses Gespräch führen. Die Worte, die Simon in diesem Schweigen nicht finden kann:

»Es tut mir leid, dich nicht glücklich machen zu können, ich habe Angst, du könntest nie mehr glücklich sein, ich fürchte mich vor deiner Traurigkeit. Ich werde dich nicht alleinlassen, du solltest nicht allein sein, ich finde nicht, dass wir allein sein sollten.«

Und sie:

»Ich habe solche Angst vor dem Tod. Ich habe Angst davor, alt zu werden, und davor, nicht alt zu werden, und vor dem Sterben. Ich habe Angst davor, all meine Kinder zu verlieren, und vor deinem Tod und vor dem Sterben.«

Was sie nicht aussprechen, wird im Laufe der Zeit immer lauter, egal, wie akkurat die Handtücher gefaltet sind und wie sauber die Laken. Aber nun ist das Bett gemacht, und Julia verschließt sich vor den unausgesprochenen Worten und redet sich ein, die drückende Leere in ihrem Bauch sei nur Hunger. Und tatsächlich ist sie hungrig; es wird spät. Der Kräuterduft, der aus der Küche heraufzieht, erinnert sie daran.

*Rosmarin, zur Erinnerung. Bloß Hunger, bloß Hormone.*

Sie sitzt vor der Frisierkommode und wischt sich vorsichtig die letzten Spuren der roten Farbe von den Lippen; sie kämmt sich das Haar; Tess springt federleicht auf ihren Schoß, zieht die Krallen ein, um sich nicht im Kleid zu verheddern, und beginnt, sich zu drehen und einzurichten, aber sie wird, noch bevor sie sich einmal um die eigene Achse gedreht hat, hochgehoben und aus dem Zimmer getragen. Julia knipst das Licht aus und schließt die Tür gerade früh genug, um das Scheinwerferlicht von Simons Auto nicht durch die Einfahrt wischen zu sehen.

Als er sich nähert, liegt das Haus im Dunkeln. Schlafzimmer, Salon, Dachfenster und der ganze Rest unbeleuchtet, so als schlafe das Haus oder sei verlassen worden. Er kann sich nicht daran erinnern, es jemals so gesehen zu haben, außer am Abend des Einzugs; und als er über den Kies der Einfahrt stapft, scheint das Geräusch seiner Schritte nichts mehr mit ihm zu tun haben, es ist verschoben wie in einem Traum.

Edward Mackley folgte diesem Traumpfad ein ums andere Mal; er träumte vom Nachhausekommen und wusste mit albtraumhafter Sicherheit, dass alle Zimmer leer und dunkel waren; dass sie von anderen bewohnt wurden, die ihn nicht mehr kannten und ihn nicht einlassen würden; dass seine eigene Frau, seine Familie ihn nicht mehr erkennen und angesichts seiner geschwärzten Haut in Kreischen ausbrechen würden; dass er alle Hausinsassen irgendwie mit eigener Hand abgeschlachtet hatte. Aber jedes Mal wachte er auf, bevor die Tür sich öffnen konnte, und er wusste nur noch, wie nah er seinem Ziel gekommen war, dass er das Ende seiner langen Reise um ein Haar erlebt hätte, und dann verfluchte er sich dafür, aufgewacht zu sein.

Nun nähert sich Simon dem Haus und hat, während seine Schuhe auf dem Kies knirschen, Visionen von Julia, die ihn im Herzen des dunklen Hauses erwartet, die auf unerklärliche Weise über alles Bescheid weiß und ihm den einen Kuss nicht verzeihen kann, die ihm nicht einmal verzeihen kann, dass er sich nur eine Sekunde lang vorgestellt hat, sie zu betrügen; sie sitzt in der Finsternis im kalten, schwarzen Wasser. Er weiß nicht, ob er ihr die Wahrheit sagen soll, ob er damit irreparablen Schaden anrichten würde und wen er, falls er sie verschont, in Wahrheit verschont. Er fragt sich, ob es immer notwendig ist, die Wahrheit zu sagen, ob es nicht manchmal besser wäre, sie zu verheimlichen, ob dieser Gedanke seiner Selbstsucht entspringt, ob Selbstsucht per se etwas Schlechtes ist. Er weiß nur, dass er sie nicht verlieren will und dass er so nicht weiterleben kann. Er kann nicht länger damit leben, ihre Wünsche nicht erfüllen zu können, er sehnt sich danach, die Leere auszufüllen, die in ihrem Inneren klafft, auch wenn sie es nicht zugibt, er wüsste so gern, was ihr fehlt.

Er hat die Tür erreicht, hält den Schlüssel in der Hand und öffnet sie vorsichtig (21:18 Uhr). Er schleicht hinein und kann kaum etwas erkennen außer den welken Blumen, dem Spiegel (er vermeidet es, sich das Gespenst darin anzusehen, das bleiche Gesicht, die schuldschwarzen Augen); er ruft ihren Namen. Niemand antwortet. Es riecht nach Lammbraten, er weiß, sie will es ihm recht machen, und er hofft, es nicht verdorben zu haben. Er hatte doch angekündigt, später zu kommen.

Um die Tür zu schließen, muss er sie zuschlagen. Das Echo lässt die Luft wie mit tausend winzigen Flügelpaaren erzittern, die panisch um Simons Ohren stieben und dann wieder in staubigen Schlaf fallen. Er ruft ihren Namen ein zweites Mal, »Julia?«, ganz sanft, so als stünde sie schon neben ihm, unsichtbar, so als versuchte er, nur diesen einen Geist zu sich zu rufen und all die anderen nicht zu wecken.

Im Salon heben sich die weißen Flächen der Damenporträts hell von der Dunkelheit ab, Halbmond neben Vollmond; Edwards und Johns verschattete Augen, einander gegenüber aufgehängt, sehen ihr Ebenbild vorbeihuschen, als Simon die Reihe der Vorfahren abschreitet, ohne das Licht einzuschalten. Er geht ins Esszimmer. Im Kristallglas verfängt sich gelbes Licht; die Türen zum Wintergarten stehen offen und geben den Blick auf einen mit Silberbesteck und einer brennenden Kerze gedeckten Tisch frei, und dahinter, das Gesicht dem Garten zugekehrt, steht Julia.

Da ist sie also: Sie schaut in den Abend hinaus und dreht ihm den Rücken zu, ihr offenes Haar schimmert bronzefarben. Seltsam, wie friedlich sie aussieht, eingerahmt von den Sprossenfenstern der geöffneten Flügeltüren wie in einem Gemälde, in dem der Künstler für den stillen Garten und das ahnungslose Modell denselben gedämpften Blauton verwendet hat. Sie rührt sich nicht, während er im Dunkeln steht und ihren Rücken betrachtet. Nichts bewegt sich; der Abend ist still. Es wäre möglich, sich von hinten anzuschleichen, die Schuhe abzustreifen und über den Teppich und den warmen Fliesenboden zu gehen, ihr das Haar aus dem Nacken zu streichen und sanft auf ihre Haut zu blasen, die spitzen Wirbel unterhalb ihres Genicks zu küssen, wo sich feine Haarsträhnchen locken und kringeln, ihr einen Arm um die Taille zu legen, bis ihr Kopf auf sein Brustbein zurücksinkt …

Simon beobachtet. Er merkt, dass er den Atem anhält, und stößt die Luft langsam und lautlos aus. Dann schleicht er in den Flur zurück und über die kleine Treppe in die Küche hinunter, ohne das Licht einzuschalten. Es ist heiß, der Ofen war stundenlang in Betrieb und ist es immer noch, um das Essen warm zu halten, Simon erkennt es am glutorangen Schimmer. Trotzdem öffnet er die Tür, an der Tess gelangweilt herumgekratzt hat und durch die sie noch vor ihm im Dunkeln verschwindet. Er läuft über den Gartenweg wie über blasse Steine im Wasser, über winzige Eisberge, Weiß auf Schwarz. Er wirft keinen Blick zum Haus zurück, damit sie beide so tun können, als hätte sie ihn nicht gesehen; als er den Schuppen erreicht und verstohlen zum Wintergarten schaut, ist sie verschwunden.

Aber sie ist nicht verschwunden. Sie ist lediglich einen Schritt in die Dunkelheit zurückgetreten, wo wir sie erkennen können, wenn wir uns die Zeit nehmen, nach dem Funkeln in ihren Augen zu suchen. Sie hat sich zurückgezogen, damit er, sollte er sich umdrehen, nicht sieht, dass sie ihn gesehen hat. Vor einigen Augenblicken dachte sie noch, er stünde hinter ihr, sie dachte, die Dunkelheit in ihrem Rücken sei verschoben worden und habe einer Gestalt Platz gemacht; sie dachte, er würde sich nähern, und wartete, hoffte, schon konnte sie seine Finger in ihrem Nacken spüren; aber als sie sich umdrehte, war das Zimmer leer, und als sie sich wieder umdrehte, sah sie ihn durch den Mondschein laufen. Er ist nicht zu ihr gekommen. Er wollte nicht zu ihr kommen. Sie möchte zu ihm gehen, muss aber feststellen, dass es unmöglich ist. Hat er wenigstens den köstlichen Braten gerochen? Sie starrt in die Flamme und sieht die Motten tanzen. Sie kann nicht mehr ohne.

## *Klavier*

Simon sitzt an seinem Schreibtisch im Schuppen. Der Schuppen, sein eigener, steht am hinteren Ende des Gartens, direkt neben dem alten, zum Haus gehörigen, in dem sich Gartengeräte und die üblichen Spinnweben angesammelt haben, ein verstaubtes Chaos, ein Durcheinander aus altem Holz und Gartenscheren und Farbeimern. Simons Schuppen ist klein und sauber; es riecht nach Kiefernnadeln und Zedernholz und dem beißenden Mief von Naphthalin – für den Laien schlicht Mottenkugeln, die die toten Flügel vor den Lebenden beschützen sollen. Hinter ihm, an der Wand, hat sich eine Reihe von Zitronenfaltern, die er im Alter von vierzehn Jahren fing, über den stolz mit Füller beschrifteten Namensschildchen niedergelassen – seine ersten Präparate, einfach, grazil, grünlich weiß.

Ein Schrank mit länglichen, flachen Laden nimmt fast die gesamte Breite der gegenüberliegenden Wand ein. Simon sitzt auf einem Stuhl mit hoher Rückenlehne, an die er sich fast nie lehnt. Vor ihm befindet sich das mit einer Jalousie verschließbare Fenster zum Garten. Zu oft hatte ihn, als er abends am Schreibtisch saß und der helle Strahl der Architektenleuchte bis auf den Rasen fiel, das Klatschen eines Nachtfalters an die Fensterscheibe hochschrecken lassen. Obwohl er den Motten keinen Sinn für Ironie zutraut, fand er die pelzigen Kamikazeflüge in Anbetracht seiner Tätigkeit hinter der Scheibe geschmacklos. So wurde die Jalousie installiert, um ihn von der Nacht abzuschirmen.

Heute sitzt Simon reglos da, und endlich einmal gerade; vor ihm liegt nichts, über das er sich beugen könnte. Die Jalousie ist hochgezogen, die Lampe ausgeschaltet. In der Dunkelheit ist sein Gesichtsausdruck kaum zu erkennen. Seine Brillengläser reflektieren das schwache Mondlicht, seine Augen könnten offen oder auch geschlossen sein. Seine langen Hände liegen auf dem Schreibtisch.

Er hat Julia im Haus zurückgelassen, sie hat ihn nicht entdeckt; er ist in den warmen, stillen blauen Garten voller Insektenklicken und -surren entkommen, wo die Luft getränkt ist vom Duft des Geißblatts, das hier draußen zu genießen er wochenlang vergessen hatte. Was tut er hier, wo sie im Haus auf ihn wartet? Er hat sich an den Schreibtisch gesetzt und gemerkt, dass er es nicht schafft, die Lampe einzuschalten. Er hat es nicht geschafft, die Schubladen zu öffnen oder zum Werkzeug zu greifen, um den letzten Fang, der inzwischen in seinem Glas getrocknet ist, zu präparieren; er kann nicht sagen, ob er das überhaupt vorhatte. Stattdessen haben seine Hände die Jalousie hochgezogen, die unten war, um die Hitze auszusperren, und dann hat er sich an den Schreibtisch gesetzt, wo er seit etwa vier Minuten verharrt. Er weiß nicht genau, was er hier will, während sie im Haus auf ihn wartet. Er schaut nicht auf die Uhr.

Er versucht, sich zu beruhigen und in der Dunkelheit zu sammeln, aber er kann keinen Gedanken zu Ende bringen. Er ist seinen eigenen Erinnerungen hilflos ausgeliefert, die wild in seinem Kopf umherflattern, er hat nicht die Kraft, sie zu verscheuchen. Jede bittere Enttäuschung, jedes Körnchen Scham, jede Situation, in der er von sich selbst oder anderen Besseres erhofft hatte.

Seine Mutter, die Geschirr spülend in der Küche steht, wischt sich Seifenspuren ins Gesicht, weil sie nicht will, dass er sie weinen sieht. Er lehnt sich an ihre Hüfte, schmiegt sein Gesicht an ihren Bauch und wird, feucht und fest, an der Schulter gedrückt und mit einem Seufzer schnell wieder entlassen. »Was willst du denn schon wieder, Simon?«

Einmal zu viel zupft er am Ärmel des Vaters; dessen Hand rutscht ab, die Nadel sitzt schief, der Arm wird verärgert weggerissen. »Was ist, Simon?«

Sie können sich, sagen sie ihm, kein Klavier leisten; er wird in der Schule üben müssen, dort wird er üben müssen, um der Beste zu werden. Er spielt beim Schulkonzert vor. Er bekommt den längsten Applaus. Sie sagen: Gut gemacht, nur um dann in aller Ausführlichkeit den Chor zu loben und Rebecca Jones, die ein Gedicht rezitiert hat. Simon traute sich nicht zu sprechen oder zu singen. Er wagte es nicht, den letzten Akkord lange genug zu halten. Was bedeutet, dass er den letzten Akkord falsch gespielt hat. Im Auto, auf dem Heimweg, spricht er es widerwillig an. Um ihn zu trösten, sagt seine Mutter: »Sicher hat das keiner bemerkt.«

Julia ist überrascht und entzückt, ihn eines Abends an dem alten Klavier im Salon sitzen zu sehen. Sie war mit einer Freundin aus, ist aber früher nach Hause gekommen; er hat noch nicht mit ihr gerechnet. Sie kennen sich seit zehn Jahren, acht davon verheiratet. Sie wusste nicht, dass er Klavier spielt. Wie ist das möglich? Sie bettelt ihn an, für sie zu spielen. Er hat, sagt er, seit Jahren nicht gespielt. Er kann sich an nichts erinnern. Er war ohnehin nicht gut. Bitte, sagt sie. Er will nicht. Er weigert sich. Er klappt den Deckel zu; er wollte ihn nicht zuknallen. Sie zuckt zusammen. Ihre Stimme ist ganz klein. »Ich wusste einfach nicht, dass du spielen kannst.«

Seine Fingerspitzen drücken sich im Rhythmus der Takte, die sie am Morgen verpasst hat, an das Holz der Schreibtischoberfläche. Seine Augen sind geschlossen. Er nimmt die Brille ab, ohne die Augen zu öffnen, kneift sich in den Nasenrücken, drückt Daumen und Zeigefinger mit Kraft in die Innenwinkel seiner Augenhöhlen, bis über den dunkelbraunen Hintergrund blaue Lichter zucken. Er öffnet die Augen und spürt, wie ihm das Blut in den Nasenrücken und weiter in die Stirn steigt. Vorsichtig legt er die Brille hin, steht auf und geht hinaus, zieht die Tür leise hinter sich zu und geht Stein für blassen, runden Stein durch den duftenden Garten zum Haus zurück.

Als er vor den Stufen zur Küche steht, sieht er, dass jemand die Lampe über der Arbeitsplatte eingeschaltet hat. Im dunklen Haus hat Julia einen elektrischen Lichtkreis um sich gezogen. Sie verlässt ihn, und dann sieht er ihr vom Ofenlicht angestrahltes Gesicht, als sie die Klappe öffnet, um Schüsseln und Teller herauszuholen und dabei wie immer die Backen aufzublasen. Die Grimasse ist ihm so vertraut, dass er sich nicht erinnern kann, sie zum ersten Mal gesehen zu haben (es handelte sich um Muffins anlässlich seines fünften Besuches – er könnte sich, würde man ihm auf die Sprünge helfen, an die Muffins erinnern. Würde man ihm auf die Sprünge helfen, könnte er sich an den Überfluss aus Schlagsahne und selbstgemachter Marmelade erinnern, die in krassem Kontrast standen zu den frugalen, derben, mit Margarine bestrichenen Leckereien seiner Kindheit). Sie stellt die Teller in der Lichtpfütze auf der Arbeitsplatte ab, dann legt sie die Hände an das in Alufolie gewickelte Fleisch, vermutlich um nachzusehen, ob es kalt geworden ist, und wendet sich wieder dem Herd zu. Sie ist jetzt kaum beleuchtet, und auf ihrer Haut liegt ein warmer Schimmer. Sie rührt auf typisch nachdenkliche Weise in einem Topf herum und starrt hinein, als verberge sich in der Sauce eine Weissagung, hebt dann den Holzlöffel an, beugt den Kopf darüber, anstatt den Löffel an die Lippen zu führen, wahrscheinlich um nicht zu kleckern (woraufhin ihr wunderhübscher Nacken unter den wilden Haaren zum Vorschein kommt); behutsam führt sie also die Lippen an den Löffel, hält ihn nach dem Probeschluck noch sekundenlang in die Höhe, greift nach dem Salz, überlegt es sich anders und rührt langsam und mit einem zufriedenen, fast traurigen Lächeln weiter. Und alles zusammen, der mit weichem Flaum behaarte, rührende, rührende Arm, der Blick in den Topf, ihr langer Hals, das Geräusch des Nippens und ihr trauriges Lächeln schlagen in Simon kleine Wellen, die bald zu einer großen Woge der Zärtlichkeit anschwellen, sich aufbauen und aufbauen, bis sie ihn zu ertränken drohen und die er am liebsten als Sturzbach über die Küchentreppe hinunterschicken würde. Etwas in ihm streckt sich ihr entgegen, aber er weiß immer noch nicht, wie er sie erreichen kann.

Julia rührt und rührt. Aus der Mitte der cremigen, weinbraunen Sauce steigt ein Kreis aus klebrigen Blasen auf, die zerplatzen wie in einem Sumpf und die zu beobachten großen Spaß macht. Soll sie in den Garten gehen und an die Schuppentür klopfen? Es wird spät. Aber es gibt ein ungeschriebenes, unausgesprochenes Gesetz, auf das er sie nie hinweisen würde und das sie dennoch respektiert: Dort darf sie ihn nicht stören. Aber es wird spät. Er ist nicht zu ihr gekommen; sie hat die Tür zufallen und ihn halbherzig rufen hören, aber nur einmal (er wollte nur halb gehört werden). Und dann war er allein draußen im Mondlicht, und er möchte nicht verfolgt werden. Sie rührt. Sie kostet …

*Nein, perfekt, da fehlt nichts. Außer jemand, der sie isst.*

Resigniert rührt sie weiter. Aus dem Garten hört sie ein schnurrendes, genießerisches Miauen, was bedeutet, dass jemand Tess' Fell gegen den Strich gestreichelt hat. Sie hebt den Kopf und erschrickt über die Nähe des Geräuschs, wo sie sich in ihrem kleinen Lichtkreis unbeobachtet wähnte.

»Julia …«

»Du hast mich erschreckt! Ich habe die Tür gehört …«

»Tut mir leid, dass ich so spät bin.« Er kommt die Treppe herunter und betritt ihren Lichtkreis. »Ich habe dir doch von dem Termin erzählt – und dann fiel der Zug aus. Ich habe gerufen, als ich nach Hause gekommen bin, aber du hast nicht geantwortet, und da dachte ich, du bist oben.« (Obwohl, denkt er, nirgendwo Licht brannte, was ihm zwangsläufig aufgefallen war und ihm nicht erlaubt, an die eigene Lüge zu glauben; aber sie glaubt ihm, sie weiß nicht, was er bemerkt hat, sie hat keinen Grund, ihm zu misstrauen. Er kann ihr nicht erklären, dass er sie in der Dunkelheit gesehen hat und zu ihr gehen wollte und es nicht konnte.) Sie rührt immer noch, so dass er sie nicht so umarmen kann, wie er möchte. Stattdessen fasst er sie am Ellenbogen und küsst sie auf den Kopf, so als wäre der Tag nicht anders als jeder andere.

»Ich habe mir Sorgen gemacht. Ich habe im Büro angerufen, und Joanne hat gesagt, du seist um sieben gegangen. Dann habe ich versucht, dich anzurufen, aber du bist nicht rangegangen.« Sie versucht, den Vorwurf nicht durchklingen zu lassen.

»Ich musste mich mit einem Kunden auf einen Drink treffen. Schrecklicher Mensch. Ich dachte, ich hätte dir davon erzählt. Tut mir leid.« Simon weiß sehr wohl, dass er die Details für sich behalten hat; er verlässt sich auf ihre morgendliche Unaufmerksamkeit und weiß, sie wird ihm, wieder einmal, glauben. Außerdem handelt es sich eigentlich nicht um eine Lüge, eher um Auslassung und Verschmelzung von Wahrheiten – was sich dennoch nicht weniger gemein und feige anfühlt als eine Lüge. »Ich wollte dich zurückrufen, aber der Anschluss war besetzt.«

»Oh, vielleicht habe ich da gerade mit Miranda telefoniert – bestimmt hast du es mir erzählt. Ist ja auch egal, jetzt bist du zu Hause. Wie war dein Tag?«

»Hm, du weißt schon. Wie immer. Wie geht's Miranda?«

»Ganz gut, sie … heute ist mir ehrlich gesagt was Merkwürdiges passiert. Mit Jonathan.«

»Ach ja, den hatte ich ganz vergessen.«

Inzwischen hat Julia den Löffel hingelegt. Mit seltsam fremder, weicher, trauriger Miene, die zuvor an ihr gesehen zu haben er sich nicht erinnern kann, dreht sie sich zu ihm um. »Simon …« Eine zögerliche Hand an seiner Brust; dann legt ihr Kopf sich sanft daneben. Er hält ihn und streicht Julia über den Rücken, er küsst sie noch einmal aufs Haar, zärtlicher diesmal. Er fürchtet, sie könnte weinen, aber als er sie an den Schultern packt und von sich schiebt, um in ihr Gesicht zu sehen, ist da nichts als diese neue Sanftmut, so als wolle sie ihm etwas sagen. Für eine Weile bleiben sie so stehen, wortlos, wie kurz vorm Sprechen.

Und dann, weil alles schon hundert Jahre zurückliegt und es jetzt spät am Donnerstagabend ist und sie einen guten Wein geöffnet hat, schüttelt sie sich kurz und fragt:

»Hungrig?«

»Und wie. Hoffentlich komme ich nicht zu spät.«

»Na ja, eine Minute später, und Tess hätte einen Glückstag erlebt – aber du weißt ja, wie abstoßend ihre Tischmanieren sind. Ich esse viel lieber mit dir.«

»Während du das Essen bringst, suche ich Musik aus«, sagt er und drückt noch einmal ihren Ellenbogen.

Tess, die Simon in die Küche gefolgt ist, hat während dieser Unterhaltung geräuschvoll die letzten Reste ihres Fischs aufgeleckt und die Plastikschüssel scharrend über die Kacheln geschoben. Als sie ihren Namen hört und die Blicke bemerkt, fasst sie es als Einladung auf und streicht nun aufmerksam und zärtlich und in der Hoffnung auf ein frisches Bratenstück um Julias Unterschenkel. Auf irgendeine Weise schafft Julia es, sich frei zu bewegen, ungehindert von dieser felligen Acht; sie zupft ein Stück von der Bratenkruste und wirft es in den wartenden Schlund. Tess trägt das Fleischstück in eine Ecke, fixiert es zart mit einer Pfote und kaut zufrieden daran herum.

Julia legt das geschnittene Lammfleisch auf die vorgewärmten Teller, es ist zart und kein bisschen misslungen. Aus dem Salon kriechen ihr einzelne Noten entgegen. Die Melodie kommt ihr bekannt vor, ohne dass sie sie einordnen kann. Sie fragt sich, was er da ausgewählt hat; es gehört nicht zu ihren Gewohnheiten, zusammen Musik zu hören, das fällt in Simons privaten, abgeschlossenen Bereich. Er will ihr etwas sagen, denkt sie. Sie lauscht angestrengt. Hat die Musik aufgehört? Nein, da ist sie wieder; dieselbe Sequenz, ein bisschen lauter diesmal, sie scheint sich zu wiederholen, diese Melodie; was immer es ist, Julia gefällt es. Es zögert und stolpert und kommt dennoch voran; war das eine falsche Note? Sie könnte es kaum beurteilen – aber doch, da hört sie es wieder, eine Pause und eine korrigierte Wiederholung. Das ist keine Aufnahme. Jemand spielt Klavier.

An ruhigen Abenden, wenn die Mackleys keinen Besuch empfingen, zog sich die Familie zum Kartenspielen, zum Gespräch, zum Lesen und Rauchen in den Salon zurück. Damals war Freizeit organisiert, die Stunden vor dem Schlafengehen waren erbaulich und strukturiert, ganz anders als später, als das Jahrhundert in der Passivität versank. Damals stand in jedem großen Haus ein Klavier. Das der Mackleys wurde kaum gespielt, es sei denn zu gesellschaftlichen Anlässen, wenn Jane Whitstable (oder eine wie sie) sich durch das übliche Repertoire aus Kirchenliedern und deutschen Volksweisen trällerte, holprig begleitet von einem jungen Mann, der sie hoffnungslos verehrte. An Weihnachten saß manchmal John davor; Arabella fehlte zum Musizieren das Gehör. Das Klavier kam öfter mit dem Staubwedel der Dienstmagd als mit den Händen eines musikalischen Menschen in Berührung.

Aber eines Frühlingsnachmittags im Jahr 1901, als John aus der Stadt nach Hause kam und im Flur Hut und Mantel abgab, hörte er seine liebste Sonate, gespielt mit schlichter Eleganz und Leidenschaft – von Letzterem so viel, dass Emily das Eintreffen des Hausherrn gar nicht bemerkte. Damals hatte sich das Türholz natürlich noch nicht verzogen, und es war unnötig, die Tür mit Wucht zuzuknallen, was sie vorgewarnt hätte. John betrat den Salon und sah seine Schwägerin mit geschlossenen Augen am Klavier sitzen, während ihre langen Finger sicher über die Tasten wanderten. Ihr Daumen beendete die Phrase mit einem letzten, zarten Druck aufs Elfenbein und ließ dann ab, während ihr Fuß das Pedal noch sekundenlang getreten hielt. Gleichzeitig mit dem Fuß hob sie ihren Kopf und sah ihn in der Tür stehen, worauf der rosa Hauch, den das inbrünstige Spielen auf ihre Wangen gezaubert hatte, zu tiefem Dunkelrot wurde.

»Ich wollte dich nicht stören. Ich konnte nicht widerstehen und musste dir einfach zuhören.«

Von diesem Tag an ergab es sich immer öfter, dass sie sich den Abend mit Musik vertrieben und Johns Begeisterung, das Ticken der Uhr und das unermüdliche Klappern von Arabellas Nadeln in Bach, Beethoven und Chopin untergingen. Emily war versunken und John hingerissen, während er in der Zeitung oder irgendeinem dicken Wälzer blätterte, der ihn unmöglich mehr fesseln konnte als Emilys Nacken und ihre flinken, geschickten Finger, die er aus dem Augenwinkel beobachtete.

Dann wurden vier Norweger auf Spitzbergen gefunden, die vermeintlich letzten Überlebenden der *Persephone*, und das Schiff selbst war dem Eis überlassen worden, um langsam in die Unterwelt gezogen zu werden; Emily legte sich ins Bett, und auch Johns Frau zog sich zurück, und nachdem der kleine Edward das Licht der Welt erblickt hatte, war in diesem Haus kein Klavierspiel mehr zu hören. Als Helen viele Jahre später wissen wollte, ob Emily spielen könne, antwortete diese, sie habe es verlernt, irgendwie, wahrscheinlich habe sie alles vergessen, und dann überzog ein dunkles Rot ihre Wangen, wie es seit langer Zeit nicht mehr in ihrem Gesicht gebrannt hatte, seit viel zu langer Zeit. Und John sagte: »Helen, lass deine Tante in Ruhe«, und das Thema kam nie wieder zur Sprache. So kam es, dass das Klavier unbenutzt herumstand. Ein

Jahrhundert lang wurde es grob behandelt, von aufgekratzten Besuchern und Kindern und gelegentlich von einem Klavierstimmer, den Tante Helen nur für den unwahrscheinlichen Fall kommen ließ, dass sich jemand des alten Dings erbarmte und tatsächlich darauf spielte. Es hätte ihr gefallen, Simon dort sitzen zu sehen und zu wissen, dass ihre Mühe nicht umsonst war; denn als er heute Abend in den Salon kam, um die CD für Julia herauszusuchen, und stattdessen den Deckel von der Tastatur klappte und sich mit zögerlichen Fingern an die ersten, leisen Töne des Stücks herantastete, stellte er fest, dass das Klavier immer noch fast perfekt gestimmt war, so wie im letzten April, als er sich geweigert hatte, weiterzuspielen. Die Jahre der Vernachlässigung bemerkte man nur an den tiefen Tönen, die etwas flach klangen. Simon erinnerte sich an das hässliche, blassgelbe Instrument, das in der Schule zu spielen er gezwungen gewesen war und vergab dem dunklen Mahagonitimbre des Mackleyschen Klaviers diese kleine Unsauberkeit gern.

Julia schleicht durchs Esszimmer in den Wintergarten, um ihn nicht zu stören, und stellt Teller und Schüsseln auf den Tisch, schenkt Wein aus, trinkt einen dunkelroten Schluck und atmet die milde, von Musik durchdrungene Abendluft ein.

Sie trägt zwei Gläser in den Salon hinüber, wo Simon aus Rücksicht auf seine Frau nur die kleine Lampe über dem Klavier angeknipst hat. Das helle Licht des Kronleuchters soll die Dunkelheit des Hauses nicht stören. Scheu lehnt Julia im Türrahmen und schaut ihm zu. Er ist ganz auf die Tasten konzentriert und runzelt die Stirn, ohne dabei verärgert zu wirken. Er wird mal langsamer, mal schneller, während seine Finger einen Pfad durch das jahrelange Vergessen suchen; er sucht nach der Melodie, und die Akkorde folgen mit einer Stimmigkeit, die Julia betört. Eine Phrase wiederholt sich, wiederholt sich noch einmal, sanfter, als Diminuendo der letzten Variation; eine Pause von einem halben Schlag, die in der Luft hängt und Tag und Nacht zu umfassen scheint; sie enthält alles, und alles wendet sich ihr zu. Dann erwachen seine ruhenden Finger und flattern von neuem Leben erfüllt dahin, schnell und zart wie die Flügel, die er so oft zwischen ihnen gefangen hielt, ein paar unruhige Töne fliegen auf, machen kehrt, flattern weiter, höher, einige klingen fest und sicher, andere sind kaum mehr als ein Schaudern, so als legten seine Hände sich um ihr Herz, das im Gleichtakt mit dem hektischen Crescendo schlägt, ein Überfließen, das sich nicht in einen einfachen Rhythmus pressen lässt, sondern alle Begrenzungen sprengen will … Sie hört, dass einige der Noten falsch sind, aber er lässt sich nicht irritieren und hört nicht auf, selbst durch die Fehler bewegen seine langen Hände sich anmutig, sie wandern auf den Tasten abwärts und jagen wieder hinauf, bis zum letzten, tragischen Akkord … den er kurz hält, bevor er das Pedal mit einem Knall loslässt und ihre Blicke sich in der plötzlichen Stille treffen. Er lacht.

»Oder so ähnlich.«

Sie lacht ebenfalls, entzückt, und als sie ihm applaudieren will, bemerkt sie, dass sie immer noch die beiden Gläser hält, deswegen geht sie schnell zu ihm, überreicht ihm das seine und küsst ihn auf die Wange, um sich dann ersatzweise mit den Fingern auf die Innenseite des Handgelenks zu klatschen, wobei Wein auf den Teppich spritzt. Es passiert nicht zum ersten Mal, und beide ignorieren es.

»Bravo!«

»Rachmaninow – ich wollte es dir raussuchen. Der Anfang ist wunderschön. So in etwa«, sagt er, stellt das Glas ab und spielt, sicherer diesmal, die Stelle nach, die sie von der Küche aus gehört und die ihn den ganzen Tag lang verfolgt hat. Er braucht gar nicht auf die Tasten zu schauen, beim Spielen schaut er in ihr Gesicht, sein Ellenbogen klebt an seiner Seite, und der Kopf hängt zwischen den Schultern, also wirklich, Simon, deine Haltung ist das Letzte, würde seine Klavierlehrerin sagen, aber Julia sieht seinen jungenhaften Buckel, seine Konzentration und das Leuchten in seinen Augen und kann nur sagen:

»Ah! Du hast recht, es ist wunderschön. Ich liebe dich.«

## *Mitternacht*

Der Tag ist fast vorbei. Endlich sitzen sie am Tisch, der nur von Kerzenlicht beschienen wird. Julias Hände kreisen, das Silbermesser funkelt bei jeder Geste wie ein Morsezeichen aus der Finsternis; Simon zerschneidet das Fleisch und arrangiert auf seiner Gabel kompakte Häuflein mit ein bisschen von allem, hat aber alle Aufmerksamkeit auf ihre Stimme und ihre Hände und das Flackern und Zucken der tanzenden Kerzenflamme in ihren Augen gerichtet; sie erzählt von ihrem Tag, den wir miterlebt haben und deswegen an dieser Stelle nicht im Detail ausbreiten müssen. Er schaut zu und lauscht und trinkt den vollmundigen, nach Beeren duftenden Wein, den sie, er weiß es, ohne auf das Etikett zu sehen, ihm zuliebe herausgesucht hat; er gibt sich dem tiefen, einfachen Wohlgeschmack hin und sieht zu, wie ihre Hände kreisen, ihre Augen sich weiten.

Sie essen langsam und genüsslich und haben es nicht eilig, den Abend zu Ende zu bringen. Schließlich legt Simon sein Besteck in einem perfekten rechten Winkel ab, zuerst das Messer, dann die Gabel, eine sorgsame Geste, die Julia voller Zuneigung beobachtet und die von ihren Händen imitiert wird. Sie nehmen ihre Gläser und setzen sich nebeneinander auf das Rattansofa.

In den immergrünen Sträuchern, die vor den Wintergartenfenstern wachsen, fände ein neugieriger, nächtlicher Beobachter einen geeigneten Standpunkt. Von hier aus hätte man vor langer Zeit das Erblühen einer berühmten Romanze verfolgen können; ein Blühen völlig außerhalb der Saison, handelt es sich doch um einen schönen Oktoberabend im Jahr 1897, und im Garten sind keine Rosen zu sehen. Dafür leuchten die Wangen einer jungen Frau, sie ist keine zwanzig Jahre alt, umso röter, gerade so, als wäre sie eben aus jener Schneelandschaft hereingekommen, die der junge Mann an ihrer Seite so anschaulich beschreibt. Zwischen ihnen knistern unsichtbare Nordlichter. Er greift nach ihrer Hand, plötzlich ist er so nervös wie ein Junge, sie hingegen ist trotz ihrer Röte mutig und schließt ihre Finger um die seinen, zieht seine Hand an ihre Lippen und küsst sie. Das Gras ist schon von Raureif überzogen, die Kälte lässt die Sterne strahlen. Der Nordwind scheint ein Versprechen mit sich zu tragen, das im ersten Aufflackern der Leidenschaft geschmiedet und nie wieder vergessen wird: »Ich werde ihn erreichen.« »Ich werde warten.«

So begann die Romanze der Mackleys. Emily begann zu zittern, und man ging wieder hinein, zur großen Erleichterung des heimlichen Beobachters, denn der englische Oktober kann nicht nur wunderschön frostklar, sondern auch bitterkalt sein. Das Paar, das sich heute auf dem Korbsofa niedergelassen hat, gibt sich nicht so steif, denn weder Fischbein noch ein übertriebener Sinn für Anstand hält es aufrecht.

Im dunklen Garten, wo wir kurz vor Mitternacht die letzten Minuten des warmen, prächtigen Abends genießen, können wir nur einzelne Gesprächsfetzen aufschnappen. »Seltsam, gestern Nacht habe ich von Edward geträumt, jedenfalls von der Arktis. Da waren riesige Knochen im Wasser, das Eis hat geknirscht und hat mich aufgeweckt, und dann konnte ich nicht mehr einschlafen. Formaldehyd.« »Käse vor dem Schlafengehen.« »James und sein unvergleichlicher Stilton …« (Sie lacht.) »Von allen Seiten das malmende, knirschende Eis.« »Hast du das gelesen, kannst du dich erinnern? So, wie er es beschreibt …« (Weit in der Ferne ein tiefer Herzschlag.)

zwei müssen ihren Platz aufgeben und ihn einer jüngeren Generation überlassen. Julia und Simon ziehen sich im Dunkeln aus und legen sich auf die Laken, die immer noch nach der frischen Gartenluft riechen. Wieder ist die Nacht warm, wenn auch nicht so drückend wie die letzte; das Fenster steht offen, seit Simon es vor vielen Stunden hinaufgeschoben hat, und während sie daliegen, sinkt der lange, merkwürdige Tag auf ihre Haut hernieder. Wortlos tasten sie nacheinander; im schwachen Licht der Straßenlaterne sieht er ihre Augen bronzegolden glänzen, und als sie sich hingibt, die großen Pupillen vom indigoblauen Himmel erfüllt, fällt sie in seinen schwarzen Blick hinein, der ihren in der Finsternis festhält, ohne Pause, ohne Ausweichen.

Auf dem Dachboden wird das einfallende Licht von Zähnen und Klauen reflektiert, es bricht sich im Glas der Augen, die ebenfalls nicht blinzeln. Diese Kreaturen sind alles, was von den Träumen zweier kleiner Jungen im Kinderzimmer geblieben ist. Zwei sehr unterschiedliche Gestalten, die eine schmal und dunkel, die andere rundlich und rötlich, versunken in ihre ernsten oder grandiosen Träume. Unter ihnen, in dem Bett, auf dessen Matratze Julia sich später in die von Emily geformte Kuhle schmiegen sollte, liegt Emily zur Jahrhundertwende unter einer Tagesdecke mit Schneeflockenmuster, sie liegt ausgestreckt im Schnee und wartet und fühlt ihren Leib anschwellen, fühlt ihn wieder erschlaffen, als ihr nur die Erinnerung bleibt und ihr Sohn ein Stockwerk höher weint.

Tess schlüpft in den Garten hinaus. Nach einem Tag des Dösens und halbherzigen, gelangweilten Spiels kann die nächtliche Jagd beginnen. Im Dunkeln ist sie ganz in ihrem Element, sie wird länger und schlanker, und ihr getigertes Fell schillert im silbrigen Mondlicht. Sie duckt sich durch ein Loch im Zaun und ist verschwunden, streift durch die von Nagetiergeraschel erfüllte Wildnis, von der die menschlichen Anwohner der Straße nichts ahnen.

Die kleine Jenny von nebenan hat sich schon vor Stunden in den Schlaf gewiegt und dabei immer noch das Ziehen und Fliegen der Schaukel gespürt. Schräg gegenüber kann man Sandra Mitchell durch die Vorhänge erkennen, im Fernsehen läuft ein Dokumentarfilm, aber sie ist auf dem Sofa eingeschlafen; in der Nacht wird sie bestimmt aufwachen und die Übelkeit von Weißwein und Scham und Enttäuschung spüren; doch sie gehört zu der Sorte Frau, die sich wieder aufrappelt, gleich morgen. Weiter oben, am Ende der Straße, schläft der Mann, der Julia bewundernd hinterhersah, erschöpft vom langen, mit Gartenarbeit verbrachten Tag und von der Sonne; im Schlaf begegnet ihm seine Frau in einem Sommerkleid, das sie nie besaß. Der Gemüsehändler träumt im Salatbett, der Kopf des Bäckers ruht auf einem weichen, weißen Laib.

In London verabschiedet sich ein Mann von Welt von seiner Mätresse und macht sich auf den Heimweg zu seiner nichtsahnenden Frau, zufrieden mit den Erfolgen des Tages; kostenloses Mittagessen, guter Wein, guter Whisky, das neue Bauprojekt macht sich, der Abend war unterhaltsam, man kann sehr wohl *alles* haben, denkt er bei sich (beim Nachhausekommen wird er das zur Hälfte ausgeräumte Haus und eine knappe Nachricht von *Susan, Deiner getrennt lebenden Frau* vorfinden).

In einer zweihundert Meilen entfernten Stadt unterhält sich Julias entfernter Cousin im Dunkeln mit seiner Frau Laura, die in seiner Geschichte von den Mackleys und dem Haus, das er seit seiner Kindheit zum ersten Mal wiedergesehen hat, keine Rolle spielt. Sie hat zwar nichts mit dieser Geschichte zu tun, aber sie ist seine Frau und steht im Zentrum von Jonathans Welt; sie glaubt, schwanger zu sein, und sie irrt sich nicht. Zwischen ihnen bereitet sich ein neuer Mensch auf das Leben vor, ein weiterer Mackley wird zur Welt kommen.

Und weiter nördlich, hinter Bergen und Städten und Tälern und Mooren, hinter der Silberstadt, wo sich Miranda gerade die Hände wäscht und an den Mann denkt, mit dem sie nicht verheiratet ist, und an die unschuldig schlafenden Kinder und an ihre Schwester und ihren Vater und ihre Mutter; hinter den Lowlands und den Highlands und dem Meer; hinter Inseln und dem halb gefrorenen schwarzen Ozean, draußen auf dem Eis im Norden, hoch im Norden, wo die Nacht plötzlich hinter uns liegt und der Tag kein Ende nimmt, liegt Edward Mackley, schläft immer noch unter dem Schnee, unter der strahlenden, arktischen Sonne; und wenn wir weiterziehen, sehen wir endlich den Nordpol, und unter unseren Füßen dreht sich die ganze Welt.

Julias Blick tastet die Stuckkringel unter der Decke ab, Simons Augen sind geschlossen, seine dunklen Lider glänzen. Emily Mackleys Urenkelin wendet sich ihrem schlafenden Ehemann zu:

*Simon. Rein wie der Schnee …*

Sie spürt, wie ihre Gedanken durch eine sanfte Abwärtsspirale sinken, sie kehrt ihm den Rücken zu und gibt sich dem Schlaf hin. Wenige Minuten später tut er das Gleiche. Ihre Atemzüge finden zu einem Rhythmus, einer eigenen Harmonie, einem synkopierten Seufzen, das sich nicht transkribieren lässt. Aber hören Sie, wie friedlich es klingt. Die Symmetrie der nackten Körper auf dem Laken, die Form der Urne. Er hat die Knie stärker angezogen, so dass sie, sollten sich ihre Füße … aber sehen Sie nur: die Fußsohlen berühren sich, schon schmiegen sich ihre warmen Zehen unter die seinen.

## *Danksagung*

Bei den Recherchen für dieses Buch waren neben vielen anderen Anregungen vor allem folgende Quellen sehr hilfreich: Fridtjof Nansen, *In Nacht und Eis* (Wiesbaden 2011), Valerian Albanov, *Im Reich des weißen Todes* (Berlin 2005), Barry Lopez, *Arktische Träume* (Frankfurt a. M. 2007; für die Neugierigen: Höchstwahrscheinlich hat Simon gerade dieses Buch gelesen), Sarah Moss, *Scott's Last Biscuit* (Oxford 2005), Francis Spufford, *I May Be Some Time* (London 2003) und *The Ends of the Earth*, ed. Spufford and Kolbert (London 2007) – danke, Francis, für diese beiden Bücher.

Mein Dank gilt Peter Straus, Jenny Hewson und allen anderen von meiner Agentur Rogers, Coleridge & White und auch allen Leuten bei Portobello Books, besonders meiner Lektorin Laura Barber. Dank gebührt auch Pamela Johnson, Blake Morrison, Maura Dooley und Francis Spufford an der Goldsmiths University sowie meinen Kommilitonen dort. Ich möchte mich auch bei meiner Familie bedanken, die mich immer unterstützt und bestärkt hat, bei der Familie Thorpe und bei Alistair – danke für vieles, vor allem für die Geduld.